T0203500

BESTSELLER

Jojo Moyes nació en 1969 y se crio en Londres. Periodista y escritora, coordinó durante años la sección de arte y comunicación del diario inglés *The Independent*. Vive con su marido y sus tres hijos en una granja en Essex, Inglaterra. Autora de best sellers internacionales, de entre sus obras cabe destacar *Regreso a Irlanda*, *La Casa de las Olas*, *El bazar de los sueños*, *Uno más uno*, *París para uno y otras historias*, *La chica que dejaste atrás*, *La última carta de amor*, *Yo antes de ti*, convertida en película con el título *Antes de ti*, y sus secuelas, *Después de ti* y *Sigo siendo yo*, con las que ha vendido millones de ejemplares en todo el mundo.

Para más información, visita la página web de la autora:
www.jojomoyes.com

También puedes seguir a Jojo Moyes en Facebook, Twitter e Instagram:
[f] Jojo Moyes
[t] @JojoMoyes
[i] @jojomoyesofficial

Biblioteca
JOJO MOYES

Regreso a Irlanda

Traducción de
Luis Murillo Fort

DEBOLS!LLO

Papel certificado por el Forest Stewardship Council®

MIXTO
Papel procedente de
fuentes responsables
FSC
www.fsc.org
FSC® C117695

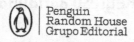

Penguin
Random House
Grupo Editorial

Título original: *Sheltering Rain*

Primera edición con esta presentación: marzo de 2017
Cuarta reimpresión: enero de 2022

© 2002, Jojo's Mojo Ltd
© 2003, 2017, Penguin Random House Grupo Editorial, S. A. U.
Travessera de Gràcia, 47-49. 08021 Barcelona
© 2003, Luis Murillo Fort, por la traducción
Diseño de la cubierta: Penguin Random House Grupo Editorial / Andreu Barberán
Fotografía de la cubierta: M-Gucci / Thinkstock

Printed in Spain – Impreso en España

ISBN: 978-84-663-4030-4
Depósito legal: B-2.236-2017

Compuesto en M. I. Maquetación, S. L.

Impreso en QP Print

P 3 4 0 3 0 B

Para Charles Arthur
y Betty McKee

PRÓLOGO

*Entonces, el arzobispo besará la mano derecha de la reina.
Acto seguido el duque de Edimburgo ascenderá los escalones
del trono y, habiéndose despojado de su corona, se postrará de
rodillas ante Su Majestad, y colocando sus manos entre las
de la reina pronunciará las palabras de homenaje:*

Yo, Felipe, duque de Edimburgo,
soy desde este momento vuestro siervo en cuerpo y alma,
en veneración terrenal;
recibiréis de mí honestidad y fidelidad,
para vivir y morir contra toda clase de gentes.
Que Dios me ayude.

*Y levantándose, tocará la corona de Su Majestad y le besa-
rá la mejilla izquierda.
De manera parecida, el duque de Gloucester y el duque de
Kent rendirán respectivamente su homenaje.*

Del procedimiento de la ceremonia de la coronación, 1953

Probablemente había sido una grosería, pensó Joy después,
conocer a tu futuro esposo en el que de hecho era el gran día
de la princesa Isabel. O de la reina Isabel II, como se la conocería a partir de entonces. Con todo, teniendo en cuenta la

trascendencia de aquel acontecimiento, había resultado bastante difícil (cuando menos para Joy) compartir el grado de excitación que la ocasión requería.

Aquel día llovía a mares. El puerto de Hong Kong estaba cubierto por un cielo húmedo y de un gris metálico, y mientras caminaba por el Peak con Stella, llevando una carpeta de partituras mojadas bajo el brazo, con las axilas pringosas como si se hubiera puesto grasa y la blusa pegada a la espalda como azúcar glasé, Joy había experimentado poco fervor monárquico al pensar en la fiesta que los Brougham Scott daban con motivo de la coronación.

Su madre, que estaba emocionadísima antes de salir de casa, se sentía tensa e insatisfecha, debido sobre todo a la presencia de su marido, que acababa de llegar de uno de sus viajes a China. Sus visitas parecían coincidir invariablemente con un rápido decaimiento en el ánimo de Alice, convirtiendo sus anhelos de una vida mejor en otra parte del mundo en algo mezquino y siniestro.

—No pensarás ponerte eso —le había dicho a Joy, frunciendo el ceño, y en su boca se había pintado un mohín escarlata de desaprobación.

Joy había vigilado la puerta. Estaba ansiosa por reunirse con Stella y evitar así tener que ir hasta la villa de los Brougham Scott con sus padres, a quienes había colado una mentirijilla diciendo que los anfitriones necesitaban las partituras a primera hora. Los trayectos con sus padres, inclusive a pie, la dejaban siempre con una sensación de mareo.

—Tienes un aspecto tan vulgar, cariño. Y te has puesto los zapatos de tacón. Serás más alta que nadie. —Aquel «cariño» era la manera en que Alice solía disfrazar su disgusto.

—Me quedaré sentada.

—No podrás estar así toda la noche.

—Bueno, doblaré las rodillas.

—Deberías ponerte un cinturón más ancho. Eso te hará parecer menos alta.

—Se me clavaría en las costillas.

—No sé por qué pones tantas pegas. Solo intento ayudar. No parece que quieras estar guapa.

—Oh, mamá, eso da igual. A nadie le va a importar. No creo que nadie vaya a fijarse en mí. Todos estarán pendientes de la princesa. —Déjame marchar de una vez, pensó Joy. Ya tendría bastante con aguantar el humor corrosivo de Alice durante toda la fiesta.

—Pues a mí sí me importa. La gente creerá que no he sabido educarte.

Lo que pensaba la gente era trascendental para Alice. Hong Kong es como una pecera, solía decir. Siempre había alguien mirándote, hablando de ti. Pues sí que deben de aburrirse, pensaba Joy. Pero no lo decía, sobre todo porque era verdad.

Por otra parte, estaba su padre, quien sin duda alguna bebería demasiado y besaría a todas las mujeres en la boca y no en la mejilla, y ellas volverían la cabeza nerviosas, no muy seguras de haberle incitado a hacerlo. Después, le gritaría a Alice que solo estaba echando una canita al aire. Qué esposa negaría a su marido un poco de diversión, después de pasar semanas enteras trabajando como un esclavo en China (y todos sabíamos lo que era vérselas con los «orientales»). Su padre no había vuelto a ser el mismo desde la invasión japonesa. Pero de eso no hablaban nunca.

También estaban los Brougham Scott. Y los Marchant. Y los Dickinson. Y los Alleyne. Y todos los demás matrimonios de parecido estatus social que residían más abajo del Peak, pero no de Robinson Road (en aquella época, la zona media era para los empleados), y que se veían en todas las fiestas del club de críquet de Hong Kong, coincidían en las carreras de Happy Valley, compartían los sampanes que hacían el trayecto por las islas entre trago y trago de jerez, y se quejaban de las dificultades para conseguir leche, de los mosquitos, del precio de las casas y de la pasmosa tosquedad de la servidumbre china. Y hablaban de Inglaterra, de lo mucho que la añoraban, de los visitantes que llegaban de allí, de lo aburridas que eran sus vidas, de lo «monótona» que les parecía Inglaterra a pesar de que la guerra había terminado hacía una eternidad. Pero sobre todo hablaban de ellos mismos; los militares empleando un idioma especial plagado de chistes privados y de humor cuartelero, los comerciantes desacreditando los logros de sus rivales, sus mujeres agrupándose una y otra vez en incesantes combinaciones, tan aburridas como venenosas.

Y lo peor, estaba William, omnipresente en cualquier reunión social, con su barbilla huidiza y su pelo rubio, tan frágil y delgado como su voz aguda y afónica, apoyándole sus manos húmedas en la espalda para empujarla hacia sitios adonde ella no quería ir. Mientras ella hacía ver, educadamente, que prestaba atención, podía verle la coronilla y adivinar en qué punto se iba a quedar calvo al cabo de unas semanas.

—¿Tú crees que está nerviosa? —preguntó Stella. Se había recogido el pelo, brillante como el barniz húmedo, en un vistoso moño. No tenía ni un solo cabello extraviado en el aire pegajoso, a diferencia del de Joy, que a los pocos minutos de haber sido peinado pugnaba caóticamente por desbandarse. Bei-Lin, su *amah*, la reprendía cuando Joy se sujetaba el pelo, como si aquello respondiera a una deliberada negligencia por su parte.

—¿Quién?

—La princesa. Yo lo estaría. Imagínate, toda esa gente pendiente de ti.

Las últimas semanas, Stella, que ahora estaba suntuosa con su falda roja, blusa blanca y cárdigan azul pensados para la ocasión, había hecho gala de lo que Joy consideraba un insano interés por la princesa Isabel, especulando sobre las joyas que usaría, su vestido, el peso de la corona, incluso sobre la posibilidad de que su marido tuviera celos de su título real, habida cuenta que él no podía ser rey. Joy empezaba a advertir en Stella un sentido de la identificación muy poco humilde.

—No todos la estarán mirando. Habrá mucha gente como tú y yo, que solo estarán escuchando la radio. —Se apartaron para dejar pasar un coche, mirando brevemente en su interior para ver si conocían a alguien.

—Pero la princesa podría equivocarse cuando diga lo que tiene que decir. A mí me pasaría. Seguro que me pondría a tartamudear.

Joy lo dudaba, pues Stella era un modelo en todo lo referente a la etiqueta femenina. A diferencia de Joy, tenía la estatura adecuada para una señorita y siempre llevaba vestidos elegantes que su modisto de Tsim Sha Tsui le confeccionaba siguiendo la última moda de París. Nunca se tropezaba al andar, ni se ponía de mal humor en presencia de otros, ni se le trababa la lengua hablando con la interminable fila de oficiales a quienes les ordenaban asistir a «recepciones» al objeto de que no se preocuparan por la inminente guerra de Corea. Joy pensaba a menudo que la imagen pública de Stella podría haber quedado ligeramente maltrecha si se hubiera descubierto su habilidad para decir todo el alfabeto a golpes de eructo.

—¿Tú crees que tendremos que quedarnos hasta el final?

—¿De la ceremonia? —Joy suspiró, dando un puntapié a una piedra—. Seguro que durará horas, y todos se achisparán un poco y se pondrán a hablar entre ellos. Y mi madre empezará a coquetear con Duncan Alleyne y le dirá que William Farquharson es pariente político de los Jardine y que es el partido ideal para una chica de mi posición.

—Pues más que un buen partido, yo diría que es enano. —Stella también tenía agudeza verbal.

—Me he puesto los tacones altos a propósito.

—Oh, vamos, Joy. ¿No es excitante tener una nueva reina?

Joy se encogió de hombros.

—¿Por qué tendría que parecérmelo? Ni siquiera vivimos en el mismo sitio.

—Porque ella es nuestra reina. ¡Y casi tiene la misma edad que nosotras! ¡Imagínate! Y es la mejor fiesta que se celebra desde hace siglos. Estará todo el mundo.

—Pero si son los de siempre. No tiene ninguna gracia ir a una fiesta cuando te encuentras una y otra vez a la misma gente.

—Oh, Joy, veo que te has propuesto ser infeliz. Conocerás a montones de personas nuevas solo con que te propongas hablar con ellas.

—Pero yo no tengo nada que decir. Solo les interesan las compras y la ropa, y quién es infiel a quién.

—Oh, discúlpanos —le dijo secamente Stella—. ¿Y qué más?

—No me refiero a ti. Ya sabes lo que quiero decir. La vida es algo más que eso. ¿No te gustaría ir a América? ¿O a Inglaterra? ¿Viajar por todo el mundo?

—Yo ya he estado en montones de sitios. —El padre de Stella era comandante de marina—. La verdad, yo creo que en todas partes la gente se interesa por las mismas cosas. Cuando estuvimos en Singapur íbamos de fiesta en fiesta. Hasta mamá se aburría —prosiguió Stella—. Y no creas que siempre te encuentras a la misma gente. Hay oficiales. Hoy los habrá a montones. Y estoy segura de que no los conoces a todos.

Había, en efecto, muchos oficiales. La amplia terraza del palacete de los Brougham Scott, desde la que se dominaba el puerto de Hong Kong las raras ocasiones en que la niebla se despejaba, era un mar de uniformes blancos. Dentro de la casa, bajo ventiladores que ronroneaban como enormes hélices, el personal chino —vestido también con casaca blanca— se movía silencioso entre los invitados, ofreciendo cócteles con hielo en bandejas de plata. Un murmullo de voces crecía y decrecía entre la música, que a su vez parecía amortiguada por el opresivo y húmedo calor. Los estandartes con la bandera inglesa, en cada esquina del techo, colgaban como ropa puesta a secar y apenas se movían pese a la brisa artificial.

Pálida y exquisita, y aparentemente igual de flácida, Elvine Brougham Scott estaba reclinada en una *chaise longue* tapizada de damasco en el rincón de la sala con piso de mármol, rodeada, como era habitual, por una cuadrilla de atentos oficiales. Llevaba un vestido de seda color ciruela con un escote generoso y una falda larga que caía en abundantes pliegues alrededor de sus piernas largas y pálidas. (Ella no tenía marcas de sudor debajo de los brazos, como pudo apreciar Joy, que pegó los suyos a los costados.) Se había quitado ya uno de los zapatos —ribeteados de armiño falso—, dejando ver sus uñas pintadas de escarlata. Joy sabía lo que diría su madre cuando la viera, tragándose su propia frustración por no tener la clase de Barbara Stanwyck para llevarlas pintadas así. El máximo toque de vampiresa que se permitía Alice —no porque no tuviera ganas— era pintarse los labios de escarlata.

Joy y Stella dejaron las partituras y saludaron con un gesto de cabeza, sabiendo que la señora Brougham Scott no querría ser interrumpida.

—¿Cómo oiremos la ceremonia? —dijo Stella, nerviosa, buscando el aparato de radio con la mirada—. ¿Cómo sabrán cuándo ha empezado?

—No te preocupes, querida, todavía faltan horas —dijo Duncan Alleyne, haciendo una venia al pasar, mientras consultaba su reloj—. No olvides que en la patria llevan ocho horas de retraso. —Duncan siempre hablaba como el héroe de la RAF en una película de guerra. A las chicas les parecía cómico, pero Alice, para disgusto de Joy, parecía pensar que eso la convertía a ella en Celia Johnson.

—¿Sabes que ella tiene que aceptar «los vivificantes oráculos de Dios»? —dijo Stella con embeleso.

—¿Qué?

—La princesa Isabel. En la ceremonia. Tiene que aceptar los «vivificantes oráculos de Dios». No tengo ni idea de qué puede ser eso. Ah, y la acompañan cuatro caballeros de la Orden de la Jarretera. ¿Tú crees que realmente se ocuparán de sus reales ligas? Al fin y al cabo, tiene una dama de los Albornoces. Me lo dijo Betty Warner.

Joy observó la mirada arrobada de su amiga. ¿Por qué no se sentía ella también extasiada por el evento? ¿Por qué temía tanto la velada que estaba a punto de empezar?

—Y otra cosa que ni te imaginas. Lleva el pecho untado de

aceite sagrado. Su real pecho. Ojalá estuviéramos allí y pudiéramos ver al arzobispo ponerle la mano encima.

—Hola, Joy. Cielos, pareces... pareces... Bueno, se te ve un poco acalorada. ¿Habéis venido andando? —Era William, que se sonrojaba de pura timidez, con la mano extendida flácidamente en un poco entusiasta intento de saludo—. Lo siento. No quería... Quiero decir, yo he venido andando también. Estoy empapado de sudor. Mucho más que tú. Mira.

Joy alcanzó un vaso alto con algo rosado en su interior y echó un trago. La princesa Isabel no era la única que hoy daba su vida por el país.

Llegada la hora de la coronación, los vasos con líquido rosado habían circulado generosamente. Joy, que solía deshidratarse con el clima húmedo, había notado que aquellos cócteles le entraban muy bien. No sabían a alcohol, y su madre había estado pendiente de otras cosas —debatiéndose entre la sonrisa postiza de Duncan Alleyne y la rabia que le daba que su marido pareciese estar disfrutando—, de modo que le sorprendió bastante cuando la cara de la princesa, pegada a la parte alta de la pared del comedor, empezó a multiplicarse y dio la impresión de que sonreía de complicidad ante los intentos de Joy de caminar en línea recta.

Con el paso de las horas, el ruido de la fiesta había ido en aumento, lo mismo que el número de invitados que llenaban ahora la amplísima planta baja del edificio y cuyas voces sonaban fuertes y bien templadas gracias a la copiosa provisión de bebidas. Joy había ido encerrándose cada vez más en sí misma a medida que avanzaba la fiesta, pues carecía de la habilidad para hablar de las cosas que la ocasión parecía requerir. Por lo visto, Joy era especialista en deshacerse de las personas, no en cautivarlas. Finalmente, se había zafado de William diciéndole que estaba segura de que el señor Amery quería hablar con él de negocios. Stella se había perdido de vista, engullida por un corro de oficiales de marina. Rachel y Jeannie, las otras dos chicas de su edad, estaban sentadas en un rincón con sus pretendientes, los gemelos Brylcreemed. Liberada del oprobio —incluso de la atención— de sus iguales, Joy había hecho buenas migas con los cócteles rosados.

Viendo que su vaso volvía a estar casi vacío, levantó los ojos en busca de un camarero. Parecían haberse esfumado todos, o tal vez le costaba distinguirlos del resto de la gente. Tendrían que haber llevado chaquetas con la Union Jack, se dijo, riendo para sí. O unas coronas pequeñas.

Oyó como en sueños un gong y la voz aflautada del señor Brougham Scott convocando a todo el mundo frente al aparato de radio. Joy se apoyó brevemente en una columna y esperó a que las personas que tenía delante se movieran. De esa forma podría salir un poco a la terraza y aspirar la brisa. Pero por el momento los cuerpos se agitaban y se fundían entre sí, formando un muro impenetrable.

—Dios mío —murmuró—. Necesito aire.

Creyó haber dicho esas palabras solo en su cabeza, pero de pronto una mano la tomó del brazo, diciendo:

—Entonces, vayamos afuera.

Para su sorpresa, Joy tuvo que alzar la vista. (Raramente tenía que hacerlo; era más alta que casi todos los chinos, y que la mayoría de varones presentes en la fiesta.) Distinguió apenas dos caras serias y alargadas, flotando encima de dos cuellos blancos almidonados. Un oficial de marina. O quizá dos. No estaba muy segura. El caso es que uno de ellos la estaba conduciendo del brazo hacia el balcón, sorteando a los invitados.

—¿Quiere usted sentarse? Procure respirar hondo. Le traeré un vaso de agua. —La hizo sentar en una butaca de mimbre y se alejó.

Joy tragó el aire a bocanadas. Estaba anocheciendo y la niebla había descendido sobre el Peak, ocultando la casa al resto de la isla de Hong Kong. Los únicos indicios de que no estaba en una nube eran los lejanos bocinazos de las barcazas que surcaban el agua más abajo, el susurro de los banianos y un tenue efluvio de ajo y jengibre en el aire inmóvil.

Fue aquel olor el que precipitó las cosas.

—Oh, Dios —musitó Joy—, oh, no...

Volvió la cabeza y notó con alivio que los últimos invitados estaban entrando en la sala de la radio; luego se inclinó sobre el balcón y vomitó larga y ruidosamente.

Cuando se volvió a sentar, jadeando con el pelo pegado a las sienes, y abrió los ojos, vio delante de ella al oficial de marina, que le ofrecía un vaso de agua helada. Joy no pudo hablar. Se lo quedó mirando muda de horror y luego sepultó la cara, muerta de vergüenza, en el vaso. Y sintiéndose de improviso desagradablemente sobria, rezó para que, cuando alzara los ojos, el hombre ya no estuviera allí.

—¿Quiere usted un pañuelo?

Joy siguió cabizbaja, mirando la puntera de sus zapatos demasiado altos. Tenía algo innombrable metido en la garganta, algo que se negaba a ser engullido pese a sus repetidos intentos por tragar.

—Tome. Cójalo.

—Váyase, por favor.

—¿Cómo?

—Digo que se vaya, por favor. —Dios santo, si no terminaba pronto, su madre saldría a buscarla y entonces sí que se armaría una buena. Ya se imaginaba las acusaciones: 1) no se la podía llevar a ninguna parte; 2) su conducta era vergonzosa, o ¿por qué no aprendía un poco más de Stella?; 3) ¿qué pensaría la gente?

—Se lo ruego. Márchese.

Joy era consciente de su grosería, pero el horror a ser descubierta en aquel estado, así como a verse obligada a mantener una conversación cortés teniendo posiblemente la blusa —¡y la cara!— manchada de Dios sabía qué, le parecía un buen atenuante.

Se produjo una larga pausa. Del comedor llegaban, de forma intermitente, grandes exclamaciones.

—No creo que... Creo que será mejor que alguien le haga compañía un rato. —No era una voz juvenil ni áspera, como la de tantos oficiales, pero tampoco el *basso profundo* que se adquiere con el ejercicio del mando. Probablemente era solo un oficial.

¿Por qué no se va?, pensó Joy.

Pero el hombre no se movía de sitio. Se fijó en que su inmaculado pantalón tenía una salpicadura de algo naranja en la pernera izquierda.

—Me encuentro mucho mejor, gracias. Y la verdad, preferiría que me dejara usted sola. Creo que volveré a casa. —Su madre se subiría por las paredes. Pero podría decirle que se había encontrado mal. No era del todo mentira. El único que sabía la verdad era aquel oficial que tenía delante.

—Permítame que la acompañe —dijo él.

Se produjo otro estrépito dentro de la casa, unas risas agudas, un tanto histéricas. Sonó un disco de jazz, que enmudeció tan repentinamente como había empezado.

—Coja usted mi mano —dijo el oficial—. La ayudaré a levantarse.

—¿Es que no puede dejarme en paz? —Ahora sonó más áspera, incluso a sus propios oídos. Hubo un breve silencio, y al cabo, tras una pausa interminable, Joy oyó sus propios pasos en la terraza mientras él volvía lentamente adentro.

Superada la vergüenza a fuerza de desesperación, Joy se levantó, echó un largo trago de agua fría y se encaminó hacia la casa a paso vivo, aunque un poco tambaleante. Con un poco de suerte podría comunicar su marcha al servicio y huir sin darles tiempo a reaccionar. Pero al pasar frente al salón, los invitados estaban empezando a salir. Stella, llorosa y con los ojos entrecerrados de pura desilusión, fue una de las primeras.

—Oh, Joy, no te lo vas a creer.

—¿Qué? —dijo Joy, preguntándose cómo podría desembarazarse de ella.

—Esa maldita radio. Mira que estropearse precisamente hoy. Es increíble que solo haya un aparato en toda la casa. Todo el mundo tiene más de una radio.

—No te acalores, querida Stella —dijo Duncan Alleyne, atusándose el bigote con una mano mientras reposaba la otra en el hombro de Stella más de lo necesario para su pretendido interés paternal—. Enseguida mandarán a un criado a casa de los Marchant para que traiga otra radio. No te perderás nada.

—Pero nos perderemos todo el comienzo. Y no podremos oírlo otra vez. Seguramente no habrá más coronaciones mientras nosotros vivamos. Oh, qué mala suerte la mía. —Stella estaba llorando, ajena a los demás invitados, para algunos de los cuales la sagrada ceremonia era tan solo una enojosa interrupción de una fiesta por todo lo alto.

—He de irme, Stella —susurró Joy—. Lo siento de veras. No me encuentro bien.

—¡No puedes hacer eso! Al menos quédate hasta que llegue la radio.

—Pasaré mañana a buscarte. —Y viendo que sus padres estaban entre el grupo que rodeaba la radio estropeada, Joy aprovechó para ir hacia la puerta. Saludó con la cabeza al chico que le abría y salió al húmedo aire de la noche, sin otra compañía que el zumbido de los mosquitos y un ligerísimo presentimiento relacionado con el hombre a quien había desairado.

Los expatriados de Hong Kong estaban acostumbrados a vivir bien, salían casi cada noche a cenar y a tomar copas, de modo que no era extraño que muy de mañana se vieran tan pocas caras europeas por la calle. Pero Joy, que se había despertado con la cabeza muy despejada pese a los cócteles, se encontró en una situación de franca minoría.

Parecía que todo el Peak estuviera sufriendo las consecuencias de una resaca. Mientras parejas de chinos, hombres y mujeres, pasaban de largo cargados con cestas o arrastrando carretillas de basura, no había un solo europeo a la vista. Frente a las casas blanqueadas, apartadas de la carretera, colgaban ristras de banderitas de colores con un aire de disculpa y en las ventanas se abarquillaban las fotos de la princesa, como si estuvieran también exhaustas de los excesos de la víspera.

Caminando de puntillas por el piso de teca del apartamento, Joy y Bei-Lin se comunicaban mediante susurros: no querían despertar a Alice y Graham, cuyas febriles discusiones se habían prolongado hasta bien entrada la madrugada. Joy había decidido que lo mejor era ir hasta los Nuevos Territorios* para poder montar un rato a caballo. Ese día todo el mundo tendría jaqueca; y el calor era más sofocante que nunca, lo cual empeoraría los efectos de la resaca y haría que la gente se pasase el día sumida en un sopor malhumorado, sin atreverse a abandonar el diván bajo la brisa de los ventiladores. No era un día para estar en la ciudad. El problema al que se enfrentaba Joy era que, por una vez, no había nadie que pudiera sacarla de Hong Kong.

Había ido andando a casa de Stella sobre las diez, pero las cortinas estaban echadas y no había querido llamar. Su padre, que normalmente se prestaba a acompañarla, no se levantaría hasta las doce. No había otra persona a la que pudiera acudir sin sentirse incómoda. Sentada en una silla de mimbre junto a la ventana, Joy acarició la idea de tomar el tranvía hasta el centro y luego subir al primer tren, pero nunca lo había hecho sola y Bei-Lin no quería acompañarla, consciente de que la señora se enfadaría mucho si al despertar descubría que la sirvienta se había ido «de excursión».

—Vaya, Dios salve a la maldita reina —dijo Joy por lo bajo, cuando Bei-Lin se alejaba.

No era la primera vez que Joy sentía ganas de rebelarse contra las restricciones, tanto geográficas como físicas, que la vida le imponía. Cuando vivía con su madre en Australia, poco después de que los japoneses invadieran Hong Kong y las mujeres y los niños abandonaran la colonia, Joy había disfrutado de libertades insólitas. Se habían hospedado en casa de Marcelle, la hermana de Alice, y las puertas de aquella resi-

* Zona continental de la colonia de Hong Kong. (N. del T.)

dencia, situada en primera línea de la playa, parecían perpetuamente abiertas para que Joy pudiera salir a pasear y un gran número de vecinos —relajados y alegres, comparados con los de Hong Kong— pudiera entrar en la casa.

Alice también se había sentido más relajada; el calor seco le sentaba bien, así como el hecho de que todo el mundo hablara su idioma y los hombres altos y bronceados coquetearan con toda su desvergüenza. En Australia, los modales de Alice habían llegado al colmo del refinamiento, su guardarropa resultaba insuperable, y su aspecto era el que ella siempre había querido tener: chic, cosmopolita y con un toque exótico por aquello del exilio. Además, Marcelle era más joven que ella y se mostraba muy deferente en cuestiones relacionadas con el gusto y la elegancia. Ese concepto tan elevado de la buena voluntad había permitido que Alice se sintiera mucho menos «fastidiada» por Joy de lo habitual; incluso la dejaba salir a la playa o de compras sin apenas poner reparos, no como en Hong Kong, donde no dejaba de censurar el aspecto y los modales de Joy, y se preocupaba constantemente por el peligro que entrañaba permitir que una joven saliese sola en un país no civilizado.

—Detesto mi vida —dijo Joy en voz alta, expresando libremente sus pensamientos, que quedaron flotando en el aire como nubarrones.

—¿Señora? —Era Bei-Lin, que estaba en el umbral—. Un caballero ha venido a visitarla.

—¿No querrá ver a mi madre?

—No, señora. Ha preguntado por usted. —Bei-Lin sonrió.

—Hazle pasar.

Joy se arregló el pelo y se levantó. Lo último que deseaba era tener compañía.

Se abrió la puerta y apareció un hombre al que no había visto nunca. Vestía una camisa blanca de manga corta y un pantalón color crema. Era pelirrojo y tenía un rostro patricio y alargado, y unos ojos azul claro. Era alto, además, y se encorvó innecesariamente, tal vez por la fuerza de la costumbre, al franquear la puerta. De la marina, pensó ella. Siempre se agachaban al pasar por una puerta.

—Señorita Leonard. —Sostenía un sombrero de paja con ambas manos.

Joy le miró sin comprender nada. No se le ocurría cómo podía haber averiguado su nombre.

—Me llamo Edward Ballantyne. Lamento la intromisión. Solo quiero... Venía a ver cómo se encontraba.

Joy le miró con atención y de pronto se ruborizó al reconocerle. Solo había visto una vez aquella cara, y además doble. Se llevó una mano a la boca involuntariamente.

—Me tomé la libertad de preguntar a su amiga su nombre y dirección. Solo quería asegurarme de que hubiera llegado a casa sana y salva. Me sentí un poco culpable por haberla dejado marchar sola.

—Oh, no —dijo Joy, mirándose resueltamente los pies—. No fue nada. Es usted muy amable —añadió un segundo después, consciente de su rudeza.

Se quedaron allí un rato, hasta que Joy comprendió que él no pensaba irse así como así. Se sentía tan incómoda que la piel le empezó a escocer. Nunca había pasado tanta vergüenza como la noche anterior, y ahora le volvía a ocurrir, como un sabor que repitiese. ¿Por qué no la dejaba a solas con su humillación? Bei-Lin se paseaba nerviosa en el umbral, pero Joy decidió ignorarla: no pensaba ofrecerle una copa a aquel hombre.

—En realidad —dijo él—, estaba pensando si le gustaría ir a dar una vuelta. O jugar a tenis. Nuestro comandante tiene permiso especial para utilizar las pistas de Causeway Bay.

—No, gracias.

—¿Puedo pedirle entonces que me muestre la ciudad? Es la primera vez que piso Hong Kong.

—Lo siento mucho, pero me disponía a salir —dijo Joy, que todavía no se atrevía a mirarle a la cara.

Hubo una pausa larga. Él la estaba observando, sin duda alguna. Joy podía notarlo.

—¿Algún sitio bonito?

—¿Qué? —Joy sintió que el corazón le latía con fuerza. ¿Es que no pensaba marcharse nunca?

—Dice usted que se disponía a salir. Me preguntaba... Quiero decir, ¿adónde va?

—A montar a caballo.

—¿A montar? —Ella levantó la vista al notar un cambio en su tono de voz—. ¿Hay caballos aquí?

—Aquí no —respondió Joy—. Quiero decir en la isla. En los Nuevos Territorios. Un amigo de mi padre tiene allí una caballeriza.

—¿Tendría algún inconveniente en que fuese con usted? En casa suelo montar bastante. No sabe cuánto lo echo de menos. Figúrese, hace nueve meses que no veo un caballo.

Lo dijo con la tristeza con que muchos militares hablaban de sus familias. El rostro se le había iluminado, como pudo comprobar ella, y sus rasgos más bien severos parecían haberse suavizado de repente. Tuvo que admitir que era guapísimo, con un toque de hombre adulto.

Pero la había visto devolver en el balcón.

—Tengo un coche. Puedo llevarla, si quiere. O ir detrás de usted, si eso le parece más... conveniente.

Joy sabía que su madre se iba a horrorizar cuando Bei-Lin le dijera que la señorita se había marchado en coche con un desconocido, pero las consecuencias no serían mucho peores que si se quedaba en casa, porque Alice la tomaría con ella para resarcirse de la resaca. Y había algo delicioso en la idea de pasear por las calles tranquilas con aquel alto y pecoso desconocido que, en vez de hacerla sentir incómoda y torpe de palabra, como la mayoría de los oficiales, se limitó a hablar de él, de los caballos que montaba en Irlanda (curiosamente, no tenía acento irlandés), de lo agreste de la región donde vivía y, por contraste, del claustrofóbico aburrimiento de estar confinado en un barco, atrapado siempre en el mismo y diminuto mundo de a bordo, con las mismas personas, durante meses seguidos.

Joy no había oído hablar a ningún hombre de aquella forma, sin las interminables observaciones escuetas propias de los oficiales que ella conocía. Edward charlaba con franqueza y diafanidad. Hablaba como si se hubiera visto privado de lenguaje durante mucho tiempo, y las frases le salían a borbotones, como si se estuviera ahogando, e intercaladas de grandes y sonoras carcajadas. De vez en cuando se interrumpía para mirarla, como avergonzado de su falta de contención, y se quedaba callado hasta que le venía otra idea a la cabeza.

Joy también se rió, primero tímidamente, liberada poco a poco de su propio yo gracias a aquel extraño, y para cuando llegaron a la caballeriza, estaba radiante de alegría como nunca antes lo había estado. Tras una ausencia de cuarenta minutos, Alice no habría podido reconocer a su propia hija. De hecho, Joy tampoco se reconocía a sí misma, mirando de reojo a su acompañante, desviando la mirada cuando él se sentía observado, comportándose en general... como Stella.

El señor Foghill dijo que le dejaría montar. Así lo había esperado Joy en secreto, y después de que Edward estuviera un rato con él, hablando en tono reverente de los grandes cazadores a los que había conocido, y coincidiendo en la superioridad de los purasangre irlandeses sobre los ingleses, el viudo había perdido su inicial rigidez e incluso le había recomendado su propio caballo, un imponente castaño joven que sabía corcovear. Había pedido a Edward que diera un par de vueltas al picadero a fin de comprobar la colocación de la silla, pero lo que vio sin duda le dejó satisfecho, porque momentos después salían despacio carretera arriba hacia el campo abierto.

A esas alturas, Joy no sabía lo que le estaba pasando. Le resultaba imposible dejar de sonreír, y sin embargo se esforzaba por escuchar cuanto él le decía pese a la extraña forma en que le latía la sangre en los oídos. Daba gracias por poder sujetar las riendas y mirar el largo pescuezo del caballo que montaba, subiendo y bajando al compás del trote, porque era incapaz de concentrarse en ninguna otra cosa. Se sentía a la vez distante de cuanto la rodeaba y perfectamente consciente de todos los detalles. Como de las manos de él. Y de sus pecas. Y de cómo se le formaban dos pequeñas arrugas en la mandíbula cuando sonreía. Ni siquiera reparaba en los mosquitos que se lanzaban a su cuello y se quedaban atrapados bajo el cabello recogido, cebándose en la tierna piel de su nuca.

Lo mejor de todo era que Edward resultó ser un jinete experto: iba relajado en la silla, moviendo suavemente las manos atrás y adelante de modo que las riendas no lastimaran la boca del caballo, y de vez en cuando le acariciaba el lomo o espantaba alguna mosca. Joy había visitado anteriormente la caballeriza con un hombre que le gustaba, un banquero tímido amigo de su padre, y su débil enamoramiento se había disipado como el humo al verle montado a caballo, incapaz de disimular su miedo cuando el animal se puso a un trote lento. A William no quería ni tenerlo cerca. Nada mejor que ver un hombre a caballo para dejar de pensar en él. Pero, hasta ahora, Joy no había reparado en el inmenso atractivo de un hombre que sabía montar bien.

—¿Ha estado en Escocia? —dijo Edward.

—¿Qué?

—Estos mosquitos. Son una lata —dijo, dándose un bofetón en la nuca—. Te pican por todas partes.

Joy se ruborizó y bajó la vista. Cabalgaron.

El cielo empezaba a encapotarse, y a esas alturas Joy ya no sabía si era la humedad del aire o el sudor lo que le empapaba la ropa y hacía que las briznas de hierba se le pegaran a la piel. Aquella atmósfera parecía embotarlo todo, apagando el sonido de los cascos de los caballos como si los llevaran envueltos en tela, cubriendo a ambos jinetes con un tibio manto mojado. Arriba, con Lion Mountain como telón de fondo, hasta los buitres parecían flotar en el aire como gotas negras de humedad, como si el movimiento mismo exigiera demasiado esfuerzo, mientras las hojas que rozaban las botas de Joy dejaban un rastro de agua pese a que no llovía.

Si él notó la confusión que dominaba sus pensamientos, o que se ruborizaba repetidas veces y le costaba hablar, o que su caballo se aprovechaba de su ensimismamiento para dar algún que otro bocado a los matorrales, Edward no dijo nada. Joy recobró un poco la compostura cuando torcieron por un camino de herradura paralelo a un arrozal, y luego cuando él paró en una choza junto al camino para conseguirle un pedazo de sandía, pero ese cambio solo se notó en que podía mirarle ya sin avergonzarse. Fue entonces cuando cayó en la cuenta de que se le había soltado la cinta y de que el pelo le caía de cualquier manera, cubriendo sus hombros con mechones sudorosos. Pero si Edward se fijó, tampoco dio señales de ello; simplemente alargó la mano para pasarle su pañuelo y apartarle un mechón de la cara. Minutos después, ella seguía sintiendo la piel electrizada por el contacto de su mano.

—Sabe, Joy, lo he pasado muy bien —dijo él, pensativo, mientras iban a guardar los caballos—. No sabe lo que ha significado para mí poder montar otra vez.

Ella era consciente de que antes o después tendría que decir algo, pero pensaba que si abría la boca diría algo inapropiado o, peor aún, revelaría aquel extraño anhelo que había notado surgir dentro de sí. Si no decía nada, ¿qué era lo peor que él podía pensar?

—Además, no conozco a muchas chicas que sepan montar a caballo. Verá, las chicas de mi pueblo son, cómo le diría, un poco tirando a corpulentas. Ya sabe, chicas de pueblo. Y cada vez que llegamos a un puerto, las jóvenes que conozco solo quieren ir a fiestas y decir cosas ingeniosas, y a mí eso no se me da muy bien. Tuve una novia, se parecía un poco a usted, pero ella... Bueno, eso pasó a la historia. Y hacía siglos que no conocía a alguien con quien pudiera pasar un rato tranquilo.

Joy estuvo a punto de darle un beso. Lo sé, lo sé, quería gritar. A mí me pasa lo mismo. Siento las mismas cosas que tú. Pero se limitó a sonreír, asintiendo con la cabeza, mirándolo de reojo por detrás de sus cabellos húmedos, censurándose por su repentina transformación en la clase de chica que ella siempre había despreciado. Joy no sabía qué buscar en un hombre —jamás se le había ocurrido que le tocaba a ella decidir lo que quería—, y ahora se sentía atraída por él, no por sus cualidades específicas sino por toda una lista de negaciones: su capacidad para no hacerla sentir incómoda, el hecho de que no pareciera un saco de patatas encima de un caballo y de que no la mirara como si deseara que fuese otra persona. Algo empezó a crecer dentro de Joy: era mayor que las náuseas, y la incapacitaba de igual manera.

—Gracias. En fin, lo he pasado en grande. —Edward se frotó la cabeza y el pelo se le puso erizado. Luego desvió la vista—. Y también sé que usted no quería que viniese.

Joy le miró aterrorizada al oír sus palabras, pero ahora fue él quien volvió la cabeza. A Joy no se le ocurría ninguna manera de comunicarle que la había interpretado mal, que ella no huía de él sino del recuerdo de la borrachera, y que no deseaba que la recordara por aquella escena. Oh, ¿dónde estaba Stella cuando Joy la necesitaba? Ella siempre sabía cómo hablar con las personas del otro sexo. Pero cuando había decidido optar por una escueta negativa como la mejor respuesta, ya era demasiado tarde y se dirigían hacia el establo con los caballos, que cabeceaban cansinamente con sus largos pescuezos agachados.

Edward se ofreció a guardar los caballos y el señor Foghill le sugirió a Joy que fuera a refrescarse al servicio de señoras. Al verse en el espejo, se dio cuenta de que el hombre había sido muy atento; su aspecto era espantoso. Tenía el pelo hecho una masa informe y apelotonada, como la que se forma en la bañera. Cuando intentó pasarse los dedos, le fue imposible llegar al cuero cabelludo. Su cara estaba empapada de humedad y a la vez tiznada de polvo del camino, y había manchas de saliva en su blusa blanca, allí donde el caballo había intentado frotarse la cabeza después de que ella hubiera echado pie a tierra. Se restregó la cara con furia empleando una toalla pequeña humedecida, casi llorando por no haberse acordado de llevar consigo algo tan simple como un peine o un cepillo. Stella jamás habría olvidado una cosa así. Pero cuando salió del servicio Edward la recibió con una gran sonrisa, como si su aspecto no fuera en absoluto descuidado. Fue entonces cuando ella notó que él tenía los pantalones manchados de tierra y de sudor, limpios únicamente de rodilla para abajo, gracias a las botas que el señor Foghill le había dejado.

—Su carroza la está esperando —dijo él, riéndose de su propio aspecto—. Tendrá que indicarme el camino. No tengo la menor idea de dónde estamos.

Edward permaneció un poco más callado en el viaje de vuelta, y eso hizo que el silencio de Joy fuera más notable. Logró indicarle el camino pero, pese a que se sentía muy a gusto en su compañía, seguía sin ser capaz de decir nada interesante. Todo le parecía frívolo o inconsistente, cuando lo que quería hacerle saber era que en tan solo cuatro horas había conseguido cambiar por completo las coordenadas de su mundo. En los ojos de él veía otros países, campos verdes y perros de caza, aldeanos excéntricos y un mundo desprovisto de fiestas de gala. En su voz oía un modo de hablar libre de artificio y agudezas, a años luz del lenguaje amanerado de los expatriados de Hong Kong. En sus manos grandes y pecosas veía caballos y atenciones, y también algo más, que le producía un nudo en el estómago de puro deseo.

—Ojalá la hubiera conocido antes —estaba diciendo él.

—¿Cómo? ¿Decía usted...? —Joy se llevó la mano al oído.

—Digo que ojalá la hubiera conocido antes. —Aminoró la marcha a fin de que ella pudiera oírle mejor. Un vehículo repleto de oficiales de marina los adelantó saludando con groseros bocinazos—. Yo... yo... En fin. No sabe cuánto me aflige tener que partir pasado mañana.

Joy notó un frío súbito en su corazón. Todas sus venas se helaron de repente.

—¿Qué? ¿A qué se refiere?

—Zarpamos dentro de dos días. Me queda uno de permiso en tierra, y luego partimos rumbo a aguas coreanas.

Joy no pudo disimular una expresión de terror. El mundo era demasiado cruel. Ahora que había encontrado a alguien, a él, tenía que irse tan pronto...

—¿Cuánto tiempo estará fuera? —Su voz sonó por fin, y lo hizo con un hilo tembloroso. No parecía la suya. Edward volvió la cabeza para mirarla, captó algo en su cara y siguió mirando al frente, haciendo señas de que iba a detenerse.

—No creo que volvamos a Hong Kong —dijo, mirándola—. Echaremos una mano a los yanquis en Corea, y después nos vamos a Nueva York. Navegaremos varios meses. —Mientras lo decía, la miraba a los ojos como para darle a entender que era imposible comunicarse cuando uno está siempre en movimiento.

Joy creyó que el corazón le iba a explotar. Su manos estaban temblando. Era como si le hubieran dado la llave de una celda y resultara que la llave era de goma. Comprendió, desconsolada, que se iba a echar a llorar.

—No puedo —dijo en voz queda, mordiéndose el labio.

—¿Qué? —Edward había alargado el brazo y su mano estaba muy cerca de la de ella.

—No puedo dejarle marchar. No puedo. —Joy lo dijo en voz alta, traspasándole con la mirada. Mientras hablaba, no podía creer lo que estaba diciendo, lo inadecuado de sus palabras, teniendo en cuenta que ella era una joven de buena familia. Pero le salían sin poder evitarlo, y cada una de ellas era tan sólida como una piedra, cayendo ante él como una ofrenda.

Se produjo una larga pausa, durante la cual pensó que se iba a morir. Entonces Edward le tomó la mano. Era una mano cálida, seca.

—Creía que yo no le gustaba —dijo.

—Nunca me ha gustado nadie. Quiero decir, hasta ahora. Jamás me había sentido a gusto con nadie. —Ahora hablaba a borbotones, pero él no apartó la mano—. Me cuesta mucho hablar con la gente. Y aquí no hay gente con la que me guste hablar. Salvo Stella. Es mi mejor amiga. Y cuando apareció usted esta mañana me sentí tan avergonzada por lo de anoche que me pareció más fácil hacer que se fuera que ser amable con usted. Pero luego, mientras íbamos en el coche y todo lo demás, me di cuenta de que nunca me había sentido tan bien. No me he sentido juzgada en ningún momento. Pensaba que podía quedarme sentada y que esa persona lo comprendería.

—Yo pensaba que tenía usted resaca —dijo Edward riendo.

Pero Joy estaba tan emocionada que fue incapaz de reír con él.

—Estoy de acuerdo con todo cuanto ha dicho hoy. No hay nada de lo que ha dicho que yo no piense. Quiero decir, no me refiero a las cacerías porque yo nunca he ido a cazar. Pero todo lo que ha dicho sobre las fiestas y la gente, y que a veces prefiere los caballos y que no le importa que la gente lo encuentre raro, bueno, yo pienso lo mismo. Es como si hubiera escuchado mis propios pensamientos. Por ese motivo no puedo dejarle marchar. Y si le horroriza lo que le he dicho y cree que soy la persona más horrible y más atrevida que haya conocido nunca, pues tampoco me importa, porque es la primera vez en toda mi vida que creo haber sido sincera de verdad.

Dos gruesas lágrimas salobres empezaron a descender por las sonrojadas mejillas de Joy, embargadas de emoción en lo que era sin duda la parrafada más larga que había pronunciado desde que era adulta. Tragó saliva en un intento por poner freno a sus palabras, asombrada y excitada a la vez por lo que había hecho. Se había postrado delante de aquel hombre a quien no conocía de un modo que su madre, e incluso también Stella, habrían considerado insensato. Y cuando le había dicho que no le importaba, no era cierto. Si él la abandonaba ahora diciendo alguna trivialidad sobre lo bien que lo había pasado y que, sin duda, ella debía de estar muy cansada, Joy se aguantaría hasta llegar a casa y luego encontraría la manera de quitarse la vida. Porque de ningún modo podía seguir nadando en la superficie de su existencia después de haberse zambullido y encontrado algo fresco, tranquilizador y profundo. Deseó que él le dijera al menos que comprendía lo que estaba diciendo. Aunque solo dijera eso, para ella sería suficiente.

El silencio fue largo y penoso. Un coche les adelantó acelerando.

—Creo que deberíamos volver —dijo él, poniendo de nuevo la mano sobre el volante y utilizando la otra para accionar la rígida palanca de marchas.

Joy se quedó helada y, poco a poco, fue hundiéndose en el asiento, notando la columna vertebral tan frágil que le pareció que podía partirse en cualquier momento. Se había equivocado. Por supuesto. ¿Qué le había hecho pensar que podía ganarse el respeto de un hombre, y mucho menos su corazón, con un exabrupto como aquel?

—Lo siento —susurró, dejando caer la cabeza sobre el pecho—. Lo siento mucho.

Santo Dios, pero qué tonta había sido.

—¿Qué es lo que siente? —dijo Edward, y le apartó los cabellos de la cara—. Quiero hablar con su padre.

Joy le miró sin entender. ¿Iba a decirle que su hija era una tonta?

—Mire —dijo él, ahuecando la mano alrededor de la cara de ella. Olía a sudor. Y a caballo—. Sé que esto le parecerá un poco repentino. Pero, Joy, si usted me acepta, quiero pedirle permiso a su padre para casarnos.

—No pensarás que vamos a decir que sí, ¿verdad? —dijo su madre, con la cara iluminada de asombro al descubrir que su hija había conseguido suscitar en un hombre sentimientos de tal envergadura. (Su mal humor se había exacerbado debido a que ellos habían aparecido antes de que hubiera tenido tiempo de maquillarse la cara.)— Ni siquiera le conocemos. —Hablaba como si él no estuviera presente.

—Le diré todo cuanto quiera saber, señora Leonard —dijo Edward, con las piernas estiradas, mostrando los pantalones sucios de tierra.

Joy los miró sintiendo el júbilo de poseer algo nuevo. Había pasado el resto de la jornada en un estado de aturdimiento, riéndose casi histérica de la locura que acababan de hacer. ¡Ella no le conocía! ¡Él no la conocía a ella! Y sin embargo se habían sonreído el uno al otro con alocada complicidad, tomándose las manos con torpeza, y ella había puesto su vida a disposición de él. Nunca había esperado encontrar a nadie. Ni siquiera había pensado en buscar a alguien. Pero él parecía saber lo que se hacía, y daba la impresión de saber mejor que ella lo que era correcto. Y ni siquiera le había preocupado la perspectiva de plantear aquella locura a sus padres.

Edward respiró hondo y empezó a dar datos sobre su persona.

—Mi padre era juez, está jubilado, y se ha mudado con mi madre a Irlanda, donde crían caballos. Tengo una hermana y un hermano, ambos casados y mayores que yo. Tengo veintinueve años, llevo en la armada casi ocho, desde que dejé la universidad, y tengo una cuenta fiduciaria aparte de mi salario de oficial.

El leve gesto de su madre arrugando la nariz al oír mencionar Irlanda quedó compensado por las palabras «cuenta fiduciaria». Pero era a su padre a quien Joy estaba observando, desesperada por encontrar en él algún síntoma de aprobación.

—Es todo muy precipitado. No veo por qué no pueden esperar.

—¿Cree usted que la ama? —Retrepándose en su butaca, con el gin-tonic en la mano, su padre miró a Edward. Joy se ruborizó de golpe. Era casi obsceno que lo preguntara de aquella manera.

Edward miró a Joy largamente y luego le tomó la mano, haciendo que se pusiera colorada otra vez. Ningún hombre la había rozado siquiera en presencia de sus padres.

—No sé si alguno de los dos puede llamarlo amor todavía —dijo con calma, casi dirigiéndose a Joy—, pero no soy ningún jovencito estúpido. He conocido a muchas chicas, y tengo la absoluta certeza de que Joy no se parece a ninguna de ellas.

—De eso puede estar seguro —dijo su madre.

—Creo que puedo hacerla feliz, eso es todo. Si hubiera querido, habría intentado tranquilizarlos. Pero lo cierto es que debo zarpar de inmediato.

A Joy no se le ocurrió poner en cuestión la inmediatez de los sentimientos de Edward. Simplemente agradecía que parecieran estar a la altura de los que ella experimentaba. Deleitándose aún con la idea de que alguien la considerase única en un sentido favorable, tardó unos minutos en darse cuenta de que la mano de él sudaba.

—Es demasiado pronto, Graham. Díselo tú. Si ni siquiera se conocen bien.

Joy advirtió que a su madre le brillaban los ojos; un fulgor de nerviosismo. Está celosa, pensó de repente. Está celosa porque se siente frustrada y no soporta la idea de que alguien me pueda sacar de aquí.

Su padre se quedó mirando a Edward un rato más, como si pensara algo. Edward aguantó la mirada.

—Bien, hoy en día todo va muy deprisa —dijo Graham, indicando a Bei-Lin que fuera a por más bebidas—. Ya sabes cómo eran las cosas en la guerra, Alice.

Joy tuvo que reprimir una sensación de entusiasmo fugaz. Apretó la mano de Edward y notó que él le devolvía, si bien disimuladamente, el apretón.

Su padre apuró la copa. Por un momento, pareció estar absorto en algo que sucedía al otro lado de la ventana.

—Bien, supongamos que digo que sí, joven. ¿Qué piensa hacer al respecto en treinta y seis horas?

—Queremos casarnos —dijo Joy, casi sin aliento. Se sentía capaz de hablar ahora que únicamente parecían estar discutiendo la fecha.

Su padre no la oyó. Estaba hablando a Edward.

—Respetaré lo que usted disponga, señor.

—Entonces les doy mi bendición... Para el compromiso.

A Joy le dio un vuelco el corazón.

—Podéis casaros cuando te concedan el próximo permiso para bajar a tierra.

Se produjo un silencio impactante. Pugnando por reprimir su desilusión, Joy apenas oyó los pasos de Bei-Lin detrás de la puerta, apresurándose para avisar al *amah* de la cocina. Su madre la miró a ella y luego a su padre. ¿Qué pensaría la gente?

—Si la cosa va en serio, no tendréis inconveniente en esperar. Podéis comprar el anillo, hacer las invitaciones necesarias y después casaros. —Su padre dejó el vaso sobre la mesa lacada, dando por zanjada la cuestión.

Joy miró a Edward, que espiraba lentamente. Deseó que protestara ante aquella decisión, que dijera que tenían que casarse enseguida. Que se la llevara en su gran barco de guerra.

Pero Edward no dijo nada.

Al mirarle, Joy experimentó la primera sensación de desencanto con su nueva pareja; el primer atisbo amargo de que el hombre en quien había puesto todas sus esperanzas, toda su fe, podía no ser exactamente lo que ella había esperado.

—¿Cuándo será eso? —preguntó, tratando de disimular el temblor en su voz—. ¿Cuándo crees que desembarcarás?

—Nuestra próxima escala es Nueva York —dijo él, casi en tono de disculpa—, pero eso no será hasta dentro de unos nueve meses. Tal vez un año.

Joy se incorporó en la silla y miró a su madre, que ahora estaba más relajada. Casi sonreía; una sonrisa condescendiente, como si dijera: «Ah, los jóvenes. Creen que están enamorados, pero ya veremos lo que pasa dentro de seis meses». Joy comprendió, con un escalofrío, que Alice quería demostrar que tenía razón. Necesitaba la afirmación de que el amor verdadero no existía, de que todo el mundo acaba siendo tan infeliz en su matrimonio como ella. Pues bien, si pensaban que eso la iba a disuadir, se equivocaban.

—De acuerdo, nos veremos dentro de nueve meses —dijo mirando a los ojos azules de su nuevo prometido, queriendo comunicarle toda la certeza que ella sentía en su interior—. Solo te pido que me escribas.

La puerta se abrió.

—¡Dios salve a la reina! —dijo Bei-Lin, entrando con una bandeja de bebidas.

1

Octubre de 1997

El limpiaparabrisas del coche de Kate se estropeó definitivamente antes de llegar a Fishguard, atascándose para deslizarse
luego con resignación hacia la capota, justo cuando la lluvia, que
hasta entonces había resultado intensa, pasó a ser torrencial.

—Oh, mierda —dijo, dando un volantazo mientras accionaba el interruptor del salpicadero—. No veo ni torta. Cariño,
si me detengo en la próxima área de descanso, ¿podrías sacar
la mano y limpiar un poco el cristal?

Sabine subió las rodillas hasta el pecho y miró ceñuda a su
madre.

—No va a servir de nada. Lo mejor sería parar.

Kate detuvo el coche sin apagar el motor, bajó la ventanilla
e intentó secar su parte del parabrisas con la punta de su bu-
fanda de terciopelo.

—Pues no podemos parar. Llevamos retraso. Y no voy a
dejar que pierdas el ferry.

Kate solía ser una persona bastante templada, pero Sabine
conocía aquel deje acerado de la voz de su madre, que le decía
que haría falta que se desencadenase un maremoto para impedir que Sabine subiera a aquel barco. Tampoco le sorprendía:
era un tono de voz al que había debido enfrentarse muchas
veces a lo largo de las tres semanas anteriores, pero aguantar

una vez más una prueba de su absoluta indefensión delante de su madre hizo que Sabine se volviera en su asiento para expresar una muda protesta.

Kate, intuyendo el voluble estado de ánimo de su hija, se dio cuenta de la situación y apartó los ojos.

—Sabes, si no te empeñaras en odiar todo esto, quizá te lo estarías pasando bien.

—¿Cómo quieres que me lo pase bien? Me envías a un sitio en el que he estado dos veces en toda mi vida, un pueblo de mala muerte donde tendré que pasar una temporada con una abuela que a ti te cae tan bien que no la ves desde hace tropecientos años, para hacerle de chacha mientras mi abuelo se pone las botas. Estupendo. Vaya vacaciones. Me dan ganas de vomitar.

—Mira, funciona otra vez. A ver si podemos llegar al puerto. —Kate giró el volante y el maltrecho Volkswagen se lanzó a la carretera mojada, lanzando hacia los costados sendos abanicos de color té—. Mira, Sabine, no sabemos si tu abuelo está tan grave como parece. Por lo visto solo está débil. Y creo que te hará bien salir un poco de Londres. Apenas conoces a tu abuelita, y estaría bien que os relacionarais un poco antes de que ella sea demasiado vieja, o tú te dediques a viajar o a lo que sea.

Sabine no dejó de mirar por su ventanilla.

—Abuelita. Lo dices como si fuéramos una familia feliz.

—Y me consta que ella agradecerá que le echen una mano.

Sabine siguió en sus trece. Sabía perfectamente por qué la mandaban a Irlanda, y su madre era consciente de ello, y si era tan hipócrita como para no reconocerlo, entonces que no esperara que Sabine fuese franca con ella.

—Carril izquierdo —dijo, con la nariz pegada a la ventanilla.

—¿Cómo?

—Carril izquierdo. Tienes que situarte en el izquierdo para ir a la terminal del ferry. Santo Dios, mamá, ¿por qué no te pones las malditas gafas?

Kate metió el coche en el carril izquierdo haciendo caso omiso de los bocinazos de protesta, y siguiendo las malhumoradas indicaciones de su hija se aproximó al oscilante cartel que decía PASAJEROS A PIE. Buscó un sitio donde aparcar en medio de aquel desierto de asfalto batido por el viento, a la sombra de una sosa Lubyanka gris. ¿Por qué todas las oficinas tenían que tener un aspecto desolador?, se preguntó distraída. Como si la gente no fuera lo bastante desdichada antes de entrar en ellas. Cuando el coche y el limpiaparabrisas se detuvieron otra vez, la lluvia borró el edificio de la vista convirtiendo todo el exterior en un enorme cuadro impresionista.

Kate, para quien sin gafas la mayoría de las cosas eran un cuadro impresionista visto de cerca, miró el contorno de su hija y deseó de repente poder despedirse de ella como sin duda hacían otras madres con sus hijas. Quería decirle lo mucho que sentía que Geoff se marchara, y que por tercera vez en su joven vida fuera a producirse un cataclismo en la familia. Quería decirle que la mandaba a Irlanda para protegerla, para ahorrarle la visión de las amargas escenas que ella y Geoff apenas habían podido reprimir al término de sus seis años de relación, y quería decirle que aunque ellas dos ya no se entendieran, Kate deseaba que ella sintiera que tenía una especie de abuela, alguien aparte de su madre.

Pero Sabine siempre conseguía que le resultase imposible decir cualquier cosa: era como si estuviera recubierta de un caparazón de púas, como un erizo mohíno y orgulloso. Si Kate decía que la quería, Sabine la cortaba por ponerse en plan «la casa de la pradera». Si hacía ademán de abrazarla, la otra daba un respingo al mero contacto de sus brazos. ¿Cómo hemos llegado a esto?, se preguntaba a menudo. Yo estaba decidida a que nuestra relación fuera distinta, a que tú tuvieras todas las libertades que se me negaron a mí. A que fuéramos amigas. ¿Cómo has llegado a despreciarme?

Kate se había vuelto una experta en ocultar sus sentimientos a su hija. Sabine todavía la odiaba más si se ponía en plan sentimental; le salían más púas. Kate metió la mano en su atiborrado bolso y le pasó los billetes de barco, así como lo que consideró una generosa cantidad de dinero para sus gastos. Sabine hizo como que no se enteraba.

—Bueno, la travesía durará unas tres horas. Parece que hay marejada, pero creo que no he traído nada para el mareo. Llegarás a Rosslare a eso de las cuatro y media. La abuelita te estará esperando en el punto de información. ¿Quieres que te lo anote?

—Creo que me basta con recordar las palabras «punto de información» —dijo lacónicamente Sabine.

—Bien, si hubiera algún problema, he anotado los teléfonos de la casa en el reverso del billete. Y llámame cuando llegues, para que sepa que estás bien.

Para asegurarte de que no hay moros en la costa, pensó Sabine. Su madre debía de creer que era una estúpida, que realmente no se enteraba de lo que estaba pasando. En las últimas semanas, más de una vez había querido gritarle: «Lo sé, te enteras. Sé por qué tú y Geoff os vais a separar. Sé lo tuyo con ese idiota de Justin Stewartson. Y por eso me mandas fuera unas cuantas semanas, para poder montártelo sin que ni Geoff ni yo te estorbemos».

Pero, a pesar de toda su rabia, nunca le había dicho nada. Y es que su madre parecía muy triste, muy desdichada con todo aquel asunto. Pero si Kate pensaba que ella se iría sin protestar, estaba muy equivocada.

Permanecieron unos minutos dentro del coche. De vez en cuando la lluvia amainaba y les permitía atisbar delante de ellas la fea terminal, pero luego arreciaba otra vez y la imagen se convertía en una acuarela.

—¿Se habrá ido Geoff cuando yo regrese? —Sabine levantó la barbilla al decir esto, para que sus palabras sonaran más como un desafío que como una pregunta.

Kate la miró.

—Seguramente —dijo—. Pero podrás verle siempre que quieras.

—Sí, como podía ver a Jim, ¿verdad?

—Entonces eras muy pequeña. Y la cosa se complicó porque Jim decidió formar otra familia.

—No, la cosa se complicó porque yo empecé a tener un maldito padrastro detrás de otro.

Kate hizo ademán de tocar el brazo de su hija. ¿Por qué nadie te dice en su momento que dar a luz es el menor de los dolores?, pensó.

—Será mejor que me vaya —murmuró Sabine, abriendo la puerta del coche—. No quisiera perder el ferry.

—Espera, te acompañaré hasta la terminal —dijo Kate, sintiendo que las lágrimas afluían a sus ojos.

—No te molestes —dijo Sabine, y después del portazo, Kate se quedó sola.

Fue una travesía muy movida, lo suficiente para que los niños se deslizaran gritando arriba y abajo por la alfombrada pasarela sobre unas bandejas que habían robado de la cena, mientras sus padres se columpiaban cómodamente de un lado a otro en unos bancos forrados de plástico, bebiendo latas de Red Stripe y prorrumpiendo de vez en cuando en ruidosos estallidos de risa. Otros hacían cola, tambaleándose, para comprar carísimas patatas fritas en el bar, sin prestar atención a las ensaladas que se estropeaban bajo el papel transparente, o jugaban a las máquinas tragaperras que emitían sonidos de sirenas y campanas a lo largo de las escaleras. A juzgar por el número de familias y el aplazamiento de las resacas, la travesía del domingo por la tarde debía de ser muy popular entre los turistas de fin de semana.

Sabine estaba en un asiento de ventana, aislada de toda aquella chusma molesta gracias a su reproductor de compactos portátil. Parecían de la misma calaña que la gente que solía ver en las gasolineras y los supermercados. Gente a la que no le importaba vestir de una manera o de otra, si llevaban un peinado pasado de moda o si su forma de sentarse o de hablar podía molestar a otras personas. Esto es lo que me espera en

Irlanda, se dijo lúgubremente mientras retumbaba en sus oídos el sonido de su último compacto. Un país atrasado. Sin cultura. Un sitio que no mola nada.

Por enésima vez maldijo a su madre por aquel exilio forzado, por verse privada de sus amistades, de su vida normal. Iba a ser una pesadilla. No tenía nada en común con aquella gente; sus abuelos eran casi extraños para ella; había dejado a Dean Baxter a merced de la malvada Amanda Gallagher justo cuando pensaba que las cosas empezaban a funcionar entre ellos dos; y, lo peor de todo, ni siquiera dispondría del móvil ni del ordenador para seguir en contacto. (Hasta ella tuvo que admitir que el ordenador abultaba demasiado para transportarlo, mientras que su madre le había dicho que se quitara de la cabeza la idea de que ella iba a costearle las llamadas internacionales desde su ya oneroso teléfono móvil. ¿Por qué decían eso? Si ella le hubiera dicho a su madre que se «quitara algo de la cabeza», Kate habría empezado con el cuento de que ojalá la hubiera enviado a un internado.)

No solo iba a estar exiliada; encima no podría disfrutar del móvil ni del correo electrónico. Pero mientras contemplaba deprimida el agitado mar de Irlanda, Sabine experimentó una ligerísima sensación de alivio al pensar que no tendría que presenciar las tensiones sin cuento que implicaría la dolorosa destrucción de la telaraña doméstica entre su madre y Geoff.

Ella sabía que ocurriría antes de que Geoff se diera cuenta de ello. Lo supo desde la tarde en que bajó de su cuarto y oyó a su madre susurrar por teléfono: «Ya lo sé. Yo también necesito verte. Pero sabes que de momento es imposible. Y no quiero que empeores la situación».

Se había quedado paralizada en la escalera, y luego tosió con fuerza. Su madre colgó rápidamente el teléfono y luego dijo, con exagerada alegría: «¡Ah, eres tú, cielo! ¡No te había oído! Estaba pensando en lo que podríamos cenar».

Su madre nunca preparaba cena. Como cocinera era un cero a la izquierda. De eso se ocupaba Geoff.

Y luego le había conocido a él. A Justin Stewartson. Fotógrafo de un periódico de izquierdas. Un hombre tan engreído que prefería tomar el metro en vez de subir al trasto de su madre. Un tipo que creía estar a la moda porque llevaba una chaqueta de cuero que podía haber molado cinco años atrás, y un pantalón caqui con botas de montaña. Se había empeñado en hablar con Sabine, soltando comentarios sobre grupos *underground* que pensaba que ella conocería, haciéndose el cínico y el entendido en asuntos discográficos. Sabine lo había observado como si quisiera fulminarle con la mirada. Sabía por qué trataba de hacer buenas migas con ella, y no iba a dejarse engatusar. Y los hombres de más de treinta y cinco años jamás molarían, por mucho que pensaran que entendían de música.

Pobre Geoff. El viejo y rancio Geoff. Se quedaba en casa, ceñudo y preocupado noche tras noche por los pacientes que no se dejaban ayudar, llamando a todas las unidades de psiquiatría del centro de Londres en un intento de evitar que otro majara acabara en la calle. No tenía ni zorra idea de lo que pasaba. Y su madre entraba y salía como si con ella no fuera la cosa, pero fingiendo que le preocupaba, hasta el día en que Sabine bajó y se dio cuenta de que Geoff lo sabía, porque le dedicó una de aquellas miradas suyas, largas e inquisitivas, como diciendo: «¿Lo sabías? ¿*Et tu*, Bruto?». Era difícil engañar a Geoff el psiquiatra, de modo que cuando ella le devolvió la mirada intentó transmitirle la solidaridad que sentía con él y la desaprobación que le inspiraba el patético comportamiento de su madre.

No permitió que ninguno de los dos supiera cuánto había llorado. Geoff la irritaba, siempre tan serio, y Sabine nunca le había permitido hacer el papel de padre. Pero había sido bueno con ella, y había cocinado y mantenido a mamá, y estaba en la casa desde que Sabine era pequeña. A decir verdad, había durado más que los otros. Además, pensar que su madre podía hacerlo con Justin Stewartson le daba ganas de vomitar.

A las cuatro y media avisaron de que faltaban unos minutos para arribar a Rosslare. Sabine se puso de pie y se dirigió al punto de desembarco de los pasajeros, tratando de no hacer caso del nerviosismo que notaba en su estómago. Era la segunda vez que viajaba sola, y la primera había sido un desastroso vuelo de «vacaciones» para reunirse con Jim, la anterior pareja de su madre, en España. Él había querido convencerla de que todavía la quería como si fuera de la familia. Su madre había querido convencerla de que en cierto modo todavía tenía un padre. La azafata de British Airways había querido convencerla de que era «una chica muy mayor» al viajar sola. Pero desde el momento en que Jim había aparecido en el aeropuerto con su nueva amiga, Sabine había sabido que sería un desastre. Solo le había visto una vez después de aquello, cuando Jim había intentado que se «implicara» con el bebé. La amiga había mirado a Sabine como si quisiera que se «implicara» lo menos posible. De hecho, no la culpaba. Al fin y al cabo, el bebé no era pariente directo, y a ella no le habría gustado que anduviera rondando por allí una niña de una relación anterior, como si fuera un alma en pena.

Al abrirse las puertas, Sabine se encontró avanzando por la pasarela entre personas que no dejaban de parlotear. Pensó en ponerse de nuevo los auriculares, pero temía perderse algún aviso importante. Lo último que quería era tener que llamar a su madre diciendo que se había equivocado de camino.

Miró en derredor preguntándose qué aspecto tendría su abuela. La foto más reciente que tenía de ella era de hacía más de diez años, la última vez que Sabine había visitado su casa de Irlanda. Apenas recordaba los detalles, pero la fotografía mostraba a una mujer de pelo oscuro, pómulos prominentes y bien parecida, que le sonreía con reserva mientras acariciaba el flanco de un poni gris.

¿Y si no la reconozco?, pensó con inquietud. ¿Se ofendería la abuela? Las felicitaciones que enviaba por Navidad y por su cumpleaños eran siempre breves y formales, no sugerían que la mujer tuviera mucho sentido del humor. Por lo poco que decía su madre, no era nada difícil meter la pata con ella.

Entonces lo vio a él, acodado en un mostrador que podía

ser o no el punto de información, sosteniendo un trozo de cartulina que llevaba escrito el nombre de Sabine. Era de estatura media, delgado, con el pelo negro y tupido cortado casi al cero. Debía de tener la edad de su madre. Mientras iba hacia allí se fijó también en que solo tenía un brazo. El otro terminaba en una mano de plástico con aspecto de garra que hacía pensar en la pose poco relajada de un maniquí de escaparate.

Se llevó inconscientemente la mano al pelo, comprobando que el viaje no se lo hubiera aplastado demasiado, y luego avanzó tratando de aparentar la máxima despreocupación.

—Has cambiado, abuelita —dijo.

Él la había estado mirando con gesto inquisitivo, como si quisiera cerciorarse de que ella era la chica en cuestión. Entonces sonrió, ofreciéndole la mano buena. Para ello hubo de dejar primero la cartulina sobre el mostrador.

—Hola, Sabine. Me llamo Thom. Eres mayor de lo que pensaba. Tu abuela dijo que eras... —Meneó la cabeza—. Bueno. No ha podido venir porque el veterinario está viendo a Duque. Yo seré tu chófer.

—¿Duque? —preguntó ella.

Thom tenía ese acento irlandés que solo se oye en las series de televisión, pensó Sabine. Su abuela no tenía el menor deje irlandés. Trató de no mirar la mano de plástico. Tenía la apariencia cérea de una cosa muerta.

—El caballo. Es el preferido de tu abuela. Tiene un problema en la pata. Y no quiere que nadie más cuide de él. Ha dicho que te vería en casa.

De modo que la abuela, a la que no veía desde hacía casi diez años, había decidido no ir a recibirla y había preferido quedarse con su jamelgo. Sabine notó que estaba a punto de llorar. Vaya, ese detalle bastaba para comprender lo esperada que era su visita.

—La abuela es un poco rara por lo que respecta a ese caballo —dijo Thom, midiendo las palabras, mientras le cogía la bolsa—. Yo no sacaría conclusiones. Sé que tiene muchas ganas de verte.

—Vaya manera de demostrarlo —dijo Sabine, y miró rápidamente a Thom para ver si pensaba que estaba enfadada.

Se animó un poco cuando salieron. No tanto por el coche —un Land Rover hecho polvo (aunque molaba más que el Volkswagen de mamá)— como por su carga: dos enormes labradores marrón oscuro, sedosos y sinuosos como focas, que parecían muy agitados por la aparición de los recién llegados.

—Bella y Bertie. Son madre e hijo. Vamos, aparta de una vez, perro tonto.

—¿Bertie? —Sabine no pudo evitar una mueca mientras acariciaba las dos adorables cabezas, tratando de apartar de la cara sus húmedos hocicos.

—Toda la familia tiene nombres que empiezan por B. Como los perros de caza. Solo que estos empiezan por H.

Sabine no quiso preguntar de qué estaba hablando.

Montó en el Land Rover y se puso el cinturón. No sin cierta inquietud, se preguntó cómo conduciría Thom con un solo brazo.

Resultó que no lo hacía demasiado bien. Pero mientras cruzaban las grises calles de Rosslare y enfilaban después la avenida principal hacia Kennedy Park, advirtió que no podía estar completamente segura de si ello era debido a la manera errática con que accionaba el cambio de marchas. Mientras iban dando tumbos por las calles mal pavimentadas, su mano traqueteaba temblorosa sobre la palanca.

Como trayecto a casa, decidió, era menos que prometedor. En las estrechas calles lluviosas de la ciudad portuaria no había ninguna tienda potencialmente interesante; por lo que ella podía ver, solo ostentaban ropa interior para viejas o accesorios para coche, mientras que fuera solo parecía haber setos vivos salpicados aquí y allá de modernos chalets provistos de antenas parabólicas, como si fueran hongos extraños surgidos de entre los ladrillos. Ni siquiera daba la sensación de estar en el campo. Había un parque dedicado a un presidente muerto, pero Sabine no creyó que llegase a estar tan desesperada por pisar terreno verde como para tener que ir allí.

—¿Qué se puede hacer en Wexford, si es que se puede hacer algo? —le preguntó a Thom, y él volvió ligeramente la cabeza y se rió de un modo que pareció que las comisuras de los labios se le iban a quebrar como si no estuviera habituado a hacerlo.

—Vaya, la chica de la gran ciudad ya está aburrida —dijo, pero lo hizo de un modo amistoso que a ella no le importó—. No te preocupes. El día que te marches de aquí, te preguntarás qué gracia tiene vivir en la ciudad.

Sabine, de alguna manera, lo dudaba.

Para tranquilizarse un poco, pensó en el brazo de Thom, que ahora estaba apoyado en la palanca del freno de mano. Sabine no había conocido nunca a alguien con una mano de mentira. ¿La tendría pegada con una cola especial? ¿Se la quitaría para dormir? ¿La dejaría en un vaso de agua como hacía su vecina Margaret con la dentadura postiza? Y luego estaban los aspectos prácticos: ¿cómo se ponía los pantalones? Ella se había roto el brazo una vez, y le resultaba imposible subirse la bragueta con una sola mano. Había tenido que pedir ayuda a su madre. Le miró de reojo la bragueta para ver si llevaba algún cierre de velcro o de un material parecido y apartó rápidamente la vista. Thom podía pensar que ella era una pervertida, y puesto que era simpático, Sabine no quería provocar las iras de un manco mientras estuviera allí.

Thom solo le dirigió la palabra una vez más, para preguntar cómo estaba su madre.

Sabine le miró con sorpresa.

—¿De qué la conoces? Debes de haber pasado aquí toda la vida.

—No exactamente. De joven viajé mucho. Y luego estuve un par de años trabajando en Inglaterra después de que ella se marchara.

—Mamá nunca habla de ti. —Sabine se dio cuenta enseguida de que había sido grosera, pero él no pareció tomárselo a mal. Cuando hablaba lo hacía con una suerte de período de dilación, como si midiera las palabras antes de dejarlas salir.

—No sé si lograría acordarse de mí. Yo trabajaba en la caballeriza, y a tu madre nunca le entusiasmaron los caballos.

Sabine le miró, ansiosa por seguir haciendo preguntas. Le resultaba extraño imaginarse a su madre allí, amiga quizá del jinete manco. A Kate solo la imaginaba en su entorno urbano: en la casa de Hackney, con sus suelos lisos, sus endrinos y sus pósters de exposiciones de arte que atestiguaban unas credenciales progresistas, de clase media baja. O comiendo en una de las cafeterías étnicas de Kingsland Road, charlando muy seria con sus airadas amigas de largos pendientes, tratando de postergar el desagradable momento de seguir redactando su artículo. O llegando a casa extasiada por una película que acababa de ver, mientras Geoff, el eterno realista, lamentaba que el filme se hubiera apartado del tradicional imaginario de la escuela alemana. O algo así.

Pensar en Geoff no solo hizo que se le encogiese el estómago sino que le puso los nervios de punta. Se preguntó, por un instante, si él intentaría escribirle. Saber que Geoff y su madre nunca iban a volver a estar juntos hacía que todo fuese más complicado. No sabía cómo comportarse con él. Geoff seguramente conocería a otra mujer, como Jim, y luego Justin Stewartson le daría calabazas a mamá, y ella se deprimiría, y de qué manera, y preguntaría por qué los hombres «se comportan como si fueran extraterrestres». Pues bien, ella no pensaba compadecerse de su madre. Y nunca aceptaría ir de vacaciones con Geoff en el caso de que formara otra familia. Eso por descontado.

—Hemos llegado —anunció Thom.

No recordaba nada de la casa por fuera, salvo sus dimensiones. De su infancia recordaba el interior del edificio: madera oscura en las escaleras y los laberínticos pasillos, olor a humo de leña, y a cera y a zorro. Recordaba las cabezas de zorro, clavadas y con la fecha correspondiente a su captura, sobresaliendo de los escudos y gruñendo impotentes desde las paredes. A los seis años de edad, le producían terror. Se pasaba el rato agazapada en la escalera, esperando que pasara alguien y así atreverse a pasar ella también por delante de los zorros. Del exterior recordaba apenas un burro quejoso que se pasaba el día rebuznando cuando ella se apartaba de su campo visual, una especie de chantaje sonoro. Su madre y Jim creían que la niña estaba enamorada del burro y le decían a todo el mundo lo cariñosa que era la bestia. Sabine no podía explicar que el burro la intimidaba, y se alegraba mucho cuando alguien la hacía entrar de nuevo en la casa.

Reparó ahora en la envejecida fachada de la casa: los ventanales georgianos con la pintura desportillada, los alféizares astillados y caídos como la piel arrugada de una vieja. Había sido sin duda una gran mansión, la mejor de cuantas había visto nunca. Pero parecía cansada, encorvada por la decadencia, como alguien a quien ya nada le importa y solo espera una buena excusa para morirse. Igual que yo, pensó Sabine, sintiendo una inesperada empatía.

—Espero que hayas traído buenos jerséis de lana —dijo Thom mientras subía los escalones con la bolsa de Sabina—. Ahí dentro hay una humedad de mil demonios.

Después de llamar al timbre, esperaron unos minutos hasta que la puerta se abrió y apareció una mujer alta, vestida con unas botas de goma y un pantalón de tweed, quitándose del jersey unas briznas de heno. Era vieja: frente, nariz y mentón habían adquirido definitivamente la exageración de la edad provecta. Pero allí estaba, alta y delgada. Cuando adelantó la mano, sus dedos aparecieron inesperadamente anchos y pegados unos a otros, como salchichas crudas.

—Sabine —dijo, sonriente. Y luego tendió también la otra mano, como si estuviera esperando un abrazo—. Siento no haber ido a buscarte al puerto. Esta tarde ha sido de locos.

Sabine no sabía si dar un paso al frente o no.

—Hola —respondió, incapaz de decir «abuelita». Se frotó la cabeza, le era imposible mantener las manos quietas—. Me alegro... me alegro de verte.

La abuela retiró las manos y se quedó allí de pie, con la sonrisa un tanto rígida.

—Sí. Bueno... ¿Has tenido un buen viaje? Ese ferry es espantoso. A mí no me gusta nada.

—No ha estado mal. —Sabine oyó cómo su propia voz menguaba hasta convertirse en un susurro. Sentía detrás de ella la presencia de Thom, a la espera, escuchando aquel ridículo intercambio de frases—. El mar estaba bastante movido, pero bueno... —Una pausa larga—. ¿El caballo se encuentra bien?

—No. La verdad es que no. Pobre animal. Pero le hemos dado un antiinflamatorio para que pueda pasar la noche. Hola, Bella, querida, hola, hola. Sí, ya sé. Sí, Bella. Eres una niña muy buena. Bertie, ni se te ocurra subir al piso de arriba.

Tras agacharse para acariciar los relucientes lomos de sus perros, la anciana se dirigió hacia el pasillo caminando con rigidez. Sabine se quedó allí de pie y miró a Thom. Él le indicó que le siguiera y luego, después de dejar la bolsa de Sabine en el rellano, hizo un saludo y volvió a bajar.

Invadida de repente por una necesidad infantil de pedirle que no se marchara, Sabine se quedó momentáneamente paralizada. Veía, no sin indignación, que su abuela no le había dado las gracias a Thom por haber ido a buscarla. Ni siquiera se había fijado en él. Sabine notó que los primeros indicios de resentimiento, que arrastraba consigo desde que había partido de Londres, se transformaban en algo más poderoso. Entró despacio y cerró la enorme puerta.

Los aromas y sonidos del vestíbulo sacudieron su memoria con la fuerza de una carga de dinamita. Cera de muebles. Telas viejas. El sonido de las uñas de los perros sobre el piso de losas. Detrás de su madre, que avanzaba a paso vivo por el pasillo, pudo oír el ominoso tictac del reloj de caja, señalando el tiempo con el mismo ritmo distante de la última vez que ella había estado allí, hacía una década. Solo que el aspecto de las cosas era distinto: ahora su estatura le permitía ver por encima de las mesas, donde permanecían los caballos de bronce en posición de descanso o en pleno salto de unos setos del mismo metal. En las paredes había óleos de más caballos, a los que se denominaba por sus nombres: Sailor, Witch's Fancy, Big Dipper, como los retratos de miembros de la familia ya medio olvidados. Sabine se encontró a gusto entre ellos. De pequeña no me ponía nerviosa, pensó. Y esta mujer es mi abuela, nada más. Seguro que está nerviosa porque voy a pasar aquí unos días, pensando de qué manera me voy a sentir más cómoda.

Pero la abuela parecía disimularlo muy bien.

—Te he preparado la habitación azul —dijo una vez arriba, señalando hacia el final del rellano—. La calefacción no es una maravilla, pero le diré a la señora H que te encienda fuego. Y tendrás que usar el baño del piso de abajo, porque aquí ya no llega agua caliente. No he podido prepararte la habitación buena porque la está ocupando tu abuelo. Y la de abajo tiene moho en las paredes.

Sabine trató de no mostrar su desagrado ante aquel descuido y contempló la habitación, un híbrido curioso de los años cincuenta y setenta. El papel pintado de las paredes, con motivos chinos, contrastaba con una alfombra turquesa de lanilla de estilo más moderno. Las cortinas, ribeteadas de brocados dorados, arrastraban por el suelo como si procedieran de una ventana más grande. En un rincón, sobre unas patas de hierro forjado, había una pila vieja, y junto a la chimenea, una toalla fina de color verde claro. Encima de la repisa había un cuadro de un caballo y una carreta, mientras que un retrato mediocre de una joven que podría haber sido la madre de Sabine ocupaba la pared contigua a la cama. Sabine no dejaba de mirar hacia la puerta, consciente de la callada presencia de su abuelo a unas puertas de distancia.

—En el armario hay algunas cosas, pero creo que tendrás espacio para dejar tu ropa. ¿No has traído nada más que eso? —La abuela miró la bolsa de Sabine y luego a ella, de arriba abajo, como si esperara algo.

—¿Tenéis ordenador? —dijo Sabine.

—¿Qué?

—Si tenéis ordenador. —Sabine comprendió que la respuesta era obvia. No había más que mirar aquella habitación.

—¿Ordenador? Aquí no hay nada de eso. ¿Y para qué necesitas un ordenador? —La voz sonó brusca.

—Para el correo electrónico. Así podría estar en contacto con mi casa.

Su abuela pareció no haberla oído.

—No —repitió—. Aquí no tenemos ordenador. Bien, si deshaces el equipaje tomaremos el té y luego podrás ir a ver a tu abuelo.

—¿Hay algún televisor?

Su abuela la miró detenidamente.

—Sí, hay uno. Lo tiene tu abuelo en su cuarto porque le gusta ver las noticias de última hora. Creo que podrás pedírselo de vez en cuando.

Cuando entraron en la sala de estar, Sabine se encontraba ya profundamente deprimida. Ni siquiera la llegada de la señora H —menuda, rolliza y despidiendo un aroma dulzón como el pan que ella misma horneaba— consiguió levantarle el ánimo pese a sus amables preguntas sobre la travesía en barco, la salud de su madre y su opinión sobre la habitación en la que iba a dormir. No había duda: Thom parecía ser la persona más joven de la casa, y tenía la misma edad que su madre. No había televisión por cable, ni ordenador, y todavía no había descubierto dónde tenían el teléfono. Y Amanda Gallagher le iba a robar a Dean Baxter antes de que Sabine volviera. Así debía de ser el infierno.

Cuando reapareció en la sala de estar, su abuela no parecía más contenta que antes. No dejó de mirar, disimuladamente, a su alrededor mientras comía, como si tratara de solucionar algún problema. De vez en cuando se levantaba muy tiesa de la butaca, se acercaba a la puerta y gritaba alguna orden a la señora H o a otra persona, no identificada, de modo que la cuarta vez, Sabine dedujo que su abuela no estaba acostumbrada a tomar el té y le parecía una imposición el hecho de tener que estar allí tanto rato con su nieta. No le preguntó por su madre ni una sola vez.

—A lo mejor tienes que ir a ver al caballo —dijo Sabine finalmente, pensando que eso las ayudaría a las dos.

Su abuela la miró con alivio.

—Sí. Tienes razón. Debería ir a ver cómo se encuentra. Muy bien. —Se puso de pie sacudiéndose las migas del pantalón, y los perros saltaron de inmediato para inspeccionar la alfombra. Al llegar a la puerta se volvió y dijo—: ¿Quieres echar un vistazo? ¿Vienes a ver los establos?

Sabine estaba loca por escapar y regodearse a solas en su desdicha, pero sabía que su abuela podía tomarlo como una grosería.

—Bueno —dijo de mala gana. Su depresión por la pérdida de Dean Baxter podía esperar media hora.

El burro había muerto hacía tiempo («Laminitis, pobre bestia», dijo la abuela, como si ella pudiera entenderlo) pero el resto de la caballeriza le resultó vagamente familiar. Desde luego, era un poco más alegre que el interior de la casa. Dos hombres flacos y encorvados iban de casilla en casilla con escobas y cubos, dividiendo una bala de heno en porciones cuadradas, mientras a sus espaldas los cascos de los caballos escarbaban el suelo de cemento o machacaban las tablas de madera. Sobre un balde puesto del revés se balanceaba un diminuto transistor que vomitaba confusas canciones de fondo. Contemplando la escena, Sabine recordó vagamente haber sido aupada a una de aquellas puertas, y haber chillado de miedo y placer cuando una cara alargada había asomado de la oscuridad para mirarla.

—Supongo que estarás demasiado cansada para montar, pero he hecho traer un bonito caballo castrado para ti. Te servirá mientras estés aquí.

Sabine se quedó boquiabierta. ¿Montar?

—Es que... hace siglos que no monto a caballo —tartamudeó—. Desde que era una niña. Bueno, yo... Mamá no me dijo que...

—Más tarde iremos a echar un vistazo al cuarto de los aperos. ¿Qué pie calzas? Creo que las viejas botas de tu madre te irán bien.

—Hace casi cinco años. No he vuelto a montar desde entonces.

—Entiendo. Debe de ser una lata montar a caballo en Londres, ¿verdad? Una vez fui a esa caballeriza que hay en Hyde Park. Para llegar a la hierba tuve que cruzar una avenida. —La abuela fue a reñir a uno de los mozos de cuadra por lo mal que había preparado el lecho de paja.

—En realidad, no sé si me apetece.

La abuela no la oyó. Había agarrado una escoba y estaba enseñando al mozo a barrer, con gestos breves y crispados.

—Verás, yo... No me gusta mucho montar. Ya no. —La voz de Sabine se elevó por encima de los escobazos, fina y aguda, y todos se volvieron al oírla.

La abuela, momentáneamente paralizada, se dio la vuelta y la miró:

—¿Qué?

—Que no me gusta. Montar. Creo que ya soy demasiado mayor para eso.

Los mozos se miraron el uno al otro, uno de ellos a punto de echarse a reír. Lo que Sabine acababa de decir sin duda equivalía a proclamar en Wexford: «Soy un asesino de bebés» o «Me pongo las bragas del revés para no poner la lavadora». Notó que se sonrojaba, y se maldijo por ello.

La abuela se la quedó mirando pasmada durante un minuto y luego siguió andando hacia los establos.

—No seas absurda —dijo—. La cena es a las ocho en punto. Tu abuelo bajará a cenar, de modo que no te retrases.

Sabine estuvo llorando casi una hora en su húmeda y apartada habitación. Maldijo a su condenada madre por enviarla a aquel estúpido lugar, maldijo a la antipática de su abuela y a sus estúpidos caballos, y maldijo a Thom por dejarla creer brevemente que la cosa podía no resultar tan mala. Luego maldijo a Amanda Gallagher, que —no le cabía duda— estaría saliendo con Dean Baxter mientras ella permanecía tumbada en la cama, a la compañía de transbordadores irlandesa por no quedarse en puerto cuando el tiempo era una mierda, y a la alfombra turquesa por ser tan horrible que si alguien llegaba a descubrir que ella había estado en un sitio como aquel, tendría que emigrar por narices. Y para siempre. Luego se incorporó y se maldijo a sí misma por ponerse colorada y perdida de mocos cuando lloraba, en vez de parecer triste, con esa cara melancólica de ojos grandes y piel limpia que a los hombres les parecía tan irresistible. «Toda mi vida es una maldita porquería», gimió, y luego lloró un poco más porque le parecía todavía más triste expresado en voz alta.

El abuelo de Sabine estaba ya sentado a la mesa cuando ella bajó despacio las escaleras. Vio su bastón antes de verle a él, asomando bajo la mesa entre sus piernas. Luego, al doblar la esquina del comedor le vio la espalda, curvada en forma de signo de interrogación, apoyada de un modo incómodo en el respaldo de la silla, acolchada con una manta de cuadros escoceses. La mesa estaba preparada para tres personas, y la gran extensión de caoba relucía entre ellos, pero el hombre estaba allí sentado a la luz de las velas, mirando al vacío.

—Ah —dijo despacio cuando ella entró en su campo visual—. Llegas tarde. La cena es a las ocho. En punto.

Un dedo huesudo señaló hacia el reloj de pared: Sabine llegaba con siete minutos de retraso, y se lo quedó mirando sin saber si debía disculparse.

—Bueno, siéntate, vamos —dijo él, reposando la mano sobre su regazo.

Sabine miró a su alrededor y se sentó delante del abuelo. Era el hombre más viejo que había visto nunca. Su piel, a través de la cual casi se le veía el cráneo, estaba indeciblemente arrugada: se hallaba surcada por centenares de pequeñas grietas, como si hubiera padecido décadas de sequía. Una vena delgada latía en su sien, abombada como si un gusano se le hubiera colado bajo la piel. A Sabine le costaba mirarle: casi resultaba doloroso.

—Así que... —la voz del abuelo bajó bruscamente de tono, como extenuada por su propio discurso— ... tú eres la pequeña Sabine.

Aquella afirmación no parecía exigir respuesta. Sabine puso cara de aceptación.

—¿Y cuántos años tienes? —Incluso sus preguntas sonaban con un tono apagado.

—Dieciséis —dijo ella.

—¿Qué?

—Dieciséis —repitió. Vaya por Dios, encima era sordo.

—Aaah, dieciséis. —Hizo una pausa—. Bien.

La abuela apareció por una puerta lateral.

—Ah, estás aquí. Bien. Traeré la sopa. —Mediante aquel «estás aquí», consiguió informarle de que había llegado tarde. ¿Qué les pasaba a todos?, pensó Sabine. No se podía decir que a ellos les funcionara demasiado bien el reloj.

—Los perros te han cogido una zapatilla —dijo la abuela desde la habitación contigua, pero el abuelo no pareció enterarse. Sabine, después de pensarlo un poco, decidió no transmitirle la información. No quería ser responsable de las consecuencias.

La sopa era de verduras. Verduras de verdad, no de lata, con trozos visibles de col y de patata. Se la comió, pese a que en casa la hubiera rechazado, porque el frío le había dado hambre. Tuvo que admitir que estaba realmente buena.

Sintiendo la necesidad de hacer algún comentario cortés, mientras comían en silencio, se incorporó un poco y dijo:

—La sopa está muy rica.

El abuelo levantó despacio la cabeza, apurando la cuchara con mucho ruido. El blanco de sus ojos, según notó Sabine, era casi de color de leche.

—¿Qué?

—La sopa —dijo ella, más alto—. Está muy rica.

Unos nueve minutos después, el reloj del vestíbulo anunció que eran las ocho. Un perro, en alguna parte, soltó un estremecedor aullido.

El viejo miró a su mujer.

—¿Se refiere a la sopa?

La abuela no levantó los ojos.

—Dice que está rica —afirmó en voz alta.

—Oh. ¿De qué es? —dijo él—. No noto el sabor.

—De verduras.

Sabine se puso a escuchar el tictac del reloj. Le pareció que sonaba más fuerte que antes.

—¿Has dicho de verduras?

—Sí.

Una larga pausa.

—No lleva maíz, ¿verdad?

La abuela se secó la boca con su servilleta de lino.

—No, querido. No lleva maíz. La señora H sabe que no te gusta el maíz.

El hombre volvió a su plato, como si examinara lo que contenía.

—No me gusta el maíz —le dijo despacio a Sabine—. Es horrible.

A esas alturas, Sabine se debatía entre una necesidad casi histérica de reír y un deseo irrefrenable de llorar al mismo tiempo. Se sentía atrapada en una especie de teleserie de tercera categoría, donde el tiempo quedaba congelado y nadie podía escapar. Tengo que volver a casa, se dijo. No voy a poder aguantar esto noche tras noche. Me acabaré muriendo de asco. Me encontrarán momificada en una habitación con una alfombra turquesa, y no podrán averiguar si me morí de frío o de aburrimiento. Y encima me estoy perdiendo lo mejor de la tele.

—¿Tú cazas?

Sabine miró a su abuelo, quien finalmente había terminado su sopa. Un rastro opaco y fino de la misma se le veía en la comisura de la boca.

—No —dijo ella en voz baja.

—¿Qué?

—No. Que no cazo.

—Habla muy flojo —le dijo él a su mujer, alzando la voz—. Debería hablar más alto.

La abuela, que había recogido los platos vacíos, salió diplomáticamente del comedor.

—Hablas muy bajo —dijo él—. Deberías alzar la voz. Es una grosería por tu parte.

—Lo siento —dijo Sabine en voz alta, y un tanto desafiante. Viejo estúpido.

—¿Y con quién vas de caza?

Sabine miró en derredor, deseando que regresara su abuela.

—No —respondió, prácticamente gritando—. Yo vivo en Hackney. Está en Londres. Allí no hay caza.

—¿No hay caza?

—No.

—Oh. —Parecía sorprendido, como si la ausencia de caza fuera un concepto nuevo para él—. ¿Y dónde montas a caballo?

Santo Dios, aquello era increíble.

—No monto —dijo Sabine—. No hay sitio donde montar.

—¿Y dónde guardas tu caballo?

—Sabine no tiene ningún caballo —dijo la abuela, entrando con una gran bandeja de plata, como un mayordomo de comedia—. Ella y Katherine viven en Londres.

—Ya. Conque Londres, ¿eh?

Oh, mamá, ven a rescatarme, imploró Sabine. Perdona que me portara tan mal contigo y con Geoff, y con Justin. Ven a buscarme. Te prometo que nunca volveré a quejarme de nada. Aunque tengas una lista interminable de novios imbéciles, yo no diré nada. Me quedaré en casa y sacaré excelentes en todo. Incluso dejaré de ponerme tu perfume.

—Bueno, Sabine, ¿te gusta cruda o bien hecha?

La abuela levantó la cobertera de la bandeja, y apareció una montaña de carne marrón rodeada de un círculo de patatas asadas, todo ello en medio de una laguna de salsa espesa que despedía un penetrante aroma.

—Puedes elegir, querida. Yo cortaré la carne. Vamos, no quiero que se nos enfríe.

Sabine la miró horrorizada.

—Mamá no te lo dijo, ¿verdad? —preguntó con un hilo de voz.

—Decirme qué.

—¿Qué? —dijo el abuelo, enfadado—. ¿Qué estáis diciendo? Habla en voz alta.

Sabine meneó la cabeza, lentamente, deseando no tener que aguantar el rictus exasperado de su abuela.

—Soy vegetariana.

2

En realidad era muy sencillo. Aparentemente. Si te bañabas en el cuarto de baño de abajo (no en el de arriba, que a todas luces había sido instalado al construirse la casa y había dejado de tener agua caliente más o menos por la misma época), a los cinco minutos de haber terminado tus abluciones tenías que retirar toda prueba de tu visita. Eso quería decir que había que recoger todas las toallas húmedas, frascos de champú, esponjas, incluso cepillos de dientes y dentífrico. De lo contrario, te los podías encontrar tirados frente a tu cuarto menos de media hora después.

Si querías desayunar, más te valía estar abajo a las ocho y media. Pero no en el comedor, sino en el cuarto del desayuno. Por supuesto. Y no a las nueve y cuarto, porque para entonces ya había pasado la mitad del día y la señora H tenía cosas mejores que hacer que esperar a que todo el mundo hubiera terminado, aunque era demasiado amable para decirlo ella misma. Y te daban gachas y luego tostadas. Con miel o mermelada. Ambas cosas en sendos tarritos de plata. Y no, no había muesli Alpen. Ni Pop Tarts.

Y no podías quejarte del frío. Te tenías que vestir como Dios manda, y no ir por ahí medio desnuda y repitiendo a cada momento que había mucha corriente de aire. Eso quería decir que debías ponerte jerséis gruesos. Y pantalones de igual grosor. Y si no tenías suficientes, solo tenías que decirlo, porque había a montones en la parte inferior de la cómoda gigante. Y solo una maleducada comentaba que olían a moho o que cualquiera habría dicho que procedían de un orfanato albanés. Y eso servía también para el calzado. No podías ponerte unas zapatillas de deporte caras y pretender que siguieran como nuevas. Tenías que ir al cuarto de los zapatos y buscarte unas botas. Y si te ibas a poner histérica por las arañas, entonces sacudías las botas antes de ponértelas.

Todo ello sin contar las normas que a una no debían recordarle a cada momento. Como no dejar subir a los perros. O llevar las botas puestas en el salón. O poner otro canal que no fuera el de las noticias, el favorito del abuelo. O empezar a comer antes de que todos estuvieran servidos. O usar el teléfono sin pedirlo primero. O sentarse encima del radiador para no tener frío. O darse un baño por la noche (o con más de quince centímetros de agua).

Cuando llevaba una semana allí, Sabine se dio cuenta de que había tantas normas que recordar, que la casa parecía casi una persona, igual de quisquillosa. En Londres la habían criado prácticamente sin normas: su madre había disfrutado casi perversamente dejando que ella misma estructurara su vida, una especie de existencia estilo Montessori, de modo que ahora, enfrentada a tantas restricciones (por lo demás incomprensibles), Sabine estaba cada vez más deprimida.

Eso fue hasta que Thom le enseñó la norma más importante de todas, que devolvió a su vida una cierta dosis de libertad: no se te ocurra, jamás, tratar de recorrer alguna distancia dentro de la casa o de la finca a un paso más lento que el propio de Kilcarrion House. Era esta una manera de andar muy resuelta que había que llevar a cabo alzando la barbilla y con la vista fija a una distancia media, lo cual, si se hacía a la velocidad correcta, servía para desviar cualquier pregunta del tipo «¿Adónde vas?» o, más a menudo, «¿Qué estás haciendo? Ven. Me ayudarás a limpiar el establo/ meter los caballos/desenganchar el remolque/pasar la manguera a la caseta de los perros».

—No es así solo contigo —dijo Thom—. No le gusta ver a nadie sin hacer nada. Se pone nerviosa. Por eso andamos todos así.

Ahora que Sabine se paraba a pensarlo, se dio cuenta de que era verdad. No había visto a nadie en toda la casa, con la salvedad de su abuela, que no andara como quien dice a toda mecha. Y como al viejo solo lo había visto sentado, no podía afirmar nada de él.

Pero había algo más que la casa y sus intrincadas normas. Sabine, separada de sus amistades, con solo una breve e insatisfactoria llamada telefónica a su madre, se sentía aislada de todo lo que ella conocía. Allí era una extraterrestre, tan perpleja ante sus abuelos como estos con ella. Hasta el momento había salido de la finca una sola vez, para acompañar a su abuela a una especie de hipermercado que había en el pueblo más próximo, donde si hubiera querido habría podido comprar de todo, desde queso para fundir hasta muebles de resina blanca para el jardín. Había, además, una estafeta de correos y una tienda con cosas para caballos. Ni McDonald's, ni cine, ni galerías comerciales. Ni revistas. Por lo visto no había nadie menor de treinta años. Con el *Daily Telegraph* y el *Irish Times* como únicos medios de contacto con el mundo exterior, Sabine ni siquiera sabía qué canción era la número uno de las listas.

En caso de que su abuela hubiera notado que Sabine se deslizaba peligrosamente por la pendiente de la depresión, había decidido evidentemente no hacer caso, o considerarlo una especie de debilidad adolescente. Cada mañana «organizaba» a Sabine, dándole una serie de tareas para realizar, como llevar documentación a las perreras, ir a buscar cosas al huerto para la señora H, y la trataba con el mismo desapego con que trataba a todo el mundo. Salvo a los perros, claro. Y, por encima de todo, a Duque.

Aquel había sido su peor enfrentamiento hasta el momento, peor aún que la insistencia de la abuela en que el vegetarianismo no podía aceptar el pollo de ninguna manera como alimento. Había ocurrido dos días después, cuando al empujar la puerta en el momento en que Duque era conducido a su casilla, Sabine había olvidado pasar el cerrojo inferior de un puntapié, como le habían dicho que hiciera, y había tenido que ver, estupefacta, cómo el viejo bayo, con un nerviosismo propio de un caballo mucho más joven y menos manso, había descorrido el cerrojo de arriba con los dientes y había salido con paso elegante hacia la libertad que le brindaban los campos.

La abuela y dos mozos, con ayuda de seis manzanas y un cubo de salvado, habían tardado casi dos horas en atraparlo, persiguiéndolo por los campos cuando el caballo parecía acercarse, para contemplar luego cómo se desviaba otra vez con la cola enhiesta cual desafiante bandera. Y cuando al anochecer el caballo llegó a paso lento, exhausto y con aire de arrepentimiento, cojeaba de mala manera. La abuela se había puesto furiosa, primero le había gritado varias veces que era una estúpida y luego, casi con lágrimas en los ojos, había vuelto su atención a su «muchacho», frotándole el pescuezo y riñéndole después en tono suave mientras iban los dos hacia el establo. ¿Y yo, qué?, se había preguntado Sabine, casi al borde de las lágrimas también. ¡Soy tu maldita nieta, te enteras, y ya es hora de que me digas una palabra amable!

A raíz de aquello, Sabine había empezado a planear su fuga. Y a evitar a su abuela, la cual se las apañaba, sin llegar a referirse al incidente de Duque, para hacer sentir a Sabine el peso de su reproche. Después de aquello ya no había vuelto a intentar abrazar a Sabine. De hecho, le había resultado difícil dirigirle la palabra durante un par de días. Solo pareció animarse cuando el veterinario anunció que la inflamación que Duque tenía en una pata estaba empezando a disminuir.

Así pues, Sabine pasaba la mayor parte del tiempo con Thom y los dos mozos, Liam y John-John, los cuales, como la señora H, eran parientes lejanos de la familia. Liam era un ex jockey libidinoso que parecía incapaz de decir nada que no tuviera un doble sentido, mientras que John-John, su protegido de dieciocho años, era casi mudo, y su piel prematuramente curtida parecía llevar grabada su desesperación por estrenarse en el cercano hipódromo. Aunque apenas hablaba, Thom parecía hacerse cargo de la frustración y el resentimiento de Sabine, y de vez en cuando aportaba algún comentario ligeramente burlón. Sabine ya no se fijaba en el brazo malo, cubierto hasta la muñeca por diversas mangas. Thom era un hombre con quien se podía hablar.

—No veas, tuve que esperar hasta las nueve y media para asegurarme de que el viejo hubiera terminado en el cuarto de baño, y luego ya no quedaba una gota de agua caliente. Me entró tal frío que cuando salí de la bañera tenía los pies morados. En serio. Y los dientes me castañeteaban.

Subida a la puerta del establo, dio un puntapié a un cubo, cuyo contenido rebosó su mellado borde. Mientras Thom procedía a rastrillar la paja limpia del montón que había junto a la pared, levantó una ceja y Sabine se bajó de la puerta, mirando hacia Duque casi sin darse cuenta.

—No hay secador, y el pelo me queda todo apelotonado. Las sábanas están húmedas, por no decir mojadas. Cuando me meto en la cama, he de separar una sábana de la otra. Y encima huelen a moho.

—¿Cómo lo sabes?

—¿Qué?

—Que huelen a moho. Ayer me dijiste que toda la casa olía a moho. A lo mejor resulta que las sábanas huelen bien.

—Se ve a simple vista. Tienen unas manchas verdes.

Thom lanzó una risotada sin dejar de rastrillar.

—Será el estampado de la tela. Apuesto a que eres miope como tu madre.

Sabine se lo quedó mirando.

—¿Cómo sabes tú que mi madre es miope?

Thom apoyó el rastrillo en la pared, se inclinó y retiró el cubo que reposaba bajo el pie de Sabine, esperando que ella se apartara antes de arrojar el agua.

—Estáis medio ciegos. Toda la familia. Lo sabe todo el mundo. Me extraña que no uses gafas.

Thom era así: pensabas que le tenías calado, le hablabas como si fuera un colega y luego, de vez en cuando, te soltaba algún comentario, sobre la madre de Sabine o sobre su propio pasado, y ella tenía que callarse y tratar de hacer encajar aquella información en el rompecabezas.

Las cosas que sabía de él (unas de primera mano, otras por la señora H, que era una auténtica emisora de radio cuando la abuela no estaba delante) eran que tenía treinta y cinco años, que había estado un tiempo en Inglaterra trabajando en una caballeriza, que había regresado bajo una especie de nube, y que había perdido el brazo montando a caballo. Esto último no lo sabía por él —pese a que era un hombre muy amable, Sabine no se había decidido aún a interrogarle sobre la amputación—, pero la señora H le había dicho que ella siempre había «pensado que los caballos serían su perdición. Thom no tiene ningún miedo, ¿entiendes? Y su padre era igual». La señora H no conocía toda la historia, pues no quería agobiar a su hermana —la pobre madre de Thom—, pero tenía algo que ver con la época en que él brincaba sobre los palos.

—¿Palos? —había dicho Sabine, imaginándose una cerca de estacas. ¿Se habría empalado Thom?

—Vallas. Era jockey de saltos. Es muchísimo más peligroso que las carreras, eso te lo puedo asegurar.

En esta casa todo tiene que ver con los caballos, pensó amargamente Sabine. Estaban todos obsesionados, era algo casi físico. De momento había conseguido librarse de montar el rucio en el campo que había detrás de la casa, diciendo a su abuela que le dolía la cabeza. Pero sabía por su expresión de impaciencia, por el modo en que había escogido un par de viejas botas de montar y un casco y lo había dejado todo significativamente frente a su dormitorio, que se le estaba acabando el tiempo.

Sabine no quería montar. Solo de pensar en ello le entraban náuseas. Había conseguido convencer a su madre hacía años de que quería dejarlo, después de que la visita semanal a la caballeriza empezara a producirle invariablemente mareos por los nervios, pues estaba absolutamente convencida —y por lo general no se equivocaba— de que aquella semana le tocaría montar uno de los «perversos» caballos de doma —esos que se encabritaban y se enarbolaban, y perseguían a los demás con las orejas hacia atrás y los dientes al descubierto—, y que aquella semana perdería el control, con los pies bailando fuera de los estribos y los brazos tirando con fuerza de las riendas. Para ella, no era un reto, como les parecía a las demás chicas. No era divertido siquiera. Y Kate apenas había puesto reparos, como si solo hubiera apuntado a su hija a hípica para seguir alguna tradición familiar.

—No quiero montar a caballo —le confió a Thom, mientras este devolvía un caballo a su establo.

—Estate tranquila. Es un potro muy manso.

Sabine miró hacia donde estaba el caballo rucio.

—Me da lo mismo. No quiero montar. ¿Tú crees que la abuela me obligará?

—Es un caballo estupendo. Lo he montado un par de veces y te aseguro que estarás bien.

—No me estás haciendo puñetero caso —dijo Sabine casi a voz en cuello. John-John asomó la cabeza por la puerta de la siguiente casilla—. No quiero montar ese caballo. No quiero montar ningún caballo. No me gusta montar.

Thom desenganchó la brida y le dio una palmada al caballo en la grupa con la mano buena. Se acercó a Sabine y cerró la puerta tras él pasando el cerrojo.

—Tienes miedo, ¿eh?

—He dicho que no me gusta.

—No tiene nada de malo acobardarse. A casi todos nos ha pasado alguna vez.

—¿Es que no me escuchas? Sois todos iguales. No me gusta montar a caballo.

Thom le apoyó en el hombro la mano postiza. Quedó allí, rígida e inflexible, curiosamente impropia del sentimiento que parecía querer transmitir.

—Mira, tu abuela no quedará satisfecha hasta que lo pruebes al menos una vez. Eso haría que las cosas mejorasen mucho. ¿Por qué no vienes conmigo mañana por la mañana? Me ocuparé de que todo vaya bien.

Sabine sintió ganas de llorar.

—De veras que no quiero. Dios mío, sácame de aquí. Mi vida es una mierda.

—Mañana por la mañana. Tú y yo solos —dijo Thom—. Es mejor que montes la primera vez conmigo que con ella, ¿no te parece? —Sabine le miró. Él le dedicó una sonrisa—. Te comería viva. Esa mujer es el peor culo de mal asiento de todo el sur de Irlanda. Hasta que Duque quedó lisiado, todavía salía a cazar a caballo con los perros.

—Me desnucaré, y luego a todos os sabrá mal.

—A mí sí, desde luego. No puedo cargar a una niña a cuestas con un solo brazo.

Pero al día siguiente consiguió escaparse de nuevo. Esta vez, sin embargo, tenía una excusa válida.

—Bien. Voy a estar fuera casi todo el día, y la señora H estará muy ocupada. Quiero que cuides de tu abuelo.

La abuela se había puesto «ropa de ciudad». Al menos, eso le pareció a Sabine: era la primera vez que la veía vestida con otra cosa que no fueran viejos pantalones de tweed y botas de goma. Se había puesto una falda de lana azul oscuro y de incierto, aunque verdaderamente añejo, origen, un cárdigan verde oscuro sobre un jersey de cuello redondo y la omnipresente chaqueta acolchada verde encima. Lucía un collar de perlas y se había cepillado el pelo de forma que le había quedado como suelen llevarlo los viejos, ondulado, y no con su característico toque eléctrico.

Sabine tuvo que de reprimir las ganas de preguntarle si se iba de juerga. Sabía que a su abuela no le iba a hacer gracia el comentario.

—¿Adónde vas, abuela? —preguntó sin curiosidad.

—A Enniscorthy. A ver si vendo uno de los potrillos a un entrenador que hay allí.

Sabine suspiró con mal disimulado hastío, sin prestar demasiada atención a las palabras de su abuela.

—Bien. Tu abuelo quiere el almuerzo a la una en punto. Está arriba durmiendo en su butaca; procura despertarle con una hora de antelación porque seguramente querrá arreglarse un poco antes de comer. La señora H le preparará el almuerzo y lo dejará en el cuartito que hay junto al comedor; te preparará comida también a ti, para que el abuelo no tenga que almorzar solo. Pero deberás poner tú la mesa porque ella tendrá mucho trabajo esta mañana repartiendo la fruta caída entre los vecinos. No vayas a molestar a Thom; tienen mucho que hacer en la caballeriza. Y no dejes subir a los perros. Bertie se metió ayer otra vez en el cuarto de tu abuelo y se comió su cepillo del pelo.

Pues no veo que sea una gran pérdida, pensó Sabine. Si solo le quedan dos pelos que peinar.

—Volveré a primera hora de la tarde. ¿Está todo claro?

—Almuerzo a la una. No retrasarse. No molestar a la señora H. No molestar a Thom. No dejar subir a los perros.

La abuela se la quedó mirando un buen rato con su inexpresiva mirada, y Sabine no pudo saber si había notado su tono insurrecto o si, como había hecho ella misma con el tema de los caballos, había filtrado sin más la información. Luego se ajustó el pañuelo a la cabeza, lo anudó bien fuerte bajo la barbilla y tras dirigirle una cariñosa palabra de despedida a Bella, que había estado esperando a sus pies, salió a paso vivo por la puerta principal.

Sabine permaneció en el vestíbulo unos minutos hasta que el eco del portazo se disolvió en el silencio, y luego miró a su alrededor preguntándose qué podía hacer. En aquella casa se pasaba el día preguntándose qué hacer. Todas las actividades que habían llenado su vida hasta entonces —ver la MTV, navegar por internet, charlar por teléfono con las amigas durante horas, haraganear en la finca de Keir Hardie, ver quién había, qué estaba pasando— habían quedado atrás, dejándola con un vasto espacio vacío que llenar. No podía pasarse el santo día arreglando su habitación (además, la alfombra de marras le daba auténticas ganas de vomitar), y si a uno no le gustaban los caballos, ¿qué diantre podía hacer en esa casa?

No quería salir a la caballeriza porque sabía que Thom empezaría a darle la lata otra vez para que montara aquel estúpido poni. No podía ver la tele porque a esas horas la televisión irlandesa no emitía nada. Y la última vez que había querido encenderla a escondidas por la tarde, sus tímpanos habían estado a punto de reventar. «Es para que tu abuelo pueda oír bien las noticias —le había gritado la señora H, que había subido corriendo para ver qué era aquel escándalo—. Será mejor que apagues eso.» Cada noche a las diez, cuando estaba en la casa, Sabine podía oír la sintonía del telediario a todo volumen. El abuelo se quedaba mirando la pantalla como si todavía le costara oír, mientras que los demás leían el periódico haciendo ver que no se estaban quedando sordos.

Con todo, pensó mientras subía despacio la escalera, seguida de Bella, la ausencia de su abuela era en cierto modo un alivio. No había comprendido lo mucho que le ponía nerviosa la presencia de la anciana hasta que su partida le desveló aquella sensación de calma hasta entonces desconocida. Medio día de libertad. Medio día de aburrimiento. No sabía cuál de las dos cosas era peor.

Sabine se pasó casi una hora tumbada en la cama, con los auriculares a tope, leyendo una novela negra de los años setenta que le había dejado la señora H. No había duda de que aquella mujer creía saber lo que necesitaba una muchacha —romances y más pasteles—, y tal como lo veía Sabine, la señora H había acertado. No se podía llamar a aquello literatura. Había, eso sí, muchos suspiros. Las mujeres estaban divididas en zorras (que suspiraban de mal disimulada lascivia por unos héroes distraídos que seguían empeñados en salvar al mundo) y vírgenes (que suspiraban con anhelo contenido mientras los mismos héroes las seducían). Solo los hombres hacían algo en realidad. Las mujeres acababan asesinadas (las zorras) o enganchadas a ellos (las vírgenes). Y pese a todos los suspiros, había relativamente pocas escenas de sexo de verdad; Sabine había ojeado el libro antes de empezar a leer. Quién sabe si vivir en un país católico consiste en esto, pensó: mucho suspiro y en el fondo poco de lo otro. «Como tú, Bella», dijo acariciando al perro, que estaba encima de su cama.

Lo de los suspiros le hizo pensar en Dean Baxter. Una vez casi le había besado. No habría sido el primer chico: se había dado el lote con muchos, y con varios de ellos había hecho algo más que eso, aunque menos que la mayoría de las chicas que conocía. Sabine se había dado cuenta de que Dean estaba coqueteando con ella, y habían estado sentados sobre el muro de la finca al anochecer, y él se había arrimado mucho y ella le había empujado, y luego él a ella; de hecho una excusa mutua para tocarse. Y ella sabía que se acabarían besando y le pareció bien porque Dean le gustaba desde hacía mucho tiempo, y aunque era un poco tonto, no se ponía pesado ni era de los que luego se jactaban delante de sus amigos. Además, a él no le parecía una chica extraña porque tuviera la casa llena de libros y su mamá llevara ropa de segunda mano. Incluso había mandado a paseo a varias chicas cuando la llamaban «empollona» y «rara» porque preparaba los exámenes con tiempo y no fumaba. Pero aquella noche él se había animado mucho y, en vez de rechazarla, la había tomado en volandas como un bombero, y a ella le había entrado pánico y le había gritado que la dejara en el suelo, y cuando él se había reído, ella le había pegado varias veces en la cabeza demasiado fuerte. Él la había soltado entonces y la había mirado a los ojos, sujetándose la oreja y preguntando qué demonios le pasaba. Pero ella no lo sabía explicar, de modo que se había echado a reír pese a que tenía ganas de hacer lo contrario, y al final había tratado de hacer que pareciera una broma. Pero a él no le había hecho gracia y las cosas ya no habían vuelto a ser iguales entre ellos, y una semana después ella se había enterado de que estaba saliendo con Amanda Gallagher. La cerda de Amanda, con sus largos cabellos de niña y su perfume barato. Quizá sería mejor olvidarse de Dean Baxter. Al fin y al cabo tenía acné en la espalda; se lo había dicho su hermana.

Sabine meneó la cabeza, tratando de desembarazarse de aquellos pensamientos, y decidió pensar en Thom. Siempre le parecía más fácil si pensaba en otra persona. Era el único hombre del lugar que podía calificarse de apuesto, según ella. De hecho, era bastante guapo. Nunca había salido con un hombre mayor, a diferencia de su amiga Mate, que le había dicho que «sabían de qué iba la cosa». Pero Sabine no conseguía superar lo de la mano postiza. Le preocupaba que si alguna vez llegaba a besarle (¿o se limitarían a suspirar, puesto que él era irlandés?) y se quitaban la ropa, ella huyera despavorida cuando le viera el muñón. Lo apreciaba demasiado para hacerle ese desaire.

No sabía si a él le gustaba. Thom siempre parecía contento de verla, y de estar cerca de ella. Aparte de eso, Sabine podía contárselo todo. Pero no se lo imaginaba dominado por la pasión o mirándola con verdadero deseo. Se le veía muy encerrado en sí mismo. Muy reprimido. Quizá necesitaba tiempo. Quizá esas cosas funcionaban de otra manera con los hombres mayores.

De ahí pasó Sabine a pensar en su madre, y rápidamente saltó de la cama dispuesta a distraerse con otra cosa.

Con Bella pisándole los talones, abrió el armario y aspiró el aroma mohoso de los objetos que descansaban allí desde hacía tiempo, asomándose al interior del mueble. Sus abuelos ni siquiera tenían los trastos de rigor: otra gente tenía los armarios llenos de vestidos de noche, viejos juegos de mesa, cajas con cartas o artilugios electrónicos que habían dejado de funcionar. Allí, en cambio, había montañas de ropa blanca con puntillas, manteles y cosas por el estilo, una pantalla de lámpara y algunos libros, con títulos como *Guía de equitación para chicas*.

Animada por el ambiente de complicidad de la casa en silencio, Sabine se dispuso a explorar otras habitaciones. La puerta del cuarto del abuelo estaba cerrada, pero entre esa estancia y el cuarto de baño había otra puerta, que Sabine no había abierto hasta ahora. Girando el tirador con cautela para que no hiciese ruido, se coló en la habitación.

Parecía el estudio de un hombre, pero sin el ambiente de actividad que caracterizaba el despacho del piso de abajo, que tenía mesas repletas de cartas y estantes y catálogos a todo color llenos de sementales con nombres extravagantes, caballos que a Sabine le parecían idénticos unos a otros, aunque Thom había dicho que se podían contar las diferencias en decenas de miles de guineas. Este estudio tenía el polvoriento aspecto del descuido, y sus cortinas parcialmente corridas colgaban en perfecta inmovilidad, como si estuvieran esculpidas. Olía a papel mohoso y a alfombra sin sacudir, y en el aire flotaban diminutas partículas de polvo. Sabine cerró la puerta despacio y se situó en mitad de la habitación. Bella la miró esperanzada y luego se dejó caer, gruñendo, en la alfombra.

Allí no había cuadros de caballos en las paredes, aparte de una caricatura enmarcada de un cazador, un amarillento mapa de Extremo Oriente y varias fotografías en blanco y negro de personas con atuendo de los años cincuenta, cubriendo la gran extensión de papel pintado estilo William Morris. Sobre un mueble empotrado con estanterías situado junto a la ventana había cajas de diversos tamaños, algunas de las cuales tenían encima manuscritos enrollados, mientras que en mitad del escritorio descansaba una enorme maqueta de un acorazado gris, presumiblemente a escala. En una librería de madera oscura que había a mano derecha podían verse montones de libros de tapa dura, sobre todo relacionados con la guerra y el sudeste asiático, y entre ellos un par de recopilaciones de tiras cómicas y una edición barata sobre conversaciones para después de cenar. En el estante superior había una serie de viejos libros repujados en piel, con las letras doradas casi desvanecidas de sus lomos.

Lo que le llamó la atención fue el otro extremo del estudio. Dos álbumes de fotos con cubierta de piel descansaban sobre una caja grande. A juzgar por la generosa capa de polvo, no los habían tocado desde hacía años.

Sabine se agachó para coger uno de los álbumes. Llevaba la etiqueta «1955». Se sentó en el suelo, se puso el álbum sobre el regazo y lo abrió, palpando el papel cebolla que había entre las hojas.

Había una fotografía en cada página, y la primera era de su abuela. Al menos le pareció que era ella. Era una típica foto de estudio de una joven sentada junto a una ventana, con un casi severo yachet oscuro de cuello muy pequeño, un vestido a juego y un collar de perlas. Su pelo, que era castaño oscuro en vez de gris, estaba peinado formando ondas, y la joven ostentaba el maquillaje de la época: cejas y pestañas gruesas, labios oscuros y bien perfilados. A pesar de la pose, se le veía un tanto azorada, como si la hubieran sorprendido haciendo algo sospechoso. La siguiente fotografía era de ella al lado de un joven alto. Estaban de pie junto a un pedestal con una planta encima: él radiante de orgullo, ella cogida del brazo de su acompañante pero como si el otro no estuviera allí. Ella parecía menos incómoda, más segura de sí misma, curiosamente digna. Había algo especial en su porte, en su esbeltez. No se encorvaba sobre sus pechos casi como si pidiera perdón, al estilo de la madre de Sabine.

Absorta en la contemplación de las fotografías, Sabine revisó todo el álbum. Hacia el final, además de fotos de su abuela, ahora muy relajada en una instantánea con otra joven increíblemente atractiva, había fotos de un bebé ataviado con la complicada vestimenta de los bautizos que ya no se utiliza: intrincadas puntillas y diminutos botones recubiertos de seda. No había ninguna etiqueta, y Sabine examinó a conciencia la copia, tratando de averiguar si aquella criatura que sonreía podía ser su madre o su tío Christopher. Ni siquiera se veía claro si era un niño o una niña; a esa edad, por lo visto, los vestían a todos igual.

Pero las cosas empezaron a ponerse más interesantes cuando revisó la caja: una foto de su abuela con el reverso de cartón (tenía que ser ella, le pareció a Sabine), cogida del brazo con la chica atractiva y más baja que ella, ambas empuñando banderitas inglesas y riendo a placer. Se hacía raro pensar que su abuela hubiera reído alguna vez en su vida. Detrás de ellas había una fiesta, o una reunión, y todos los hombres estaban muy guapos vestidos de blanco, como Richard Gere en *Oficial y caballero*. Al lado, una bandeja con vasos largos, lo que hizo que Sabine se plantease si la abuela estaría bebida, y unas letras doradas que anunciaban que el evento se celebraba en honor de la coronación de Su Majestad la reina Isabel II, en 1953. ¡Aquello era historia! Sabine tardó unos segundos en asimilar la imagen: su abuela había estado presente en un momento histórico.

Y también había otra fotografía más pequeña. Entre imágenes de caballos y de rostros risueños e irreconocibles a bordo de unas embarcaciones largas y estrechas, había una fotografía de una niña de unos cinco o seis años que sin duda era su madre. Pelirroja y con rizos como Kate, e incluso a tan tierna edad, exhibía su típica manera de estar de pie, con las rodillas juntas. Estaba cogida de la mano de un niño que podía ser chino y que sonreía bajo un sombrero de paja. Él parecía un poco incómodo y no se atrevía a mirar a la cámara, sino que se inclinaba hacia la niña, como si buscara consuelo.

Así se crió mi madre, pensó Sabine, rozando con la yema de los dedos la copia de color sepia: rodeada de niños y niñas chinos. Sabine sabía que Kate había pasado los primeros años de su infancia en el extranjero, pero hasta entonces, mirando su vestido y su sombrero, jamás la había considerado exótica. Sintiendo curiosidad, empezó a mirar las otras fotografías en busca de nuevas imágenes de su madre.

La sacó abruptamente de su ensimismamiento el ruido de un portazo en la planta baja y un grito ahogado que podía ser de alguien que la llamaba. Asustada, corrió hacia la puerta seguida de Bella y salió cerrando la puerta despacio. Miró el reloj. Eran las doce y media.

Se detuvo un momento, susurró al perro que no dijera nada («Dios mío —gimió al darse cuenta de con quién estaba hablando—, me han descubierto») y empezó a bajar despacio la escalera, al tiempo que se sacudía el polvo de las manos.

La señora H estaba en la cocina, con el delantal puesto.

—Ah, por fin apareces. Se me ha hecho tarde, Sabine —dijo sonriendo—. Me he entretenido en casa de Annie. ¿Ha dicho tu abuelo lo que quiere para comer?

—Pueees, en realidad no ha dicho gran cosa.

—Bueno, le prepararé huevos escalfados y unas tostadas. Ha desayunado bien, así que no querrá comer mucho. ¿Qué vas a querer tú? ¿Lo mismo?

—Sí. Estupendo. —Sabine se dio cuenta de que no había despertado a su abuelo una hora antes del almuerzo, como le había ordenado su abuela. Empezó a subir ahuyentando a Bella, que quería acompañarla otra vez, preguntándose si iba a tener que ayudar a su abuelo a vestirse. Oh, Dios, no permitas que tenga que tocarle, imploró, una vez frente a su habitación. No permitas que tenga que lavarle en la cama ni cambiarle el orinal o lo que sea que los viejos necesitan. Y por favor, Dios, haz que tenga la dentadura puesta, o me dará un ataque de histeria.

—¿Hola...? —dijo ante la puerta cerrada.

No contestó nadie.

—¿Hola? —Esta vez habló más fuerte, recordando que el abuelo estaba medio sordo—. ¿Abuelo?

Santo Dios, estaba dormido. Iba a tener que tocarle para que despertara. Sabine respiró hondo. No quería sentir bajo sus dedos aquella piel translúcida, fantasmagórica. Los viejos hacían que se sintiese rara, incluso en su propia casa. Parecían demasiado vulnerables, demasiado proclives a romperse y magullarse. Al verlos de cerca le entraba un cosquilleo en los dedos de los pies.

Pensó en la reacción de su abuela si no hacía lo que le había dicho.

Llamó fuerte con los nudillos, esperó un poco, y entró.

La cama, que estaba al fondo de la habitación, era muy bonita: de estilo gótico, con cuatro pilares, y formada por un armazón del que colgaban unas cortinas antiguas de color rojo sangre, cuyo hilo de oro emitía destellos entre los pilares de madera oscura y bruñida. Sobre la cama propiamente dicha había una capa tras otra de viejas colchas de seda, bajo las cuales se veían las sábanas blancas, como dientes en una boca pintada de rojo. Era de esas camas que salían en las películas americanas, cuando Hollywood trataba de imaginarse cómo eran las mansiones inglesas. Tenía la pátina exótica del Extremo Oriente, con sus emperadores y fumaderos de opio. Era lo más alejado de la ruidosa cama metálica que ella utilizaba.

Pero el abuelo no estaba allí.

Sabine tardó menos de diez segundos en comprender que no solo no estaba en la cama sino que tampoco estaba en toda la habitación; a menos que se hubiera metido en el armario, cosa que ella dudaba mucho (de todos modos, lo comprobó).

Debía de estar en el cuarto de baño. Sabine salió de la habitación. La puerta del baño estaba entornada, de modo que llamó antes, pero al no obtener respuesta la abrió y descubrió que tampoco allí había el menor rastro del viejo.

Sabine pensó a toda velocidad. La abuela no le había mencionado que él estaría fuera. Había dicho que estaría durmiendo. ¿Dónde demonios se había metido? Fue a mirar a la habitación de la abuela (mucho más austera, por cierto), en el cuarto de baño de abajo y después, cada vez más asustada, en todas las habitaciones de la casa, incluido el cuarto de los zapatos. El abuelo no estaba por ninguna parte.

Era casi la una menos cuarto.

Tenía que decírselo a alguien. Bajó corriendo a la cocina y le confesó a la señora H que el abuelo había desaparecido sin que ella supiera cómo.

—¿No está en su cuarto?

—No. Es donde he mirado primero.

—Ay, Dios. ¿Y Bertie?

Sabine la miró y luego volvió la cabeza. Bella estaba detrás de ella.

—No lo he visto —dijo.

—El abuelo habrá salido con el perro. No debería hacerlo, sobre todo con Bertie, porque es un perro joven y siempre le tira el bastón. —Procedió a quitarse el delantal—. Deberíamos ir a buscarlo antes de que regrese la señora Ballantyne.

—No, no, quédese usted aquí y vigile la casa. Le pediré a Thom que me ayude.

Sabine, presa del pánico, salió gritando su nombre y fue a mirar en la caballeriza.

Thom, que estaba allí comiendo un bocadillo, asomó la cabeza por el cuarto de los aperos. Detrás de él se oía la radio, y podía verse a Liam y John-John leyendo el *Racing Post*.

—¿Dónde es el incendio?

—Es... es el abuelo. No lo encuentro por ninguna parte.

—¿Cómo que no lo encuentras?

—Tenía que estar en su cuarto, durmiendo. La señora H dice que debe de haber salido con Bertie, y que Bertie suele hacer que se caiga. ¿Me ayudas a buscarlo?

Thom maldijo en voz baja, escrutando en la distancia.

—No me toquéis el bocadillo, cabrones —masculló, y luego agarró su chaqueta y salió al patio.

—Lo siento muchísimo. No sé qué hacer. El abuelo tenía que estar en casa.

—Está bien —dijo él, tratando de pensar algo—. Tú ve a mirar a la carretera, y si no lo encuentras, mira en los campos de la parte de arriba. Yo registraré los de abajo y el huerto, y después los graneros. ¿Estás segura de que has buscado bien dentro de la casa? ¿No estará viendo la tele?

Sabine, asustada por la expresión de Thom, notó que las lágrimas le afloraban a los ojos.

—He mirado en todas partes. Y Bertie tampoco está. Se lo habrá llevado con él.

—Dios, ¿por qué demonios habrá tenido que salir? Llévate a Bella. Y no dejes de llamar a Bertie; si el viejo se ha caído, es de esperar que el perro nos lleve hasta él. Nos veremos aquí dentro de veinte minutos. Ah, toma este cuerno de caza; si das con él, sopla con todas tus fuerzas. —Le pasó el cuerno, dio media vuelta, saltó la barandilla y corrió hacia los campos de más abajo, que estaban rodeados de setos altos.

Sabine, seguida de Bella a sus espaldas, salió por la verja y enfiló el sendero, gritando a pleno pulmón. Sin saber en qué punto tenía que desviarse, corrió hasta que sintió que el pecho estaba a punto de explotarle, dejando atrás la granja que había en la esquina, la pequeña iglesia y una hilera de casas pequeñas. Estaba lloviznando, y el cielo estaba cubierto de nubes color pizarra, como presagiando una gran catástrofe. Le venían a la cabeza imágenes horrendas del viejo hecho un guiñapo en la cuneta. Sabine corrió en la otra dirección hasta que, como no llevaba reloj, decidió volver a los campos de arriba.

—¿Dónde estás, maldito viejo? —susurraba—. ¿Dónde te has metido?

Entonces dio un salto, presa del pánico, al ver una enorme lona verde que se le venía encima de entre los setos.

Bella se quedó paralizada a unos pasos de ella, con el pelo erizado. Ladró una vez a modo de advertencia. Con el corazón a cien y los ojos desorbitados, Sabine se detuvo en medio de la calzada y luego, tragando aire a la desesperada, miró bien y levantó una esquina de la lona.

Si no hubiera estado tan nerviosa, se habría reído. Bajo el plástico había un burro gris, enganchado a una carreta. El animal abrió los ojos brevemente, como si registrara su presencia, y luego volvió resignado al relativo abrigo del seto.

Sabine soltó la lona despacio y echó a correr otra vez, mirando a un lado y a otro de la carretera. No había nada. Ni rastro del viejo. Aparte de sus propios latidos y el ruido de sus pasos, y del siseo de la lluvia, no oyó ladridos de bienvenida, ni gruñidos impacientes, ni cuernos de caza. Sabine, totalmente asustada, rompió a llorar.

Tenía que estar muerto, sin duda. Todo el mundo la culparía a ella, pensó, empezando a bajar la cuesta. Lo encontrarían tieso y mojado, seguramente con los huesos rotos de los tirones que Bertie habría dado para arrastrarlo hasta el duro asfalto, y habría pillado una pulmonía y el corazón le habría fallado y todo sería culpa de ella porque se había entretenido mirando cosas que no debía. Su abuela se enfadaría todavía más que cuando había dejado salir a Duque. Thom no volvería a dirigirle la palabra. Su madre no querría acogerla en casa por haber asesinado a su padre, y tendría que quedarse en aquella casa y soportar que los aldeanos la señalaran en silencio con dedos acusadores, y Sabine sería conocida como «la chica que asesinó a su abuelo».

No había pensado en ponerse botas, y en los encharcados pastos sus pies empezaron a pesar cargados de barro. Viscoso y marrón, el fango cubría sus zapatillas de deporte, con suaves sonidos de succión a cada paso que daba, impregnando sus pies de una humedad glacial. Una semana antes se habría puesto histérica viendo sus Reebok nuevas en aquel estado, pero ahora se sentía tan desdichada que apenas reparó en ello. Al darse cuenta de que hacía una media hora que había salido, se echó a llorar a moco tendido y luego se secó la nariz con el dorso de la mano.

Fue en aquel instante cuando Bella, empapada y descontenta, emprendió el camino de regreso hacia la casa. «No me abandones tú también», gritó Sabine, pero Bella no hizo caso, resuelta al parecer a recuperar el abrigo y la calidez de un buen radiador. Sabine no sabía qué hacer. Tendría que preguntarle a Thom dónde más podía buscar. Siguió al perro cuesta arriba mientras pensaba qué decirle a la señora H, a sabiendas de que le iban a echar las culpas de una manera u otra.

Cuando llegó a la casa, Bella había desaparecido. Apartándose el cabello mojado de los ojos, tratando de dominar el llanto, Sabine levantó la aldaba de la puerta de atrás y al empujarla oyó a su espalda unos pasos en la gravilla.

Era Thom, con el pelo pegado a la cabeza y el brazo postizo sujetando otro cuerno de caza, doblado de manera extraña a la altura del pecho. Sabine se disponía a pedir disculpas cuando vio que él miraba algo que estaba detrás de ella.

—Llegas tarde —dijo una voz desde el pasillo.

Tras unos segundos necesarios para adaptarse a la oscuridad, Sabine miró corredor abajo hasta que distinguió la espalda corva, la tercera pata de un bastón y dos perros de color chocolate, que jugaban entre sí.

—La comida era a la una. En punto. Se está enfriando. No pienso decírtelo otra vez.

Sabine se quedó boquiabierta en el umbral, dominada por sentimientos encontrados.

—Ha vuelto hace cosa de cinco minutos —musitó Thom detrás de ella—. Debemos de habernos cruzado con él.

—Vamos, vamos. No irás a sentarte a la mesa con esa facha —la riñó su abuelo—. Tienes que cambiarte de zapatos.

—El muy cabrón —susurró Sabine, casi llorando, y en respuesta la mano buena de Thom se posó en su hombro.

La señora H se asomó a la puerta de la cocina y encogió los hombros a modo de disculpa.

—¿Quiere que le traiga un jersey seco, señor Ballantyne? —dijo, pero el viejo desdeñó rápidamente su ofrecimiento. Ella volvió a meterse en la cocina.

El abuelo se volvió torpemente hacia la escalera, sacudiéndose el agua del sombrero con la mano libre. Los perros pasaron a su lado y el viejo, perdiendo el equilibrio por un momento, alargó un brazo flaco para agarrarse a la barandilla.

—No te lo diré otra vez. —Masculló algo por lo bajo y meneó la cabeza, que apenas era visible encima de la exagerada curva de los hombros—. Señora H, si es tan amable de traerme el almuerzo, parece que mi nieta prefiere comer en el pasillo.

Poco después del té Sabine contó el dinero que su madre le había dado para ver si tenía suficiente para volver a Inglaterra. A su madre no le iba a gustar, pero no le pareció que vivir con ella y con el odioso Justin pudiera ser peor que quedarse en aquella casa, lo cual era imposible. Aunque intentara hacer lo que le decían, sus abuelos actuaban como si hiciera mal las cosas adrede. No la querían. Lo único que les interesaba eran los malditos caballos y abrumarla con sus estúpidas normas.

Si hubiera aparecido muerta en la cocina con un hacha en la cabeza, le habrían echado un rapapolvo por meter herramientas en la casa.

Sabine estaba buscando el número de la reserva en su billete de regreso cuando alguien llamó suavemente a la puerta. Era la señora H.

—¿Por qué no vienes conmigo esta noche a casa de nuestra Annie? Tu abuela dice que no le importa, y te irá bien estar con gente de tu edad. —Quería decir que lo mejor era que sus abuelos y ella se dieran un respiro, pero a Sabine no le importó que lo disfrazara de aquel modo. Cualquier cosa antes que pasar otra velada con los viejos.

Annie era la hija única de la señora H. Vivía con su marido, Patrick, un hombre mucho mayor que escribía libros («Nunca he leído ninguno, a mí no me va la lectura —dijo la señora H—, pero tengo entendido que son muy buenos. Para gente intelectual, ya sabes»). Se habían instalado en la granja que había un poco más arriba y que hacía las veces de pensión. Lo que estaba menos claro era que Annie fuese una buena posadera; según Thom, su establecimiento era famoso porque no había huésped que durara más de dos noches. Por lo visto, Annie se olvidaba de las cosas. Del desayuno, por ejemplo. O de que tenía gente hospedada. Y había quien criticaba su costumbre de andar por la casa muy de mañana. Pero ni Thom ni la señora H le aclararon más al respecto.

—No es mucho mayor que tú. Tiene veintisiete. ¿Cuántos dijiste tú que tenías? Oh. Bueno, sí, es un poco mayor que tú. Pero te gustará. Le cae bien a todo el mundo. No te preocupes si la encuentras un poco... bueno... un poco despistada.

Caminando despacio por la oscura y húmeda carretera con la señora H, encogidas bajo un paraguas bastante astroso, Sabine se imaginó a una mujer joven, pelirroja y con faldas vaporosas, desdeñando cualquier faena doméstica con un delicado gesto de muñeca. Los hábitos excéntricos de Annie parecían estar a años luz de los de Kilcarrion House. Una mujer que se olvidaba de preparar el desayuno difícilmente podía pretender que la cena fuera una ceremonia ritual. Y un marido escritor no debía de pasarse el día hablando solo de caballos. Sabine pensó que podría relajarse un poco, decir cosas ingeniosas y disfrutar de la compañía. A lo mejor incluso podía ver un poco de tele. Annie quizá tenía parabólica; en muchas casas irlandesas parecía haber una. Además, la señora H le dijo que Thom pasaría más tarde. Por lo visto lo hacía bastante a menudo, solo para ver «cómo le iba» a Annie.

Pero la Annie que abrió la puerta no era la joven excéntrica y fascinante que Sabine había imaginado. Era baja de estatura, llevaba un jersey varias tallas más grande, tenía el pelo lacio y castaño, largo hasta los hombros, unos labios gruesos y unos ojos grandes y tristes. Ojos que se achicaron un poco cuando Annie le tendió la mano, no para estrechar la de Sabine sino para tirar de ella hacia el interior de la casa. Sabine notó además, no sin cierta pesadumbre, que llevaba unos tejanos de unos grandes almacenes.

—¿Cómo estás? Me alegro de que hayas venido. Hola, mamá. ¿Has traído el beicon?

—Sí. Voy a guardarlo en la nevera.

La casa no tenía pasillo; pasaron directamente a la sala de estar, uno de cuyos lados lo ocupaba casi por entero una vieja chimenea de piedra en la que ardían unos leños. En perpendicular al hogar, había dos sofás largos y algo raídos, y entre estos una mesita baja, atiborrada de revistas y libros en precario equilibrio. Ahora que se fijaba, había libros por todas partes. Llenaban las paredes en estantes combados por el peso y bajo taburetes y mesas en pilas irregulares.

—Son de Patrick —dijo Annie desde el otro extremo de la sala, donde tenían la cocina—. Es un lector empedernido.

—¿Qué has preparado de cenar, Annie? —preguntó la señora H después de guardar el beicon y mirar a su alrededor, como si esperara ver alguna cacerola en el fogón.

Annie se restregó la frente y frunció el entrecejo.

—Ay, mamá, lo siento. Se me ha ido el santo al cielo. Podemos calentar algo en el microondas.

—Ni hablar —dijo la señora H, ofendida—. No quiero que Sabine regrese a la casa grande diciendo que no le hemos dado bien de comer.

—Yo no diría eso —intervino Sabine, a quien en el fondo le daba lo mismo—. Tampoco estoy hambrienta.

—Con lo flaca que estás. Miraos bien las dos. Tiene más chicha el perro del carnicero que vosotras dos juntas. Tú siéntate, Annie, y habla con Sabine mientras yo preparo unas chuletas. Hace un par de semanas metí unas en el congelador.

—Es que... la carne no me entusiasma —aventuró Sabine.

—Oh, no, por descontado. Bueno, pues te comes la verdura. Te prepararé un sándwich de queso. ¿Eso te gusta más?

Annie sonrió a Sabine con aire de complicidad y le indicó que tomara asiento. No hablaba mucho, pero sí de un modo que invitaba a la confidencia, y al poco rato Sabine ya estaba confesando las numerosas desdichas —e injusticias— que había padecido en Kilcarrion House. Le habló a Annie de las normas y reglas de la casa, tan numerosas que era del todo imposible no olvidarse de alguna. Le habló de lo ridículamente difícil que era comunicarse con sus abuelos y de lo absolutamente chapados a la antigua que estaban. Le explicó que se sentía como una extraterrestre en medio de aquellos fanáticos de los caballos, y de que echaba de menos a sus amigos, la tele, su casa y sus cosas, como los compactos y el ordenador. Annie la escuchaba asintiendo de vez en cuando, y Sabine dedujo al cabo de un rato que la señora H ya la habría puesto al corriente. Eso aumentó su sensación de ser una víctima. Y no debía de ser una impresión equivocada, pensó, cuando hablaban de ella en tono compasivo.

—¿Cómo es que tu mamá no ha venido, Sabine? ¿Está trabajando?

Sabine no supo con certeza hasta dónde podía explicar. Eran personas amables, pero apenas las conocía, y de alguna manera creía que le debía fidelidad a su madre.

—Sí —mintió—. Quería venir conmigo, pero estaba muy ocupada.

—¿A qué se dedica ahora? —preguntó la señora H—. Hace un siglo que no la veo.

—Escribe. —Sabine hizo una pausa—. No me refiero a libros y eso, solo cosillas para la prensa. Escribe sobre familias.

—¿Familias de rancio abolengo? —La señora H metió una bandeja en el horno.

—Bueno, no. La vida familiar en general. Problemas y eso.

—Debe de ser muy práctico —dijo la señora H.

—Seguro que la añoras —dijo Annie.

—¿Cómo?

—A tu madre. Digo que la echarás de menos...

—Un poco. —Sabine dudó, pero luego dijo abiertamente—: En realidad, no congeniamos demasiado.

—Pero es tu madre. Seguro que estáis muy unidas. —Y de pronto, inexplicablemente, Annie empezó a pestañear para contener las lágrimas.

Sabine la miró horrorizada, pensando qué podía haber dicho para provocar su llanto. La señora H miró con mala cara a su hija y luego le dijo a Sabine:

—Hay un poco de pescado en el congelador. ¿Quieres que te lo prepare con un poco de salsa? Podrías ayudarme a descongelarlo en el microondas. Annie, cariño, ¿por qué no vas a buscar a Patrick y le dices que la comida estará lista dentro de veinte minutos?

Sabine se levantó despacio y, procurando no mirar descaradamente a Annie, se acercó a la cocina.

Annie estuvo muy callada durante una media hora. Apenas dijo nada mientras cenaban, y Patrick hablaba poco, de modo que la señora H y Sabine, que se sentía un poco acobardada, mantuvieron entre ellas una conversación. Patrick no era el arquetipo de escritor que ella se había formado, enjuto y de aspecto angustiado, sino un hombre corpulento y de rasgos más bien bastos, con unos surcos profundos en la frente y en las comisuras de la boca. Pero era amable y servicial, y poseía esa aura de inteligencia que hacía que Sabine se sintiera torpe, consciente de que casi todo cuanto decía sonaba trivial o estúpido.

—¿Te gusta la cena, Patrick? Me temo que ha sido todo un poco improvisado.

—Me encanta, mamá —respondió él—. El cordero es excelente.

A Sabine, que estaba mirando a Annie, le resultaba difícil imaginárselos juntos. Él tan grande y tan tosco y ella tan chupada e insustancial, como si a la primera brisa pudiera desvanecerse. Pero era evidente que Patrick la adoraba; aunque hablaba poco, Sabine reparó en que tocaba dos veces el brazo de Annie, y en una ocasión le acariciaba lentamente la nuca.

—¿Tenéis algún huésped este fin de semana? —dijo la señora H, cogiendo una de sus chuletas y depositándola en el plato rebosante de Patrick.

Patrick miró a Annie y luego otra vez a su suegra.

—Creo que no hay ninguna reserva. He pensado que Annie y yo podríamos ir hasta Galway, para romper un poco la monotonía.

—¡Galway! —exclamó la señora H—. El Lough Inagh es muy bonito. Tu padre y yo solíamos ir allí de vacaciones todos los años, cuando eras pequeña, Annie. No sé por qué siempre hacía un tiempo horrible, pero a nosotros nos gustaba. Te compramos unas botas de agua de esas que brillan, ¿sabes?, y tú te pasabas el día corriendo por el agua.

Annie no levantó la vista.

Absorta en el recuerdo de épocas felices, la señora H continuó:

—Una noche te empeñaste en dormir con las botas puestas, de lo mucho que te gustaban. Por la mañana tenías la cama llena de tierra y tuve que sacudir las sábanas por la ventana. Virgen Santa. Solo tenías tres añitos.

Annie lanzó a su madre una mirada fulminante, y la señora H calló al momento. Durante unos minutos solo se oyó el chisporroteo de la lumbre y el distante tamborileo de la lluvia en el alféizar. Sabine volvió la cabeza hacia Annie, preguntándose qué había de malo en lo que la señora H acababa de decir. Pero bajó otra vez la vista y empujó su plato medio lleno hacia el centro de la mesa. Curiosamente, a la señora H no pareció importarle. Esperó hasta estar segura de que todo el mundo había terminado y empezó a recoger los platos; no al estilo enfático de Kate cuando Sabine era grosera con ella. La madre de Annie no parecía ofendida en absoluto, como si solo le importara dónde tenía que poner los platos.

—No hace falta que sea Galway —dijo Patrick, con serenidad—. Podríamos ir a Dublín. Una excursión a la capital. Creo que están celebrando un *craic*.

Hubo un breve silencio.

—Otro día, ¿eh? —Annie dio unas palmaditas en el brazo de su marido, se levantó y salió sin más de la habitación.

La señora H retiró su silla y fue a la cocina.

—Bueno, Sabine, querrás postre, ¿verdad? Tenemos un poco de tarta de manzana que puedo calentar en el microondas, o helado de chocolate. Seguro que no rechazarás un poco de helado. ¿Qué me dices?

A Sabine no le dio tiempo a adivinar qué estaba pasando. Patrick dio un beso a su suegra y salió también del comedor, pero asintió con la cabeza a la pregunta de si quería budín, lo que sugería que iba a regresar pronto. Fue justo en aquel momento cuando la puerta se abrió y apareció Thom, con el chubasquero empapado y el rugido del viento a sus espaldas. Sabine casi corrió a recibirle: empezaba a sentirse bastante incómoda.

—¿Llego tarde para cenar? Una de las casillas tenía goteras y he pensado que lo mejor era ponerle una lona por encima. Hace un tiempo de perros —dijo.

—Siéntate, cariño, siéntate. Deja el impermeable encima de esa silla. Tengo tu cena en el horno. ¿Te apetecen unas chuletas de cordero? —El ambiente se relajó de inmediato, hasta el punto de que Sabine volvió a sentarse en su silla. Thom parecía mitigar cualquier tensión. Ella le sonrió y él le devolvió la sonrisa.

—Bien, Sabine, ¿has podido ver algo bueno en la tele?

Sabine miró a la señora H.

—No he venido solo a ver la tele. Quería conocer a... todo el mundo.

—Oh, ¿querías ver algo en especial, querida? Para ser franca, entre preparar la cena y todo lo demás, ni siquiera he pensado en ello. Podemos encender la televisión mientras tomamos el postre, ¿no? A lo mejor dan una buena película, quién sabe.

Una vez sentados, vieron amigablemente la programación de las distintas cadenas mientras Thom se abalanzaba sobre su cena. Comía vorazmente, con la cabeza gacha, metiéndose la comida en la boca con el tenedor y el cuchillo a la vez; la manera de comer de los hijos de familias numerosas, resueltos a no perder la oportunidad de repetir. La señora H sonrió con callada satisfacción. Era evidente que quería a su sobrino; le miraba como quien mira al hijo predilecto. Sabine, observando todo aquello, con la tripa llena y el rumor del viento y de la lluvia en el exterior, lamentó que la casa de su abuela no transmitiera aquella sensación de calor y de protección. Casi no conocía a esas personas y ya odiaba la idea de volver a Kilcarrion House.

Levantó la vista al oír entrar a Annie. Sonreía, y Patrick estaba detrás de ella con cara de inquietud.

—Hola, Thom —dijo Annie, revolviéndole el pelo—. ¿Cómo está mi primo favorito? Vaya, pareces una rata ahogada.

—Si quieres salir un rato... —dijo Thom, dándole un apretón en la mano—. A eso se le llama mal tiempo.

Sin dejar de sonreír, Annie se sentó de nuevo a la mesa. Patrick lo hizo también, al lado de ella. No tocó el postre.

—¿Dónde has estado todos estos días? —le preguntó Annie a Thom—. Apenas se te ha visto el pelo.

—Por ahí —respondió él—. Ahora hay mucho trabajo. Hay que preparar a los caballos para el inicio de la temporada. ¿Todo bien, Patrick?

—Tú y tus caballos. Si quieres encontrar novia, busca algo más interesante. ¿Qué pasó con aquella chica del restaurante? A mí me parecía bien.

Thom no levantó los ojos del plato.

—No era mi tipo.

—Y tu tipo, ¿cuál es?

—Ella no.

La señora H, que limpiaba la mesa de la cocina, se echó a reír.

—Ya lo conoces, Annie. A Thom no hay quien le saque una palabra. Podría tener esposa y seis hijos y ni su propia familia lo sabría. ¿A que nunca has conocido a nadie como él, Sabine?

Sabine no pudo evitar sonrojarse. Para su consuelo, nadie se dio cuenta.

—Tu problema es que eres demasiado melindroso —dijo Annie, jugueteando con su helado a medio derretir.

—Es probable.

La señora H miró a su hija varias veces, pero no hizo ningún comentario sobre su ausencia. Rechazando la ayuda de Sabine, siguió fregando los platos.

—Tú siéntate. Eres la invitada.

—No digas eso, mamá. Harás que se sienta como uno de nuestros clientes. Tú no eres cliente ni nada por el estilo —dijo Annie, poniendo una mano sobre el brazo de Sabine—. Eres de la familia Ballantyne, así que casi somos parientes. Y puedes venir siempre que quieras. No me vendrá mal tener compañía. —Su sonrisa fue verdaderamente cálida.

La señora H asintió con la cabeza, en una aparente muestra de aquiescencia.

—¿Quieres un poco de té, Patrick? Puedo subírtelo, si tienes que trabajar.

—Gracias, mamá. Me basta con el vino. Thom, ¿lo has probado?

Sabine hizo ademán de pasarle la botella de vino, pero antes de alcanzarla, la señora H le pasó un zumo de naranja, que Thom apuró en unos segundos.

—Yo tomaré otra copa —dijo Annie, mirando a su alrededor—. ¿Dónde está mi vaso?

—Lo he lavado —dijo la señora H.

—Bueno, entonces alcánzame otro. Todavía no había terminado.

—¿Cómo va el libro? —preguntó Thom.

Patrick meneó la cabeza:

—Si he de serte franco, estoy bastante atascado.

—No sé cómo te lo haces, todo el día ahí arriba solo —dijo la señora H—. Yo me moriría de aburrimiento. Sin nadie con quien hablar, solo tus personajes dentro de tu cabeza. Me sorprende que no te hayas vuelto loco... Bueno, se terminó. Enseguida estoy lista. Tu padre está en su club esta noche y quiero volver a casa antes de que él regrese.

—Una cita con el hombre de tus sueños, ¿eh, mamá? —Patrick se levantó y fue a buscarle la chaqueta—. No te preocupes. No diremos ni pío.

—Le encanta ser ella quien le abra la puerta —dijo Thom, incrédulo.

—Si me gusta recibir a mi marido en casa, es asunto mío y de él —dijo la señora H, ruborizándose un poco.

—Y de los vecinos —dijo Patrick, guiñándole el ojo a Thom—. Pobrecillos.

—Eres un bribón, Patrick Connolly —dijo ella, ahora de un rosa subido—. ¿Querréis acompañar a Sabine? No quiero que vaya sola por ahí, con esta oscuridad.

—Si son solo cien metros. Me las apañaré sola —dijo Sabine, fastidiada por la velada alusión a su juventud.

—Descuida —dijo Thom—. Cuando sea la hora, la pondremos de patitas en la calle.

—Gracias por la cena, mamá —dijo Annie, acompañándola a la puerta, donde le dio un beso. Ahora no dejaba de sonreír, y su sonrisa era blanda y afable, pero no le llegaba a los ojos. Patrick, que estaba justo detrás de ella, besó a Annie y se fue escaleras arriba. Ella le dio unas palmaditas, como se le haría a un niño.

Mientras Sabine miraba, Annie cerró la puerta y luego se plantó en medio de la sala, como si no supiera qué hacer. Tras unos segundos se dirigió al sofá y se dejó caer, apoyando el mentón en las rodillas.

—Bueno, Sabine, ¿por qué no buscas una película u otra cosa? —dijo, con un deje de repentino y absoluto cansancio—. Podéis hablar cuanto queráis. Mucho me temo que me voy a quedar roque aquí mismo. Ya he tenido suficiente charla.

—Ha llamado tu amiga Melissa, quería saber si ibas a ir a su fiesta el día quince. Le dije que no sabía si ibas a estar de vuelta para entonces.

—Ah.

—Y Goebbels vomitó en tu cuarto, pero he llevado tu alfombra a la tintorería y dicen que no habrá problema.

—¿Se encuentra bien?

—Sí. Es que me quedé sin comida para gatos y se zampó una lata de atún.

—No deberías darle atún.

—Ya lo sé, cariño, pero la tienda de la esquina había cerrado y el pobre estaba muerto de hambre. El atún no le sienta mal si se lo come despacio.

Sabine había telefoneado a su madre el día anterior con la intención de implorarle que le mandara dinero para volver a casa. Iba a decirle que la quería mucho y que sentía haberse portado como una estúpida, y que todo se arreglaría, pero que la dejara volver, porque ya no podía aguantar un solo día más en aquella casa, y sabía que su madre lo comprendería.

Pero llevaban ya varios minutos al teléfono, y su madre estaba un poco perpleja en relación con el motivo del mensaje «urgente» que su hija le había dejado en el contestador pidiéndole que la llamara, pero Sabine no encontraba la manera de decírselo. Tenía verdaderas ganas de regresar, pero ya no le parecía tan urgente después de la noche en casa de Annie y su familia. Y, de hecho, todavía estaba furiosa, en el fondo de su alma, con Geoff y Justin. Y resultaba tan complicado ser exageradamente amable con su madre... Kate se puso sentimental y le devolvió con creces sus palabras, de modo que Sabine acabó lamentando haber dicho nada y sintiéndose enojada, como si de alguna forma se hubiera delatado. Su madre nunca dejaba las cosas tal como estaban.

—Bueno, ¿y qué has estado haciendo? ¿La abuela ha conseguido que montes a caballo?

—No. Y no pienso hacerlo.

—¿A qué te has dedicado estos días?

Sabine pensó en la caja de las fotografías, que había vuelto a mirar aquella mañana mientras su abuela estaba comprando, y en las que había encontrado de su madre de niña junto a un muchacho chino. Pensó en Annie y en cómo se había quedado dormida delante de ella, como si tal cosa, como si le diera igual lo que alguien pudiera pensar al respecto. Y pensó en el momento en que Thom le había preguntado, con excesiva torpeza, a qué se dedicaba su madre últimamente.

—A nada —había dicho Sabine.

3

El gato, Goebbels, estaba posado encima del poste, como un centinela de piedra, y su pelaje ligeramente erizado daba una idea del frío que hacía en el exterior. Al otro lado de la calle, con un gorro de lana, el señor Ogonye trabajaba en su coche, como hacía muy a menudo, metiéndose resueltamente bajo el capó como un domador en la boca de un león de circo, limpiándose después las manos con un trapo con aire de tristeza, como si estuviera cobrando ánimo para meterse dentro otra vez. Entre los cubos de basura, la mayoría de los cuales estaba aún en la acera desde la recogida de la mañana, se perseguían dos bolsas en círculos con la arenilla levantada por el viento.

¿Te has preguntado alguna vez si tú y tu hijo habláis el mismo idioma? Pues bien, según recientes estudios realizados en Suiza, podría darse el caso de que no os comunicaseis bien.

En un informe que sin duda suscitará reacciones del tipo «Ya lo decía yo» en casas de toda Europa, un grupo de psicólogos sociales de la Universidad de Ginebra ha descubierto que lo que los padres dicen y lo que los hijos oyen son a menudo cosas diferentes.

Agnes, vestida con una chaqueta fina de color azul y caminando despacio en su nuevo andador de aluminio, se detuvo para hablar con el señor Ogonye, que se encogió tristemente de hombros señalando hacia su motor. Mientras hablaban, el aire frío formó nubecillas como setas delante de ellos, bocadillos de tiras cómicas a la espera de ser llenados de palabras.

«Los padres raramente se ponen en la piel de sus hijos —dijo el profesor Friedrich Ansbulger, que dirigió el estudio realizado entre dos mil familias—. Pero si lo hicieran, comprenderían por qué muchas veces los hijos no hacen caso de sus instrucciones. No se trata necesariamente de desobediencia, sino que dichas normas no encajan en el sistema lógico de los pequeños.»

Kate suspiró y se obligó a mirar de nuevo el monitor. Había tardado casi una hora en escribir tres párrafos, y a ese ritmo le iba a salir el jornal peor que a un obrero de Bangladesh.

A una mujer con su imaginación no le era difícil encontrar las razones de su incapacidad para trabajar los últimos días. De entrada, había demasiado silencio. Aunque Sabine casi nunca paraba en casa, a Kate le parecía que su hogar estaba curiosamente privado de la posibilidad de que sonara un portazo, de que la escalera temblara bajo los pasos apresurados de Sabine, de que poco después sonara el ritmo machacón de un grupo musical insufrible. Y de que, ocasionalmente, se oyera un «hola».

Luego estaba la calefacción central, que no funcionaba y que la había obligado a abrigarse como una esquimal, y para colmo el fontanero había meneado la cabeza con un aire de resignación parecido al del señor Ogonye, prometiendo volver con la pieza de recambio. De eso hacía tres días.

Y también estaba ese estúpido artículo, que se negaba a dejarse escribir. En un buen día, Kate podía redactar dos artículos de ochocientas palabras antes del almuerzo. Hoy no era un buen día: las conexiones no respondían, las palabras eludían la página. Los niveles de motivación de Kate estaban por debajo de su sentimiento de autocompasión.

Era la primera semana en toda su vida de adulta que se encontraba literalmente sola. Sabine siempre había estado allí, y cuando se iba de colonias o con las amigas, estaba Geoff, y antes de él, Jim. Kate sabía que al final de la jornada habría alguien a mano con quien compartir un plato de pasta, una botella de vino y un repaso a las incidencias del día. Ahora Geoff se había marchado, Justin estaba de viaje y no se sabía cuándo iba a volver, y Sabine estaba en Irlanda, aparentemente resuelta a hablar con ella lo mínimo posible. Y la culpa era de Kate.

Por enésima vez, trató de no pensar en que Geoff habría reparado la calefacción en cuestión de horas. Era la mente práctica de aquella pareja. Tenía teléfonos de operarios fiables a los que conocía desde hacía años, y que estaban siempre dispuestos a ponerle el primero de la lista, como un favor, a cambio de «tomar algo» con él, como Geoff gustaba curiosamente de llamarlo. La primera vez que le dijo a Kate que le ofreciera algo al electricista, ella había preparado una infusión, y los dos hombres se habían sonreído antes de prorrumpir en carcajadas y darse palmadas en la espalda, como dos colegas del bar. Kate se lo había tomado mal, le había parecido una prueba de que la tenían por una ingenua. En una casa helada, y con la perspectiva del tiempo transcurrido, lo encontró casi enternecedor. Pero no podía pedirle nada a Geoff. Y Justin, como él mismo le había dicho con pesar, «no hacía nada relacionado con la casa».

De hecho, después de tres meses de relación, cada vez eran más las cosas que Justin «no hacía». Por ejemplo, llamar cada noche cuando estaba fuera. («Mira, cielo, no siempre me resulta posible. Se me acaba la tarjeta del móvil a cada momento, y si trabajamos hasta muy tarde, comprenderás que no puedo salir a ver si encuentro una cabina.») Apenas convivía con ella. («Me gusta lo que tenemos. No quiero estropearlo. Y lo estropearía, seguro.») Y no hacía planes de futuro. («Eres la mujer más fabulosa que he conocido nunca. Quiero estar contigo más de lo que he querido estar nunca con nadie.

Y de momento, tendremos que contentarnos con esto.»)
Kate, mirando sin ver la pantalla de su ordenador, se concentró en las cosas que Justin hacía, reprendiéndose por buscar motivos de conflicto. La quería, ¿no? Justin se lo decía continuamente.

Agnes seguía empujando su andador hacia la esquina de la calle, y su frágil nuca era acariciada como una flor en la brisa por sus blancos cabellos algodonosos. Se dirigía al Luis's Café, donde a diario, con implacable regularidad, llegaba a las doce cuarenta y cinco para tomar un huevo, patatas fritas y té y hacer un repaso en solitario a la prensa amarilla. Después de eso, dependiendo del día, se iba al bingo, al centro cívico o a la biblioteca, para regresar a su casa cuando cerraban los establecimientos. Kate había necesitado vivir varios años al lado de Agnes para descubrir que el estilo de vida admirablemente sociable de su vecina escondía su incapacidad de calentar debidamente el dúplex donde residía. Vamos, se dijo, animada por aquella súbita sensación empática, acaba este artículo o tendrás que salir.

Tal vez la soledad le haría bien; Geoff vendría a buscar sus últimas cosas aquella noche, y tras el desastre de su primer encuentro, no quería ver juntos a Geoff y a Justin. Bastante tenía con ver a Geoff a solas.

Kate se quedó sentada mirando las palabras que había escrito, debatiéndose entre las dos opciones igualmente poco atractivas que tenía para ocupar la tarde. Luego cambió las gafas por las lentillas, se puso otra chaqueta encima y, sintiendo una corazonada, se fue al centro social.

—¿Puedes traer esas mesas, las que están junto a la puerta? Creo que no habrá suficientes para todos.

Maggie Cheung estaba en mitad de la ventilada sala del centro envuelta en su anorak, dando instrucciones como un guardia urbano. Muy concentrada en la faena, gesticulaba enfáticamente para cambiar de inmediato de parecer, mandando a Kate o a alguno de los estudiantes a la otra punta de la sala cargados de mesas de formica o de sillas enmohecidas, mientras trataba de determinar de qué manera cabría mejor la gente.

Detrás de ella había un corro de ancianas chinas que charlaban a gritos en cantonés, absortas en un juego parecido al dominó. Al otro lado de la sala, cerca de los viejos que tomaban té de jazmín en vasos de plástico, dos mujeres jóvenes, tan calladas e infelices como sus hijos, se hacían el vacío mutuamente y también al joven que estaba entre ambas.

—No va a haber sillas suficientes por más que te empeñes —dijo Ian, el gerente, tras un rápido cálculo algebraico.

—Los voluntarios pueden comer de pie —dijo Maggie.

—Aun así, estará a tope. Sería preferible hacer dos turnos.

—La pesimista expresión de Ian y su palidez ilustraban las dificultades de una vida de compromiso con las subvenciones públicas.

—Mejor que estén apretados que hacer dos tandas —observó Maggie—. Así estaremos más calentitos.

—Siento lo de la calefacción —dijo Ian por quinta vez—. Nos han recortado el presupuesto. Hemos de ahorrar lo que tenemos para los jubilados y las mamás recientes los martes y los viernes.

Kate, que había entrado en calor con el ajetreo, llevó sus dos mesas al otro lado de la sala y las colocó, siguiendo instrucciones de Maggie, en un círculo cerca de la cocina. Pese a que la otra lo creía posible, Kate no veía cómo iban a poder comer todos a la vez. Pero Maggie era insistente: ese grupo pretendía afianzar los vínculos entre viejos y jóvenes, recién llegados y veteranos, y no tenía sentido reunir a tantísima gente si luego había que dividirlos.

—Además —añadió alegremente—, es nuestra cultura. Aquí todos comemos juntos.

Kate no alegó que la cacareada cultura era un concepto bastante flexible, pues en el caso de Maggie implicaba excursiones a McDonald's con sus hijos, cenas con su marido médico, que tenía un horario imposible en el hospital, y su ilimitada afición a *Coronation Street*. Con Maggie no tenía sentido discutir: como un político avezado, se limitaba a «no oír bien» cualquier cosa que no encajara en su visión del mundo, y a reafirmar alegremente sus opiniones como si nadie las hubiera puesto en duda.

—¡Bueno! ¡Listo! —exclamó, minutos más tarde—. Y después podemos dejar las mesas tal como están. ¿Te dije que había convencido a uno de los profesores de la Brownleigh School para que venga a dar un cursillo sobre lectura y redacción? Si veo otro formulario de subsidio de vivienda, creo que me dará un soponcio.

—El soponcio me va a dar a mí, como el señor Yip no tenga éxito con sus papeles —dijo Ian. Su humor no daba para mucho más, pero Maggie y Kate supieron apreciarlo con sendas sonrisas.

—No me digas que los han devuelto.

—Por cuarta vez. No me importaría si no fuera porque me toca a mí rellenarlos. Si no sé hacerlo yo, después de once años trabajando para el ayuntamiento, ¿quién diablos lo va a hacer?

Kate se había convertido en voluntaria del Grupo de Ayuda a Oriente de Dalston y Hackney casi un año antes de separarse de Geoff. Una noche, tras apartar la vista del *American Journal of Applied Psychiatry*, Geoff había lamentado los altísimos índices de enfermedad mental entre los inmigrantes, debidos al aislamiento, la alienación y el racismo de que eran víctimas en sus puestos de trabajo, y había hablado de lo que Maggie estaba tratando de hacer para contrarrestarlo. Kate había quedado asombrada del alcance de su proyecto; a pesar de que las unía una larga amistad, Maggie y ella apenas solían hablar de otra cosa que no fueran sus maridos e hijos. Pero Geoff había mencionado otra vez el tema cuando Maggie y Hamish habían ido a cenar a su casa, y Kate había descubierto que la reticencia de su amiga solo se debía a una supuesta falta de interés por parte de Kate. Posteriormente, Maggie había obtenido de Kate la débil promesa de que se pasaría por allí y les echaría una mano.

—No sé en qué podría ayudaros —había dicho, incapaz de decidir si quería o no hacerlo.

Pero cuando Maggie descubrió que Kate se había criado en Hong Kong, ya no hubo forma de escapar.

—¡Por Dios, mujer, tú conoces la cultura china! —había exclamado Maggie—. ¡Si casi eres china!

E hizo caso omiso de las protestas de Kate según la cual desde los ocho años su «cultura» había consistido en su estancia en el internado de Shropshire y la vida en un pueblo del sur de Irlanda.

—¿Y qué? —replicó la otra—. Yo lo más al este que he ido es al Theydon Bois.

Los meses transcurridos desde entonces no habían servido para que Kate se convirtiera en un miembro importante del grupo. A diferencia de los otros voluntarios, no conocía el idioma, no sabía cocinar y no se aclaraba con los kafkianos impedimentos burocráticos de la seguridad social. Lo único que podía ofrecer era un poco de refuerzo en las clases de lectura, y su presencia física. Pero a Maggie no le importaba. Y Kate había disfrutado con algunos aspectos de su breve inmersión en aquel mundo tan distinto: el espectáculo de ver al chef del restaurante de comida rápida cocinar auténticos platos chinos en la angosta cocina del centro, o el descubrimiento de cómo las personas mayores eran mucho más amables y más animadas que sus equivalentes europeos. Le gustaba el modo en que Maggie pasaba del inglés al chino sin la menor vacilación, su forma de reunir a su alrededor a gente tan dispar, por la mera fuerza de su personalidad. Y, en cierto modo, trabajar en el grupo le servía para mitigar la culpa que había sentido al abandonar a Geoff, pues le daba la oportunidad de resarcirse un día a la semana. Normalmente, la cosa salía bien.

—Creí que no ibas a venir hoy —dijo Maggie, apareciendo de repente a su lado. Su escasa estatura hacía que fuese raro verla desde cualquier otro ángulo, pese a su afición por los tacones altos.

—He estado a punto de dejarlo para otro día —admitió Kate—. No me encontraba de humor.

—Cuando te sientes fatal, es mejor salir de casa. Lejos de los hornos de gas. Ah, no, el tuyo es eléctrico, ¿verdad? Hablaremos durante el almuerzo.

—No sé si me voy a quedar.

Maggie no la estaba escuchando.

—¡Míralos! ¡Ellas sí tendrían que hablar! —exclamó, llevándose a Kate consigo y señalando a una de las dos madres silenciosas—. Dos muchachas, dos bebés. Es ridículo que estén ahí sentadas, en silencio. Hemos de hacer que hablen. Y mira esa otra, tenemos que convencerla de que lleve a vacunar a su hijo. Lleva aquí medio año, pero la muy tonta no quiere ir al centro de asistencia primaria.

Cuatro semanas después de llevar a su bebé a Inglaterra, según le explicó Maggie, el marido se había marchado diciendo que iba a conseguir algún dinero. Aparte de una supuesta identificación en Nottingham, la chica no había vuelto a saber de él. Tenía autorización para permanecer en el país, pero no tenía empleo, compartía un estudio y no podía volver a casa por falta de dinero.

—Necesita hablar con la gente. Abrirse un poco. Ve a charlar con ella mientras yo veo cómo va la comida —dijo Maggie, y se alejó.

Normalmente, trabajar en el centro hacía que Kate viera sus propios problemas bajo otra perspectiva, pero durante toda la mañana se había planteado la posibilidad de no acudir: el abatimiento propiciado por el insólito silencio de su casa la había dejado con muy pocas ganas de compañía. Sabine le había explicado que en su clase dividían a las chicas en «desagües y radiadores»; estas últimas eran las que transmitían entusiasmo e interés, las más populares, y las desagües... bueno, pues eso, las que absorbían aire y la buena voluntad como aspiradoras. Hoy, pensó Kate, soy la perfecta chica desagüe.

Una chica desagüe que tenía que convertirse en radiador. Arrastrando los pies igual que una colegiala, fue a donde estaba la muchacha. Despedía un olor a miseria, allí sentada con su anorak barato y sus zapatos de plástico. Kate no estaba segura de cómo podía ayudar a una persona tan desesperada. Y Maggie sabía que la chica no hablaba inglés. Pero con el autoritario optimismo evangélico de una maestra de escuela dominical, esperaba que los demás encontraran la manera. Querer es poder.

Kate respiró hondo, se detuvo a unos pasos de la chica para darle tiempo a percatarse de su cercanía, sonrió y señaló al bebé.

—Hola —dijo—. Yo soy Kate.

La chica, con el pelo recogido en una cola de caballo y unas sombras azuladas que denotaban algo más que el insomnio de una joven madre, la miró sin entender y luego buscó con la mirada a Maggie o alguno de los voluntarios chinos.

—Kate —dijo, señalándose a sí misma, consciente de que estaba hablando en voz bastante alta, como un colonizador imbécil que pensara que subiendo el volumen podría hacerse entender por los indígenas.

La chica la miró expectante. Con un gesto tan insustancial como su aspecto, negó con la cabeza.

Kate respiró hondo. ¿Qué diantres quería decir eso? Ella no tenía el don de hacer que la gente se sintiera a gusto enseguida. En general, ella misma se sentía a disgusto frente a los demás.

—Soy Kate —dijo impotente—. Vengo aquí a ayudar. ¿Cómo te llamas?

El silencio resultante fue interrumpido por una carcajada al fondo de la habitación, y por el tiroteo de unas fichas de dominó esparcidas sobre la superficie de una mesa. Los viejos habían terminado la partida. Maggie fue a interesarse por ellos y se dirigió a ellos en chino.

Kate volvió a mirar a la chica, procurando mantener la sonrisa.

—¿Es niño o niña? —dijo, señalando al bebé, cuya carita asomaba bajo la ropa de segunda mano—. ¿Niño? —Hizo un gesto hacia el hombre que estaba sentado cerca de allí, quien la miró con aire de desconfianza—. ¿O niña? —Se señaló a sí misma. Dios santo, parecía idiota. Viendo que le era imposible seguir manteniendo aquella sonrisa, se acercó un poco más al bebé—. Es una preciosidad. —Y lo era. Cuando están dormidos, todos lo son.

La chica miró al bebé y luego a Kate, al tiempo que estrechaba un poco más a la criatura.

Me rindo, pensó Kate. Le señalaré la mesa de la comida y dejaré que Maggie se ocupe de ella. Yo no sirvo para esto. Pensó brevemente, con añoranza, en su casa vacía. Y de pronto, dos palabras le vinieron a la mente, como un eco cerebral: dos palabras que su *amah* le decía cuando ella era una niña.

—*Hou leng* —dijo, señalando al bebé. Y más fuerte—: *Hou leng.*

La chica bajó la vista hacia el bebé y la levantó de nuevo. Su expresión era ligeramente ceñuda, de pura incredulidad.

—Tu bebé. *Hou leng.*

Dos amables palabras: «muy hermoso». La lengua franca de la adulación.

Kate sintió un súbito calor por dentro. Ahora resultaba que sí era capaz. Se devanó los sesos tratando de recordar si lo había pronunciado bien.

—*Hou leng.* Muy hermoso —repitió, sonriendo a placer.

Entonces apareció Maggie a su lado.

—¿Qué le estás haciendo, a la pobre? —dijo—. Esta chica no habla cantonés. Es del interior del país, so pánfila. Ella solo habla mandarín. No tiene ni idea de lo que pretendes decirle.

Hamish, alto y flaco y con pinta de pijo, era una improbable pareja para Maggie. Así lo venía diciendo la gente durante los dieciocho años que llevaban casados. No era la baja estatura de Maggie, su oscura y terrenal voluptuosidad en contraste con la palidez de Hamish, ni la ruidosa urgencia típicamente china de ella y de sus niños en contraste con la placidez europea de Hamish. Era simplemente que ella parecía demasiado para él. Demasiado casi para cualquiera, pensaba Kate. Maggie era demasiado estridente, demasiado franca, demasiado segura de sí misma. Kate estaba casi convencida de que era la misma persona que en la adolescencia. Por eso Hamish la adoraba.

Kate, por el contrario, había cambiado con todos los hombres con los que había compartido su vida. Eran los cambios que habían provocado en ella lo que había determinado que Kate perdiera la cabeza por ellos. Con Jim, había disfrutado de la manera encantadora y despreocupada con que las había tratado a ella y a su hija, el hecho de que por primera vez desde que naciera Sabine no se hubiera sentido discriminada por su condición de «mamá». Jim le había devuelto algo de su juventud, pensó Kate entonces, la había animado y ayudado a quitarse problemas de encima. Le había enseñado cosas en la cama. Pero cuando todo empezó a ir mal y ella empezó a sospechar, llegó a odiar a la persona en que se había convertido gracias a él. Odió ser una persona tan paranoica e infeliz, siempre implorando la verdad, cambiando desesperadamente de apariencia en un intento de recuperar su atención. Y cuando él se largó, su tristeza se vio suavizada por el alivio de no tener que ser nunca más esa persona.

Cuando llegó Geoff a su vida, ella ya era una amante más experta. No se había entregado a él por entero, consciente esta vez de la necesidad de guardarse algún as en la manga. Pero él sí se había entregado por entero (lo cual, ciertamente, no era decir mucho). Con Geoff, Kate se había convertido en una mujer adulta. Él le había abierto la mente, le había hablado de política y gracias a él había tomado conciencia de las injusticias del mundo que la rodeaba. Si había menos pasión que bienestar, se había dicho ella entonces, tampoco era un problema. Prefería estar con alguien que conseguía mantenerla serena. Con Geoff había aprendido a usar el cerebro, y eso la había hecho sentirse adulta. Y él había sido tan dulce con Sabine, sin imponer jamás su presencia ni jugar a hacer de «papá», sino proporcionándole una sólida base de amor y conocimientos.

Pero cuando llevaban seis años juntos apareció Justin, quien había hecho que se diera cuenta de que había descuidado un aspecto muy importante de su personalidad, un aspecto que insistía en salir a la palestra fuera como fuese. Ella era un ser sexual, y él la redescubrió como tal, y una vez esa faceta de su personalidad empezó a brotar, como un géiser, ya no hubo manera de pararla. Nadie la había excitado tanto como Justin; nadie hacía que se pusiese colorada y que anduviese a trompicones como un borracho a las nueve de la mañana. Nadie la había envuelto en un aura virtual de sexualidad, una efervescente capa de feromonas. El caso era que, incluso vestida, los hombres se volvían a mirarla y le lanzaban piropos. ¿Acaso no lo merecía?, se había preguntado a sí misma, intentado desesperadamente justificar el daño que estaba a punto de hacer a otro hombre. Se le presentaba una nueva oportunidad. ¿Por qué tenía que renunciar al amor apasionado a sus treinta y cinco años?

—¿Hay alguna conspiración de flacos? Mientras estabas ahí pensando en las musarañas, yo me he comido casi todo el *cheung fun*. —Maggie, inclinada sobre el pequeño fregadero, agitó los palillos de comer ante las narices de Kate—. Que no sepas distinguir entre cantonés y mandarín no significa que no puedas comer comida china.

—Perdona —dijo Kate, cuyo almuerzo prácticamente se había quedado congelado en el plato. Le había parecido que tenía hambre, pero su apetito, tan errático de un tiempo a esa parte, había desaparecido por completo.

—Oh, Dios. ¿Todavía enferma de amor? No me digas que aún estás en la fase «ay-es-que-no-me-entra-la-comida», después de... ¿cuánto hace, tres meses ya?

—No sé en qué fase estoy —dijo Kate, consternada—. O sí, en la fase de la culpa.

Maggie arqueó una ceja cuidadosamente depilada. Cuando le había explicado que dejaba a Geoff por otro, Kate había creído que Maggie, que conocía a Geoff desde hacía mucho, tomaría partido enseguida. Pero no había sido así: como correspondía, tal vez, a alguien capaz de sostener al mismo tiempo dos puntos de vista en conflicto, Maggie parecía capaz asimismo de mantener una doble lealtad.

—¿La fase de la culpa? Bah, no seas empalagosa. Por el amor de Dios. Eres feliz, ¿no? Y Justin ¿es feliz? Seamos francas, Geoff no es de los que se suicidan por una. Con todo ese aprendizaje psiquiátrico a sus espaldas, no creo. Seguramente estará impartiéndose a sí mismo una buena sesión terapéutica.

—No se trata de Geoff, sino de Sabine —dijo Kate—. Estoy arruinando su vida.

Maggie cogió una última gamba envuelta en papel, suspiró hondo y arrimó su bol al rebosante fregadero.

—Ya. El infierno adolescente, ¿eh? La niña, que ya no es una niña, te las hace pasar canutas...

—No exactamente. Se niega a hablar conmigo. Pero lo lleva escrito en la cara. Ella piensa que he echado a perder su vida. Y me odia por enviarla una temporada a casa de mi madre.

—Bueno, de eso no puedes culparla, si lo que me has contado es verdad. Pero en cuanto a eso de arruinarle la vida, no seas tan melodramática. —Sonrió a Kate—. Ya sé, no soy la más indicada para decirlo, pero tu hija no es ninguna niña abandonada, creo yo.

Kate la miró, desesperada por recibir algún consuelo.

Maggie levantó una mano y empezó a contar con sus dedos regordetes:

—Uno: ¿está vestida y alimentada? Sí. Y demasiado bien, para serte franca, con toda esa ridiculez de las marcas. Dos: ¿le has impuesto el trato con alguna persona que fuera cruel con ella? No. Todos tus novios (bueno, los dos que han vivido en tu casa) la han adorado, y no es que la señorita les haya dado gran cosa a cambio, desde luego que no. Tres: ¿era Geoff su verdadero padre? No, como ella insistía en dejarle claro a la menor ocasión. Cuatro: ¿se marchará de casa dentro de unos años sin mirar atrás siquiera? Desde luego.

—Vaya, eso me hace sentir muchísimo mejor.

—Solo estoy siendo sincera. Lo que digo es que te preocupas demasiado. Sabine es una adolescente tan equilibrada como la que más, al menos por estos pagos. Y lo digo en sentido positivo. Es inteligente, es respondona, y no traga las tonterías de nadie. No tienes de qué preocuparte.

—Pero ya no quiere hablar conmigo. Ha dejado de hablar.

—Por Dios, Kate, tiene dieciséis años. Yo estuve cuatro años sin hablar a mis padres, y eso que eran dos.

—Pero ¿y si es por mí? ¿Y si continúa odiándome?

—Espera a que te pida un coche. O una entrada para su primer piso. Créeme, el amor volverá. Dalo por hecho.

Kate contempló las grises fachadas de Kingsland Road: las tiendas de accesorios para coche y las ferreterías, los bares, las mugrientas vallas publicitarias y las oficinas del paro que demostraban que, pese a la insistencia de las agencias inmobiliarias, esa «próspera» zona se había empeñado en no seguir prosperando. ¿Qué le había hecho pensar que su hija se encontraría más a gusto en las verdes extensiones de Kilcarrion? ¿Acaso le habían servido de algo a ella misma?

Jugueteó con una gamba rolliza, empujándola en un solitario trayecto alrededor del plato.

—¿Tú no te aburres nunca de Hamish? —No estaba segura de dónde procedía la pregunta, pero en cuanto la hubo formulado se dio cuenta de que necesitaba saber la respuesta.

Maggie, que estaba dando un sorbo de su taza, la bajó despacio y reflexionó.

—¿Aburrirme? Bueno, no sé si es esa la palabra. A veces tengo ganas de estrangularlo. ¿Te sirve?

—¿Y cómo es que seguís juntos? No podéis ser felices todo el tiempo, ¿verdad? —Esta última palabra fue pronunciada en un tono lastimero, y Kate hizo un intento por que sonara a broma.

—Claro que no somos felices todo el tiempo. Ninguna pareja lo es, y si alguien te dice que sí, miente como un bellaco. Pero eso tú ya lo sabes. —Maggie frunció el entrecejo—. ¿Qué pasa, Kate? En serio, pareces una quinceañera hablando de relaciones personales.

—Es porque me siento tan indecisa como una quinceañera. Pero dime, ¿qué es lo que os mantiene unidos? ¿Qué es lo que hace que aguantes en los momentos en que querrías desaparecer? —Los momentos, pensó para sus adentros, en que yo suelo desaparecer.

—¿Qué nos mantiene unidos? Querrás decir aparte de lo que costaría un divorcio y del hecho de que nuestra casa apenas haya aumentado de valor en cinco años. Ah, y de esos duendes perversos que se disfrazan de hijos nuestros. ¿Quieres la verdad, Kate? Pues, sinceramente, no lo sé. Bueno, sí. Lo cierto es que a pesar de que Hamish puede llegar a ser un gilipollas integral, un desastre con el dinero, un borracho esporádico y muy poco aficionado a los polvos salvo en fiestas señaladas, yo no me imagino estando con otro que no sea él. ¿Te ayuda eso?

—Yo nunca he tenido una relación en la que no me imaginara estando con otro —confesó Kate, compungida.

—Bueno, descontando mis fantasías con Robert Mitchum.

—Lo mismo digo. Oh, Dios. ¿Robert Mitchum...?

—Sí, lo sé. —Maggie sonrió—. Es mi secreto inconfesable. Es que, verás, da la impresión de que ha de ser tan duro...

—No me refería a fantasías sexuales. Yo siempre he pensado en estar con otro. Me enamoro con mucha facilidad.

—Lo suponía. Realmente tienes quince años.

—Dios, ¿qué es lo que me pasa? ¿Por qué se me dan tan mal las relaciones? —Kate no pretendía decirlo en voz alta.

Maggie empezó a reunir los boles vacíos en varias bandejas.

—Detesto decirlo, querida, teniendo en cuenta tu actual situación y todo lo demás, pero quizá no has encontrado aún a la persona adecuada.

Justin telefoneó a las siete menos cuarto, poco antes de que Geoff llegara. Kate agradeció la llamada, y sintió una profunda gratitud al comprobar que a través del hilo telefónico el sonido de su voz podía embargarla aún de anhelo y calor, tranquilizándola y convenciéndola de que su decisión era la adecuada. Su conversación con Maggie había resultado bastante desalentadora, aunque ella misma se lo hubiera buscado teniendo en cuenta que aquel día no se sentía muy animada. Ahora Justin, al llamarla inesperadamente, ponía otra vez las cosas en su sitio.

—Estaba pensando en ti —dijo—, y solo quería oír tu voz.

—Me alegro mucho de que hayas llamado —dijo ella, casi sin aliento—. Te echo de menos.

—Ojalá estuvieras aquí. No dejo de pensar en ti todo el tiempo. —La voz de Justin sonaba muy lejana—. ¿Cómo va todo...?

—¿Dónde estás...?

Hablaron al unísono y luego callaron; ninguno de los dos quería interrumpir al otro.

—Tú primero —dijo Kate, maldiciendo a la compañía telefónica por los molestos desfases.

—Mira, no dispongo de mucho tiempo. Solo quería decirte que probablemente estaré ahí el fin de semana. Solo nos queda una visita por hacer y luego espero poder dejar el resto del trabajo a los demás y tomar el primer avión.

—¿Quieres que vaya a buscarte al aeropuerto? Llámame cuando sepas la hora de llegada.

—No, déjalo. No soy muy aficionado a los encuentros en aeropuertos.

Kate se tragó su desilusión. Se había imaginado a sí misma abrazando a Justin en mitad de Heathrow, y a él, vestido de caqui y muy sucio, alegrándose de verla. Santo Dios, se regañó, Maggie estaba en lo cierto. Tienes quince años.

—Entonces, prepararé una cena especial. Para cuando vuelvas.

—No tienes por qué hacer nada.

—Quiero hacerlo. Te echo de menos.

—Me refiero a que seguramente llegaré hecho polvo, y sucio, iré primero a mi casa y dormiré doce horas de un tirón. Te veré cuando esté limpio y descansado. Podemos salir a divertirnos por ahí.

Kate dijo que le hacía mucha ilusión, tratando de disimular su decepción ante aquella falta de entusiasmo. Quería verle tan pronto como tomara tierra; sudoroso, cansado o como quiera que estuviese, quería cubrirle de besos, prepararle un baño caliente, servirle vino mientras escuchaba el relato de sus intrépidas aventuras, y luego prepararle una buena comida casera y verle dormitar satisfecho en el sofá. Pero Justin no era aficionado a las siestas. De hecho, Kate tenía la clara sospecha de que Justin era más o menos lo que se dice una persona hiperactiva. Le costaba estar sentado y quieto: se movía y tamborileaba sobre las rodillas, se rascaba el pelo o se paseaba como un león enjaulado. Ella suponía que esa era la razón de que fuera bueno en su oficio. Incluso dormido daba sacudidas y murmuraba cosas como si estuviera en una constante expedición nocturna.

Inquieta, Kate subió despacio a su cuarto y se contempló en el largo espejo del armario de estilo eduardiano. ¿Qué debió de ver Justin en mí?, pensó, sintiéndose vulnerable, en desacuerdo consigo misma. Él podía haber escogido a otra, pero me prefirió a mí: una mujer de treinta y cinco años con estrías, unas incipientes patas de gallo y un pelo que, aunque abundante y cobrizo, era según su hija demasiado largo para su edad. Una mujer que, tras haber dejado atrás su juventud, jamás había sintonizado con la moda al no saber dónde encajaba. Sabine le decía que la ropa de segunda mano estilo años cincuenta y sesenta que se compraba en la tienda de Stoke

Newington era «de risa», pero a ella le gustaba; le gustaban las telas buenas y la sensación de calidad que no le proporcionaba la ropa de moda. Le gustaba que su vestuario la distinguiera de todas las mamás treintañeras que veía en los grandes almacenes. Pero ahora, bajo una nube de dudas acerca de sí misma, se preguntó si su aspecto no sería sencillamente raro o estaría fuera de lugar. ¿Me dejará Justin?, pensó mirándose en el espejo. Tenían la misma edad, pero su estilo de vida era tan independiente, tan transitorio y tan exento de responsabilidades, que hacía pensar en un hombre diez años más joven. ¿Querría él, antes o después, que alguien compartiera esa libertad?

Kate cerró la puerta del armario con la idea de disipar los pensamientos que le venían a la cabeza. No se le daba bien estar sola: tenía demasiado tiempo para pensar, para darle vueltas a las cosas. Su felicidad dependía en gran manera de cómo le fueran sus amores, eso era lo que decía Maggie. Eso la hacía vulnerable. Kate lo había negado, pero curiosamente no había sido capaz de argumentar por qué le parecía que Maggie se equivocaba. Y Maggie había hablado sin saber la mitad de la historia: Kate había gastado una verdadera fortuna en un nuevo juego de cama porque Justin le había dicho una vez que dormía mejor en sábanas de algodón egipcio; había rechazado al menos dos encargos bien pagados porque no estaba segura de cuándo iba a volver él y no quería estar trabajando cuando eso ocurriera; le resultaba absolutamente difícil ponerse guapa cuando Justin no estaba, y había pasado la mayor parte de su ausencia en pijama y con sus gafas de leer de pasta negra.

Pero qué mal llevaba estar sola. Buscaría a un inquilino. O compraría un perro. Tenía que hacer algo. Cualquier cosa para poner a raya sus depresivos pensamientos. Vamos, se regañó, Geoff vendrá enseguida. Arréglate un poco.

Contenta de poder distraerse con algo, Kate se cepilló el pelo, maravillada de los enredos que podían causar dos días sin peinarse, se pintó los labios y luego, sin pensarlo, se puso perfume: Mitsouko, de Guerlain. Entonces miró el frasco horrorizada: se lo había regalado Geoff. Cada año, por San Valentín, le compraba uno. Era su favorito. Geoff podía pensar que había cambiado de opinión, que quería volver con él. Kate contempló su reflejo y, tras unos instantes de vacilación, cogió un pañuelo de papel y se limpió los labios. Luego se abrochó el botón superior de su blusa de seda color crema al estilo años cincuenta, se quitó las lentillas y se puso las gafas que tan poco la favorecían. Luego se pasó un pañuelo por el cuello, tratando de eliminar la fragancia. Ya le había hecho bastante daño a Geoff; lo último que quería era inflamar inconscientemente su pasión. Con esa idea en mente, una Kate sosa, avejentada y exhausta, el tipo de mujer que ella misma detestaba, era el mejor regalo que podía ofrecer a Geoff.

Llegó tarde, cosa que la sorprendió. Geoff siempre era rigurosamente puntual. Kate casi dio gracias cuando al fin sonó el timbre: estaba sentada en silencio en la salita, mirando como por primera vez los huecos en la estantería de libros, los espacios en las paredes donde habían estado sus cosas. ¿Cómo se sentiría Sabine cuando viera que faltaban tantos objetos conocidos? ¿Le había cogido cariño a alguno de ellos? ¿Se había fijado siquiera? ¿Cómo saber lo que podía pasarle por la cabeza a aquella enigmática persona?

Kate advirtió que Geoff tenía mejor aspecto que la última vez que le había visto. Menos envejecido por la crisis. Claro que eso no debía sorprenderla: no en vano habían transcurrido varias semanas larguísimas desde el gran día de la mudanza.

Geoff se frotó el pelo de la nuca, un gesto que ella no le había visto hacer nunca, y se sentó indeciso.

—En realidad, vengo de Islington. Y también he de volver allí.

Kate estaba segura de que Geoff había dicho que tenía un piso alquilado en Bromley, cerca del hospital psiquiátrico, pero no dijo nada. Las preguntas inocentes tenían la capacidad de volverse difíciles. Aquello ya no era asunto suyo.

—¿Té? ¿Café? ¿Vino tinto? He abierto una botella.

—El vino está bien. Gracias.

Kate fue a la cocina, maravillada de la rapidez con que su propia pareja podía convertirse en un invitado formal. Cuando le pasó el vaso, notó que él la escrutaba con la mirada, y eso le produjo una emoción que no deseaba sentir.

—Bueno, ¿cómo te va? —dijo él. Lo cual la descolocó, porque era ella la que quería preguntárselo.

—Oh, pues bien. Me va bien —dijo.

—¿Sabine sigue en casa de tu madre?

—Sí. Al principio no le gustó mucho, pero esta semana no me ha llamado. Viniendo de ella, creo que es una buena señal.

—Mejor no tener noticias, ¿eh?

—Más o menos.

—Mándale un beso de mi parte.

Se produjo una larga pausa. Kate notó que el botón superior de la blusa se le había desabrochado, y no supo si era conveniente abrochárselo. Se arropó un poco con su jersey grueso, confiando en que eso resolviera el dilema.

—¿No tienes puesta la calefacción? —preguntó Geoff, como si de repente hubiera reparado en el frío que hacía.

—He tenido problemas con la caldera. El fontanero vendrá mañana —mintió.

—¿Sabe lo que se hace? Es mejor no meter a un chapuzas en casa, puede estropeártelo todo: la electricidad, las cañerías...

—Descuida, es un experto. Está registrado y todo eso.

—Bien. Porque solo tendrías que decírmelo. Yo... —Se calló, incómodo—. En fin. Me alegro de que lo hayas solucionado.

Kate miró su vaso de vino y se sintió fatal. Era peor cuando Geoff se mostraba amable. Le resultaba más fácil cuando la trataba a gritos. Cuando Kate le había contado toda la historia, él la había llamado «puta», una palabra que, curiosamente, no le había dolido entonces, en parte porque eso era lo que ella pensaba secretamente de sí misma, y en parte porque era el único insulto que Geoff había dicho jamás, y eso le brindó una excusa para sentirse furiosa con él.

—En realidad —dijo Geoff—, quería hablar contigo.

A Kate le dio un vuelco el corazón. Geoff la estaba observando, con una mirada tierna y el rostro afable. Por favor, no me digas que sigues enamorado de mí, le imploró en silencio. No podré soportar esa responsabilidad.

—¿Bajo tus cosas, primero? —dijo rápidamente—. Podemos hablar después.

—No.

Ella le miró.

—Verás, quisiera hablar contigo ahora.

Nos pasamos la vida intentando que los hombres hablen, pensó Kate, y cuando lo hacen deseamos estar a mil años luz de ellos.

En ese instante apareció Goebbels en la habitación, tenía el pelaje negro reluciente de gotas de lluvia. Ignorando a Kate, se acercó a Geoff y, tras olisquear con estudiada falta de interés la pernera de su pantalón, saltó ágilmente a su lado. Ahora no empieces tú, pensó Kate, desesperada.

—Esto resulta bastante incómodo... —empezó a decir Geoff.

—No, soy yo la que debería sentirse incómoda, Geoff. Siento mucho lo que ha pasado. De veras. Eres un hombre maravilloso, y daría lo que fuera para que las cosas no hubieran salido como han salido. Lo siento de veras. Pero yo he dado un paso adelante, ¿sabes? —En ese punto Kate le sonrió confiando en transmitirle todo el amor y el agradecimiento que había sentido por él a lo largo de los años, y su certeza de que no había nada que hacer.

—Eres muy amable —dijo él, mirándose los zapatos. Eran nuevos. De suela gruesa. Y parecían caros. Impropios de Geoff—. Me alegro de que hayas dicho eso, porque me siento un poco raro habiendo venido aquí.

—No tienes por qué sentirte así —dijo Kate, creyendo a medias que lo decía en serio—. Sabine siempre querrá verte. Y yo siempre... —trató de buscar las palabras adecuadas— siempre te tendré aprecio. No quiero pensar que no vayamos a vernos nunca más.

—¿Lo dices en serio? —Geoff se inclinaba hacia ella, con las manos ligeramente apoyadas en las rodillas.

—Sí —dijo ella—. Geoff, tú has sido muy importante en mi vida.

—Pero tú has dado un paso adelante...

Kate notó que los ojos se le llenaban de lágrimas.

—Sí.

—Me alegro —dijo él, y por primera vez, su expresión se relajó—. Porque lo que necesito decirte... Bueno, me tenías un poco preocupado porque no sabía cómo estabas.

Kate se lo quedó mirando sin comprender.

—Verás, esto me lo pone un poco más fácil. Porque yo también he dado un paso adelante. He... he conocido a alguien.

Kate se quedó en blanco.

Geoff meneó un poco la cabeza, como si lo que estaba diciendo fuera increíble incluso para él.

—He conocido a alguien. Y parece que la cosa va en serio. Eso me ha hecho comprender que tú tenías razón. Estuviste acertada haciendo lo que hiciste. Bueno, ya sé que en su momento me dolió muchísimo, no sabes cuánto. Y eso hace que todavía sea más sorprendente que haya ocurrido tan rápido. Porque ¿cuándo me lo dijiste, hace siete u ocho semanas?

Kate asintió, medio aturdida.

—Pero esta persona, esta mujer, me ha hecho comprender que tu decisión fue tremendamente valiente. Tú y yo íbamos a la deriva. No nos hacíamos felices el uno al otro. Y ahora lo entiendo. Y si a ti te pasa lo mismo... Vaya, no puedo creer lo que estoy diciendo... Tengo la impresión de que, en cierto modo, ha sido lo mejor para los dos. Siempre y cuando Sabine lo pueda asimilar, claro está.

Kate empezó a notar que le vibraban los oídos. Frunció el entrecejo, tratando de librarse de aquella sensación.

—¿Te encuentras bien? —dijo Geoff.

—Sí —dijo ella con voz queda—. Solo un poquito... sorprendida. —Los zapatos, pensó. Esa mujer es la que se los ha hecho comprar. Geoff llevaba ausente tres semanas y su nueva pareja ya le había hecho comprar zapatos decentes.

—¿Quién es? —dijo, alzando la cabeza—. ¿La conozco?

Geoff bajó los ojos.

—De eso quería hablarte. —Hizo una pausa—. Es Soraya.

Kate le miró sin expresión. Luego preguntó:

—¿Soraya? ¿No será la que trabaja contigo?

—La misma.

—¿La Soraya que vino cinco o seis veces a cenar aquí?

—Sí.

Soraya, la princesa asiática de la psiquiatría, cuarenta y pico años, ojos de cervatillo, diosa de la ropa de diseño y los zapatos caros. Soraya, heredera de una enorme e inmaculadamente amueblada casa georgiana en Islington, una renta vitalicia y sin hijos. Soraya, la bruja, la ladrona de maridos. La muy zorra.

—No ha perdido el tiempo, ¿eh? —Kate no pudo reprimir un deje de amargura en su voz.

Geoff le sonrió tristemente.

—Antes quiso asegurarse de que lo nuestro era definitivo. Es muy legal en estos asuntos, ¿sabes? Cuando le dije que era definitivo, me contestó que si no me pillaba ella, lo haría otra. Dice que hoy en día escasean los hombres adultos y decentes. —Tuvo el detalle de ruborizarse al repetir los cumplidos de Soraya, pero tampoco pudo ocultar que se sentía orgulloso de ello.

Kate no se lo podía creer. Geoff, cazado por la soltera más deseable de cuantas conocían ellos dos. Geoff, de repente convertido en el hombre más buscado por las hembras de la clase media. ¿Cómo había ocurrido aquello? ¿Tan miope era ella que no había valorado algunas de sus cualidades?

—Solo te lo he contado porque me dijiste que eras feliz con Justin. Sabes que nunca haría nada que te doliera.

—Por nosotros no te preocupes. Estamos bien. Nos va de maravilla. —Sabía que sonaba infantil, pero de alguna manera no pudo evitarlo.

Estuvieron en silencio unos minutos, durante los cuales Kate bebió su vino demasiado deprisa.

—¿Vuestra historia va realmente en serio? —preguntó al fin.

—Del todo.

—¿Con solo tres semanas?

—No tienes por qué meterte con mi edad —dijo Geoff, procurando que sonara a chiste.

—¿Quieres decir que ya vivís juntos? —Kate no se lo podía creer. ¿Cómo podía Geoff haber empezado una nueva vida cuando ella todavía no había superado la pérdida de su vida anterior?

—He alquilado el piso de Bromley por tres meses. Pero, sí, paso la mayor parte del tiempo en Islington.

—Un detalle por tu parte.

—Ya sabes que esas cosas no son importantes para mí.

Kate le miró de nuevo los zapatos. Hasta ahora, pensó. Soraya te va a convertir en uno de esos intelectuales de diseño —americanas de Armani, camisas de lino—, y tú no te darás ni cuenta.

Geoff acarició al gato. A los dos se les veía muy tranquilos.

—¿Ocurrió algo entre vosotros dos antes? —La sospecha, que había conseguido colarse en su cabeza, invadía su mente como una tóxica Medusa.

—¿Qué...?

—Verás, parece todo como planeado, ¿no? Tres semanas después de mudarte de aquí y ya casi estás viviendo con una de nuestras mejores amigas. Tienes que admitir que ha sido un trabajo rápido.

Geoff estaba muy serio.

—Kate, puedo prometerte con el corazón en la mano que

no pasó nada entre nosotros hasta que tú me hablaste de tu... de Justin. Soraya siempre me pareció atractiva, pero no más que otras de nuestras amigas. Bueno, quizá un poco más, pero nunca había pensando en ella especialmente, ya me entiendes.

Estaba diciendo la verdad. A Geoff siempre le había resultado imposible mentir. ¿Por qué entonces ella se sentía tan mal?

—Dice que yo siempre le he gustado, pero que no quería intentar nada mientras yo estuviera con otra persona. Y si ella no hubiera dado el primer paso, supongo que yo me habría hundido en mi horrible piso nuevo y me habría pasado los años lamiéndome las heridas. Ya me conoces. No soy un tipo infiel.

Y yo, en cambio, sí lo soy, pensó Kate, pero eres demasiado bueno para decírmelo. Sintiéndose terriblemente desairada, Kate se dio cuenta de que quería gritar; chillar sin inhibirse, como si la hubieran estafado, y llorar hasta que le doliera el estómago y el pecho. Y la culpa era solo de ella, de nadie más.

Tal vez, pensó insensatamente, podría seducirle. Lanzarse sobre él, arrancarle la ropa y hacerle el amor con pasión animal hasta dejarlo temblando, desprovisto de la seguridad que parecía despertar en él su nuevo amor. Quería que se sintiese inquieto, indeciso. Quería borrar a Soraya y su enigmática sonrisa asiática. Era capaz, sabía que era capaz. A fin de cuentas, ella lo conocía mejor que nadie.

Entonces vio que Geoff la estaba mirando con una expresión serena y preocupada. La clase de mirada, pensó, que normalmente reservaba para sus pacientes. Y eso era mucho peor que la infidelidad. Se quitó las gafas, recordando que tenía mal aspecto e iba sin maquillar.

—¿Te encuentras bien?

—¿Bien? Santo Dios, de maravilla. Es que la noticia me ha dejado pasmada. No sabes cuánto me alegro por ti. —Se puso de pie, dejando que su blusa se abriera generosamente—. La vida es bella, ¿eh?

Geoff, consciente de que Kate daba por terminada la conversación, se levantó también y dejó el vaso medio lleno en la mesita.

—¿Seguro que no te importa? Lo creas o no, para mí es muy importante que no te sepa mal.

—¿Y por qué iba a importarme? —Kate se alisó el pelo y miró distraída a su alrededor—. Justin se llevará una sorpresa cuando le explique cómo ha ido todo. Una sorpresa mayúscula. Y se alegrará. Sí, los dos nos alegramos mucho. Bueno, vamos a por tus cosas, ¿vale? —dijo animadamente, y con una amplia sonrisa se dirigió hacia la puerta.

4

—Así. Los talones hacia abajo, la espalda recta. ¿Ves? Lo estás haciendo muy bien.

—Me siento como un saco de patatas.

—Lo estás haciendo bien. Levanta un poco las manos. Sepáralas del pescuezo del caballo.

Sabine frunció las cejas mientras Thom le sonreía. Tenía que admitir que casi estaba disfrutando con aquello, pero ni en sueños se lo iba a decir a él. El pequeño rucio se movía obediente bajo sus piernas, orejeando al son de la voz de Thom, con el cuello arqueado como el de un caballo de balancín. No había intentado quitársela de encima, morderla, cocearla, meterse por un seto ni lanzarse al galope, como Sabine había temido. Ni siquiera la había mirado con aquella expresión de malevolencia típica de los caballos de escuela de equitación, sino que parecía sencillamente satisfecho de disfrutar de la fresca mañana de invierno, aceptando a su pasajero humano como un precio ineludible.

—Ya te dije que tu abuela sabía mucho de caballos —dijo Thom, desde la mayor altura del bayo que montaba. Sostenía las riendas en la mano derecha, al estilo del Lejano Oeste, mientras que el otro brazo colgaba flojo a un lado—. Ella no te habría hecho montar un caballo bravo. Se aseguró de que este estuviera absolutamente a prueba de bombas antes de hacer que lo mandaran aquí. Se lo oí decir por teléfono.

Sabine supuso que le tocaba expresar gratitud, o quizá admiración. Pero no podía. Su abuela apenas le había hecho el menor caso en los últimos días, y si lo hacía era solo para comentar algún error cometido. Como no limpiarse el barro de las botas antes de dejarlas en el cuarto correspondiente. O dejar que Bertie durmiera en su cama por la tarde. Incluso había gritado a la señora H por poner la mantequilla que no debía en los huevos revueltos del abuelo y había ido a buscar ella misma la bandeja, y no había parado de darle la tabarra como si la pobre señora H hubiera intentado envenenarle o cosa parecida. Sabine había tenido ganas de chillarle a su abuela, pero después de que esta volviera a subir con otra bandeja, la señora H le había puesto una mano en el hombro diciendo que no tenía importancia. «Está sometida a mucha presión. Hemos de darle un poquito de tiempo.»

—¿Por qué todo el mundo les consiente lo que hacen? —le preguntó a Thom mientras este se apeaba para abrir una cerca de madera.

—¿A quién? ¿Consentir el qué?

—A ellos. A mis abuelos. ¿Por qué seguís todos trabajando aquí cuando son tan insoportables? No creo que te paguen demasiado bien, ella siempre está hablando de economizar. —Escupió la palabra, como si tuviera mal sabor.

Thom abrió la verja y dio una palmada al bayo, que se puso torpemente al otro lado, dejando pasar a Sabine, los cascos de cuyo caballo produjeron obscenos sonidos de succión en el fango.

—Tu abuela es buena persona.

—Ni hablar. Nunca te da las gracias por todas las cosas que haces. Y ayer fue muy grosera con la señora H. Pero ninguno de vosotros le canta las cuarenta.

—Ella no lo hace por nada personal.

—Eso no es excusa.

—No digo que lo sea. Pero cada cual es como es, y tu abuela es así. Vaya, menudo frío hace hoy. —Con un gruñido, Thom introdujo el pie en el estribo y pasó la otra pierna sobre el lomo de su montura. Tenía las botas cubiertas de lodo.

—Pero es humillante. Os trata como a criados. Como si viviéramos en el siglo XIX.

Thom palmeó el musculoso pescuezo de su caballo.

—Supongo que se podría decir que somos sus criados, en efecto.

—Eso es absurdo. Sois parte del personal.

Ahora Thom estaba sonriendo. Su sonrisa asomó por encima del pañuelo que llevaba bien anudado al cuello.

—¿Dónde está la diferencia?

—La hay.

—Explícate.

Sabine miró las orejas de su caballo. La derecha se movió de atrás adelante. Thom podía ser muy irritante a veces.

—Es la manera en que ella se comporta. Y él también. La diferencia está en el modo en que te traten, como iguales o como... bueno, sin ningún respeto.

Miró de reojo a Thom, preguntándose si había ido demasiado lejos. Se había dado cuenta de que él podía legítimamente sentirse ofendido por lo que ella estaba diciendo.

Pero Thom se limitó a encoger los hombros. Luego arrancó una hoja de una rama que colgaba baja.

—Yo no lo veo así —dijo—. Tus abuelos son buena gente, solo que están un poco chapados a la antigua. No olvides que se criaron con sirvientes. Pasaron su infancia en las colonias. Les gustan las cosas hechas de cierta manera, y son viejos y no soportan que se haga de otra forma. Ahora bien —Thom refrenó a su caballo y la miró—, si trataran mal a una sola persona, yo creo que nos marcharíamos todos. Aquí nadie está haciendo el primo, pienses lo que pienses, Sabine. Nosotros les comprendemos. Entendemos su manera de ser. Y aunque no te lo parezca, tus abuelos también nos respetan.

Sabine seguía sin estar de acuerdo, pero la forma de hablar de Thom hizo que prefiriera no seguir ahondando en el asunto.

—E independientemente de lo que puedas pensar de ella, la señora H tiene razón. Tu abuela está sometida a una gran presión. Deberías abrirte un poco, Sabine. Hablar con ella. Tal vez te sorprenderías.

Sabine se encogió de hombros, como si le importara un comino. Pero sabía que la presión a que estaba sometida su abuela tenía que ver con la mala salud del abuelo. Hacía cinco días que no bajaba de su habitación, y el doctor, un joven interino de modales serios, había visitado la casa con frecuencia.

Sabine no había querido preguntar qué pasaba. La única vez que la señora H le había pedido que le subiera la bandeja a su abuelo, él estaba dormido y ella se había quedado paralizada en el umbral, perpleja y fascinada, mientras sobre el rojo subido de la colcha oriental aquella calavera inspiraba dolorosamente el aire, resollando en un sueño agitado. No habría podido decir si tenía mal aspecto. Era demasiado viejo para parecer otra cosa que eso, un viejo.

—¿Crees que se va a morir? —le preguntó a Thom.

Él se volvió en su silla y la miró un instante, pero enseguida desvió la mirada, como si reflexionara.

—Todos vamos a morir, Sabine.

—Esa no es una respuesta.

—Es que no puedo darte ninguna. Vamos, se avecina tormenta. Será mejor que volvamos.

Todo se remontaba a la noche de los perros. Hacía casi una semana Sabine había despertado de madrugada al oír a una jauría de lobos que coreaba frente a su ventana con gañidos angustiosos. No eran aullidos de aflicción sino que traslucían una apremiante sed de sangre; una armonía que helaba la sangre, una canción que suscitaba miedos primitivos. Aterrada, Sabine se había levantado lentamente para acercarse descalza a la ventana, esperando casi ver la luna llena. Pero, en cambio, a la pálida luz azulada, solo había podido distinguir la enjuta figura de su abuela, arrebujada en su bata, corriendo por la caballeriza como un fantasma. Le gritaba a alguien que volviera.

No era el grito furioso y vivo de quien persigue a un criminal, sino casi un ruego: «Vuelve, cariño. Vuelve. ¡Por favor!».

Sabine se había quedado pegada a la ventana mientras su abuela se perdía de vista, sin saber qué hacer. Hubiera querido ayudar, pero tenía la clara sensación de que se entrometía en algo muy privado.

Momentos después, los aullidos cesaron. Sabine había oído pasos y luego otra vez la voz de su abuela, esta vez en tono de suave reprimenda, como cuando le hablaba a Duque. Al retirar la cortina, Sabine la había visto acompañar al viejo hacia la puerta de atrás. El abuelo cojeaba encorvado y el viento agitaba su pijama, bajo el cual se adivinaban sus huesos, como perchas envueltas en ropa. «Solo he ido a ver a los perros —no paraba de decir—. Sé que ese tipo no les da bien de comer. Solo he ido a ver a los perros.»

Sabine no había hablado con su abuela del incidente —ni siquiera estaba segura de si se suponía que debía darse por enterada—, pero desde aquel día el abuelo no había vuelto a salir de su cuarto. Y de noche, había podido oír más de una vez los pasos de su abuela por el pasillo, yendo a comprobar si su marido estaba aún en la cama y no en alguna de sus misiones nocturnas.

Sintiendo cada vez mayor curiosidad, Sabine le preguntó a su abuela si podía ir a ver a los perros de caza. Su intención había sido ir con Thom, pero la abuela, después de mirarla de aquella manera —como si le costara creer que Sabine pudiera tener interés por los perros— dijo que ella misma la acompañaría por la tarde.

—Son de color negro y canela —le dijo a Sabine mientras cruzaban a paso vivo la caballeriza—. Es una casta especial de perro cazador. En esta región hay ejemplares de esa raza desde hace muchas generaciones. —En conjunto, era la frase más larga que le había dicho a Sabine en más de una semana.

»Los Ballantyne siempre fueron cazadores mayores. El cazador mayor es quien encabeza la partida. La primera jauría data de finales del siglo pasado. Y tu abuelo ha invertido media vida en mantener la tradición. Fue cazador mayor hasta hace unos diez años, cuando dejó de montar a caballo. Era una jauría preciosa. Deberías haberlos oído cuando empezaban a ladrar. —Hizo una pequeña pausa y sonrió, paladeando sus recuerdos de entonces.

Sabine, tratando de no reírse de las últimas palabras de su abuela, no le explicó cuáles eran sus verdaderos motivos. Estaba convencida de que los pobres perros recibían un trato cruel: ningún animal satisfecho podía producir un sonido tan lastimero. Y pensar que vivían en perreras de hormigón, lejos de las comodidades de una lumbre y una alfombra raída, casi la hacía llorar. Lo que no sabía aún era cómo reaccionaría cuando los viera. Cuando tenía el día malo, le daba por pensar en liberarlos, o llamar a la protectora de animales. Pero eso los pondría a todos en un aprieto, incluido Thom. Si tenía el día bueno, ni siquiera se acordaba de los perros cazadores.

Los guardaban en un patio rodeado de corrales de hormigón a cinco minutos de camino desde la casa. Algunos tenían verjas metálicas altas o alambre grueso delante. Parecía una prisión, pensó amargamente Sabine mientras se afanaba por no rezagarse. Olía a desinfectante y a excrementos de perro, y a otra cosa pestilente que no supo identificar. ¿Cómo podía la abuela cuidar tan bien de sus dos perros labradores y dejar a esos otros muertos de frío?

—¿Qué tal está Horatio, Niall?

—Un poco mejor, señora Ballantyne —dijo el hombre de mediana edad que acababa de salir de uno de los cobertizos. Llevaba puesto un largo delantal como los que usaban los herreros, y todo su rostro parecía concentrarse alrededor de la nariz, como si alguien le hubiera aplastado la cara por los lados—. Pronto habría que quitarle ese vendaje, la pata se está curando muy deprisa.

—¿Vamos a verlo? —No fue una pregunta. La abuela se encaminó directamente hacia un corral y miró en su oscuro interior. Sabine, detrás de ella, apenas pudo ver a un perro que yacía en la paja, con la pata vendada metida bajo el cuerpo.

—¿Qué fue lo que pasó? —inquirió Sabine.

El perro había erguido las orejas al ver llegar al hombre, como si esperara algo, y las había agachado ligeramente cuando él había vuelto la cabeza para mirar a Sabine.

—Lo pateó un caballo. Uno de los invitados del círculo ecuestre no pudo frenar y pilló a este pobre diablo bajo los cascos de su montura. —Meneó la cabeza—. Ya se lo digo yo, señora Ballantyne, ni siquiera les enseñan las normas más básicas antes de dejarlos salir. Se limitan a cobrarles y a abrirles la puerta. Les da igual si saben montar o no.

La abuela asintió, sin dejar de mirar al perro.

—Tienes toda la razón, Niall.

—Las cosas han empeorado desde que se convirtió en un hotel. Al menos antes venía gente de por aquí. Ahora está lleno de turistas, ejecutivos y gente así, y lo único que les importa es salir de caza. No se les puede decir nada. El viejo John MacRae, que trabaja allí, me dice que se pondría usted a llorar si viera en qué estado vuelven algunos caballos.

La abuela se lo quedó mirando.

—Cojos, ¿verdad?

—Eso es lo de menos. Hay gente que los hace caminar durante cinco o seis horas, hasta que no les queda aire en los pulmones. El otro día se encontró a uno que llegó sangrando por la nariz. Y esa yegua castaña, la que trajeron de Tipperary, ¿se acuerda? Pues llegó toda arañada —se señaló el costado— porque la idiota que decidió calzarse unas espuelas se las puso del revés.

Sabine vio a su abuela dar un respingo de compasión. Nunca le había visto poner aquella cara.

—Me parece que tendré que hablar con Mitchell Kilhoun —dijo con firmeza—. Le diré que o cuida mejor a sus animales o no les dejaremos salir con la partida.

—¿Irá a hablar con el cazador mayor?

—Desde luego.

—Sería estupendo, señora Ballantyne. Se me parte el corazón cuando veo a un animal herido sin motivo. —Miró al perro, que se estaba lamiendo la pata buena en un gesto de inoportuna solidaridad—. Hubiera sido preferible que a este pobre lo hubiesen matado.

Sabine, que había estado mirando distraídamente al perro, reaccionó al punto.

—¿Matarlo?

Niall miró brevemente a la señora Ballantyne y luego a Sabine.

—Sí, señorita. Habría sido lo mejor para él.

—¿Matarlo? No lo entiendo.

Niall frunció ligeramente el ceño.

—Un perro con tres patas no le sirve de nada a nadie. Se quedaría rezagado... Eso tampoco es bueno, ¿verdad?

—¿Lo habrías hecho matar, en serio? —Sabine miró fijamente a su abuela.

—Niall tiene razón, Sabine. A un perro herido le queda poca vida..

—Ya, y si lo matas, menos todavía. —Sabine sintió unas inexplicables ganas de llorar—. ¿Cómo puedes ser tan cruel? ¿Te gustaría que yo le pegara un tiro a Bertie solo porque ya no pudiera hacer su trabajo? ¿Qué sentido de la responsabilidad tienes tú?

La abuela respiró hondo, intercambió una mirada con Niall e hizo ademán de llevarse a Sabine de nuevo hacia la casa.

—Estos perros no son mascotas, querida. No tienen nada que ver Bertie y Bella. Son sabuesos, criados especialmente para...

La interrumpió el chirriante ruido del Land Rover entrando en el patio, seguido de cerca por un desvencijado remolque azul claro. El traqueteo de su llegada fue acompañado por una cacofonía procedente de dos de las casetas, y acto seguido todos los perros se lanzaron contra los alambres en un paroxismo de ladridos y gemidos, revolcándose los unos sobre los otros en su esfuerzo por estar más cerca del exterior.

En medio de la algarabía, la puerta del Land Rover se abrió y Liam saltó ágilmente al suelo.

—Siento haber tardado tanto, Niall. No había nadie que me ayudara a cargar esta mierda. Oh, perdón, señora Ballantyne, no las había visto.

—Vamos, Sabine —dijo la abuela, conduciéndola con firmeza hacia la verja—. Volvamos a la casa.

Pero Sabine se resistía.

—¿Qué le va a pasar al perro de la pata herida? ¿Lo van a matar?

La abuela miró brevemente hacia el remolque, cuya compuerta trasera había empezado a bajar Michael, y siguió empujando suavemente la espalda de Sabine.

—No. Descuida. Ya has oído a Niall, el veterinario dice que se pondrá bien.

—Pero ¿por qué no los tratas como a los demás perros?

Niall fue al otro lado de la rampa, y entre él y Michael la bajaron, soltándola aproximadamente a un palmo del suelo, y el ruido hizo que los ladridos sonasen aún con más furia. A Sabine le pareció que aquellos perros daban un poco de miedo.

—Sabine, haz el favor. Tenemos que volver.

Ahora la abuela estaba tirando de ella. Sabine se la quedó mirando con cierta sorpresa. ¿A qué venía tanta prisa? ¿Qué era lo que su abuela no quería que viese?

Una pata oscura, tiesa, respondió a su pregunta. Colgaba como una manecilla de reloj asomando en un ángulo inverosímil por la parte trasera del remolque, apuntando hacia las chimeneas. Al extremo de la misma había una pezuña negra, que brillaba aún con una especie de ungüento. Mientras Sabine miraba, Niall alzó la pata y tiró, mientras Michael, que había subido ágilmente por la rampa, gruñía en su esfuerzo por bajar aquella cosa.

—¿Qué están haciendo? —susurró Sabine. Estaba demasiado conmocionada para hablar con claridad.

—Está muerto. —El tono cansino de su abuela dio a entender que esperaba su pregunta—. Ya no siente nada.

Sabine la miró con los ojos llorosos. Detrás de ella, los perros se lanzaban como locos contra los alambres.

—Pero ¿qué es lo que hacen?

La abuela de Sabine miró el cadáver del caballo, que estaba bajando, centímetro a centímetro, por la rampa.

—Se aprovecha su carne.

—¿Su carne?

—Los perros tienen que comer algo, querida.

Sabine abrió mucho los ojos. Miró primero el caballo muerto y luego a los sabuesos. Lo único que vio fueron dientes, encías y saliva.

—Lo van a hacer trizas. —Se llevó inconscientemente las manos a la cara—. Oh, Dios mío, no puedo creer que permitas que lo destrocen. Dios, Dios...

Los dos hombres hicieron una pausa y reanudaron su quehacer mientras Sabine cruzaba la verja de un salto y corría de vuelta a la casa.

La señora H había preparado el té hacía una media hora, pero cuando Joy Ballantyne se acordó de coger la taza del borde del radiador, se había formado encima una película, y un sol de un tono castaño claro nadaba ahora en la superficie del líquido.

Debió haber pensado que no era buena idea llevar a Sabine a la perrera. Siempre estaban sucias, por decir algo, y la muchacha todavía no se había desprendido de la mentalidad de la ciudad. A la gente urbana le resultaba difícil afrontar los brutales avatares de la vida y no soportaba ver la muerte tan de cerca, y Sabine llevaba la ciudad impregnada en ella. Y Joy ya tenía bastantes problemas, sin contar con que Edward estaba cada día peor.

Levantó la cabeza, como hacen los perros, tratando de detectar algún posible movimiento en el piso de arriba. Pero la señora H había salido a comprar y la casa estaba en silencio; solo se oía el sonido metálico del agua caliente y, de vez en cuando, una ventosidad o un ronquido de los perros que yacían a sus pies.

Joy suspiró. Había pensado largo y tendido en lo que podía hacer con aquella chica, cómo suscitar en ella cierto entusiasmo, cómo animar aquel rostro siempre tenso y alerta. Pero Sabine no parecía querer hacer otra cosa que encerrarse en su cuarto, o esconderse en alguna parte de la casa. Su insatisfacción por encontrarse en Kilcarrion emanaba de ella como un olor desagradable. Parecía a disgusto en cualquier parte: en su habitación, durante la cena, si la tocaba alguien cuando ella no lo esperaba. Incluso en su propia piel se le veía incómoda.

¿Había sido Kate así? Tal vez. Mientras sorbía su té ya tibio en la cocina, Joy repasó sus recuerdos como quien trata de localizar una página de un libro: las caras largas de la Kate adolescente, su furia ante la incapacidad de sus padres por comprender sus propias preocupaciones, su decisión de no montar más a caballo, de tal modo que el bayo que habían tardado meses en buscar para ella había sido abandonado en el campo de más abajo, como un permanente recuerdo físico del abismo que había entre ellas. Qué distinta era Kate de su hermano mayor, Christopher, que pasaba todos los fines de semana que no estaba en Dublín haciendo carreras a caballo a campo traviesa. No parecía que fuesen hermanos. Pero ahora ocurría lo mismo con la hija de Kate.

Había pensado que podía ser divertido, concedió tristemente Joy mientras apuraba el té. Quería que Sabine le cayera bien. Había deseado que su estancia fuera entretenida, que disfrutase del aire libre y de la buena comida, y que volviera a casa con un poco de color en sus pálidas mejillas. Había invertido horas en buscar un caballo a su medida. Sobre todo, había querido darse a sí misma la oportunidad de comportarse si tuviera una nieta, en vez de intentar borrar toda idea de ella, como había tenido que hacer desde que riñera con Kate. Cuando la había telefoneado inesperadamente preguntando si podía mandarle a su hija, Kate había interpretado el silencio de Joy como una reticencia de su parte y, rápidamente, había retirado su petición. Pero el silencio de Joy no había sido otra cosa que una reacción de perplejidad y placer: en los últimos diez años nunca había pensado que podría disfrutar de la presencia de su nieta.

Ahora, los únicos momentos en los que ambas estaban a gusto tenían lugar cuando Sabine se iba a casa de Annie, cosa que hacía cada vez con mayor frecuencia. A Sabine, aparentemente, no le gustaba su abuela. Y Joy tenía que admitir que la compañía de aquella muchacha la ponía nerviosa, incluso de mal humor.

Quizá somos demasiado viejos para ella, pensó, notando el crujido de sus rodillas cuando se inclinó para acariciar la cabeza de Bella. Somos demasiado viejos y demasiado aburridos, y ella está hecha a la vida de la ciudad, ese tipo de vida que nosotros no comprenderemos nunca. Un ordenador, eso era lo que quería, ¿no? Un ordenador y una televisión. Era una estupidez pensar que se adaptaría a la vida de aquí. Una estupidez enfadarse con ella solo porque no comprendía a Duque. Aún no había tenido que asumir ninguna responsabilidad real. Y yo debería sentir pena por ella, no frustración, se dijo Joy. Qué vida tan horrible ha llevado la pobre hasta ahora. No puede evitar ser como es. Eso ha sido obra de Kate.

—Venga, chicos —dijo, poniéndose de pie—. Vamos a buscar a Sabine.

El severo aspecto externo de Joy contradecía su espíritu más o menos generoso. Aunque se mostraba estricta en sus cosas, no era tan rígida como para no poder ceder un poco cuando se equivocaba. Podía hacer cosas para que la chica estuviera más contenta, eso seguro. Darle unas libras, por ejemplo, y pedirle a Annie que la llevara al cine. A Annie también le convenía salir un poco. Podía intentar que Thom le enseñara a conducir el Land Rover por los campos. Eso le gustaría a Sabine. Había que buscar puntos de contacto.

Joy les dijo a los perros que se quedaran abajo y subió las escaleras. La última vez que había subido, para llevarle agua a

Edward, había oído sollozos en la habitación azul: nerviosa y temiendo que ella la rechazase, había vuelto a bajar sin hacer ruido. Lo recordó ahora con cierta sensación de vergüenza. Por el amor de Dios, se reprendió, solo es una niña. Eres tú la que debería ser lo bastante adulta para acercarse a ella.

Se paró frente a la puerta, atenta al menor sonido, y luego llamó dos veces con los nudillos.

No hubo respuesta.

Joy llamó otra vez. Luego abrió la puerta despacio. La cama, aunque con huellas de alguien que la había ocupado recientemente, estaba vacía. Miró en derredor y luego, consciente de que estaba invadiendo la intimidad de Sabine, se retiró. Debía de estar en casa de Annie. Joy reprimió la tristeza que le provocaba que su propia nieta estuviera más a gusto en casa de unos desconocidos que con su propia familia.

No es culpa suya, se dijo. No nos hemos esforzado lo suficiente para comprenderla.

Cerró la puerta al salir, como si Sabine estuviera presente de alguna forma, y apenas se había alejado unos pasos cuando la puerta del estudio le llamó la atención. Estaba entreabierta.

Irritada, Joy se disponía a cerrarla cuando el instinto le hizo mirar dentro. Abrió la puerta del todo y entró.

Casi nunca iba al estudio. Edward había dejado de usar aquella habitación hacía unos años, y la señora H tenía instrucciones de no tocar nada, así que no fue difícil percatarse de que alguien había estado allí revolviendo las cosas. Lo habría notado incluso sin las dos cajas que había en el suelo y el álbum de fotos abierto y apoyado en una de las alfombras arrolladas.

Joy contempló las fotografías esparcidas por el suelo del estudio. Había una de ella con Stella, en la que salían riéndose de algún chiste. El día de la coronación. Aparecía el junco que solían alquilar los domingos para ir a la playa de Shek O. Estaba Edward, con su uniforme blanco. Y estaba también Kate, de niña. Con su amiguito. Su amigo chino.

Joy sintió un arrebato de furia al ver sus recuerdos personales esparcidos de cualquier manera por la alfombra, como si no tuvieran ninguna importancia. ¿Cómo se atrevía? ¿Cómo se atrevía a hurgar allí sin siquiera pedir permiso? Tuvo la repentina sensación de que su nieta era una intrusa, alguien que rebuscaba furtivamente en un pasado ajeno. Aquellas fotografías tenían carácter privado. Eran su vida, sus recuerdos personales de unos años pasados. Y encima lo había dejado todo de cualquier manera..., como si no le importaran a nadie...

Sofocando un sollozo de indignación, Joy se agachó y empezó a meter las fotos sueltas en la caja, que luego procedió a tapar con innecesaria firmeza. Salió a grandes zancadas y bajó a toda prisa las escaleras, haciendo que los perros huyeran al verla acercarse.

Era la tercera vez que Sabine veía *Desayuno con diamantes*. Conocía aquella escena, cuando a la mujer de la fiesta se le incendiaba el sombrero y nadie lo notaba. Conocía aquella otra secuencia, cuando Audrey Hepburn se quedaba dormida en la cama de George Peppard (él no pretendía hacerle nada, a diferencia de lo que hubiera querido hacer en la vida real), y en cuanto al instante en que ella le hacía levantar la vista del libro en la biblioteca, Sabine se sabía los diálogos casi de memoria. Pero no importaba, porque lo que más le interesaba era Annie.

Para ser una mujer que no parecía hacer otra cosa que ver películas todo el día —Annie estaba suscrita a todos los canales de televisión por cable, así como a los videoclubes de cuarenta kilómetros a la redonda—, casi nunca daba la impresión de estar viéndolas. Durante la primera hora de *Desayuno con diamantes*, Annie había hojeado dos revistas, había señalado varias prendas en un catálogo muy grueso, había ido al menos dos veces a mirar por la ventana y otras cuantas más se había ausentado, mirando de pasada la pantalla del televisor. Al final, para Sabine la distracción consistía en observar a Annie más que en mirar la película.

Pero su amiga raramente parecía capaz de concentrarse en nada. Cuando conversaban en tono cómplice mientras tomaban el té, perdía el hilo del asunto que estaban tratando y Sabine tenía que recordárselo. O de repente se quedaba en blanco y desaparecía sin motivo aparente durante cinco o diez minutos. Con frecuencia se ponía a dormir, como si estar en el presente le resultara demasiado fatigoso. Al principio, Sabine lo había encontrado de muy mal gusto y se había preguntado incluso si no sería por culpa suya, pero luego vio que Annie lo hacía delante de todos: Patrick, su madre, incluso Thom, y decidió que Annie era así y punto. Como decía Thom, cada cual era como era, y mientras no hubiera nada personal, había que aceptar a la gente.

—¿Qué has hecho esta mañana, Sabine? —Annie, con los pies escondidos bajo las piernas en el enorme sofá azul, dejó de mirar la tele. Llevaba un jersey de pescador que le venía grande. Debía de ser de Patrick—. ¿Has ido a montar?

Sabine asintió con la cabeza. Descubrió que, sin querer, había imitado la postura de Annie en el sofá, y empezaba a notar pinchazos en la pierna que tenía debajo.

—¿Has ido con Thom?

—Sí. —Estiró la pierna y se miró el pie dentro del calcetín—. ¿Has visto los perros alguna vez?

—¿Que si los he visto? Pues claro. En la temporada de caza, los verás pasar por aquí más de una vez.

—Quiero decir donde viven.

Annie la miró inquisitivamente.

—¿Las perreras? Cómo no. Un sitio espeluznante, ¿verdad? ¿Por qué lo dices? ¿Te ha impresionado verlas?

Sabine asintió nuevamente. No quería contarle toda la historia. En casa de Annie quería fingir que su vida era normal, con televisión y charla, y sin viejos chalados, normas estúpidas ni bichos muertos.

Annie se fijó en la cara que ponía Sabine, descruzó las piernas y puso los pies en el suelo.

—Thom no debería haberte llevado allí. No es un sitio agradable para quien no está acostumbrado a ver animales.

—No fue él. ¿Siempre llevan allí los caballos muertos?

—No solo caballos. También vacas, ovejas, de todo. A algún sitio han de llevarlos. Yo no me preocuparía demasiado. Bueno, voy a poner agua a hervir. ¿Quieres té?

Pero naturalmente Annie tardó sus buenos quince minutos en preguntar a Patrick si le apetecía una taza. Cuando volvió a la salita, Audrey Hepburn ya había vuelto con George Peppard y había encontrado a su gato, y Sabine decidió que tal vez había exagerado con lo de las perreras. Los animales estaban muertos, como decía Annie. Y algo tenían que comer los perros. Simplemente le había impresionado un poco ver la crudeza de todo aquello. Y más siendo vegetariana.

En Londres, su madre procuraba respetar sus opiniones acerca de no comer carne, y se aseguraba de que en la nevera siempre hubiera queso, salsa para pasta y tofu. Y muchas veces Geoff cocinaba platos vegetarianos para los tres. Eso facilitaba las cosas, decía. Y probablemente era bueno para todos no comer tanta grasa animal. Ya era bastante difícil ser fiel a tus propias creencias para que encima viniera alguien diciendo que eran tonterías de adolescente. En aquel lugar, en cambio, todos insistían en olvidar que ella no comía carne y se la servían a diario. O actuaban como si se tratara de una manía estúpida que ella debía quitarse de encima. Claro que en Londres, aparte de lo que salía en la tele, no se presenciaba la vida y la muerte tan de cerca. Y en aquel paraje parecía estar en todas partes: en los animalitos que Bertie perseguía en el patio, en la carne para las perreras, en la arrugada y cadavérica cara de su abuelo...

—¿Se va a morir mi abuelo? —preguntó.

Annie se detuvo en la entrada de la cocina y luego tiró incómoda de la bastilla de su jersey.

—No está muy católico —concedió.

—¿Por qué nadie me da una respuesta clara? Sé que está enfermo, y a la abuela no le puedo preguntar. Solo quiero saber si se va a morir.

Annie sirvió el té en unos tazones listados. Tras permanecer unos instantes en silencio, miró a Sabine y dijo:

—¿Qué importa eso?

—Nada en absoluto. Solo quiero que la gente sea sincera conmigo.

—Sinceridad, bobadas. Yo te la regalo.

Sabine notó con desagrado un deje de agresividad en la voz de Annie.

—Si en realidad no tiene importancia, no le des más vueltas. Disfruta de su presencia mientras esté con vida. Incluso podrías llegar a quererle.

Sabine abrió los ojos como platos. La idea de que se pudiera querer a aquel viejo apergaminado le pareció ligeramente ridícula.

—Bueno, es que... el abuelo no es precisamente mi tipo —observó.

—¿Por qué? ¿Porque es viejo? ¿Y maniático? ¿O porque te sientes incómoda a su lado?

Sabine se sentía cada vez más inquieta al oír hablar a Annie, a quien tenía por una de las pocas personas que la comprendía. Ahora actuaba como si Sabine hubiera dicho alguna inconveniencia.

—No pretendía ofenderte —dijo, mohína.

Annie le puso el tazón delante. Cuando Sabine levantó la vista, ella la estaba mirando y en sus ojos había una profunda bondad.

—No me has ofendido. Pero creo que es importante querer a las personas mientras están contigo. Por mucho que duren. —Dicho esto, sus ojos se colmaron de lágrimas, y volvió la cabeza.

Lo había hecho otra vez. Sabine se sintió fatal al ver que había conseguido, una vez más, hacer llorar a Annie. ¿Por qué le costaba tanto entender a aquellas personas? ¿Por qué tenía siempre la sensación de que pasaba por alto un detalle crucial, como cuando salía en Londres con un grupo de gente desconocida y no pillaba sus chistes o sus indirectas?

—Pero si yo intento ser amable con todo el mundo —se aventuró a decir, ansiosa de que Annie tuviera una buena opinión de ella.

Annie se sorbió la nariz y se la restregó con el dorso de la manga.

—No me cabe duda, Sabine. Lo que pasa es que no les conoces bien.

—No es fácil mostrar tus sentimientos con personas así. No es que sean muy... bueno, sensibles, o algo así.

Annie se echó a reír, poniendo su mano sobre la de Sabine. Era fresca, suave y seca. Las de Sabine sudaban por la incomodidad.

—En eso no te equivocas. Conseguir que esa pareja muestre sus sentimientos es más difícil que pedírselo a Duque.

Ambas rieron hasta que se hizo el silencio. Sabine se sentía más relajada. Parecía que habían superado el momento de inquietud que ella sin querer había provocado.

—Ahora en serio, Sabine, no te miento. Que tus abuelos no exterioricen sus sentimientos no significa que no los tegan.

De pronto, oyeron unos golpes en la puerta. Con una rápida y burlona mirada a Sabine (Thom y la señora H siempre entraban sin llamar), Annie se levantó de la silla y fue hacia la puerta acomodándose el pelo detrás de las orejas.

Sabine se sorprendió al ver allí a Joy, alta y rígida, con un pañuelo en la cabeza, la cara tensa y los brazos —protegidos por el forro de su chaqueta— fijos a los costados en una postura incómoda.

—Siento moletarte, Annie. Solo quería saber si podía hablar con Sabine.

—Por supuesto, señora Ballantyne. —Annie se hizo a un lado y abrió la puerta del todo—. Pase.

—No voy a entrar, muchas gracias. Sabine, querría que volvieras a casa.

Sabine miró a Joy, notando su furia apenas reprimida. Rápidamente, hizo un repaso mental de las posibles meteduras de pata: los frascos de champú estaban en su cuarto, sus botas estaban limpias, la puerta de su cuarto estaba cerrada para que Bertie no pudiera entrar. Pero algo en el rostro de su abuela hizo que se resistiera a abandonar la seguridad de la casa de Annie. Miró a Joy, tratando de sofocar una creciente sensación de inquietud.

—Solo estaba tomando un té —dijo—. Enseguida voy.

Joy dio un ligero respingo. Sus ojos se volvieron duros como el acero.

—Sabine —dijo—. Quiero que vuelvas a casa ahora.

—No —dijo Sabine, con el corazón desbocado—. Estoy tomando el té.

Annie las miraba a las dos alternativamente.

—Sabine... —dijo, y en su tono había una advertencia.

—Seguro que no es tan urgente —dijo Sabine, desafiante. Sabía que estaba pisando un territorio inexplorado, pero algo dentro de ella se rebeló contra la obligación de volver a aquella casa desagradable, contra tener que aguantar una regañina por alguna tontería de orden doméstico. Ya estaba harta—. Iré cuando termine —dijo.

Algo estalló dentro de Joy. Pasó junto a Annie y entró en la salita, envuelta en una nube de frío del exterior, como un halo radioactivo.

—¿Cómo te atreves? —dijo en voz baja—. ¿Cómo te atreves a hurgar en mis cosas? ¿Cómo te atreves a saquear mis fotografías privadas sin ni siquiera pedirme permiso? Eran cosas privadas, ¿te enteras? Tú no tenías por qué mirarlas.

Asustada, Sabine se acordó de las fotos y se ruborizó. No había pensado siquiera en volver a guardarlas. No le pareció necesario, puesto que nadie entraba nunca en el estudio. Pero la culpa que sentía se veía empequeñecida por la exagerada respuesta de su abuela. Era la primera vez que la veía perder los estribos. La voz sonaba como un leño seco en una lumbre, y tenía el pelo como electrizado, rebelde a la presión de los dos clips de rigor. Pero aquella descarga de adrenalina pareció contagiar a Sabine, y al poco rato era ella quien estaba gritando a su abuela.

—¡Solo son unas fotos! —chilló para imponerse a la voz de su abuela—. ¡No he hecho nada más que mirar una caja de fotografías de mierda! No he metido la nariz en el cajón de tu ropa interior, ¿vale?

—¡Por qué tenías que fisgar! ¡No eran tus fotos! ¡No tenías ningún derecho! —La voz de Joy subió de tono hasta sonar como la de una quinceañera.

—¡Qué derecho ni qué ocho cuartos! —Sabine se levantó, retirando la silla hacia atrás con un ruido estremecedor—. No he tenido un puto derecho desde que llegué aquí. No puedo hacer absolutamente nada sin tu permiso. No puedo andar por la casa, no puedo hablar con el personal, ni siquiera puedo darme un maldito baño sin temer que entre alguien con una regla para ver si me he pasado con el nivel del agua caliente.

—¡Eran mis objetos personales! —gritó Joy—. ¿Te gustaría que yo metiera las narices en tus objetos personales?

—¿Sabes una cosa? ¿Por qué no echas un vistazo? Yo no tengo objetos personales, ¿o sí? No puedo tener mi maldito cepillo de dientes en el cuarto de baño. No puedo ver los programas que quiero por televisión. ¡Ni siquiera puedo usar el teléfono para hacer una llamada personal! —La voz se le empezó a quebrar, y Sabine se llevó las manos a la cara para impedir que la anciana la viese llorar.

—Sabine, podrías hacer lo que quisieras, pero no mientras sigas poniendo caras largas, negándote a participar en la casa. Tienes que intentarlo.

—¿Participar en qué? ¿En las cacerías? ¿En las comidas de los perros a base de caballos muertos? Perdón, perros de caza. ¿Y ser una más de las ocho mil personas que se ocupan cada día de prepararle los huevos revueltos al abuelo? —Sabine apenas reparó en que Patrick había aparecido en el umbral de la cocina.

—Estás en mi casa como invitada —dijo Joy. Parecía hacer intentos por controlar su respiración—. Y mientras seas una invitada, lo menos que puedo esperar de ti es que no hurgues en cosas que no son de tu incumbencia.

—¡Solo son unas fotografías! ¡Un puñado de retratos! ¡Aparte de las fotos en que sale mi madre, ni siquiera son demasiado bonitas! —Sabine se echó a llorar—. Dios mío, cómo puedes montar este número por una tontería. Estaba aburrida, ¿vale? Estaba aburrida y harta, y quería ver si mamá se parecía a mí cuando tenía mi edad. Si hubiera sabido que ibas a armar tanto escándalo, ni siquiera me habría acercado a tus malditas fotos. Te odio. Ojalá pudiera estar en casa. —El llanto se disolvió en sucesivos sollozos de rabia. Sabine se derrumbó sobre la mesa y sepultó la cabeza bajo sus brazos.

Annie, que había estaba observando impotente, cerró la puerta principal y se acercó a Sabine. Apoyó una mano en su hombro.

—Mire, señora Ballantyne —dijo—. Estoy segura de que Sabine no pretendía hacer nada malo.

Patrick se situó en mitad de la sala.

—¿Va todo bien? —preguntó.

—Sube arriba. No pasa nada.

—Tenemos huéspedes. Preguntan qué es lo que pasa.

—Ya lo sé, cielo. Sube —dijo Annie—. Creo que no habrá más ruidos.

Joy meneó un poco la cabeza, como si hubiera olvidado la presencia de la otra mujer. Al levantar la vista vio a Patrick y se sintió repentinamente avergonzada de sus exabruptos.

—Tendréis que perdonarme los dos —dijo al fin—. No suelo perder la paciencia de esta manera.

Patrick miró a Joy y a Sabine con cautela.

—De veras. Lo siento muchísimo.

—Estaré arriba, si me necesitas —dijo Patrick a su esposa, y salió.

Siguió un silencio, solo interrumpido por los sorbos y estremecimientos de Sabine. Joy se llevó las manos a las mejillas, como tomándose la temperatura. Luego fue hacia la puerta.

—Annie, lo lamento mucho. Te ruego que aceptes mis disculpas. Yo... yo... Vaya. Creo que será mejor que vuelva a casa. Te veré luego, Sabine.

Sabine se negó a levantar la cabeza.

—Lo siento —dijo Joy, a punto ya de salir.

—Descuide, señora Ballantyne —dijo Annie—. No se preocupe por nada. Dejaré que Sabine se termine el té y luego volverá a su casa.

Joy estaba sentada en el borde de la cama de su marido. Él, recostado en un montón de almohadones blancos, contemplaba la lumbre que la señora H había encendido antes de marcharse en el fondo de la habitación. Afuera estaba oscuro y la única luz procedía de una lamparita de noche y de las llamas, que palpitaban en los reflejos de los postes de caoba y en los tiradores de latón de la cómoda que había bajo la ventana.

—Ay, Edward, he hecho una cosa horrible —dijo ella.

Los ojos legañosos de Edward se giraron hacia el rostro de su mujer.

—Me he excedido con Sabine. Delante de Annie y de Patrick. No sé lo que me ha pasado.

Se restregó los ojos con una mano mientras con la otra apretaba un pañuelo que había sacado de su cómoda al volver a casa. Joy no era de las personas que lloraban. Ni siquiera recordaba la última vez que lo había hecho. Pero la acosaba mentalmente la imagen de Sabine, frágil y adolescente, llorando lágrimas infantiles delante de ella, y la acosaban más aún sus propios sentimientos violentos hacia ella.

—Ha entrado en el estudio, ¿sabes?

Joy respiró hondo y tomó la mano de Edward. Una mano huesuda y seca. Al tocarla, recordó cuando era grande y estaba tostada por el trabajo a la intemperie.

—Había estado fisgando las viejas fotografías de Hong

Kong. Y al ver esas fotografías otra vez... yo, oh, Edward, he perdido los estribos por completo.

Edward la seguía mirando fijamente. Joy creyó notar un ligerísimo apretón a modo de respuesta.

—Es solo una niña, ¿verdad? Ella no lo entiende. ¿Por qué no puede mirar esas fotos? Sabe muy pocas cosas de su propia familia. Me siento como una vieja estúpida, Edward. Ojalá pudiera volver atrás y borrar lo que he hecho.

Joy empezó a doblar su pañuelo. Sabía lo que tenía que hacer, pero no estaba segura de cómo hacerlo. No era propio de ella buscar consejo en su marido, pero él parecía encontrarse mejor, y no había nadie más a quien pudiera confiarse.

—Tú siempre supiste tratar mejor a la gente. Mucho mejor que yo. ¿Qué puedo hacer para reconciliarme con Sabine?

Joy miró a su marido y apoyó el peso en la otra pierna, a fin de inclinarse mejor para oírle hablar.

Edward desvió la mirada, como si estuviera sumido en sus pensamientos. Al cabo, volvió la cabeza hacia ella. Joy se inclinó un poco más. Sabía que él tenía dificultad para articular las palabras.

Cuando lo hizo, su voz sonó áspera y frágil, como el papel de arroz.

—¿Habrá salchichas para cenar? —dijo.

5

La única ventaja de vivir en una casa matemáticamente organizada por normas y reglamentos era que eso hacía más fácil entrar de rondón. Sabine había calculado su regreso a Kilcarrion para las ocho y cuarto, cuando sabía que su abuela estaría en el comedor. Aunque el abuelo cenaba en su habitación, Joy lo hacía en el comedor, con la mesa cuidadosamente puesta, como para mantenerse fiel a una larga tradición. Y Sabine se había inventado una ruta mediante la cual no hacía falta pasar por el comedor: si entraba por la puerta de atrás y recorría el pasillo que daba al cuarto de los zapatos, podía subir al piso de arriba y salir al rellano sin que su abuela se enterara de que estaba en casa.

Porque de ninguna manera pensaba volver a hablar con ella. La próxima vez que la viera sería para decirle adiós. Esperaría a que la abuela se hubiera acostado, entraría de puntillas en la sala de estar y llamaría a su madre para decirle que volvía a Londres. La abuela no tenía teléfono en su alcoba, de modo que no la oiría. Y el abuelo nunca se enteraba de nada. Mientras los perros no se pusieran nerviosos y empezaran a ladrar, Sabine lo tendría todo a punto antes de que su abuela pudiese hacer nada al respecto.

La ligera tensión que Sabine había experimentado durante el resto de su estancia en casa de Annie no se había disipado mientras elaboraba su plan, pero eso no le importó. Casi estaba agradecida. La furia que sentía por aquella injusticia le había proporcionado la determinación para ponerse en marcha. Desde luego, echaría de menos a Thom, a Annie y a la señora H, y era una lástima que hubiera empezado a divertirse un poco. Pero no pensaba quedarse un día más en casa de aquella mujer. Ni hablar. Después de que su abuela se hubiese marchado, mientras ella seguía en su fase de sollozos estremecidos, le había sugerido a Annie si podía quedarse a dormir allí; en la habitación contigua al cuarto de Annie y Patrick, que nunca utilizaba ningún invitado. De ese modo no tendría que volver a Kilcarrion. Pero Annie le había respondido que no, que ese cuarto no lo iba a usar nadie, y Sabine había decidido no insistir. En aquel momento necesitaba todo el apoyo que pudiera conseguir.

Sacó su bolsa de debajo de la cama y empezó a meter la ropa. Era mejor así, se dijo a sí misma. No se llevaba bien con su abuela, y punto. Ahora entendía por qué su madre nunca había querido volver a Irlanda: ¡menudo infierno tener que crecer en aquel ambiente! Sabine sintió una repentina añoranza por Kate, y se consoló pensando que en veinticuatro horas estaría de vuelta en su casa de Hackney. Eso era lo importante. De Justin ya se ocuparía más tarde.

Abrió los cajones de la cómoda y fue metiendo su ropa en la bolsa de cualquier manera, sin preocuparle si podía arrugarse. Estaba harta de hacer las cosas como se suponía que era correcto. A partir de ahora lo haría todo a su manera.

Pero mientras hacía el equipaje, se dio cuenta que no podía concentrarse en Justin, o en Geoff. O en las cosas buenas de Kilcarrion, como el paseo a caballo con Thom de aquella mañana, y cuando él le había puesto la mano en el hombro para decirle que haría de ella una verdadera amazona. O el modo en que él se inclinó al desensillar los caballos en el establo y luego miró a Liam a modo de advertencia cuando este quiso hacer un chiste grosero delante de ella. O en la señora H y su comida, que era mucho mejor que la que su madre podía preparar en casa si no la ayudaba alguien. O en Bertie, que ahora la seguía y le demostraba una adoración que Goebbels no había mostrado nunca, pese a que ella lo cuidaba desde que era un minino. O incluso en Annie, por rara que fuese. Porque si pensaba demasiado en cualquiera de aquellas cosas, a Sabine le entraban ganas de llorar. Y mucho.

Dio un respingo al oír que llamaban a la puerta, y se quedó helada. Me va a pillar con las manos en la masa, pensó. Pero se dio cuenta de que, hiciera lo que hiciese su abuela, ella se sentiría siempre igual. Permaneció quieta y callada, pero la puerta se abrió al cabo, lenta y cautelosamente, produciendo un suave ruido sobre la alfombra de lanilla.

Allí estaba su abuela, con una pequeña bandeja en la mano en la que había un bol con zumo de tomate y unas galletas de las que hacía la señora H. Sabine se la quedó mirando durante todo un minuto, tensa e inmóvil, esperando la siguiente increpación.

Pero Joy se limitó a mirar la bandeja, sin más.

—He pensado que quizá tendrías hambre —dijo, y luego, como si hubiera esperado alguna protesta, se acercó despacio al tocador. Si se fijó en la bolsa a medio llenar, decidió no hacer comentarios. Depositó la bandeja en el espacio libre y luego dio media vuelta, quedando frente a su nieta—. El zumo es de lata. Espero que no te importe.

Sabine, que seguía quieta junto a la cama, asintió.

Se produjo un largo silencio. Sabine esperaba que Joy se fuera. Pero su abuela no parecía dispuesta a hacerlo.

Joy juntó las manos en un gesto incómodo y las levantó ligeramente hacia Sabine, obligándose a sonreír. Luego las hundió en los bolsillos de su chaleco.

—Me ha dicho Thom que hoy has montado muy bien. Ha insistido en el esmero con que lo has hecho.

Sabine la miró.

—Sí. Dice que tú y el rucio os habéis entendido de maravilla. Y me alegro mucho de ello. Thom dice que tienes buenas manos para montar. Y que sabes cómo mantener las posaderas sobre el caballo.

Sabine dejó de observar detenidamente a su abuela al enterarse de que Thom hacía comentarios sobre su trasero. ¿Sería la jerga de la equitación, o la había estado mirando por otros motivos?

—En fin. Según él, parece que pronto podrás cabalgar a tus anchas. Ese potro sabe saltar muy bien. Lo he visto en el campo. Es bravo como un león. Un caballo generoso de verdad.

Se le veía muy incómoda, advirtió Sabine. Se estaba retorciendo las manos mientras sostenía entre ellas un pañuelo blanco, y parecía que le costaba mirar a Sabine a los ojos.

—Seguro que salta un Wexford Bank sin problemas. Estoy convencida.

Sabine sintió pena de la pobre mujer. Y no porque sus apuros la hicieran sentir mejor a ella. Levantó la cabeza y se decidió a hablar:

—¿Eso qué es?

—¿Un Wexford Bank? Oh, pues uno de los obstáculos más difíciles. —Joy hablaba muy rápido, como si le aliviara la pregunta de Sabine—. Se trata de un viejo terraplén, con algo más de un metro y medio de alto y una zanja grande a cada lado. Los caballos se dirigen hacia él al galope y luego saltan. Los más listos se balancean un poco en la parte superior, como si andaran de puntillas. —Juntó las manos manteniendo las palmas hacia abajo, moviéndolas de lado a lado—. Y saltan de nuevo para sortear la otra zanja. Pero no todos lo hacen, ¿sabes? Se precisa mucho coraje. Y mucha sabiduría. Y los hay que siempre toman el camino más fácil.

—Por la puerta.

—Sí —dijo la abuela, mirándola muy seria—. Algunos siempre van por la puerta.

Guardaron silencio unos instantes y luego Joy se apartó un poco de la bandeja, camino de la puerta. Al llegar allí, se dio la vuelta. Se le veía muy vieja, y triste.

—Sabes, he pensado que sería buena idea ordenar un poco el estudio. Me preguntaba si querrías echarme una mano. Incluso podría contarte algunas cosas de cuando tu madre era pequeña. Eso, si es que no te aburro.

Hubo un silencio largo. Sabine se miró las manos. No estaba segura de qué hacer con ellas.

—Sabes una cosa, te lo agradecería muchísimo.

Sabine la miró a los ojos, luego miró la bandeja. Echó un vistazo a la bolsa que descansaba en el suelo, con unos calcetines que asomaban por arriba, como burdas lenguas rojas.

—De acuerdo —dijo.

6

SS Destiny, *Océano Índico, 1954*

La señora Lipscombe, cubierta por un gran sombrero azul, les estaba contando cómo había dado a luz. Una vez más. La comadrona le había dado un poco de coñac, que ella había vomitado, pues no bebía alcohol. «Al menos, en esa época», dijo entre risas, y la pobre mujer se había agachado para limpiarle los zapatos. Ese, por desgracia, había sido el momento en que Georgina Lipscombe se había puesto tiesa y, lanzando un grito, se había agarrado a lo que estaba más a mano y parido allí mismo. Impulsada por un último empujón de una intensidad sobrehumana, la ensangrentada Rosalind había salido despedida hasta la mitad de la habitación, donde había sido atrapada cual balón de rugby por la doncella, que estaba ojo avizor.

—Le arranqué unos mechones de pelo, pobre comadrona —dijo la señora Lipscombe no sin orgullo—. Dicen que no los solté durante casi una hora. Los tenía entre los dedos, y ella estaba furiosa de verdad.

Joy y Stella, a su lado en sendas tumbonas, intercambiaron la más discreta de las muecas. Las anécdotas de Georgina Lipscombe eran una buena fuente de entretenimiento, pero después de un par de gin-tonics se volvían demasiado sangrientas.

—¿La niña nació sin problemas? —preguntó cortésmente Joy.

—¿Rosalind? Ya lo creo. ¿Verdad, cariño?

Rosalind Lipscombe estaba sentada al borde de la piscina con sus rollizas piernas infantiles medio sumergidas en la fría agua azul. Mientras su madre hablaba, levantó la cabeza y miró brevemente a las tres mujeres antes de seguir examinándose los pies. Aunque era difícil descifrar su expresión, Joy pensó que ella también debía de haber oído la historia muchas veces.

—No sé por qué no se mete en el agua. Con el calor que hace. Rosie, cariño, ¿no quieres nadar un poco? Te vas a quemar si te quedas ahí sentada.

Rosalind miró a su madre, reclinada en la cubierta superior, y luego retiró los pies del agua sin decir nada y se alejó de la piscina camino de las casetas.

Georgina Lipscombe arqueó una ceja.

—Pronto lo descubriréis, chicas. ¡Ah! ¡Cuánto dolor! Le dije a Johnnie que con uno había tenido bastante. Y de sobra. No pensaba volver a pasar por eso. —Exhaló una columna de humo al aire luminoso—. Naturalmente, no había transcurrido un año cuando tuve a Arthur.

A diferencia de su hermana, Arthur estaba metido en la parte poco profunda de la piscina, jugando con un barquito de madera. Pese al calor, era el único ocupante de la piscina, a causa del espectáculo de variedades que se había celebrado la víspera en el barco, y que, si había que valorar por las resacas, había sido un gran éxito.

El antiguo buque de transporte de tropas *SS Destiny* llevaba navegando casi cuatro semanas, y su cansada tripulación, integrada por esposas de oficiales que iban a reunirse con sus maridos y por oficiales que se dirigían a nuevos destinos, había sentido a lo largo de la travesía la desesperada necesidad de distraerse del interminable viaje, y ahora del calor. Los días habían ido pasando, entre olas y cabeceos y guiñadas de la embarcación, sin otra interrupción que las comidas, algún que otro chismorreo y el lento pero definitivo cambio de clima a medida que se alejaban de Bombay y se aproximaban a Egipto. Joy se preguntaba a menudo cómo habían soportado aquello las tropas, metidas todo el día allá abajo sin siquiera ventanas en sus camarotes. Le habría gustado preguntar a alguno de los musulmanes de la sala de máquinas qué sentía en las turbulentas, ruidosas y grasientas entrañas del barco, pero le habían hecho ver que su interés por aquellas cosas no era muy propio de señoritas. Y desesperada por hacer algo que no fuera dar paseos por la cubierta («Venga —exclamaba Stella cada mañana, sacando a Joy de su duermevela—. ¡Diez vueltas a la cubierta para mantener los muslos firmes!»), partidas de cartas o, cuando el tiempo empeoraba, coñac y ginger ale para combatir el mareo, Joy y el grupito en el que se habían visto metidas sin saber cómo desde que estaban a bordo habían aprovechado al máximo la ocasión de hacer algo diferente.

El alcohol había corrido. Y mucho. Uno de los invitados a la mesa del capitán había empezado todo, con una recia versión de «My Blue Heaven», y luego, tras varias protestas débiles, a Joy le pareció que sus compañeros de viaje casi se pegaban por ser los siguientes en cantar, explicar chistes o realizar desaconsejables revelaciones públicas. Stella, animada por los tres gin-tonics que se había echado entre pecho y espalda, se había lanzado a interpretar «Singing in the Rain», compensando su incapacidad para entonar melodías con su encantadora expresividad. Después Pieter, el corpulento y bronceado sudafricano que trabajaba «en algo relacionado con diamantes», había cantado en afrikaans para intentar posteriormente, infructuosamente y más bien recurriendo a la fuerza, persuadir a Stella de que le acompañara en un dúo al piano, agarrando sus esbeltas manos como si fuera a ponerlas él mismo sobre las teclas. La refinada modestia de Stella al negarse a ello había sido muy admirada en la mesa de Joy, de ahí que esta soltara por lo bajo que su amiga era una negada para el piano.

La velada había ido degenerando a partir del momento en que los camareros repartieron botellas de un coñac bastante fuerte. Y había degenerado un poco más después de que Pieter aceptara la apuesta consistente en terminar las tres que quedaban de un solo trago. Había degenerado literalmente cuando el señor Fairweather y su esposa, que ya los habían dejado a todos boquiabiertos con su versión de «I Get a Kick Out of You», se habían puesto en pie y, cogidos de la mano, habían acometido el dueto de *Los buscadores de perlas*, cuyo doloroso clímax había provocado que Georgine Lipscombe derramara lo que estaba bebiendo sobre el corpiño de color malva de su vestido, y que Louis Baxter, uno de los oficiales del trayecto, empezara a lanzar panecillos por los aires, de modo que el capitán hubo de intervenir para pedir calma de muy buena manera. Y fue obedecido, al final, pero la señora Fairweather, colorada de indignación, no les había vuelto a dirigir la palabra durante el resto de la noche, ni siquiera cuando fue obligada por la fuerza a sumarse a la caótica conga, entre dos camareros, que recorrió ebria el circuito de la cubierta superior. Fue en aquel momento de la fiesta cuando Joy advirtió que Stella había desaparecido otra vez.

—¿Sabéis una cosa? He tardado todo el día en dejar de ver doble —dijo Georgina, empujando sus gafas de sol hacia arriba—. No sé cómo os lo hacéis para estar tan sanas y fuertes. Será que no tenéis hijos que os despierten de madrugada.

—Uf. Yo tengo una pinta horrible —dijo Stella, alisando sus imperturbables cabellos.

No me extraña, pensó Joy, recordando que Stella había vuelto al camarote una hora después de que despuntara el día.

Tumbadas ahora en la cubierta con sus trajes de baño de dos piezas, Joy procuró no dar importancia a las cada vez más frecuentes ausencias de Stella. Estaba casi segura de que quería a Dick, el guapísimo piloto con quien se había casado poco después de la boda de Joy («Si no, no estaría cruzando medio mundo para poder estar con él», respondió ásperamente Stella a sus tímidas preguntas), pero había algo en la coquetería con que ahora trataba a los demás oficiales, y sobre todo en su amistad con Pieter, que hacía que Joy experimentase una sensación de aturdimiento que no podía atribuir del todo a su inexperiencia en los viajes en barco.

Había tenido la mala idea de confiarse cierta noche a Georgina Lipscombe, con la que compartían camarote, una noche después de que los hijos de aquella estuvieron acostados. Georgina había arqueado una ceja y sugerido que, en todo caso, Joy era una ingenua.

—Sucede en todos los barcos, querida —había dicho, mientras encendía uno de sus omnipresentes cigarrillos—. Para algunas chicas es difícil mantenerse fieles habiendo tantos y tan guapos oficiales. Yo diría que ha sido de puro aburrimiento. ¿Qué otra cosa puedes hacer a bordo?

La manera despreocupada con que Georgina había pronunciado la última frase, entre una nubecilla de humo, hizo que Joy se preguntara si realmente era una ingenua. No había visto que Georgina, que estaba casada con un ingeniero naval, se hiciera muy amiga de nadie, claro que habían pasado dos horas desde el momento en que ella había pedido a Joy y Stella que salieran del camarote para poder leerles un cuento a sus hijos, hasta la hora en que había salido para cenar. Y Joy sabía muy bien que quien bañaba y leía a los hijos de Georgina era el camarero goanés, porque se lo había dicho él. A lo mejor Georgina también se sentía atraída por los «guapos oficiales». Tal vez Joy era la única chica que no había caído. Pensó en Louis Baxter, que tan atento había sido la noche anterior, insistiendo en sentarse al lado de ella. Pero la presencia de Louis, por agradable que fuera, no despertó en Joy la menor incertidumbre: ninguno de los que estaba a bordo podía compararse con Edward.

Como hacía a menudo, Joy volvió mentalmente atrás hasta remontarse a la última vez que había visto a su marido. Su esposo durante dos días, a decir verdad. Se habían casado en Hong Kong durante un permiso de cuarenta y ocho horas, con la única asistencia de la familia inmediata —para gran desconsuelo de la madre de Joy—, y lo habían celebrado con un desayuno especial que habían hecho traer expresamente para la boda gracias a uno de los colegas de su padre, que entendía de vinos.

Joy había llevado un sencillo vestido de raso blanco, muy ceñido y cortado al bies («Así te verás menos larguirucha», había dicho su madre), y Edward había lucido una sonrisa que le duró casi las cuarenta y ocho horas. Stella había eclipsado a la novia con un vestido azul oscuro de escote pronunciado y un sombrero de plumas que provocó constantes comentarios por lo bajo entre las damas de bocas muy pintadas. Su tía Marcelle, llegada especialmente desde Australia, había tropezado con la cola de su vestido y había caído hecha un guiñapo, mientras se quejaba de la humedad ambiental. El padre de Joy había bebido demasiado, y llorado otro tanto, y la propina que le dio al *maître* del hotel Peninsula fue tan generosa que su madre se quedó sin habla durante casi una hora. Pero a Joy no le importó. Apenas se daba cuenta de nada; se aferraba a la mano grande y pecosa de Edward como quien se agarra a una tabla de salvación, incapaz de creer que, tras casi un año de dudar en silencio (sobre todo por culpa de las propias dudas que su madre expresaba en voz alta), Edward había vuelto para casarse con ella.

No es que Alice no quisiera verla feliz, pensaba Joy entonces. No era una mujer con mala fe. Simplemente creía, como el antropólogo que estudia una tribu extraña, que cualquier contacto físico tenía que acarrear dificultades. «En tu noche de bodas —le había dicho muy seria una tarde, mientras envolvían el ajuar en papel de seda— deberías... bueno, deberías hacer como que no te importa. Como si estuvieras disfrutando.» Alice había bajado la vista a la seda de color concha ribeteada de puntillas, como si lidiara con sus propios recuerdos. «No les gusta si parece que no estás disfrutando», dijo finalmente. Y ahí terminó la charla de Alice sobre la vida conyugal.

Joy se había quedado allí sentada, consciente de que su madre había intentado impartir algún tipo de consejo maternal de decisiva importancia. Le había dicho tan pocas veces algo que no estuviera teñido de una censura implícita, que a Joy le pareció correcto considerar sus palabras con una suerte de reverencia. Pero, por más que lo intentó, no pudo asociar la experiencia de su madre a la suya propia con Edward. Alice daba un respingo cada vez que su marido, normalmente borracho, trataba de abrazarla torpemente. Apartaba sus erráticas manos como alguien que se hubiera sentado sin querer encima de un hormiguero. Joy se pasó casi todas las horas de vigilia deseando que Edward la tocara.

De modo que cuando llegó la noche, no se sintió asustada en lo más mínimo. A aquellas alturas solo quería atravesar la barrera invisible que había entre las mujeres que sabían y las que no, como ella. E inflamada por la larga ausencia, durante la cual poco había tenido que hacer salvo llenar aquel vacío de conocimientos con sus difusos sueños, había abrazado a Edward casi con la misma avidez que ella a él.

No fue una noche perfecta, claro. Ella ni siquiera sabía qué podía querer decir «perfecta». Pero disfrutó al tenerle tan cerca, al dejarse consumir por el sencillo placer de sentir su piel, una piel fuerte, fibrosa, masculina, con un olor y una textura agradablemente distintos de la empolvada feminidad que hasta entonces había guiado su vida. Le gustó la extrañeza que despertó en ella, le gustó la fuerza de sus dos cuerpos unidos, que su tamaño no la hiciera sentirse demasiado grande, que su deseo no la hiciera sentir que estaba haciendo algo malo. Y al día siguiente, jubilosa y desinhibida ante aquel estado recién descubierto, había respondido a la mirada inquisitiva de su madre con una gran sonrisa confiada. Pero Alice no pareció aliviada, como Joy había deseado, sino más bien molesta, y rápidamente se fue a la cocina con el pretexto de que tenía algo en el fuego.

Joy había grabado en su memoria casi todos los detalles de aquella noche, y los reproducía durante las interminables noches húmedas que tuvo que pasar sola, de nuevo en su cama de la infancia. Menos mal que podía consolarse de aquella manera, porque no volvería a ver a Edward hasta que pasasen cinco meses y catorce días, cuando Joy llegase a Tilbury tras seis semanas de viaje a bordo del *SS Destiny*.

Stella también iba a reunirse con Dick, y los padres de ambas se habían tranquilizado pensando que las chicas viajarían juntas, aunque no lo suficiente para evitar un aluvión de consejos las semanas previas a su partida. Alice estaba convencida de que los buques de transporte de tropas eran «semilleros de inmoralidad»; una prima de Bei-Lin había trabajado de cocinera en uno de aquellos barcos durante la guerra, y explicaba con cierto deleite cómo se formaba una interminable cola de aburridas esposas que subían y bajaban por las escalinatas que llevaban a los aposentos de los hombres. Joy no estaba segura de qué le chocaba más a su madre, si la idea de una actividad extramarital o que esta implicara a hombres por debajo del rango de oficial. A la madre de Stella, cuyos omnipresentes «nervios» parecían estar siempre a flor de piel incluso en el mejor de los momentos, le preocupaba más el reciente hundimiento del *Empire Windrush*, que se había ido a pique durante una tempestad a la altura de Malta. Pero Stella y Joy, libres por primera vez de la mirada atenta de sus padres, habían decidido sacar todo el jugo posible a la aventura.

Salvo que, cuando llevaban varias semanas a bordo, la idea que Stella tenía de la aventura resultaba un poco distinta de la que tenía Joy.

—Sí. Me voy a dar una vuelta —dijo Stella, descruzando sus lisas y tostadas extremidades y haciendo un gesto de cabeza en dirección a Georgina Lipscombe.

Georgina levantó la vista. Era imposible saber en qué estaba pensando detrás de sus gafas de sol.

—¿A algún sitio bonito? —preguntó.

Stella hizo un gesto vago hacia la proa del barco.

—Oh, solo voy a estirar un poco las piernas —dijo—. A ver qué están haciendo los demás. Parece que hoy casi todo el mundo se ha quedado en su camarote.

Joy miró a Stella, consciente de que esta rehuía su mirada.

—Diviértete —dijo Georgina, y sonrió mostrando sus dientes blancos y bien proporcionados.

Stella se levantó y, envolviéndose en su albornoz, se dirigió a paso vivo hacia el bar. Repentinamente molesta por su actitud, Joy tuvo que reprimir las ganas de ir con ella.

Durante el silencio que siguió, Georgina aceptó otra copa de su camarero favorito.

—Tu amiga tendrá que ir con cuidado —dijo, sin dejar de sonreír inescrutablemente desde detrás de sus gafas—. No hay mejor manera de darse a conocer que andar por ahí mariposeando.

Joy estaba tumbada en su litera, con los pies enfundados en unos calcetines, procurando aprovechar la brisa que pasaba entre la ventana y la puerta abierta. Había pasado muchas tardes así, sin ganas de permanecer todo el día con las otras esposas y sus díscolos y aburridos hijos, ni con los oficiales, que se reunían en el bar para rememorar pasadas batallas y criticar las manías de los conocidos mutuos. Al zarpar de Hong Kong, a Joy le había entusiasmado la idea de iniciar su primera aventura de verdad. Pero desde que habían dejado atrás Bombay camino de Suez, los días parecían eternizarse a medida que la temperatura aumentaba, su mundo se había reducido a los consabidos puntos de reunión (el bar, la cubierta y el comedor), y ya ni siquiera se tomaban la molestia de bajar a tierra cuando hacían escala, cada vez más aislados del resto del mundo. A medida que pasaban los días costaba más imaginar que hubiera una vida de verdad en alguna otra parte, y debido a ello, había quienes decidían no intentarlo siquiera, dejándose llevar por el ritmo de la vida a bordo y abandonándose al sofocante calor, de modo que sus anteriores intereses —jugar a tenis, dar paseos por la tarde, nadar— se habían convertido en algo que requería demasiado esfuerzo. Incluso la conversación empezaba a escasear. Los pasajeros se dedicaban cada vez más a dormir a primera hora de la tarde o ver películas al atardecer, que solo unos pocos seguían con la debida atención. Después, contemplaban distraídos las puestas de sol, con sus iridiscentes tonos escarlatas y dorados que se fundían con el reluciente polvo del desierto, habituados ya a su extraordinaria belleza. Solo los que, como Georgina Lipscombe, se veían obligados a salir por la insistencia de sus hijos, se veían inmersos en algún tipo de actividad.

Stella empezó a aburrirse y a sentirse inquieta, y a veces Joy prefería que se perdiera de vista. Pero para alguien como ella, que había descubierto que los estrechos parámetros de la vida a bordo eran demasiado parecidos a los de la vida que había dejado en Hong Kong, resultaba casi un alivio que nadie se metiera con su innato carácter antisocial. Gustaba de retirarse sola a su camarote cuando sabía que los demás estarían fuera, y solía deleitarse con sus tesoros privados: las cartas de Edward, que empezaban a estar muy manoseadas, la fotografía del día de su boda y el pequeño cuadro chino —un caballo azul sobre papel de arroz— que Edward le había regalado el primer día de su vida matrimonial, de paseo por Hong Kong.

Edward la había despertado temprano, y Joy había abierto mucho los ojos, sin comprender en un primer momento cómo había podido acabar en la misma cama que aquel hombre. Al recordar por qué, le había echado los brazos al cuello, parpadeando a la luz de la mañana. Él la había estrechado, murmurando en voz baja. Joy no pudo oír más que el susurro de las sábanas.

Después, mientras el sudor se enfriaba sobre su piel, él se había incorporado sobre un hombro y la había besado en la nariz. «Levantémonos —le dijo—. Quiero que pasemos el día a solas, antes de que los demás se levanten. Nos escaparemos.» Joy había reprimido una vaga sensación de frustración, pues no quería abandonar el lecho nupcial ni dejar de sentirse abrazada por él. Pero, queriendo complacerle, se había levantado y se había puesto el vestido de seda cruda y la chaquetilla que su madre había mandado hacer para el viaje. Habían pedido té al servicio de habitaciones y se habían mirado el uno al otro tímidamente, y luego habían salido al ajetreo de las calles de la capital, asaltados sus sentidos por la sucesión de imágenes, sonidos y no muy fragantes olores que poblaban Kowloon a primera hora de la mañana. Joy lo había mirado todo con la incomprensión de un recién nacido, maravillada de que el mundo pudiera ser tan diferente en un plazo de veinticuatro horas.

—Tomaremos el *Star Ferry* —dijo Edward, cogiéndola de la mano y llevándola hacia la terminal—. Quiero llevarte a Cat Street.

Joy no había estado nunca en el mercado de Cat Street. Si ella hubiera osado sugerir que quería visitarlo, su madre se habría puesto blanca, y le habría explicado a continuación la mala fama que tenía de refugio de criminales y prostitutas (solo que las habría llamado «mujeres de vida alegre»), para señalar que nadie de su clase iba jamás allí. Estaba, por lo demás, en el extremo occidental de la isla, en una zona que Alice habría descrito perversamente como «demasiado china». Pero mientras iban en el transbordador, envueltos en su felicidad de recién casados y ajenos a la algarabía de voces que les rodeaba, Edward le dijo que desde la revolución que había sacudido China en 1949 la zona se había convertido en el depósito de innumerables posesiones familiares, muchas de las cuales eran antigüedades de gran valor. «Quiero comprarte algo —dijo, recorriendo la palma de la mano de Joy con un dedo—, para que tengas un recuerdo mío hasta que podamos vernos de nuevo. Algo que sea especial para los dos.» Entonces la había llamado señora Ballantyne, y Joy se había ruborizado de placer. Cada vez que él le recordaba su actual condición de mujer casada, ella no podía evitar pensar en la intimidad de la que habían disfrutado la noche anterior.

Cuando llegaron al mercado eran poco más de las siete, pero Cat Street hervía ya de actividad: comerciantes cruzados de piernas detrás de sus paños, sobre los cuales había relojes antiguos o intrincadas tallas en jade sobre hilo rojo; viejos sentados en bancos junto a jaulas repletas de pájaros cantores.

Baúles repujados en oro. Muebles esmaltados. Y todo ello envuelto en el aroma de las frituras de nabo, preparadas por vendedores ambulantes que pregonaban a voz en cuello, hablando tan deprisa que incluso Joy, que sabía demasiado cantonés para el gusto de sus padres, no podía entender nada.

Fue como estar en el Salvaje Oeste. Pero Joy, observando el entusiasmo de Edward, había reprimido las ganas de pegarse a él. Edward no quería a una mujer pegajosa, así se lo había dicho la noche anterior. Le gustaba la fortaleza y la independencia de Joy, el hecho de que no fuera frívola ni hiciera aspavientos, como otras esposas de oficiales que él conocía. Solo había conocido a otra mujer como ella, le había dicho en voz queda mientras permanecían entrelazados en la oscuridad. Sí, también la había amado. Pero había muerto durante la guerra en Plymouth, a consecuencia de un bombardeo, estando de visita en casa de su hermana. Joy había notado una punzada al oírle mencionar la palabra amor, pese a que aquella mujer ya no podía ser su rival en un sentido convencional. Y ese sentimiento había traído consigo la horrible conciencia de que en adelante su felicidad personal sería una cosa cautiva, rehén de las palabras de Edward, que dependía casi por entero de la bondad de otra persona.

—Mira —dijo Edward, señalando un puesto atiborrado de cosas—. Ahí está. ¿Qué te parece?

Joy había mirado hacia donde le indicaba y había visto una pequeña pintura, en un marco de bambú, que estaba apoyada en una cacerola ornamentada. Con pinceladas de tinta sobre papel blanco, mostraba un caballo azul en escorzo, como tratando de liberarse de algo, pero rodeado de líneas oscuras que sugerían algún tipo de barrera.

—¿Te gusta? —preguntó él. Le brillaban los ojos como a un niño.

Joy miró la pintura. No le gustaba. O al menos no se habría fijado en ella si hubiera estado mirando sola, pero la expresión de Edward la indujo a tratar de verla con los ojos de él.

—Me encanta —dijo. Su marido. Quería comprarla. Para ella, su esposa—. Es adorable.

—¿Cuánto? —Edward hizo señas al vendedor, que los había estado observando, fijándose en la ropa buena, en el uniforme blanco.

El hombre se encogió de hombros, como si no le hubiera entendido.

Joy miró a Edward y luego preguntó:

—¿*Geido tsin ah*?

El vendedor la miró antes de encogerse nuevamente de hombros. Joy se dio cuenta de que la entendía perfectamente.

—*Mgoi, lei, Sinsaahn* —dijo, más amable—. ¿*Geido tsin ah*?

El hombre se quitó de entre los labios su pipa de arcilla, como si reflexionara. Luego dijo una cifra. Exorbitante.

Joy le miró sin dar crédito a lo que acababa de oír.

—¡*Pengh di la*! —exclamó, pidiéndole que lo pensara mejor. Pero el hombre negó con la cabeza.

Joy se volvió hacia Edward, procurando que la furia no aflorara a su voz.

—Es ridículo —dijo por lo bajo—. Pide diez veces más de lo que vale, y solo porque tú llevas uniforme. Vámonos.

Edward miró a Joy y luego al vendedor.

—No —dijo—. Dime cuánto pide. Hoy no me importa el precio. Eres mi mujer. Quiero hacerte un regalo. Este regalo.

Joy le apretó la mano y dijo:

—Es muy bonito. Pero no puedo aceptarlo. A ese precio, no.

—¿Por qué?

Joy no sabía cómo expresarlo. Eso lo estropearía todo, pensó para sus adentros, porque cada vez que yo lo mirara no vería en él el amor que me profesas, sino que te dejaste embaucar por un hombre sin escrúpulos. Y no quiero tener esa idea de ti.

—Mira —le musitó al oído. Su olor la distrajo momentáneamente, haciéndole desear que no estuvieran en aquel mercado, sino otra vez en la habitación del hotel—. Hagamos como que nos vamos. Eso le hará pensar que puede perder una venta. Seguramente nos hará una oferta mejor.

Pero el hombre se quedó allí parado sin decir nada mientras ellos se alejaban, y Edward empezó a ponerse nervioso. No encontraba ninguna otra cosa que le gustara en los demás puestos. Aquella pintura era perfecta. Quería comprarla.

—Entremos en el templo —propuso Joy, señalando el imponente edificio rojo y dorado en la esquina de Hollywood Road, de donde escapaba el humo del incienso con cierta renuencia, como si le costara ofrecerse a los dioses en nombre de sus suplicantes. Pero Edward le dijo que entrara sola en el templo, pues él quería dar una vuelta. Se inclinó sobre una pierna, dando a entender que necesitaba aliviar la vejiga.

Joy se sintió desgraciada, como si de alguna manera le hubiera defraudado. El día no estaba saliendo como ella esperaba.

Ya en la oscuridad del templo, casi deseó haber cambiado de opinión. El grupo de chinos que encendían velas como ofrenda se volvió en silencio para mirarla; ella era la forastera que invadía su espacio sagrado. Puesto que Joy no quería ofenderles, murmuró un saludo en cantonés, y eso pareció apaciguarlos lo suficiente para que dejaran de mirarla. Joy contempló el techo, del que pendían inmensas espirales de incienso, y se preguntó cuándo podría volver a salir. Cuándo podría convencer a Edward de que volvieran a tomar el *Star Ferry* a fin de aprovechar al máximo las pocas horas que les quedaban para estar juntos.

Entonces él apareció a su lado, radiante de felicidad.

—Lo tengo —anunció.

—¿Qué? —preguntó ella. Pero ya lo sabía.

—Lo tengo. Y a buen precio. —Le mostró la pequeña pintura china, como si le hiciera una ofrenda—. El hombre ha bajado el precio en cuanto tú te has ido. No querría quedar mal delante de una dama, ¿no crees? Sé que aquí eso es muy importante.

Joy miró el rostro dichoso y sonriente de su marido y el caballito sobre papel de arroz. Hubo una pausa, y luego:

—Has sido muy listo —dijo ella, besándole—. Es una pintura encantadora.

Edward estaba tan contento mientras salían que Joy decidió no mencionar que ella ni siquiera le había dicho el precio.

Moviendo ahora los dedos de los pies frente a la puerta del camarote, Joy contempló el caballo azul. Luego miró la foto de la boda. Pensó en releer alguna de las cartas de Edward. Tendría que racionarlas un poco, no en vano estaban empezando a romperse, pero a veces le costaba pensar en él sin tener sus cartas en la mano. Recordaba cosas de él —como el tono de su voz cuando reía, sus grandes manos o el aspecto de sus piernas vestido de uniforme, pero cada vez le resultaba más difícil imaginárselo por completo. Las últimas semanas antes de embarcarse, le había entrado pánico porque casi no se acordaba de él. Una semana y cuatro días, se dijo a sí misma, experta ya en aquellas cuentas mentales. Después le veré de nuevo.

—¿Estás nerviosa? —le había preguntado Stella la semana anterior, después de hablar de lo que se pondrían para reunirse con sus respectivos maridos—. Yo lo estaré, seguro. A veces me pregunto si lo reconoceré. —Hacía menos de tres meses que Stella había visto a Dick, muchísimo menos que Joy a Edward.

Pero Joy no estaba nerviosa. Solo quería verle, sentir la fuerza de sus abrazos, ver brillar su cara como el sol encima de ella. Cuando les había contado esas cosas a las demás esposas de oficiales, durante una sesión de peluquería, Stella había fingido vomitar, cosa que a Joy le había dolido aun cuando comprendía por qué lo había hecho, y las demás habían intercambiado miradas de complicidad. Al igual que su madre en los meses anteriores, esas miradas sugerían que Joy era todavía muy inocente, muy cándida, y que tenía mucho que aprender sobre los hombres y el matrimonio. Solo la señora Fairweather había sonreído como si la comprendiera, pero su marido no había sido militar, y siempre parecía pegado a ella y a sus profusas caderas. Joy no había dicho nada más en público sobre Edward a partir de entonces; se lo había guardado para sí, como quien guarda un preciado secreto.

Una sola carta, se dijo, abriendo la más reciente, como quien procede a desenvolver un bombón suculento. Una carta al día hasta que nos veamos. Y luego las pondré todas a buen recaudo para poder mirarlas cuando sea muy vieja, y recordar así lo que fue estar separada del hombre a quien amo.

La atmósfera cambió sutilmente a medida que se aproximaban al canal de Suez. Ligeros rumores de un posible conflicto despertaron a los pasajeros de su estado de somnolencia. Las palabras «Suez» y «gobierno» corrían de boca en boca durante la cena, y los hombres, que conversaban en grupitos, parecían tan serios que Joy, que no tenía la menor idea de lo que pasaba, se sintió casi nerviosa y a la vez contenta de que hubiera militares. Los británicos, según el primer oficial, ocupaban todavía el lado africano del canal.

—Pero yo no me acercaría demasiado al borde de la cubierta mientras lo estemos cruzando —aconsejó muy serio—. De los árabes no te puedes fiar. Hemos recibido informes según los cuales hay grupos armados que patrullan la costa a caballo. Y no sería la primera vez que utilizan barcos extranjeros para ejercitar su puntería.

Las mujeres se habían encogido de miedo al oír sus palabras, llevándose las manos al cuello en un gesto teatral, mientras que los hombres asintieron sabiamente, murmuraron algo sobre la presa de Asuán y actuaron como si las mujeres estuvieran muertas de miedo. No era ese el caso de Joy: ella estaba entusiasmada. Y pese a las advertencias, fue incapaz de quedarse dentro mientras el *SS Destiny* se adentraba en el canal de Suez, y en cambio a menudo se sentaba a solas en cubierta protegida por su amplio sombrero, sonriendo ante las advertencias de los oficiales que pasaban por allí y confiando secretamente en poder ver a algún asesino con turbante montado en camello. Sabía que los oficiales la tenían por una mujer rara, que la tripulación hindú murmuraba sobre ella, pero le importaba muy poco. ¿Cuántas veces tendría la oportunidad de participar en una verdadera aventura?

A la postre, el canal de Suez resultó no ser un pasillo de hormigón castigado por los efectos de la guerra, como ella había imaginado, sino una lengua de agua refulgente limitada a ambos lados por dunas y salpicada por una casi silenciosa procesión de barcos que surcaban el paso como atados los unos a los otros. Era difícil creer, en medio de aquel disciplinado silencio, que pudiera haber algún peligro. El único estremecimiento que Joy sintió tuvo lugar aquella noche, cuando el capitán ordenó que apagaran todas las luces y todo el mundo se quedó sentado, hablando a media voz en el comedor a oscuras, pero incluso entonces agradeció perversamente que la actividad de a bordo no se limitara al bridge o al tenis.

Iban ya rumbo a Egipto cuando el primer oficial les habló acerca de la fiesta de disfraces. Iba a celebrarse la víspera del día que atracaran en Southampton, a modo de clímax de aquel largo viaje, y el capitán deseaba darles a todos tiempo suficiente para preparar los vestidos. Joy pensó que el capitán quería distraerlos a todos de la travesía por Egipto pero no dijo nada, pues todo el mundo estaba entusiasmado, como si la mención de la última noche la hiciera más inminente.

—Me gustaría ir vestida de Carmen Miranda, pero no creo que puedan proporcionarme las frutas —dijo Stella, mientras volvían del comedor. Pieter no se había presentado a cenar aquella noche, lo cual había hecho que estuviese de muy mal humor, de modo que Joy se guardó lo que pensaba: en su opinión, el disfraz de Carmen Miranda podía suscitar más de un comentario, tratándose de una mujer casada.

—O podría ir de Marilyn Monroe en *Cómo casarse con un millonario*. Si pudiera conseguir algunos accesorios para mi vestido rosa... —Stella contempló su reflejo en la ventana—.

¿Crees que valdría la pena teñime el pelo de un rubio más claro? Hace siglos que pienso en ello.

—¿Qué diría Dick? —preguntó Joy, dándose cuenta al instante de que no debía haberlo dicho.

—Oh, Dick me aceptará tal como me vea —dijo Stella—. Tiene suerte de tenerme, después de todo.

Eso se lo ha dicho Pieter, pensó Joy, sintiéndose incómoda. No era algo que la Stella de siempre hubiera dicho. Claro que era difícil saber lo que podía decir la nueva Stella o, en realidad, lo que se podía comentar delante de ella. Tras muchos años de confiarle sus más dolorosos secretos, Joy tenía ahora la sensación de que hablar con Stella era algo así como pisar arenas movedizas. Había que andar con mucho cuidado, e incluso así uno nunca sabía cuándo podía hundirse.

—Bueno, si crees que a Dick le gustará... No dudo que te quedaría muy bien. Pero ¿no te gustaría tener el mismo aspecto que cuando os visteis por última vez, para que él no se sienta... incómodo?

—Oh, Dick, Dick, Dick —dijo Stella, enfadada—. En serio, Joy, eres una pesada. Ya te lo dije, Dick se alegraría aunque yo apareciera vestida de oriental, ¿por qué no dejas de darme la lata? Al fin y al cabo, es solo un disfraz.

Molesta, Joy no dijo nada más hasta que llegaron al camarote. Como era de esperar, una vez allí Stella dijo que no soportaba oír roncar a aquellos críos y que se iba a dar una vuelta. Sola.

A la mañana siguiente había recuperado su buen humor, y durante unos días volvió a ser la Stella de siempre, afanada en buscar los materiales para crear su conjunto. Al atracar en Port Said permitieron subir a bordo a un par de comerciantes, cargados de collares y chucherías en enormes canastos de madera, de modo que incluso las mujeres que, como la señora Fairweather, habrían desdeñado a los egipcios por considerarlos inferiores, empezaron a pelearse por plumas y aderezos de una forma que, a juicio de Georgina Lipscombe, era francamente indigna.

Joy intentó concentrarse en pensar en trajes y disfraces, pero tan pronto como entraron en las mansas aguas del Mediterráneo, su único pensamiento fue el tiempo —ya no semanas, solo días— que faltaba para volver a ver a Edward. A veces fantaseaba imaginando que notaba su proximidad como una presencia física. Aunque, sin duda alguna, Stella habría hecho ascos también a aquella idea.

La noche de la fiesta debían cruzar un último y largo trecho de mar hasta el canal de la Mancha. El golfo de Vizcaya, según advirtieron los tripulantes veteranos, era famoso por sus marejadas, de modo que las chicas deberían «sujetar bien sus vasos». «Y si no pueden sujetar sus vasos, que me sujeten a mí», había dicho Pieter en voz demasiado alta, de modo que las mujeres que estaban más cerca de él se habían alejado discretamente, con la sonrisa petrificada en sus caras. Pero la perspectiva de la fiesta de disfraces, o su proximidad al final de la travesía, había ido contagiando a todo el mundo. La última tarde, incluso con la cubierta rociada por las frías aguas del Atlántico, se oían ya gritos y vítores de los pasajeros que corrían exóticamente ataviados de un camarote a otro.

El señor y la señora Fairweather se habían disfrazado de rajá hindú y esposa. Eran vestidos auténticos que habían adquirido durante una breve y, según la señora Fairweather, bastante complicada escala en Delhi, y que por lo visto llevaban consigo en previsión de festejos similares. La señora Fairweather se había pintado la cara y los brazos con té frío para conseguir el tono exacto de una india, según aseguraba a todo el mundo muy convencida, ajustándose sus exóticas telas para disimular la carne pálida de su cintura. Stella, que había renunciado a ser Marilyn después de que le dijeran los efectos que podía causar la lejía del barco sobre su pelo, se había transformado en la Rita Hayworth de *Salomé*, luciendo un conjunto al que faltaban al menos dos de sus siete velos. Se sulfuró mucho al verse, si no eclipsada, al menos igualada por

Georgina Lipscombe, que había convencido a uno de los oficiales para que le prestara su uniforme blanco, y estaba deslumbrante con su melena negra recogida bajo la gorra de pico. Joy había esperado hasta muy tarde y, debido a ello, no había estado muy inspirada, y Stella le había hecho una corona de oropel para que fuera como la reina de Inglaterra.

—Podemos ponerle algodón hidrófilo a mi albornoz morado para que parezca armiño. Y ella no va muy maquillada, así que te sentirás a gusto —dijo.

Pese a la pasión que había sentido menos de un año antes, a Stella ya no le interesaba Isabel II. Tras una breve racha de entusiasmo por la princesa Margaret («Viste muchísimo mejor»), se había decantado por Hollywood.

Joy se sentía un poco estúpida disfrazada de reina Isabel, sin acabar de comprender si era lo presuntuoso de la elección o lo infantil de su disfraz lo que la hacía sentir más incómoda. Pero cuando llegaron por fin al salón y Joy reparó en algunos de los conjuntos, su ánimo mejoró notablemente.

Pieter se había vestido de comerciante egipcio, exponiendo un torso oscurecido con lo que podía ser betún, de modo que sus músculos relucían a la media luz. Llevaba el pelo cubierto por una gorra negra tejida a mano por la anciana señora Tennant, y portaba una cesta de cuentas y tallas de madera. Totalmente entusiasmado, de vez en cuando se precipitaba sobre alguna de las mujeres, que lo rechazaba entre gritos teatrales, riendo pero ligeramente enfadada. Pieter no intentó lo mismo con Joy.

—¿Voy muy manchada? —dijo la señora Fairweather, acercándose a Joy cuando esta se sentaba a la mesa—. Estoy segura de que el agua me ha dejado pecas.

Joy examinó su piel teñida de té.

—Yo la veo bien —dijo—, pero si quiere puedo retocarla un poco. Seguro que algún camarero nos preparará un poco de té frío.

La señora Fairweather sacó su polvera del bolso y se miró en el espejito, ajustando las joyas de su tocado.

—Oh, no quiero molestarles. Esta noche van a tener muchísimo trabajo. Dicen que la cena será especial.

—Hola, Joy, ¿o debería decir «Su Majestad»? —Era Louis, que hizo una reverencia y luego le tomó la mano para besarla, haciendo que Joy se ruborizara—. Debo decir que te sienta de maravilla, ¿no cree usted, señora Fairweather? —Louis llevaba una falda de tweed y un pañuelo, además de un alarmante toque de lápiz de labios.

—Desde luego —dijo la señora Fairweather—. Está absolutamente majestuosa.

—Por favor —dijo Joy, riendo, mientras Louis se sentaba a su lado—. Al final me lo acabaré creyendo. ¿Puedo preguntar de qué diablos vas vestido?

—¿No lo adivinas? —Louis pareció abatido—. Esto sí que es increíble.

Joy miró a la señora Fairweather y luego a Louis otra vez.

—Lo siento —dijo.

—Soy una labriega —dijo, sosteniendo un bieldo en alto—. ¡Mira! ¿A que no sabes de dónde he sacado esto?

—¿Una labriega?

La señora Fairweather rió con ganas.

—Ahora lo veo —dijo—. ¿Te das cuenta, Philip? El señor Baxter va de labriega. Fíjate, hasta trae un saco de patatas.

—¿Qué es una labriega? —preguntó Joy, tímidamente.

—Pero ¿tú dónde has estado? ¿En Tombuctú?

Joy miró en derredor para ver si alguien más compartía su ignorancia. Pero Stella le estaba chillando a Pieter, y Georgina Lipscombe hablaba con el primer oficial; la otra persona que había allí, una bailarina de piernas sospechosamente peludas, no parecía estar escuchando.

—¿Cuándo fuiste a Inglaterra por última vez? —preguntó Louis.

—Santo Dios. De pequeña, me parece —dijo Joy—. Cuando la invasión de Hong Kong nos mandaron a todos a Australia.

—Qué curioso, Philip. Joy no sabía qué es una labriega.

—La señora Fairweather le dio un codazo a su marido, el cual, tocado con un turbante, contemplaba expectante su gin-tonic.

—Curioso —dijo.

—¿De veras no has visto nunca una?

Joy empezaba a sentirse a disgusto. Siempre había algo en aquel tipo de reuniones que la hacía sentir estúpida, o ignorante. Por eso quería a Edward: con él jamás se sentía así.

—Supongo que Joy no tenía motivos para saber qué es una labriega —dijo Louis—. Estoy seguro de que hay montones de cosas sobre Hong Kong que yo sería incapaz de comprender. ¿Quieres una copa, Joy? ¿Y usted, señora Fairweather?

Joy le sonrió, agradecida por su atención, y el mal momento pasó.

El oleaje fue ganando altura mientras terminaban el primer plato. Los camareros, de vez en cuando, tenían que agarrarse a los muebles para que no se les cayeran los platos, y en la copa de Joy el vino se inclinaba de manera alarmante.

—Siempre es igual —dijo Louis, que estaba sentado junto a ella. La pintura de los labios se le había quitado al comer, y Joy podía mirarle ahora sin que se le escapara la risa—. La primera vez que hice esta travesía, me caí de la litera mientras estaba durmiendo.

A Joy no le importaba. Cada ola, por grande que fuera, la aproximaba a Tilburry. Pero algunas de las señoras lanzaban exclamaciones de desaprobación, como si hubiera algún culpable de aquella meteorológica insolencia. Sus voces resultaban estridentes como las de las gaviotas, y la música, que el capitán había ordenado que continuara, empezaba a sonar mal conjuntada ya que los músicos tenían dificultades para mantenerse en pie. Fue entonces cuando Stella, yendo a trompicones hacia los servicios, estuvo a punto de caer de bruces, y Pieter saltó para sujetarla, con lo cual la silla cayó hacia atrás con estrépito. Joy vio la expresión de Stella al dar las gracias a Pieter y de repente se sintió muy intranquila.

Louis, que la observaba, le sirvió más vino y le dijo que bebiera.

—Si bebes un poco, pensarás que eres tú la que te balanceas, y no el barco —dijo, y su mano rozó accidentalmente la de ella. Joy, que continuaba mirando a Stella y a Pieter, casi no lo había notado.

Así pues, bebió. Había sido casi abstemia hasta aquella noche, pero ahora, como los demás pasajeros, se sentía contagiada por la sensación de que algo estaba a punto de terminar, una inquietud propiciada por el aislamiento en alta mar y las meditaciones sobre la vida más serena y más adulta que la esperaba en tierra. Los brindis fueron cada vez más ridículos y ruidosos: por el difunto rey; por la patria chica; por Isabel, momento en que Joy se levantó y saludó de manera regia; por el Llanero Solitario; por el postre, un elaborado budín a base de nata, bizcocho y licor, y por el *SS Destiny*, que surcaba las olas entre bandazos y virajes.

Joy se estaba riendo, y no le importó que Louis la rodeara con el brazo, como tampoco se fijó a esas alturas en quién estaba a la mesa y quién no. Y cuando el capitán subió al estrado y anunció que se disponía a conceder el primer premio al mejor disfraz, Joy le abucheó con la misma grosería y crueldad que el resto de personas de su mesa.

—¡Shhh! ¡Shhh! ¡Damas y caballeros! —insistió el primer oficial, dando unos golpecitos a su copa de coñac con el cuchillo—. ¡Silencio, por favor!

—Sabes, Joy, eres encantadora, te lo digo de verdad.

Joy dejó de mirar al estrado y se fijó en Louis, cuyos ojos castaños habían adquirido de pronto el líquido anhelo de un cachorro.

—Quería decírtelo desde que zarpamos en Bombay. —Puso su mano sobre la de ella, y Joy retiró la suya rápidamente, temiendo que alguien pudiera verlo.

—Damas y caballeros, por favor, un poco de calma. Vamos, vamos. —El capitán extendió las manos boca abajo ante él, y levantó una en el momento en que el barco se escoraba a estribor, ante lo cual los pasajeros prorrumpieron en silbidos y rechiflas.

—Sé muy bien que es terrible estar separado de la persona a quien amas, Joy. Yo también tengo a alguien que me espera. Pero eso no impide que se pueda querer a otra, ¿verdad?

Joy le miró de hito en hito, sintiéndose triste al darse cuenta de que Louis estaba complicando las cosas. Le caía bien. En otras circunstancias... bueno, tal vez sí. Pero no ahora. Joy meneó la cabeza tratando de expresar un poco de pesar con aquel leve gesto, para que él no se sintiera mal.

—No hablemos de eso, Louis.

Él la miró un segundo más de la cuenta y luego bajó la vista.

—Lo siento —dijo—. Creo que he bebido demasiado.

—¡Chitón! —dijo la señora Fairweather—. A ver si os calláis de una vez. ¡El capitán quiere decir algo!

—Bien, sé que este es el momento que todos han estado esperando, y me gustaría poder decir que se han esmerado mucho... pero no sería la verdad. —El capitán vaciló al oír algunas carcajadas—. No, no, solo era una broma. He estudiado a conciencia los diferentes vestidos. Y algunos en particular los he estudiado todo lo que permite la buena educación. —Al decir esto miró significativamente a Stella y sus diáfanos velos. Joy, que estaba preocupada, se alegró de que Stella estuviera aún en el salón. Pieter llevaba ausente un buen rato—. Pero por una mayoría aplastante, mis colegas y yo hemos tomado la decisión de conceder el premio —levantó una botella de champán— a un hombre que ha sido capaz de mostrarse literalmente a pecho descubierto.

Los pasajeros allí reunidos aguardaron expectantes.

—Señoras y caballeros, Pieter Brandt. O, mejor dicho, nuestro comerciante egipcio.

La ovación fue unánime; servilletas y panecillos volaron por los aires. Joy, como el resto de su mesa, buscó con la mirada a Pieter entre las caras disfrazadas. Al ver que la algodonosa peluca no aparecía por ninguna parte, los aplausos fueron menguando y se vieron sustituidos por murmullos, mientras los pasajeros seguían buscando con la mirada al ganador.

Joy observó al capitán, momentáneamente mudo ante la desaparición de Pieter, y luego a Stella, que estaba tan perpleja como él.

—Estará ocupado con sus trapicheos —bromeó el capitán—. Tendré que decirle al cocinero que vaya a echar un vistazo a nuestros víveres. —Miró en derredor, sin saber a qué atenerse.

Le interrumpió un susurro en el otro extremo del salón. Corrió por la hilera de mesas como una brisa suave, y Joy, siguiendo la dirección del sonido, acabó localizando su objeto. Todas las miradas se posaron en Georgina Lipscombe, que estaba entrando por la puerta del fondo, con el pelo fuera de la gorra colgando en tirabuzones sobre sus hombros. Al dar un traspié, Georgina hubo de agarrarse al respaldo de una silla desocupada, tratando de no perder el equilibrio.

Joy la miró en un intento por asimilar la importancia de lo que estaba viendo, y luego miró a Stella, que se había puesto pálida. Y es que el inmaculado uniforme blanco de Georgina Lipscombe dejaba mucho que desear. Desde las charreteras hasta la mitad de los muslos, lucía una sucia pero clarísima huella de betún. Georgina, ajena al parecer a todo lo que ocurría, miró a quienes la contemplaban y luego, con la cabeza muy erguida, decidió hacer caso omiso. Al llegar a su mesa tomó asiento, o se dejó caer, en su silla, y encendió un cigarrillo. Se produjo un silencio tenso.

Y luego:

—¡Zorra asquerosa! —bramó Stella, y se lanzó sobre Georgina, agarrándola del pelo, de las charreteras y de todo lo que pudo agarrar hasta que Louis y el primer oficial pudieron saltar de sus respectivos asientos y apartarla de su presa. Estupefacta, Joy se quedó allí de pie, incapaz de reconocer a su amiga en aquella fiera cuyos velos empezaban a desgarrarse de su vestido con el forcejeo—. ¡Maldita zorra! —gritó Stella, llorando ahora, con el maquillaje de bailarina corrido en torno a los ojos. Louis la sujetó por el brazo, obligándola a soltar el pelo de Georgina, pero no la dejaron marcharse hasta un rato después.

—Bueno, querida, bueno —dijo la señora Fairweather, acariciándole la cabeza mientras los dos hombres se sentaban—. Ya ha habido suficientes emociones por esta noche.

Todo el salón estaba en silencio. El capitán hizo señas para que la orquesta siguiera tocando, pero los músicos tardaron un buen rato en encontrar el correspondiente compás. Los demás comensales reían asombrados o lanzaban exclamaciones de desaprobación a medida que volvían a concentrarse en sus mesas.

Georgina, cuyo pelo había quedado totalmente enmarañado tras el ataque de Stella, se palpó la cara en busca de sangre. Al no descubrir rastro de ella en sus dedos, buscó por el mantel el cigarrillo que le habían quitado. Flotaba, a la deriva, en la copa de la señora Fairweather. Georgina sacó otro de su pitillera de plata y lo encendió. Levantó la cabeza y miró a Stella. Hubo un silencio fugaz.

—Qué tonta eres —dijo, despidiendo una larga columna de humo—. No pensarías que eras la única, ¿verdad?

Joy estaba en la cubierta de estribor, rodeando con sus brazos a Stella que sollozaba desconsolada, preguntándose cuánto tiempo habría de pasar para que pudiera decirle a su amiga que no solo estaban las dos empapadas sino que a ella le castañeteaban los dientes.

Stella llevaba más de veinte minutos llorando, ajena a las frías salpicaduras y a los cabeceos del barco, acurrucada entre los brazos de Joy.

—No puedo creer que Pieter me haya engañado —dijo jadeando, cuando sus sollozos se lo permitieron—. Si supieras las cosas que me dijo...

Joy prefirió no imaginárselas. Ni lo que seguramente había pasado después.

—Y ella es igual de horrible. Por el amor de Dios, si es una vieja. —Stella la miró hecha un mar de lágrimas. Su voz sonaba preñada de incredulidad—. Tiene rasgos de caballo, lleva demasiado maquillaje. Si hasta tiene estrías, Santo Dios.

Joy sospechó que a su amiga no solo le molestaba que Pieter la hubiera engañado, sino también lo que Stella consideraba una indiscriminada elección de pareja.

—Oh, Joy. ¿Qué puedo hacer?

Joy recordó el regreso de Pieter Brandt al comedor. Al principio se había reído y había contado un par de chistes verdes; su estado de ebriedad le había impedido notar que los comensales de su mesa le recibían con un silencio sepulcral. Después, la risa se había vuelto un tanto forzada, y Pieter había contado otra anécdota graciosa en un intento de animar la situación. Pero cuando el capitán se había acercado a la mesa y la había aporreado con una botella de champán, anunciando lacónicamente: «Es usted el ganador», antes de alejarse de nuevo, Pieter había comprendido que no todo estaba igual que media hora antes, en el momento de ausentarse del comedor.

—Muchacho, tendrás que retocarte la capa de betún —había dicho Louis, mirando fijamente el pálido pecho de Pieter y después, con la misma fijación, las manchadas delanteras de Georgina.

Por razones obvias, no había sido posible ver si Pieter se había puesto blanco, pero había mirado nervioso a su alrededor antes de excusarse diciendo que necesitaba «estirar las piernas». Georgina ponía cara de aburrimiento mientras daba caladas a su sempiterno cigarrillo, mirando empecinadamente al vacío. Finalmente, frustrada quizá por la falta de atención masculina, se había levantado también de la mesa.

Pero Stelle se había marchado ya, escoltada hasta el servicio por la señora Fairweather, que la había abanicado con un inadecuado pañuelo de encaje mientras le decía que dejase de llorar.

—Estabas tan bonita con tu maquillaje —insistió—. No permitas que esa mujer vea que te ha afectado tanto.

Le había aliviado ver entrar a Joy, en cuyas manos había dejado a Stella con exagerado entusiasmo y gratitud.

—Sois amigas —dijo—. Tú sabes cómo animarla. —Y en medio de una nube de Arpège, perlas y telas translúcidas, había desaparecido.

—¿Qué voy a hacer? —dijo Stella, media hora más tarde, contemplando el mar embravecido y negro—. Todo ha terminado. Lo mejor sería que...

Joy siguió la dirección de su mirada y agarró con más fuerza el brazo de su amiga.

—No te atrevas a hablar así, Stella Hanniford —dijo, presa del pánico—. No te atrevas ni siquiera a pensar en eso.

Stella la miró con una expresión desprovista de astucia o artificiosidad.

—¿Qué quieres que haga, Joy? Lo he estropeado todo, ¿no es cierto?

Joy tomó la fría mano de Stella en la suya.

—No has estropeado nada. Lo único que has hecho es acercarte demasiado a un estúpido a quien, a partir de pasado mañana, ya no volverás a ver nunca más.

—Eso es lo malo, Joy. En parte, desearía verle otra vez. —Stella la miró con sus grandes ojos azules llenos de congoja. Se soltó de una mano y se apartó el pelo de la cara—. Pieter es absolutamente encantador. Mucho más que Dick. Y eso es lo peor de todo... ¿Cómo puedo volver con Dick y fingir que todo va bien cuando he sentido algo mucho más intenso?

Joy estaba desesperada. Una parte de sí misma quería taparse los oídos, decirle a Stella: «¡Basta! ¡No quiero saberlo!», pero se daba cuenta de que ella no tenía a nadie más en quien confiar. Joy era la única confidente de aquella persona que, si bien tenía cierta tendencia a dramatizar, acababa de mirar aquellas tremebundas olas de un modo que daba verdadero miedo.

—Tienes que olvidarte de él —dijo, aunque fue en vano—. Debes conseguir que tu historia con Dick funcione.

—Pero ¿y si no me hubiera casado con Dick? Oh, sí, estaba enamorada de él, te lo aseguro, pero ¿qué demonios sabía yo? Solo había besado a dos chicos antes de conocerle a él. ¿Cómo iba yo a saber que encontraría a otro que me gustara más?

—Pero Dick es un buen hombre —dijo Joy, pensando en aquel afable y guapo piloto—. Erais muy felices juntos. Podéis serlo de nuevo.

—Es que no tengo ganas. No quiero tener que sonreírle o que besarle, no quiero sentir su desagradable cuerpo encima del mío. Yo quería a Pieter... y ahora tendré que contentarme para toda la vida con alguien a quien ya no amo.

Joy la rodeó de nuevo con sus brazos y contempló el cielo siniestro. Casi no se veían estrellas, pues las nubes bajas y cargadas oscurecían las constelaciones.

—Todo se arreglará —murmuró al oído de su amiga—. Te lo prometo. Por la mañana lo verás todo más claro.

—¿Cómo lo sabes? —dijo Stella, levantando de nuevo la cabeza.

—Porque así suele ocurrir. Yo siempre me siento mejor a la luz del día.

—No me refiero a eso. ¿Cómo sabe una que ha elegido bien?

Joy reflexionó unos instantes; no quería dar una respuesta inadecuada. Por un momento pensó en Louis.

—Supongo que es imposible —dijo al fin—. Se trata de tener fe.

—Pero tú sí lo sabes, Joy.

—Sí —dijo, tras un breve silencio.

—¿Cómo?

—Porque no me siento del todo a gusto con nadie más. Estar con él... es como estar contigo, pero con la diferencia de que estoy enamorada de él. —Miró a Stella, que la estudiaba con gran atención—. Se podría decir que Edward es la versión masculina de mí misma. Mi media naranja, ya sabes. Cuando estoy con él, solo quiero estar a la altura de lo que espera de mí. No quiero decepcionarle. —Joy se lo imaginó, sonriéndole, con pequeñas arrugas en el rabillo del ojo y los dientes visibles apenas bajo el labio superior—. Nunca me importó lo que pensaban los demás hasta que llegó él —añadió—, y aún no acabo de creerme que me haya elegido a mí. Cada mañana doy gracias a Dios por ello. Y cada noche me acuesto rezando para que el tiempo corra más deprisa y así estar de nuevo con él. Pienso constantemente en lo que debe de estar haciendo, o las personas con las que estará hablando. No por celos, sino porque quiero estar más cerca de él, y si me imagino lo que hace, eso me hace sentir mejor.

Edward estaría durmiendo, pensó. O leyendo un libro. Seguramente uno sobre purasangres, lleno de castas de caballos que se remontaban a generaciones enteras, alimentando su sueño de un árbol genealógico equino.

—Es más de lo que yo podía pedir. Más de lo que jamás había confiado encontrar —dijo—. No me imagino compartiendo la vida con nadie más que con él.

Hizo una breve pausa, durante la cual Joy se dio cuenta de que casi se había olvidado de Stella.

Pero su amiga se estaba levantando del asiento junto a los botes salvavidas. Ya no lloraba, y se protegía del frío arrebujándose en su chal. Joy se incorporó y se apartó el pelo mojado de la cara.

—Sí, bueno, tú has tenido suerte —dijo Stella, sin mirarla a los ojos—. Para ti ha sido fácil.

Joy frunció el entrecejo al oírla hablar así.

Stella fue hacia la puerta y luego se volvió y le dijo:

—Sí, mucho más fácil. A fin de cuentas, ningún otro hombre ha querido estar contigo.

7

Sabine estaba sentada en mitad de la raída alfombra persa, mirando la fotografía de Stella con su vestido azul oscuro. Las descoloridas persianas de la habitación que ocupaba se habían alzado temporalmente y habían sido sustituidas por la cubierta de un barco azotada por la lluvia y el reluciente raso de siete u ocho velos de lentejuelas anegados de agua.

—Al final, ¿volvió con Dick? —Examinó los ojos, la sonrisa astuta, tratando sin éxito de imaginarse a aquella chica abandonada en un barco a merced de las olas. Se le veía demasiado segura de sí misma.

Joy, que había estado ordenando una caja llena de documentos, miró por encima del hombro de Sabine.

—¿Stella? Sí, pero no por mucho tiempo.

Sabine la miró, esperando una explicación. Joy se puso la caja sobre las rodillas y reflexionó un buen rato.

—Él la adoraba, pero creo que lo que ella sentía por Pieter Brandt le afectó mucho, y al cabo de un tiempo, como no tuvieron hijos, parece ser que decidió buscar un poco de diversión en otra parte.

—¿Qué pasó después?

Joy se frotó las manos, tratando de limpiarse el polvo. Se alegraba de que ella y Sabine volvieran a hablar, pero le cansaba un poco el modo en que la muchacha insistía en algunas cosas. Respiró hondo como quien se dispone, igual que Stella había hecho durante tantos años, a dar una mala noticia.

—Conoció a muchos hombres. Pero no llegó a entenderse del todo con ninguno.

—Un poco lanzada, ¿no? —dijo Sabine. Stella le caía bastante bien.

—Supongo que sí. De joven se divirtió lo suyo, eso desde luego. Con los años se fue volviendo un poco triste. Solía beber demasiado. —Joy se restregó un ojo que le escocía—. Su último marido murió de una enfermedad del hígado, y creo que después de eso Stella se dio cuenta de que no tenía a nadie. Para entonces pasaba de los sesenta, ¿sabes? Una edad difícil para encontrarse sola en el mundo.

Sabine trató de imaginarse a aquella joven fascinante no solo abandonada sino más sola que un viejo beodo.

—¿Se murió?

—Sí. Hace unos años. En el noventa y dos, creo. Seguíamos en contacto, pero Stella se había mudado a un pisito en la costa de España y ya no volvimos a vernos. Supe que había fallecido porque su sobrina me mandó una carta muy bonita. —Joy parecía distraída—. Bueno, creo que voy a tirar estas escarapelas. Están viejas y mohosas. Qué pena.

Sabine dejó las fotos en la caja que tenía delante, intentando imaginarse a su madre en el lugar de Stella Hanniford. No era tan atractiva como Stella, pero todavía era capaz de liarse con montones de hombres y acabar sola en un apartamento en España. Sabine se imaginó a sí misma visitando a su madre, y a Kate arrellanada en un sofá viejo con una botella de Rioja en la mano, rememorando a los hombres a los que había ido dejando atrás. «Ah, Geoff —diría, con sus cabellos cobrizos mal peinados y sueltos, y el pintalabios corrido en torno a la boca—. Aquel fue un buen año. Pobre Geoff. ¿O era George? Siempre los confundo.»

Descartó aquella imagen, sin saber a ciencia cierta si le daba ganas de reír o de llorar, y miró furtivamente a su abuela, que estaba tirando la caja de escarapelas a una bolsa de plástico negra. Trató de reconciliar la imagen de la anciana vestida de pana verde con el paradigma del amor juvenil que su imaginación había elaborado. Durante los últimos días, Sabine había hecho un intento por ver a sus abuelos con otra luz. Aquel par de viejos afectados habían vivido una historia de amor que ya hubieran querido inventar los guionistas de un culebrón. Su abuelo había sido muy guapo. Su abuela... bueno, también era guapa. Pero lo que más le había chocado era la larga espera, todo aquel tiempo de separación, y que ella confiara en él. Con tantos oficiales guapos alrededor, y ella se había mantenido fiel.

—Actualmente, nadie se prometería en estas condiciones —dijo, pensando en voz alta—. Y menos, teniendo que esperar todo un año.

Joy ciñó con un cordel la abertura de la bolsa y miró a su nieta.

—No... Supongo que muchos no lo harían.

—¿Y tú? ¿Lo harías otra vez? Bueno, si tuvieras que hacerlo ahora.

Joy dejó la bolsa en el suelo y se quedó pensando.

—¿Con tu abuelo?

—No sé. Bueno, sí. Con el abuelo.

Joy miró por la ventana, donde la lluvia golpeaba con un sonido metálico. Más arriba, una mancha marrón semicircular señalaba el lugar donde el canalón se había desprendido de su sitio, ofreciendo al agua una nueva vía para filtrarse con entusiasmo en la casa.

—Sí —dijo—. Por supuesto. —Pero no pareció muy convencida.

—¿Te pusiste nerviosa alguna vez? Quiero decir, antes del reencuentro. Después de tanto tiempo en aquel barco.

—Ya te lo he dicho. Me alegré mucho de verle.

Sabine no quedó satisfecha.

—Pero debiste de sentir algo en los últimos momentos antes de reunirte con él. Cuando esperabas a que el barco atracara y mirabas por la borda, tratando de localizarle. Yo me habría sentido un poco mal.

—Hace muchos años de eso, Sabine. Hubo muchos encuentros como aquel. Ya casi no lo recuerdo. Bueno, tengo que llevar todo esto abajo antes de que pase el basurero. —En un tono repentinamente brusco, Joy se sacudió el polvo y se dirigió a la puerta—. Vamos, guarda todo eso. Tenemos que bajar a comer. Tu abuelo debe de estar hambriento.

Mientras se ponía de pie, Sabine reparó en la precipitación de su abuela, pero no le dio importancia. En las últimas dos semanas habían pasado un par de horas juntas casi cada día revisando fotografías y recordando anécdotas, y Joy había suavizado su acostumbrada rigidez, sobre todo al hablar de sus primeros tiempos con Edward. Los recuerdos, más que concretarse en frases, habían dado paso a largas historias llenas de detalles, y Sabine se había quedado fascinada, encantada de poder escuchar aquellos relatos y vislumbrando al mismo tiempo un mundo nuevo de privilegios, conformidad y mala conducta.

Y sexo. Era extraño oír hablar de sexo a su abuela. Bueno, ella no había pronunciado la palabra, pero no quedaba ninguna duda del motivo por el que Stella Hanniford y Georgina Lipscombe se habían visto metidas en aquellos aprietos. Sabine no podía creer que en los años cincuenta la gente se hubiera dedicado a ello con tanto fervor. Le costaba ahora imaginarse a su madre en esas situaciones. Pensó en Kate y se preguntó, por enésima vez, por qué no había tenido un gran amor romántico como el de sus abuelos. Un amor de verdad, pensó tristemente, que sobreviviera a las flechas del destino que se cernían —como en un *Romeo y Julieta* de los años cincuenta— sobre los seres terrenales. Esa clase de amor que salía en los libros, que inspiraba canciones, que te elevaba como un ave pero que era sólido como un monolito, grande, duradero.

Joy se volvió al llegar a la puerta.

—Vamos, Sabine. Pon manos a la obra. La señora H ha preparado bacalao, y si tardamos en subirlo no habrá manera de que tu abuelo se lo coma.

Entre que la relación con su abuela era más cordial, la humedad ya no le afectaba tanto y disfrutaba mucho montando a caballo (aun cuando todavía no era capaz de admitirlo), la añoranza de Sabine por su casa, sin desaparecer del todo, había disminuido considerablemente. Por lo menos ya no echaba tanto de menos la televisión. Y casi nunca pensaba en Dean Baxter. La señora H y su marido habían celebrado el domingo sus treinta y dos años de casados, y aunque no era un aniversario importante (nada que ver con oro o diamantes, más bien con granito), la señora H dijo que por lo que a ella concernía, era motivo suficiente para celebrarlo, y que Sabine, junto con una buena muestra de la familia de la señora H, estaba invitada.

A Sabine le gustó la idea, no solo porque le brindaba una excusa para pasar la tarde fuera —aunque su abuela y ella eran amigas ahora, las cenas en aquella mesa larguísima seguían siendo un mal trago—, sino porque además de formar parte de su propia familia estaba empezando a integrarse en la de Thom y Annie. Al ser hija única, y de una madre periódicamente soltera, aquella era la primera familia que veía de cerca; una familia que parecía interminable, pero lo bastante íntima para que cada cual supiera qué hacían los demás; una familia cuyos miembros entraban y salían de casa de los demás con absoluta tranquilidad, sabiendo cuál era su lugar. Pero lo que más le gustaba a Sabine era el ruido: las interminables conversaciones entre unos y otros, las interrupciones, los estallidos de risa, los comentarios ácidos a expensas de este o aquel. En casa de Sabine siempre reinaba el silencio, para que su madre pudiera trabajar, de modo que era como estar permanentemente tapado por una manta gruesa. Y cuando su madre, Geoff y ella se sentaban a comer, nunca había risas sonoras; solo se oía a Geoff preguntar educadamente sobre los acontecimientos del día, tratándola como a una adulta pero con cierta timidez, mientras que su madre soñaba con cualquier cosa mientras comía. Probablemente soñaba con Justin, pensó Sabine, un poco resentida. Por alguna razón, volvía a sentirse irritada respecto a Justin.

Era la primera vez que iba a casa de la señora H, un chalet en las afueras del pueblo. Era una construcción chata situada en mitad de una parcela cuadrada, rodeada de un empedrado y precedida por una serie de cuidados macizos de flores. Una antena parabólica sobresalía de un costado de la casa, como una trompetilla, y había cortinas floreadas en las ventanas, y en cada alféizar, jardineras con vistosos ciclámenes rojos y rosas.

Ostentaba un revestimiento de piedra sintética que, en opinión de Sabine, habría hecho palidecer a Geoff, y era el marido de la señora H —Michael, al que todos llamaban Mack— quien la había construido por entero. De hecho la casa se llamaba Mackellen, lo cual, según advirtió Sabine cuando se paró a pensar en ello, era la única pista que había conseguido acerca del verdadero nombre de la señora H.

—No tiene nada que ver con la de tus abuelos —dijo Thom, que la había acompañado allí desde la casa grande.

—No parece tan mohosa, eso desde luego —observó Sabine, y Thom se rió.

Una vez dentro, comprobó que él tenía razón. Al abrir la puerta, Sabine notó enseguida que la calefacción estaba a tope y que el piso se hallaba cubierto de mullidas alfombras de colores pálidos. Había fotos de familia en las paredes y un par de poemas bordados, pero lo que predominaba eran los objetos de decoración: pequeños elefantes de cristal, payasos de goma, atractivas pastoras con sus desparramados rebaños. Todo ello brillando bajo una iluminación intensa, todo sin la menor mota de polvo, alegre e inmaculado. Sabine contempló los batallones de pequeñas criaturas, momentáneamente aturdida por su número.

—Pasa, Sabine. Thom, cierra la puerta, está entrando frío. Vaya, la noche es húmeda.

La señora H, radiante, se le acercó para cogerle la chaqueta. Pero no se parecía en nada a la señora H de cada día: aquella señora H llevaba una bata de nailon color pastel, el pelo peinado hacia atrás y su cutis sonrosado no lucía maquillaje. Aquella señora H llevaba un jersey malva con dos cadenas de oro alrededor del cuello, una de ellas con una cruz. Su pelo, ondulado y brillante, parecía más abundante, y todo la hacía parecer más joven, bastante sofisticada y un tanto intimidante. Sabine se sintió un poco desconcertada y, para su vergüenza, comprendió que no había considerado la posibilidad de que la señora H pudiera tener una vida lejos de la casa grande, de sus cacharros y sus escobas. Incluso en casa de Annie, siempre se la veía ocupada con algún que otro quehacer doméstico.

—Está... muy guapa —dijo, indecisa.

—¿Yo? Qué amable de tu parte —dijo la señora H, acompañándola pasillo abajo—. Annie me compró este jersey hace un par de años, y ¿te puedes creer que casi no me lo he puesto? Lo guardaba para una ocasión especial. Ella me riñe, claro, pero es que me parece demasiado bonito para usarlo cada día.

—¿Va a venir Annie?

—Ya está aquí, Sabine. Vamos, Thom, ya te estás quitando esos zapatos. No quiero que me ensucies la casa.

Mientra seguía a la señora H, Sabine recordó el día anterior cuando, al pasar a caballo por detrás de la casa de Annie, había mirado por encima de la tapia para ver si estaba y saludarla. Annie le decía a menudo que pasara por allí porque le hacía ilusión verla montar a caballo, y Sabine tuvo que admitir que se sentía orgullosa de haber recuperado sus dotes de amazona. Había empezado a saltar, practicando ella sola, y ya se animaba a probar con algunos setos, alentada por la aparente infalibilidad de aquel pequeño caballo.

Pero al aflojar el paso y mirar por la ventana de la cocina, no había visto a Annie saludando desde dentro sino a Patrick, su marido, sentado a la mesa con la cabeza entre las manos y la espalda hundida, como si soportara un enorme peso.

Annie, medio oculta por los reflejos de la ventana, estaba de pie al otro lado de la mesa, mirando al vacío.

Sabine había refrenado el caballo rucio, esperando verlos moverse, pero al ver que pasaban los minutos y ninguno de los dos lo hacía, había seguido su camino temiendo que pudieran verla y pensaran que había estado espiando. Quería decírselo a la señora H, pero no se le ocurría cómo iniciar la conversación; por otro lado, ellos estaban ya en el salón.

Los parientes de la señora H ocupaban unos sofás mullidos e inmaculados, charlando en pequeños grupos y tomando copas. A un lado había una gran mesa de ala abatible cargada de platos y cubiertos, decorada con arreglos florales y rodeada de sillas prácticamente pegadas las unas a las otras. En mitad del suelo, sobre una alfombra de color azul cielo y beis, dos niños jugaban con una pista de carreras de juguete, y a cada momento sus vehículos a escala salían despedidos del circuito invadiendo la sala de estar. Aquí hacía más calor aún que en el vestíbulo, y Sabine se sintió incómoda y sudorosa dentro de su grueso jersey. Se había acostumbrado a vivir en una casa fría y ya no iba a ninguna parte con menos de cuatro capas de ropa, pero no podía recordar si las otras tres eran presentables.

Sabine apenas conocía a nadie aparte de Annie y Patrick, a los cuales, según advirtió con un sobresalto, no había visto nunca fuera de los límites de la casa donde vivían. Patrick levantó su vaso a modo de saludo. Le dio un codazo a Annie y esta, que estaba despistada, se llevó un susto. Al ver a Sabine, le dedicó una gran sonrisa y le hizo señas de que fuera a sentarse a su lado. Ella dudó un poco, empeñada todavía en separar la imagen nueva de la que tenía de ellos, y luego se les acercó, medio empujada por la señora H, que para hacerse oír entre la música de fondo y el griterío general tenía que hablar en voz desacostumbradamente alta.

—Atención, todos: quiero presentaros a Sabine. No voy a ir de uno en uno porque la pobre no podría recordar tantos nombres. Bien, empezaré a servir la cena dentro de cinco minutos. Cuando estéis listos podéis ir pasando. Thom, dale algo de beber a Sabine.

Annie llevaba otra vez uno de sus enormes jerséis. Sabine, que ya empezaba a tirarse del cuello del suyo, se preguntó por qué Annie no parecía a disgusto embutida en aquella prenda.

—¿Qué tal, Sabine? —dijo Patrick—. Parece que se te da muy bien ese caballo.

Sabine asintió al tiempo que se fijaba en el mal aspecto de Patrick. Estaba muy ojeroso, y al menos hacía dos días que no se afeitaba. Pese a su aspecto corpulento y desgarbado, más típico de un labrador que de un escritor, Patrick iba siempre bien vestido y afeitado. Solía oler a suavizante.

—¿Irás de caza con los perros la semana que viene, a conocer un poco esta comarca?

—Claro que irá —dijo Thom, que se había sentado en el suelo con los niños—. Yo me ocuparé de que lo haga. Le haré practicar unos saltos pequeños, para ver si cubre la distancia, y disfrutaremos de una estupenda excursión.

Sabine no supo si oponerse a participar en la caza del zorro o si alegrarse para sus adentros de que Thom quisiera llevarla consigo. No tenía ganas de ir a matar zorros, de eso nada. Era vegetariana, por Dios. Había llorado por un animal muerto en la carretera. Pero pensar en pasar todo un día con Thom... los dos solos...

—¿Tu mamá está contigo, Sabine? —Era una mujer de mediana edad, pelo corto de color berenjena y un par de abultadas hombreras que rivalizaban en cuanto a discreción con sus imponentes pechos. Sabine la miró sin entender lo que decía.

—Esta es la tía May —dijo Thom—. Es la mamá de Annie y hermana de mi madre. Y este es su marido, Steven. Conocen a tu madre de cuando ella vivía aquí.

—¿Por qué no os sentáis todos a la mesa? Mack, por favor, saca unas cucharas de servir.

—Una muchacha guapísima, tu madre —dijo la mujer, poniendo una mano rolliza sobre el brazo de Sabine—. Algunas veces iba al baile con mi Sarah. Ellas dos hacían buena pareja. ¿Ha venido contigo?

—No. Ha tenido que quedarse en casa trabajando.

—Oh, qué lástima. Me habría encantado verla. Por supuesto, yo habría ido a verla cuando estuve por allí, ¿cuánto hace de eso, Steven, dos años? Pero con la artritis y todo eso me resulta difícil viajar.

Sabine asintió mientras era conducida a su silla, sin saber con certeza si tenía que ayudar o no.

—Las caderas me matan, ¿sabes? Parece ser que los médicos pueden hacer muy poco. No tardaré en estar en una silla de ruedas. Y entonces ya no podré andar más. Pero saluda a tu madre de mi parte, ¿quieres?

—Sabine, quiero que te sirvas de todo. Este hatajo de salvajes no va a esperar, así que espabila o te quedarás sin nada.

—Di a tu mamá que venga a vernos si pasa algún día por aquí. Como te digo, es posible que para entonces yo ya no pueda moverme mucho, pero ella siempre será bien recibida.

—¿Estás peor de las caderas, May? No me habías dicho nada. —A este comentario siguió una risa apenas audible.

—Tía Ellen, ¿puedo tomar zumo?

—Las patatas, Sabine. Aquí no nos andamos con miramientos. Si no agarras el plato cuando pasa, lo hará otro.

A todo esto, Annie no había dejado de mirar fijamente las cortinas del otro lado, aparentemente absorta en sus cosas, lejos del clamor de la sala atestada. Patrick, que normalmente mantenía el contacto físico con su esposa, ya fuera acariciándole la espalda o cogiéndole la mano, miraba hacia otra parte y bebía cerveza de su lata con una suerte de tétrica determinación.

Dios, pensó Sabine al mirarlos. Esto se va a pique. A fin de cuentas, era una experta en analizar los síntomas.

—Ahí tienes más verduras, Sabine. Con lo que has cogido no hay ni para alimentar a una mosca.

—Déjala, Mack. Comerá lo que le apetezca, ¿verdad, Sabine? Como la lengua que no puede evitar seguir empujando un diente flojo, Sabine no dejó de observar durante la cena la triste dinámica que mantenían Annie y Patrick. Reparó en que, dos o tres veces, Patrick trataba de hablar con su mujer, pero que, aunque ella se dignaba responder, apenas parecía verle, como si estuviera mirando todo el tiempo a un punto invisible. Sabine se fijó en que Annie bebía más de lo normal en ella, y hasta su madre le puso un vaso de agua delante sin que Annie se apercibiera. Se fijó también en que Thom, que evidentemente notaba algo, estaba muy pendiente de Annie y trataba de hacerla reír, confabulándose con Patrick y haciéndola participar en conversaciones cuando ella parecía estar ausente en la fiesta.

Era una pena que todo aquello hubiera hecho que se preocupase cada vez más, pues Sabine pensaba que de lo contrario habría podido disfrutar. Además de dos pavos enormes, había montones de verduras y hortalizas, un pedazo de salmón para ella sola, y como todo el mundo hablaba de todo el mundo, daba igual si se sumaba a la conversación o se limitaba a escuchar. A Thom le seguían tomando el pelo por su naturaleza solitaria, diciéndole que acabaría como un ermitaño, metido en una cabaña en pleno bosque.

—Pues la última vez que pasé por allí, juraría que vi una choza con tejado de hojalata —dijo Steven—. Sería la primera hipoteca de tu vida, ¿verdad, Thom?

—Bah. Ahí es donde vive su amiguita —dijo uno de los chicos; por lo visto, ambos se llamaban James—. Se pasa el día cazando murciélagos para meter en el puchero.

Mientras tanto, el señor y la señora H no dejaban de hacerse arrumacos y de mirarse de una manera que Sabine habría encontrado absolutamente escandalosa viniendo de sus padres. Siempre se estaban toqueteando, y de vez en cuando él le susurraba algo al oído y la señora H se sonrojaba y exclamaba: «¡Oh, Mack!», y el resto de la mesa aprovechaba la ocasión para meter baza y decirles que se «aguantaran un poquito» o sugerirles: «¿No podríais esperar a que hayamos acostado a los niños?».

A todo esto, Annie, pese a esbozar alguna sonrisa esporádica, estaba tan poco animada como uno de los objetos decorativos de la casa. Pero menos alegre. Sabine la observó con un mal presentimiento. ¿Por qué a Annie le costaba tanto pasárselo bien?

Fue durante el postre —un enorme pastel de chocolate y galleta triturada, acompañado de helado— cuando Sabine sintió un leve tirón en el útero, un dolor sordo que le hizo desviar su atención y apretar las piernas de puro miedo.

Oh, Dios, aquí no. Ahora no. Su ritmo de vida allí era tan diferente del que llevaba en su casa de Londres que ni siquiera se había planteado aquella posibilidad. Pero ahora, haciendo el recuento de las semanas mientras probaba el budín de chocolate, comprendió que ella no se había acordado, pero su cuerpo, sí.

Esperó hasta que se produjo un ruidoso intercambio de risas para abandonar su asiento.

—¿Dónde está el baño? —le preguntó a la señora H, que se partía de risa por algo que había dicho uno de sus parientes de edad avanzada.

—A la vuelta, primera puerta a la derecha —dijo, poniéndole una mano en el brazo—. Si está ocupado, prueba en el que hay junto a la cocina.

Sabine se encerró en el cuarto de baño y observó afligida la señal evidente que ella medio sospechaba y temía. No había ido preparada. Y no podía seguir sentada en la tapicería de la señora H a no ser que tuviera algo que la hiciera sentir más cómoda.

A falta de otra cosa, se fabricó una protección provisional con un trozo de papel higiénico doblado. Luego, abriendo las puertecillas con todo el sigilo posible, consciente de que quizá no estaba bien meter las narices en los armarios de los baños ajenos, empezó a meter las narices en los armarios de aquel baño ajeno.

Sales de baño, crema para dentadura postiza (¿para quién?, pensó, tratando en vano de imaginarse los dientes de la señora H), reservas de jabón y papel higiénico. Unas tenacillas herrumbrosas, algodón hidrófilo, una redecilla para el pelo, un fármaco olvidado y un frasco de champú. Ni un tampón. Ni una compresa. Sabine suspiró, echando un vistazo al cuarto para ver si había pasado por alto alguna cosa.

Después de mirar debajo del carrito donde estaban las toallas —varios juegos en tonos pálidos— y que disimulaba los rollos de papel higiénico (la dueña de la casa debía de ser un poco tímida), Sabine dedujo que la señora H tal vez era demasiado vieja para tener lo que ella estaba buscando. La única alternativa era Annie —al menos, tenía la edad—, pero ¿cómo diablos iba a sacarla de la mesa para preguntárselo sin llamar la atención? Cualquier cosa provocaba rápidamente algún comentario jocoso, y si se enteraban de lo que se traía entre manos y hacían broma al respecto, Sabine se moriría de vergüenza. Literalmente.

Tal vez si espero aquí dentro unos minutos más, pensó sentándose en la taza del inodoro, cuya tapa estaba revestida de una extraña tela de rizo, terminarán el postre y volverán a los sofás. Así me resultaría más fácil intercambiar unas palabras con Annie.

Estuvo un rato sentada, oliendo el aroma a pino sintético, y al oír que llamaban a la puerta, dio un salto. Contuvo el aliento, pensando que quizá era un hombre en busca de un retrete desocupado, pero luego oyó la voz de la señora H.

—¿Sabine? ¿Te encuentras bien, cariño?

—Sí —dijo Sabine, procurando que su voz sonara muy natural, lo cual la hizo subir una octava.

—¿Seguro? Llevas ahí dentro un montón de tiempo.

Sabine dudó. Luego se puso de pie, fue hasta la puerta y la abrió. La señora H estaba un poco encorvada, como si hubiera estado escuchando con la oreja pegada al ojo de la cerradura.

—¿Te encuentras bien? —dijo, enderezándose.

Sabine se mordió el labio.

—Más o menos.

—¿Qué es lo que pasa? Puedes confiar en mí.

—Tengo que pedirle una cosa a Annie.

—¿Qué?

Sabine apartó la vista, debatiéndose entre la necesidad de decirlo y la dificultad de confesarlo.

—Vamos, cariño, no seas tímida.

—Si no soy tímida. No es eso.

—¿Qué problema tienes?

—¿No podría ir a buscar a Annie?

La señora H frunció ligeramente el entrecejo, pero sin dejar de sonreír.

—¿Para qué la quieres?

—He de pedirle una cosa.

—¿Pedirle qué?

¿Tan difícil era de adivinar? Sabine se sintió repentinamente molesta con la señora H por no ser capaz de comprender el apuro en que se encontraba.

—He de pedirle una compresa. O un tampón, lo que sea. —Las propias palabras sonaron terriblemente.

La sonrisa se desvaneció de la cara de la señora H, que ahora miró hacia la sala de estar, donde la fiesta seguía muy animada.

—¿Puede ir a buscarla, por favor?

—No creo que sea buena idea, cariño.

La señora H se había puesto seria, incluso sus mejillas habían perdido el fulgor de las últimas horas.

—Haremos una cosa. Tú quédate aquí y yo me escaparé a casa de la vecina. Carrie tendrá lo que necesitas.

Y, acto seguido, se marchó.

Sabine permaneció en el cuarto de baño hecha un manojo de nervios hasta que ella volvió, preguntándose qué razón podía haber para no pedirle un tampón a Annie. ¿Tan pobres eran ella y Patrick que eso podía suponer un engorro? ¿Tenían algún reparo de tipo religioso contra aquellas cosas? Una compañera de colegio le había dicho, cuando eran más pequeñas, que las chicas católicas no usaban tampones porque era como perder la virginidad. Pero Patrick y Annie estaban casados y debía de hacer años que lo hacían, así que, ¿cuál era el problema?

Cuando la señora H volvió con una discreta bolsa de papel, no le aclaró las cosas. Simplemente le dijo que volviera cuando estuviera lista, y la dejó a solas.

Cuando Sabine regresó a la sala de estar todos seguían sentados alrededor de la mesa, aunque dos mujeres estaban ayudando a la señora H a recoger los platos. Había un ambiente de júbilo absoluto, como si acabaran de reírse del mejor chiste de la historia. O tal vez era que Sabine estaba muy receptiva debido a su reciente dilema.

—No querías más pastel, ¿verdad? He reservado tu plato por si acaso.

Sabine negó con la cabeza, mirando hacia donde se encontraba Annie, que jugueteaba ausente con una servilleta de papel, doblando y desdoblando una de sus esquinas.

—Bueno, ¿quién viene a tomarse una pinta? —propuso Mack desde la otra punta de la mesa, mirando a Patrick.

—Yo iré dentro de un rato —dijo Thom.

—No me sirves, tú solo tomas zumo de naranja. ¿Quién me acompaña a tomar algo? Steven, buen chico. ¿Tú, Patrick?

—Me quedo aquí con Annie —dijo Patrick, a quien no parecía hacerle ninguna gracia ir a un pub.

—Annie vendrá con nosotros, ¿verdad? Ya es hora de que te des una vuelta por el Black Hen. Hace siglos que no te ven el pelo.

Annie miró hacia su madre.

—Gracias, papá, pero creo que no estoy de humor.

—Vamos, cariño. Tu marido quiere tomar una cerveza y no vendrá si no es contigo. Vamos, dale ese gusto por una vez.

—No, id vosotros. Yo me quedo aquí, a ayudar a mamá.

—De eso nada. Ya se ocupará el lavavajillas. Venga, Annie. ¿Por qué no intentas divertirte un poco?

El resto de comensales pareció confabularse con Mack. «Venga, Annie —murmuraban—. Ve con ellos a tomar algo.»

—Vamos, vamos —dijo Thom, ofreciéndole el brazo—.

Creo que me debes algunas pintas, por todos los vídeos que te he llevado a casa.

—En serio, no me apetece. Gracias.

—Pero mujer. No seas aguafiestas, ¿no ves que tu marido quiere sacarte a tomar algo?

—¿Por qué no me dejáis en paz? —dijo Annie, ahora más seria—. No quiero ir al maldito pub. Solo quiero irme a casa. —Y en medio del silencio subsiguiente, Annie salió corriendo, seguida de la señora H.

Sabine examinó las caras de quienes la rodeaban, impresionada por la feroz reacción de Annie. Thom, al darse cuenta, trató de tranquilizarla con una sonrisa. Algo así como si dijese: «¡Mujeres! ¿Quién las entiende?». No fue muy convincente.

—Ellen cuidará de ella —murmuró Mack—. Vamos, chicos. En marcha.

—Sí —dijo tía May, consiguiendo ponerse de pie con esfuerzo y alcanzando una pila de platos sucios—. Vete, Patrick, te sentará bien distraerte un rato.

—¿Va todo bien, Sabine? —Thom bajó la cabeza y enarcó las cejas inquisitivamente.

No, quiso responder ella. Pero era evidente que no la iban a invitar al pub, de modo que se limitó a asentir con toda la educación de que fue capaz:

—Sí, gracias.

Los hombres salieron en silencio, mientras la señora H volvía a entrar. Ella, Mack y Patrick intercambiaron unas palabras en voz baja y luego la señora H se dirigió al centro de la habitación, con una gran sonrisa.

—Annie se ha ido a casa a acostarse. Creo que tenía dolor de cabeza. Dice que vendrá después a despedirse de todos.

Sabine miró en derredor, y comprobó que nadie creía lo que la señora H acababa de decir. Pero tampoco hubo preguntas: se dedicaron a despejar la mesa entre comentarios sobre personas de las que Sabine no había oído hablar nunca.

—Ve a sentarte, Ellen —dijo tía May—. Haz compañía a

Sabine y vigila un poco a los chicos. Nosotras nos ocuparemos de la cocina. Vamos, hoy es tu aniversario de bodas. Y no has parado en toda la noche.

La señora H protestó mientras tía May levantaba su enjoyada mano para hacerla callar.

—No te voy a hacer caso, Ellen. Ya me has oído, cuida de los chicos. A mis caderas les irá bien un poco de movimiento. De ese modo no se me agarrotarán después.

Sin soltar su paño de cocina, la señora H se sentó en el sofá al lado de Sabine. Los chicos habían encendido el televisor y estaban sentados en calcetines contemplando la pantalla. La señora H hizo un breve intento por hablar con ellos, pero era evidente que no estaban para conversar. Sabine la observó, pensando si debía preguntar lo que no se podía preguntar. La sensación de estar excluida de un importante secreto empezaba a resultarle insoportable. Se había acordado de un incidente ocurrido hacía poco en su casa, cuando las chicas de su clase habían formado grupitos, y las que ella consideraba sus amigas se habían puesto en su contra y no le habían dicho nada de la fiesta que estaban planeando, todas mirándola con cara de corderitos cuando ella les preguntó, cada vez más ansiosa, cuándo y dónde se iba a celebrar. No es que ella tuviera muchas ganas de ir (las fiestas no eran de su agrado), sino que le producía verdadero horror sentirse excluida.

—¿Annie es alcohólica? —le preguntó a la señora H.

Al final, sus compañeras se lo habían dicho. Después le tocó a Jennifer Laing ser apartada del grupo.

La señora H volvió la cabeza. Su expresión era de auténtico asombro.

—¿Annie? ¿Una alcohólica? Claro que no. ¿Por qué dices eso?

Sabine se puso colorada.

—No digo que parezca alcohólica o algo así... Es que todos parecen nerviosos en su presencia, y nadie dice nada cuando ella hace cosas raras. Yo... bueno, pensaba si no sería porque bebe demasiado.

La señora H se atusó el pelo, un gesto habitual en el que Sabine no había reparado hasta entonces.

—No, Sabine. Annie no es alcohólica.

Durante el silencio que siguió, los chicos se pelearon por tener el mando a distancia.

Sabine, al escuchar el distante ruido de cacharros en la cocina, se sintió a la vez avergonzada por haber dicho aquello y resentida porque nadie parecía inclinado a darle una razón que justificara el comportamiento de Annie; comportamiento que cada vez era más raro. Por ejemplo, parecía haber olvidado que había que limpiar la casa, y el ligero desorden habitual tenía ya visos de verdadero caos. Se quedaba dormida con mayor frecuencia, y cuando despertaba, daba la impresión de que no oía lo que se le decía. Quizá fuera cosa de las drogas, pensó de repente. No estaban precisamente en los barrios céntricos, pero Sabine recordaba haber visto un programa en la tele sobre la drogadicción en zonas rurales. Tal vez Annie tomaba drogas.

La señora H estaba mirándose las manos. Se puso de pie e hizo señas a Sabine de que la imitara, mirando hacia la cocina.

—Vamos —dijo—. Tú y yo tenemos que hablar un poco.

El dormitorio de la señora H era tan pulcro como el resto de su casa, y hacía incluso más calor. La cabecera de la cama era una tabla acolchada de un tono rosa subido, y el edredón, que era enorme y hecho a mano, tenía un color rosa que hacía juego con las cortinas de terciopelo y con las orlas de los cojines que había sobre la butaca del rincón. El friso que rodeaba el techo de la habitación representaba deslavazadas imágenes de racimos de uvas, con tallos y hojas verdes intercalados. Era el tipo de habitación que habría provocado un intercambio de sonrisas maliciosas entre ella y su madre —ambas sabían que era de mal gusto que todos los complementos hicieran juego—, pero Sabine no se sentía tan segura de sus convicciones ni se consideraba tan maliciosa como su madre. En aquel momento, la cálida uniformidad de la casa le parecía mucho más acogedora que cualquier cosa que su familia pudiera ofrecerle.

Al fondo de la habitación había varios armarios empotrados, algunos de los cuales estaban provistos de espejos. La señora H abrió la puerta de uno de ellos, mientras Sabine contemplaba su imagen duplicada, y tiró lentamente del cajón que había detrás.

Le indicó que tomara asiento, y luego, andando de espaldas, se dejó caer a su lado y le pasó el contenido del cajón: una fotografía enmarcada en plata de una niña sentada al sol junto a un triciclo de color azul eléctrico.

—Esa es Niamh —dijo. Y entonces, mientras Sabine contemplaba la amplia sonrisa, los cabellos rubios, añadió—: La hija de Annie. En realidad, ya no lo es. Murió hace dos años y medio. Atropellada por un coche cuando salía corriendo a la calle. Annie no ha vuelto a ser la misma desde entonces.

Sabine miró la fotografía y el corazón le empezó a latir con fuerza, mientras sus ojos se le llenaban de lágrimas.

—Tenía tres años. Acababa de cumplirlos. Ha sido un poco duro para Annie y Patrick, ya que no han podido tener otro hijo. Lo han intentado, pero sin suerte. Por eso no quería que le pidieras a Annie un... Compréndelo. Cada mes le vuelve a recordar lo que pasó.

La señora H hablaba en un tono frío y comedido, como si de este modo pudiera contener la cruda emoción que latía bajo sus palabras. Sabine lo notó, como si algo le subiera por el esófago y le hiciera sentir ganas de gritar.

—Esperemos que pueda superarlo —continuó la señora H—. Han sido unos años muy difíciles. Pero parece ser que a ciertas personas les cuesta más que a otras.

—Lo siento de veras —susurró Sabine. Una alcohólica. La señora H debía de haberla tomado por una imbécil.

—Tú no podías saberlo —dijo la señora H—. No hablamos nunca de Niamh porque eso empeora las cosas. A Annie no le gusta tener fotos de la niña a la vista, por eso guardo este marco en el cajón. Pero es una lástima. —Pasó un dedo por el perfil de la pequeña—. Me habría gustado tener unos cuantos nietos, ¿sabes?

Sabine asintió, traspuesta todavía por la visión de la niña. Abajo se podían oír las risas de tía May y los demás por encima del volumen del televisor.

—¿Es su cuarto? ¿El de casa de Annie?

—¿El que está al lado de la habitación de Patrick y Annie? Sí, en efecto. Annie no quiere que entre nadie. —Suspiró—. Yo le digo que ya es hora de despejarlo, pero no me hace caso. Y no puedo obligarla.

Sabine reflexionó unos instantes.

—¿La ha visto algún... médico?

—Le han ofrecido ayuda terapéutica. Y el párroco intentó ayudarla. Pero creo que ella y Patrick piensan que podrán superarlo solos. Es posible que Patrick se haya arrepentido de haber tomado esa decisión, pero es un poco tarde. Ella no quiere ver a nadie. Ni siquiera a un doctor. Seguramente lo habrás notado, no le gusta salir de casa.

Guardaron silencio, recordando ambas la abrupta partida de Annie. Sabine se fijó en la fotografía. La niña llevaba unas botas de agua rojas y una camiseta con un pingüino en la pechera. Sabine no recordaba haber visto antes la foto de una niña muerta. Casi le pareció adivinar en su mirada un cierto presagio, la intuición de su propia muerte en aquella sonrisa desdentada.

—¿La echa usted de menos?

La señora H devolvió el marco a su cajón. Al cerrarlo, permaneció de pie unos segundos, cara al armario, de modo que Sabine no pudo verle la cara.

—Las echo de menos a las dos, Sabine. A las dos.

Aunque la señora H y su familia le caían muy bien, Sabine se había alegrado no poco de pasar un par de días sola con sus abuelos. Había necesitado tiempo para asimilar lo que le habían contado, para catalogar mentalmente a Annie como «trágica madre joven» y no como persona «excéntrica y difícil». Sabine no sabía qué decirle a una madre joven y trágica, y no había pensado aún cómo iba a afectar eso a su amistad con Annie. Antes, se habían sentido en cierto modo como iguales: el hecho de que Annie estuviera casada quedaba compensado por su falta de sentido práctico; la juventud de Sabine se veía equilibrada por su superior conocimiento de lo que molaba y lo que no (al menos, así era como lo veía Sabine). Ahora todo había cambiado, y Sabine no estaba muy segura de cómo debía comportarse. La señora H, como si presintiera estas reticencias, había sabido ser muy discreta, sin por ello dejar de recordarle que había sido un placer contar con ella en la cena y que a todos les había encantado conocerla. Aquella familia, al completo, era muy amable.

Pero hasta su abuela estaba siendo especialmente amable: la víspera le había servido tarta de verduras para cenar, y ahora *kedgeree*, un extraño plato a base de arroz, huevo, pescado y pasas sultanas, de un sabor superior al de sus ingredientes por separado.

—En realidad, es un desayuno para salir de cacería —le había dicho, mientras Sabine contemplaba su plato con ojos desorbitados—, pero sirve también como cena ligera.

Sabine dedujo que estaba de buen humor porque el abuelo se había «reanimado», en palabras del médico. Aunque se alegraba por todos, Sabine no lo habría llamado así. Lo único que significaba era que el abuelo había sido capaz de bajar las escaleras, de ahuyentar a los perros con su bastón, y que ahora, después de comer como un pajarito, estaba sentado delante del fuego en una de las butacas de respaldo alto.

Después de ayudar a su abuela a despejar la mesa (a fin de cuentas, el espíritu de colaboración podía ser recíproco), Sabine se disponía a encerrarse en su cuarto cuando su abuela la volvió a llamar.

—He de salir a echar un vistazo a los caballos —dijo, poniéndose la chaqueta acolchada y anudándose un pañuelo grueso a la cabeza—. Quiero ponerle una cataplasma a Duque, así que tardaré un poco. ¿Te importa hacerle compañía al abuelo?

Desconsolada, Sabine trató de disimular lo mucho que le importaba. La idea de hacer compañía a su abuelo encerraba una contradicción. El hombre apenas había hablado en la cena salvo para decir «pobres ovejas», aparentemente en relación con algo que había comentado varias horas antes acerca del estado de los pastos del vecino. Y tampoco parecía haberse fijado en Sabine. Desde luego, no había advertido la presencia de Bertie; de hecho, había conseguido pisar al perro dos veces al sentarse y al levantarse de la mesa. La idea de tener que mantener una conversación educada con él durante la hora que quedaba hasta las noticias de las diez hizo que Sabine sintiera ganas de huir.

—Descuida —dijo, y entró despacio en el comedor.

El viejo tenía los ojos cerrados, de modo que Sabine cogió un *Country Life* de la pila que había sobre la mesita baja y fue sin hacer ruido hasta la butaca de enfrente. Le habría gustado más tumbarse en el sofá, pero la sala era tan húmeda y fría que estar cerca de la lumbre constituía un requisito previo para una estancia inactiva.

Estuvo unos minutos hojeando la revista, preguntándose cuáles de aquellas exóticas casas de las Maldivas pertenecían a estrellas de la música pop y riéndose para sus adentros de aquellas rubias que hacían su puesta de largo. Pero no había nada realmente interesante, a menos que te entusiasmaran las viejas iglesias de East Anglia o las carnicerías «ecológicas», de modo que al poco rato se dedicó a mirar a su abuelo.

Tenía más arrugas en la cara que nadie que ella hubiera visto. No le bajaban en surcos largos grabados en el rostro, como a Geoff cuando estaba preocupado por un paciente, ni en forma de delicados susurros de un futuro cercano, como en el caso de su madre. No, las arrugas del abuelo se entrecruzaban en un trazado casi regular, como las líneas de un viejo mapa, salvo que con un aspecto más apergaminado aún. En algunos puntos la piel era tan delgada que se le veían venas azules debajo, como carreteras secundarias, parcialmente camufladas por grandes manchas de color marrón, y en aquellas partes donde la piel se unía con el cuero cabelludo, unos extraños pelos grises asomaban como viajeros extraviados en el desierto.

Costaba imaginar que alguien pudiera ser tan viejo. Sabine se miró las manos, a través de cuya piel solo podían detectarse unas líneas de un tono malva claro, colmadas de juventud y de vida. Las de él eran tan huesudas que casi parecían garras, y sus uñas tenían el tono amarillento de un asta.

Se sobresaltó cuando el abuelo abrió los ojos. Ella sabía que no estaba bien mirar, y él sin duda así se lo recordaría. La miró desde sus párpados de reptil, y luego paseó la mirada de izquierda a derecha, asegurándose de que estuvieran a solas. La lumbre crepitaba lanzando chispas juguetonas sobre el hogar.

El viejo abrió la boca, hizo una pausa y habló:

—Me temo que ya no hago gran cosa —dijo despacio, pronunciando cada palabra con cierto cuidado.

Sabine le miró. Su rostro se había animado de repente, como si estuviera muy concentrado en transmitir aquel mensaje.

—Procuro... simplemente ser.

Cerró la boca despacio, como si le costara mucho esfuerzo hablar, pero manteniendo la mirada fija.

Sabine, al devolverle la mirada, sintió que de algún modo le comprendía. Y que se solidarizaba con él, consciente de que acababa de recibir una especie de disculpa. Asintió con la cabeza, una mera señal de reconocimiento dirigida a sí misma, y volvió a contemplar la lumbre.

—Bien —dijo él, al fin. Y cerró los ojos.

8

La mañana del gran día fue como si la casa entera hubiese despertado de un profundo sueño y se pusiera en marcha como los engranajes de una máquina apenas usada. Cuando Sabine despertó, se encontró la ropa preparada a los pies de la cama, y a la señora H, a su lado, con una taza de té caliente; mientras tanto abajo la actividad era tal que los presentes, más que andar deprisa como era habitual en Kilcarrion, parecía que corrían. Los perros, contagiados por el ajetreo, ladraban en el pasillo; de vez en cuando sonaba el teléfono, a modo de alarma, anunciando el menor cambio en la organización. Incluso la caldera, cuyo rumor distante solía despertar a Sabine en plena noche, parecía estremecerse con una nueva vitalidad.

La señora H iba de acá para allá, encendiendo la lumbre, ordenando sus cosas y diciendo a Sabine quién iba a salir hoy y quién no, mientras la abuela asomaba la cabeza a la puerta para meterle prisa con un «vamos, vamos» dicho con menos enojo que excitación. Sabine la podía oír en la caballeriza, dando instrucciones a gritos a los mozos, mientras ella, lentamente y con dedos temblorosos, intentaba vestirse.

Aunque repugnante, inmoral y terriblemente cruel, había que admitir que la caza del zorro era un deporte muy elegante. Sabine lo dedujo por la ropa que Joy le había prestado: la chaqueta azul marino y los pantalones de montar beis, hechos a medida y con forro de seda, hacían que se sintiese como un personaje de un drama de época (por primera vez, su abuela había sonreído a placer y sin cohibirse al verla); lo notó por el modo en que estaban peinados y enjaezados los caballos de ella y de Thom, con su pelaje brillante hasta conseguir una pátina de castaña de Indias después de almohazarlos durante una buena hora; lo vio en los aspavientos tan impropios de una abuela con que Joy se había ocupado de anudarle el fular a Sabine, de sujetarse su propia horquilla de oro, de ver si sus botas estaban bien lustradas... todo lo cual explicaba por qué dos horas más tarde, cuando los caballos fueron situados en el punto de reunión, Sabine comprendió enseguida que habían ido a parar a un sitio distinto del que ella imaginaba.

No estaban en los terrenos de una casa señorial, rodeados de chaquetas rosas (nunca se las llamaba rojas, según le había aclarado su abuela) y tomando champán o lo que fuera, a modo de despedida. Bajo la lluvia, habían descargado los caballos en una encrucijada, y mientras los animales golpeaban la rampa con los cascos para bajar al asfalto, Sabine no pudo ver otra cosa que un abigarrado grupo de ponis enfangados, y sobre ellos, unos niños envueltos en tabardos de plástico y sudaderas; un par de caballos grandes y torpes con sus granjeros vestidos de tweed; y un grupito de gente desaliñada, a pie y a caballo, de todos los tamaños y colores, flanqueados por gente con impermeable y armada de paraguas, con el pelo mojado y alborotado o con gorros de lana calados hasta los ojos. Había también un par de jóvenes con chaqueta de camuflaje, esperando en motocicletas de montaña. Y había lodo por todas partes: en las márgenes, convertido en una sopa marrón por los cascos impacientes de los caballos; en las botas de los jinetes; en las patas de los perros, que iban de un lado a otro sin parar lanzando algún que otro gañido. Solo había tres o cuatro personas con chaqueta «rosa», y una de ellas (su cara, un mapa de venas, con una nariz bulbosa y picada de viruela) la había señalado Thom diciendo que era el cazador mayor.

No tenía nada que ver con los cuadros ni con los tapetes de la mesa de sus abuelos, donde se veía un grupo de esbeltos purasangres y de hombres de alcurnia embutidos en chaquetas rosa; no tenía nada que ver con los viejos óleos que ella había visto en las paredes de la casa grande. Ni siquiera se parecía a los documentales de la tele, donde saboteadores con trenzas soplaban sus silbatos, librando una guerra de clases contra miembros menores de la realeza montados a caballo. Era como una especie de piquete equino, pero con el añadido de perros y motocicletas. Y probablemente con más suciedad.

Sabine se sintió decepcionada. Aun cuando no estaba muy convencida de participar en una cacería, se había persuadido a sí misma de que era importante ver algo de cerca antes de censurarlo y, es más, esperaba con ilusión que Thom no la viera como la niña de la familia, con sus jerséis y sus botas de agua, sino como una persona nueva, realzada por el azul marino y el cuero bruñido, la fascinante amazona en su fascinante entorno. Eso sí, una amazona cuyos nervios le habían provocado el frecuente deseo de ir al váter.

—Ten, coge esto —le dijo Thom, poniéndole en la mano un par de chocolatinas Mars—. Las necesitarás después.

Se había encasquetado la gorra en la cabeza y trataba de dominar a Birdie, un purasangre joven muy excitado por su segunda excursión al coto de caza. El viento le levantaba la cola, y el caballo resoplaba, echándose atrás y a un lado a medida que el viento levantaba las hojas caídas.

—El condenado de Liam los ha agitado en exceso —dijo Thom, al ver que Joy expresaba su preocupación—. Le ha parecido gracioso soplar el cuerno de caza antes de que los cargáramos en los remolques. Y ahora este pobre diablo no sabe si viene o si va.

El efecto del cuerno de caza sobre los caballos de Kilcarrion había asombrado a Sabine. Varias semanas antes, Thom había hecho sonar uno cuando trataba de convencer a Sabine de que a los caballos les gustaba la caza. Duque había corrido a la puerta de su casilla y asomado la cabeza por encima, mirando a derecha e izquierda, y enseguida se había aliviado de pura excitación.

—¿Cómo sabes que no es miedo lo que les hace hacer eso? —había preguntado Sabine—. Si yo tuviera miedo de un ruido, seguramente también saldría a echar un vistazo y me haría caca encima.

—Cuando tienen miedo se les nota —dijo Thom—. Agachan las orejas y sueltan coces. Se les ve el blanco de los ojos. ¿No me crees? Muy bien. Si yo abriera esa puerta, Duque iría directo al remolque, dispuesto a marcharse.

Para demostrar que tenía razón, llevó a cabo la prueba, y el caballo fue directo al remolque.

Sabine casi se había reído viendo a aquel viejo caballo al pie de la rampa, esperando pacientemente. Y mientras Thom le daba una pastilla mentolada y lo conducía de vuelta a su casilla, Sabine tuvo que admitir que aunque no le gustara la caza, estaba en minoría, al menos en aquel establo lleno de cuadrúpedos.

Thom la ayudó ahora a montar en el rucio. Sabine estaba hecha un manojo de nervios, y el caballo, que normalmente tenía buenas maneras, parecía notar la tensión y piafaba y mordía el bocado, moviendo las orejas de atrás adelante como si fueran palancas de marchas.

—Hagas lo que hagas, no adelantes al cazador mayor. —Joy, que llevaba un pañuelo en la cabeza, tensó los estribos de Sabine, repitiendo instrucciones que ya le había dado dos veces mientras iban de camino—. Procura que tu caballo no se meta por donde van los perros y cuidado con los obstáculos. No estás sola; si tienes a alguien delante, espera a que salte primero. No galopes por los sembrados. Y no me agotes a este pobre chico —añadió, acariciando el hocico del animal con la mano húmeda—. Deja que se canse, y luego iremos a recogerte con el remolque. No quiero que lo fuerces hasta que se haga oscuro solo porque tú te entusiasmes.

Sabine, que tenía retortijones por el miedo, pensó que probablemente era la persona menos indicada para entusiasmarse. Todos los demás estaban contentos, se saludaban y admiraban los caballos. ¿Era ella la única que temía no salir con vida de aquella experiencia?

—No se preocupe, señora Ballantyne —dijo Thom pasando la pierna sobre la silla de montar—. Yo me ocuparé de ella.

—No la dejes ir con el grupo de cazadores —dijo Joy, nerviosa—. El terreno está muy húmedo, y detrás del cazador mayor habrá gente que no sabe comportarse.

Sabine siguió la dirección de su mirada hasta un grupo de jóvenes que, entre risas, azotaban a sus respectivos caballos con sus fustas, haciéndoles corcovear y respingar.

—Qué idiotas —dijo Thom, aunque pronunció aquellas palabras sonriendo—. Descuide, señora Ballantyne. Yo me quedaré atrás.

Y de repente, con unos cuantos toques del cuerno de caza, se pusieron todos en marcha, una cincuentena de caballos por el suelo mojado.

—¡Sonríe! —le dijo Thom—. Verás lo bien que te lo pasas.

Sabine no creyó oportuno decirle lo que estaba pensando: en su opinión, lo más probable era que acabara muerta bajo los cascos de alguno de aquellos caballos locos; además, no se sentía capaz ni de saltar el bordillo de una acera, no digamos ya una valla de cinco barrotes, y tenía tantas náuseas que podía vomitar de un momento a otro.

—No quiero ver animales muertos —dijo, agachando la cabeza contra el viento—. No quiero ni acercarme. Y si intentan hacer una carnicería delante de mis narices, soy capaz de matarlos a todos, incluido el mismísimo cazador mayor.

—No te oigo —dijo Thom, apuntando al frente con su látigo—. Vamos, no te quedes atrás.

A partir de aquel momento, el día pasó en un suspiro. Tan pronto como los caballos notaron debajo de ellos la hierba mojada, salieron disparados cuesta arriba por el talud fangoso, y Sabine, que estaba situada en medio del grupo, notó que su miedo inicial se convertía en una sensación de excitación creciente, mientras caras risueñas y salpicadas de barro pasaban por su lado a toda velocidad. Una vez coronada la loma, Sabine se dio cuenta de que también ella sonreía, y no dejó de hacerlo cuando Thom llegó un instante después.

—¿Estás bien? —preguntó él, sonriendo.

—Bien —dijo ella, sin resuello.

—A ver si les damos un poco de color a esas mejillas —dijo él, y partieron de nuevo.

La primera parte de la montería transcurrió a velocidad de vértigo. Encajonada entre caballos y jinetes, Sabine notó que empezaba a coger mucha confianza en su pequeño rucio, y con frecuencia cerraba los ojos y le agarraba la crin cuando se acercaban a los setos y cercas que se veían obligados a salvar como parte de aquella gran ola. Sabine no tuvo tiempo de sentir miedo y, al reparar en la cantidad de niños y chavales de alta alcurnia a lomos de ponis y caballos de baja categoría, se dio cuenta de que si ellos podían hacerlo, ella, que montaba un potro más grande y más bravo, también.

No tenía la menor idea de adónde se dirigía ni qué se suponía que debía hacer. Le escocían los ojos, tenía la boca llena del barro que escupían con sus patas los caballos que iban delante, pero su corazón latía de entusiasmo y la urgía a espolear a su caballo para adentrarse aún más en el grupo. Thom trataba de seguir a su altura, pero a menudo quedaban distanciados, ya fuera porque uno de los dos tenía que esperar para salvar un obstáculo o simplemente porque la partida se dividía y había que soplar el cuerno y esperar de pie hasta que se reunían todos otra vez.

Sabine descubrió que en la caza se pasaba mucho tiempo de pie, normalmente cuando uno ya se había acostumbrado a galopar. Parecía que la razón de ello era simplemente que la gente pudiera charlar un rato, haciendo comentarios sobre sí mismos o sus caballos, o chismorreando sobre quién había desaparecido con quién, haciendo caso omiso de la lluvia que los empapaba y pegaba las colas de los caballos a sus cuartos traseros. El hecho de que Sabine no conociera a nadie a excepción de Thom no la excluyó de ello: una mujer rolliza de mediana edad le dijo que lo «estaba haciendo muy bien» y comentó que conocía a su madre; un hombre delgado de nariz ganchuda le aseguró que conocía el caballo que montaba, y uno de los niños le pidió si podía darle un trocito de Mars. Sabine le dio la barrita entera. Pero luego se quedó preocupada, pues mientras estaban de pie vio a una chica de largos cabellos rizados sujetos en una redecilla que se acercaba frecuentemente a Thom y charlaba y reía, y se limpiaba elegantemente la suciedad de la nariz o, sonriendo, le pedía a él que lo hiciera. Estaba clarísimo que le gustaba Thom. Casi babeaba por él. Pero cuando Sabine se lo dijo a Thom mientras esperaban a que uno de los hombres mayores volviera a montar en su caballo, él la miró como si no hubiera notado nada.

Lo que le fastidiaba era que Thom parecía dispuesto a seguir tratándola como a una niña. En dos ocasiones desmontó y dijo que quería comprobar la cincha del caballo de Sabine, apartándole la pierna y el faldón lateral mientras ajustaba las hebillas. Pero en toda aquella acción no hubo el menor coqueteo por su parte ni un contacto excesivo de su mano en el muslo de ella, y cuando Sabine había intentado limpiarle de barro el fular, el chico se había reído, escabulléndose para hacerlo por sí mismo.

—Preocúpate de ti —había dicho Thom, dándose unos enigmáticos golpecitos en la cabeza—. Pueden pasarte cosas mucho peores que mancharte con un poco de barro en tus pertrechos.

Llevaban fuera casi tres horas cuando Sabine se dio cuenta de que no había visto un solo zorro. Le avergonzó haber olvidado que el objetivo de la partida era perseguir y matar zorros, claro que ella ya no estaba cerca de los perros, y su caballo, además de otros tres o cuatro, había tomado un camino distinto del cuerpo principal de la partida. Estaban caminando tranquilamente, «dando un respiro a los caballos», como había dicho un granjero de cara rubicunda que iba en la parte delantera.

Sabine había perdido a Thom en un bosque, cuando él había desmontado para ayudar a uno de los caballos que se había quedado enganchado en una alambrada. Cuatro personas rodeaban al animal en tierra, y una de ellas había sacado unas tenazas de su chaqueta. Thom había sostenido la cabeza del animal herido mientras tenía lugar la delicada operación para liberarlo.

—Sigue tú —le había dicho a Sabine—. Quizá tardemos un poco. Ya te alcanzaré.

Al parecer, Thom había dejado de preocuparse por ella; aunque inoportunamente, como se vio después: unos diez minutos más tarde, el rucio había dado un patinazo y Sabine había salido despedida por encima de su cabeza.

—¿Te encuentras bien? —dijo uno de los jóvenes que había echado pie a tierra para ayudarla, mientras otra persona se ocupaba de alcanzar al caballo.

—Sí —dijo ella, levantándose del barrizal—. Solo un poco manchada de barro.

Eso era decir poco, como Sabine comprendió luego con cierta tristeza: una de las perneras de su pantalón de montar había quedado totalmente manchada, y ahora parecía un bufón, mientras que la preciosa chaqueta azul de Joy estaba cubierta de lodo.

El joven se sacó un pañuelo bastante sucio del bolsillo y se lo pasó a ella.

—Toma —dijo—. Tienes barro debajo del ojo.

Cuando ella hizo ademán de limpiarse el ojo equivocado, el chico la corrigió al principio, pero después le cogió el pañuelo y le limpió él mismo la cara. Fue entonces cuando Sabine reparó en el muchacho: ojos castaños, piel pálida, gran sonrisa. Joven.

—Veo que no eres de por aquí —dijo él, ayudándola a montar el rucio, que estaba sano y salvo—. Ese acento debe de ser de Londres, ¿no?

—Sí. Estoy pasando unos días en casa de mis abuelos.

—¿Dónde?

—En Kilcarrion. Está en un pueblo llamando Ballymalnaugh.

—Lo conozco. ¿Quiénes son tus parientes?

—Se apellidan Ballantyne.

El joven le ofreció sus manos para que apoyara la bota.

—Ya sé. Dos viejos ingleses. No sabía que tuvieran familiares.

Ella le miró, ya montada, sonriendo.

—Y tú lo sabes todo de todo el mundo, ¿eh?

El joven le devolvió la sonrisa. Era bastante guapo.

—Mira, forastera, en esta región todo el mundo se conoce.

A partir de entonces, él no la había dejado ni a sol ni a sombra, y ahora, mientras andaban con su grupito por los senderos húmedos, no dejaba de hablar. Vivía en un pueblo a unos seis kilómetros del de ella, pensaba matricularse en la Universidad de Durham, en Inglaterra, como su hermano, y ocupaba su tiempo libre «entreteniéndose» en la granja de sus padres. Sabine creía que no había conocido nunca a alguien que hablara tanto.

—Bueno, Sabine, ¿y tú sales mucho?

—¿En Londres?

—No, aquí. Estoy seguro de que una chica guapa como tú debe de tener muchas propuestas en la gran ciudad.

Sabine le miró con cautela. Bobby tenía una manera de decir cosas bonitas que insinuaba que podía estar tomándote el pelo. Sabine era consciente de la posibilidad de que la gente le tomara el pelo.

—Salgo un poco —dijo sin más.

—¿A pubs y sitios por el estilo? —dijo él, frenando su montura para ir a la par de Sabine.

—Sí, a sitios así —dijo ella, no excesivamente sincera. No había estado en un pub desde que había llegado a Irlanda. Sus abuelos no eran aficionados a ese tipo de establecimientos, y Thom no había mostrado el menor indicio de que fuese a invitarla.

—¿Quieres que salgamos algún día?

Sabine se puso colorada. ¡Bobby quería ligar! Se miró las manos, increpándose a sí misma por el súbito rubor de su cara. A veces era muy impresionable.

—Si quieres... —dijo.

—Sin compromisos —dijo él—. No voy a retorcerte el brazo ni nada de eso. —No había dejado de sonreír.

Sabine sonrió a su vez. Cuando llegara a casa ya decidiría lo que opinaba de aquel chico. Y cómo les diría a sus abuelos que a lo mejor salía con alguien.

—Entonces, de acuerdo.

—Vale. Y ahora, sujétate fuerte, vamos a tomar el atajo para ir con los demás.

Antes de que Sabine tuviera tiempo de meditar sobre Bobby McAndrew, ya estaba galopando por un campo, pegada al bayo que montaba él. Estaba anocheciendo, y Sabine se dio cuenta de que le dolía todo el cuerpo y ya no sentía los dedos de los pies. Tenía la vista fija en los embarrados cuartos traseros del caballo que llevaba delante, y de pronto sintió muchas ganas de darse un baño caliente. No sabía dónde iba a reunirse con Thom, y si no daba con él tampoco sabría dónde debía reunirse con su abuela. No había estado muy atenta por la mañana.

Preocupada por encontrar el camino de vuelta, tardó unos segundos en oír que Bobby le gritaba algo. El viento rugía, y Sabine meneó la cabeza dando a entender que no le oía, de modo que Bobby se rezagó un poco y le volvió a gritar:

—Ahí delante hay un Wexford Bank. Es bastante difícil. Hinca los talones y agárrate de la crin.

Sabine miró hacia donde él le señalaba. Un poco más adelante divisó dos caballos que parecían estar dando un salto casi vertical para salvar el obstáculo, y luego, salpicando barro, salían despedidos hacia delante. El corazón le dio un vuelco.

—¡Yo no salto eso! —gritó.

—Tendrás que hacerlo —chilló Bobby—. Solo se puede salir de aquí dando marcha atrás. —Y aseguró las riendas, disponiéndose a saltar.

Sabine decidió que prefería hace el camino de vuelta sola antes que partirse el cuello, y se dispuso a sofrenar al caballo. Pero el rucio no le obedeció. Dispuesto a seguir con sus compañeros, inflexible como una baqueta, se lanzó hacia el obstáculo haciendo caso omiso de los tirones de su jinete. Sabine no tuvo tiempo para pensar: o se tiraba del caballo a la hierba mojada, o confiaba en que el animal hiciese lo posible por no caerse en el intento. El terraplén, cada vez más próximo, parecía increíblemente grande, y la oscura zanja que lo precedía, tan oscura como una tumba. Vio que el caballo de Bobby se detenía un momento y luego se lanzaba hacia delante, procedía al salto, patinaba un poco en lo alto y después, con un grito de su jinete, se perdía de vista.

Sabine soltó las riendas, colocó los pies en los estribos y cerró los ojos. Voy a morir, pensó. Te quiero, mamá, y de repente el caballo se aprestó a saltar, empinándose de forma que ella salió despedida hacia atrás, saltando sobre la silla; al abrir momentáneamente los ojos, vio que estaban arriba y que el caballo arqueaba el pescuezo para comprobar la correcta posición de las manos, y después, mientras ella cerraba los ojos y gritaba, descendieron, abarcando una distancia inverosímil, de modo que se precipitó hacia delante al aterrizar el caballo, con los pies fuera de los estribos y los brazos aferrados de cualquier manera al cuello del animal.

—¡Perfecto! —gritó Bobby, lanzándole una de las bridas sueltas y riendo—. Lo has conseguido. Buen trabajo.

Sabine se irguió en la silla, riendo como una tonta, acariciando a su pequeño caballo, incapaz de creer lo que acababan de hacer.

—Buen chico, buen chico —canturreó llena de júbilo—. Eres muy inteligente.

La adrenalina fluía por sus venas, y le entraron ganas de gritar y de prorrumpir en exclamaciones, incluso de saltar de nuevo aquella montaña. Se volvió hacia Bobby, con la cara iluminada por una sonrisa franca y grande. Y pronunció unas palabras cuyo significado no podía entender el hijo de un granjero que vivía a seis kilómetros:

—¡No he ido por la puerta!

En cierto modo, no parecía justo que alguien que acababa de saltar el mayor terraplén del mundo tuviera que estar tanto tiempo limpiando de barro las patas de un caballo, adecentando arreos y botas, cuando le dolía todo el cuerpo y tenía los huesos del trasero como si le hubieran golpeado con una barra de hierro, y sentía tanto frío que los dedos no le respondían y parecían tan inútiles como salchichas crudas, pero Joy lo dijo bien claro:

—Lo primero es tu caballo. Hoy se ha portado muy bien, lo menos que puedes hacer por él es restregarlo a fondo.

Para cuando terminó de limpiar hasta la última mota de barro —y el barro irlandés, como sabía ahora, tenía la enervante habilidad de meterse en todas partes—, Sabine había abandonado ya la excitación posterior a la cacería, estaba helada y tiesa y era ella la que necesitaba un buen baño, salvado caliente y un mosto (olía tan bien que le habían entrado ganas de probarlo: sabía como el fieltro de las alfombras). Por desgracia, Joy había bajado en aquel momento al cuarto de los zapatos e informado a Sabine, manifestando lo más próximo a una disculpa que ella le había oído hasta entonces, ya que debido a algún problema con el agua caliente, no iba a haber bastante para darse un baño.

—Me tomas el pelo —había dicho Sabine, casi a punto de llorar.

La idea de quitarse toda aquella ropa húmeda en el húmedo cuarto y ponerse otra igual de fría era demasiado deprimente.

—Pues no. —Joy hizo una pausa—. Pero he hablado con Annie y me ha dicho que no tienen huéspedes esta noche, así que podrás bañarte en su casa. —Al ir a cerrar la puerta, le sonrió—. No pensarás que iba a dejarte sin un baño caliente después de todo un día de montería, ¿verdad? Eso es casi lo mejor.

Sabine había sonreído a su vez, intrigada por el extraño sentido del humor de su abuela, y había subido corriendo a buscar una toalla y el champú. ¡Un baño en casa de Annie!

¡Sin limitaciones de agua caliente! ¡Sin tener que esprintar desde la bañera hasta su cuarto! Sabine se había sentido contagiada de una nueva energía al pensar en tanto lujo, y casi había corrido por la calle.

Sin embargo, al abrir la puerta notó que la casa de Annie tenía un ambiente insólitamente frío. Había irrumpido en la sala de estar, desesperada por contarle a Annie las incidencias del día, la noticia de que Bobby la invitaba a salir, y agradecerle que le ofreciera su cuarto de baño, pero al verlos a los dos, mirando en direcciones opuestas a uno y otro lado de la habitación, las palabras se le habían congelado en los labios.

—Ho... hola —había dicho desde el umbral. Todo estaba en silencio; incluso el televisor, que siempre estaba encendido. Era un silencio siniestro, preñado de palabras pronunciadas hacía poco.

—Hola, Sabine —dijo Patrick, enderezándose un poco.

Annie, con el cuello de su enorme jersey subido hasta la barbilla, la miró como si no estuviera allí. Sabine se inclinó sobre una pierna sin saber si era mejor volverse.

—¿Os importa que me dé un baño?

Patrick había hecho un gesto de aquiescencia, pero Annie había levantado la cabeza sin entender lo que pasaba.

—¿Qué baño?

—Creía que mi abuela...

—Acabas de decir que podía darse un baño —saltó Patrick exasperado, como si aquella fuera la gota que colmara el vaso—. Se lo has dicho a la señora Ballantyne por teléfono. Te he oído.

Annie se encogió de hombros.

—Pues claro que puedes darte un baño. Cuando tú quieras.

Sabine la miró ansiosa.

—¿Ahora, por ejemplo? Mi abuela ha dicho que no había inconveniente si venía ahora.

Hubo una breve pausa. Patrick, incómodo ante la situación, no pudo soportar más.

—Por supuesto que sí, Sabine. Te estábamos esperando. Puedes subir, y avísanos si necesitas algo. Tómate el tiempo que quieras.

Sabine cruzó la sala de estar camino de las escaleras.

—He traído toallas —dijo en voz baja, como si eso pudiera animar un poco a Annie.

Pero fue Patrick el que habló.

—No te preocupes, Sabine. Disfruta del baño.

Sabine estuvo un buen rato en la bañera, pero no consiguió relajarse. Se había quedado totalmente quieta mientras el agua se enfriaba, intentado captar indicios acústicos de alguna discusión; las pausas demasiado largas, las voces estridentes, el rumor bajo de la exasperación que caracterizaba las peleas entre adultos. Era evidente que estaban discutiendo, pero aparentemente no a dos bandas, como si Annie hubiera rehusado presentar batalla dejando que Patrick lo hiciera todo. Ya que Annie era amiga suya, Sabine había saltado mentalmente en su defensa: ¿cómo podía Patrick tratar mal a una mujer que había perdido a su hija? ¿Cómo podía achacarle la más mínima cosa a alguien que no había superado aún su congoja? Y sin embargo, si lo pensaba bien, había algo en Patrick que sugería que era él quien lo estaba pasando peor.

No quería bajar al salón. No quería volver a pasar por el campo de batalla, sonriendo y entablando una conversación educada para ir a acostarse después a su cama y sentirse muy mal. Si lo que quería era entrar en zona de guerra, pensó, podía haberme quedado en casa, y su agudeza la hizo sonreír. Pero en aquella situación no se trataba de aguzar el ingenio. No quería que Patrick y Annie se separaran. Era evidente que él la quería, y que Annie había querido a su hija, y que lo que tenían que hacer era seguir juntos y apoyarse mutuamente. A veces parecía tan simple que Sabine no acababa de creer que los adultos pudieran hacer las cosas tan mal.

Pero por lo visto se complicaban la vida porque sí; su madre siempre estaba dudando de todo, aunque las cosas marcharan bien. Era incapaz de aceptar lo más mínimo. Y Sabine estaba segura de lo que pasaría cuando Justin se mudara a su casa, si no lo había hecho ya: Sabine y él acabarían peleándose, y Kate, después de pasarse meses tratando de fingir que formaban una gran familia feliz, lloraría sobre la mesa de la cocina porque lo había echado todo a perder y le preguntaría si pensaba que ellas dos solas serían más felices. Porque Kate quería que tuviera voz en el asunto... Y Sabine sabía muy bien cuál sería su respuesta: era muy aficionada a ensayar discusiones con su madre, y a veces se sorprendía de que la realidad se ajustara a sus fantasías: «Vaya. Así que ahora tengo voz en tu vida, ¿eh? ¿Y cómo es que no la tuve cuando Geoff se marchó? ¿Cómo es que no la tuve cuando Jim se fue? Dime». Y su madre se desharía en disculpas y comprendería que las cosas habrían sido muy distintas si se hubiera comportado como su propia madre.

Mientras el agua empezaba a helarse, Sabine permaneció quieta pensando en la injusticia de tener dieciséis años y no poder hacer nada. Finalmente, viendo que sus dedos se habían arrugado como ciruelas y que la temperatura del agua le resultaba molesta, salió de la bañera y se secó con la toalla.

Cuando pasó por la sala de estar, no encontró a nadie allí. No supo si sentir alivio. Pero mientras corría por la calle mojada camino de la casa grande, algo le hizo mirar atrás. Vio la silueta de Annie en la ventana lateral, mirando hacia el jardín. No vio que Sabine la mirase. No parecía ver nada. Tenía las dos manos sobre el grueso jersey, a la altura del estómago.

—Esta noche tienes cena especial, Sabine.

Su abuela dejó la humeante cacerola en mitad de la mesa y levantó la tapa con un gesto totalmente impropio de Joy.

—La señora H lo ha preparado especialmente para ti. Verduras asadas con caldo vegetariano y bolas de queso. Buena comida casera para después de un día de caza.

Sabine aspiró el aroma y notó que el estómago se le encogía de hambre. Había lamentado mucho haberle dado a aquel chico su barrita de Mars, y solo la sensación de estar helada de frío había desviado su atención de las punzadas que sentía en el estómago.

—He pensado que yo también cenaré un poco, para hacerte compañía.

—Tiene un aspecto estupendo —dijo Sabine, preguntándose si sería de mala educación empezar a servirse.

—Siempre he pensado que lo mejor para entrar en calor después de un día a la intemperie es un buen cocido —dijo Joy, buscando servilletas en el aparador—. A mí siempre me entraba un hambre... y por más que me llevara bocadillos, al final siempre se me caían de los bolsillos o los pisoteaba un caballo.

Date prisa, por favor, deseó Sabine. Según las normas de la casa, no podía empezar a comer hasta que Joy se hubiera sentado. Su estómago, reaccionando al olor de la comida, rugió lo bastante fuerte para que Bertie girara la cabeza intrigado.

—¿Dónde habré metido esos servilleteros? Juraría que estaban en este cajón. Puede que la señora H los haya dejado en la cocina.

—¿Puedo... puedo...? —El aroma penetrante del caldo la estaba mareando.

—Iré a mirar en la cocina. No te importa esperar un momento, ¿verdad?

—Bueno, yo...

Las interrumpió un ruido metálico y luego un golpe sordo, fuera del comedor. Los dos perros salieron disparados de debajo de la mesa y corrieron hacia la puerta, aullando para que los dejaran salir.

Joy llegó rápidamente hasta allí y abrió la puerta.

—¡Edward! ¿Qué estás haciendo?

Joy se echó atrás, y Sabine vio que el viejo entraba en el comedor, arrastrando los pies y resollando, inclinado sobre dos palos como si fuera un cuadrúpedo prehistórico.

—¿Tú qué crees? —rezongó sin levantar la vista del suelo mientras seguía su lento avance—. He bajado a cenar.

Joy miró nerviosa en la dirección de Sabine, y esta, en deferencia a los sentimientos de su abuela, apartó la vista. Y es que lo que había alarmado a Joy no era la inesperada presencia de Edward sino su nada convencional modo de vestir. Llevaba puesto un pijama de franela con un estampado de cachemira, que hacía juego con las zapatillas, y debajo le asomaban unos tobillos violáceos y dolorosamente hinchados. Encima de la parte superior del pijama llevaba una impecable chaqueta blanca con charreteras y cuello chino, que despedía un inconfundible olor a bolas de naftalina. Uniforme de la marina, adivinó Sabine. Alrededor del cuello, como si fuera un dandi, llevaba el pañuelo de Joy, uno malva con flores azules.

Mientras Sabine contemplaba el plato, Edward se acercó a la mesa y se sentó, con cautela, en su silla. Después, dejó a un lado sus bastones, suspiró, se inclinó hacia delante y fijó la vista en la mesa que tenía enfrente.

—No me han puesto plato —proclamó.

—No esperaba que bajases esta noche —dijo Joy desde la puerta—. Me habías dicho que no tenías hambre.

—Ya... Pues ahora sí la tengo.

Entre frase y frase había una pequeña demora, como si hablaran por conferencia telefónica. Joy, restregándose las manos inútilmente contra el pantalón, esperó a estar segura de que su marido quería comer. Luego se fue a la cocina ahuyentando de mal humor a los perros.

—Te pondré un cubierto —dijo.

Satisfecho, el abuelo se retrepó en su silla y miró en derredor, como si estuviera buscando alguna cosa. Al ver a Sabine, dejó caer una mano sobre la mesa.

—Ah. Estás aquí.

Sabine sonrió por hacer algo.

—Bien. —Edward tomó aire ruidosamente—. Me han dicho que has ido de cacería. —Sus palabras traslucían cierta satisfacción.

Antes de que ella pudiera decir nada, Joy volvió con platos

y cubiertos y los depositó con gran precisión delante de su marido.

—Sí —dijo—. Se lo ha pasado muy bien.

Edward hizo el esfuerzo de mirar hacia su mujer, con el gesto vacío pero la voz preñada de enojo.

—Quiero hablar con mi nieta. Te agradecería que no interrumpieras.

Joy arqueó una ceja, pero no le dio importancia. Luego volvió a su sitio y empezó a servir de la cazuela.

—Bueno... —dijo él, mirando a Sabine con algo que ella habría jurado que era malicia—. ¿Cómo ha ido el día?

Aparte de haber gozado del espectáculo de presenciar cómo alguien reñía a su abuela, Sabine, que se deleitaba ahora con el primer bocado, no deseaba tener que interrumpirse para hablar.

—Muy bien —dijo, cabeceando ostensiblemente para evitar tener que decir más.

—Estupendo... —El abuelo se retrepó otra vez—. ¿Qué caballo montabas? ¿A Duque, quizá?

—No, Edward. Duque está cojo. Lo sabes muy bien.

—¿Qué?

—Duque. Está cojo. —Joy sirvió a Sabine un vasito de vino tinto y se lo acercó.

—Oh, vaya. Conque cojo, ¿eh? —El abuelo hizo una pausa y miró su plato—. Pero ¿qué diablos es esto?

—Guiso de verduras —dijo Joy en voz alta—. El plato favorito de Sabine.

—¿Qué clase de carne es esta? —El viejo trataba de pinchar con su tenedor—. A mí no me ha tocado carne.

—No lleva carne, Edward. Son solo verduras.

—Pero ¿y la carne? —preguntó él, receloso.

Joy empezaba a parecer exasperada.

—No te he puesto —dijo al fin—. No quedaba. —Miró rápidamente a Sabine reconociendo su mentira pero conminando a su nieta a no delatarla.

Edward se quedó mirando el plato.

—Ah... ¿Y lleva maíz?

—Sí —dijo Joy—. Tendrás que apartarlo.

—No me gusta el maíz.

—Esta tarde Sabine ha saltado un Wexford Bank —dijo Joy, decidida a cambiar de tema—. Me lo ha contado Thom.

—¿De veras lo has saltado? Así se hace, pequeña. —La boca del abuelo pareció curvarse en un amago de sonrisa. Sabine se vio a sí misma sonriendo también. Todavía le llenaba de orgullo pensar en aquel salto—. Son muy difíciles, esos terraplenes.

—Bueno, todo el mérito fue del caballo —dijo modestamente Sabine—. Yo solo me agarré a él.

—A veces es lo mejor, dejar el caballo a su aire —dijo Joy, limpiándose la boca—. Y el tuyo es muy inteligente, además.

Mientras veía comer a sus abuelos, Sabine tuvo la repentina sensación de formar parte de una gran familia, y de que sería agradable contar con la aprobación de aquellas dos personas. No creía haber sentido jamás aquel tipo de orgullo. Bueno, sí, sacarse el graduado escolar en verano había sido importante, pero todo había quedado ensombrecido por los líos amorosos de su madre: aunque en el fondo se alegraba por ella, compartir la satisfacción que su madre sentía habría resultado un tanto chocante, y Sabine había pasado aquellos meses demasiado enojada con ella para ceder. Con sus abuelos, las cosas parecían menos complicadas. No me importa estar aquí, pensó. Incluso podría gustarme.

—Y dime, ¿a cuántos sacasteis de la guarida?

Sabine miró a su abuelo y luego hacia el sitio de la abuela, que estaba vacío. No sabía de qué le estaba hablando.

—¿Perdón? —dijo débilmente, esperando que Joy llegara cuanto antes de la cocina.

El abuelo pareció impacientarse un poco, como si le costara un gran esfuerzo repetir cosas que eran tan fáciles de oír.

—Que a cuántos sacasteis de la guarida.

No habría sabido decir por qué, pero Sabine no quiso admitir que no sabía qué le estaban preguntando. Le había gustado tanto sentir la aprobación tácita de sus abuelos, que reconocerlo habría sido como romper el encanto. Su abuelo podía tomarla por una especie de impostora. Su abuela podía adoptar aquella expresión hueca pero ligeramente exasperada que hasta hacía poco había caracterizado todas sus conversaciones. Y ella, Sabine, volvería a convertirse en la forastera, la chica de ciudad que no entendía nada.

—A seis.

—¿Cómo?

—Seis. —Le pareció que era una buena solución de compromiso.

—¿A seis? —El abuelo abrió unos ojos como platos.

En aquel momento, Joy regresaba de la cocina cargada con una tabla con pan cortado.

—¿Has oído eso, Joy? Sabine se ha estrenado. Sacaron de su guarida nada menos que a seis.

Joy la miró con malos ojos. Sabine, dándose cuenta de que había metido la pata, trató como pudo de darle una explicación cuando le devolvió la mirada.

—Es sorprendente —dijo el abuelo, mirando su plato—. La última vez que oí hablar de una cacería así creo que fue en... en el sesenta y siete, ¿verdad, Joy? El invierno que vinieron los Pettigrew. Fueron cinco o seis veces, si la memoria no me falla.

—Ya no me acuerdo —dijo Joy, lacónica.

—Tal vez me haya equivocado —dijo Sabine.

—Conque seis —repitió el abuelo, meneando de nuevo la cabeza—. Vaya, vaya... De todos modos, la temporada del sesenta y siete fue bastante buena. Y los caballos, también. ¿Te acuerdas de aquel potrillo que compramos en Tipperary, Joy? ¿Cómo se llamaba?

—Master Ridley.

—Eso. Master Ridley. Fuimos a Tipperary y nos gastamos tanto dinero en aquel caballo, que no nos quedó para pagar el hotel. Tuvimos que quedarnos en una caravana, ¿verdad, cariño?

—Sí.

—En una caravana. Más fría que un témpano. Y llena de agujeros.

—Y que lo digas.

—Eso sí, nos divertimos mucho. —Sonrió para sí, con el rostro ajado y tenso del esfuerzo, y Sabine advirtió que su abuela había relajado un poco la expresión.

—Sí —dijo Joy—. Fue muy divertido.

—Debió de serlo —intervino Sabine, aprovechando para servirse otra bola de queso.

—Sacar a seis de la guarida... Sabes, no hay música como la de la batida —dijo el abuelo alzando la cabeza, como si recordara una vieja melodía—. No existen sonidos más bonitos.

Luego miró fijamente a Sabine, como si la viera realmente por primera vez.

—No te pareces nada a tu madre, ¿eh? —dijo. Y su cabeza cayó a plomo sobre el plato de verduras.

Durante un segundo horrible, Sabine se lo quedó mirando, preguntándose si sería un chiste. Entonces Joy, lanzando un grito angustiado, se levantó de un salto y corrió hacia él, levantándole la cabeza del plato y acunándola contra su hombro.

—¡Llama al doctor! —chilló a Sabine.

Súbitamente arrancada de su estupefacción, Sabine retiró la silla hacia atrás y salió en tromba del comedor. Mientras repasaba los números en la mesita del teléfono y luego marcaba con dedos temblorosos, la horrible visión de su abuelo volvió a ocupar su mente. Era una imagen que, como ya sabía, la iba a acosar mucho después de que la situación hubiera vuelto a la normalidad. Los ojos se le habían quedado entreabiertos, así como la boca. Hilillos de líquido de color tomate formaban riachuelos en las arrugas de su cara. Habían rebasado el pañuelo de flores invadiendo las inmaculadas hombreras de su uniforme, como hilos de sangre pálida.

Kate estaba sentada en el sofá al lado de Justin, pensando si debía apoyarse en él o pasarle los dedos por el pelo. O tomarle la mano. O incluso por la palma de la mano en su muslo, un gesto relajado pero protector. Le miró de soslayo, tratando de decidir qué era lo más idóneo. No eran preocupaciones que le habrían quitado el sueño dos meses antes, pero en aquel momento se sentía desinhibida con él, confiando en que cualquier movimiento por su parte sería recibido con una respuesta adecuada.

Y es que aquel Justin no compartía con el Justin de hacía dos meses las ganas constantes de tocarla o abrazarla. La mayoría de las noches ni siquiera se molestaba en sentarse al lado de ella. Y Kate, que se desesperaba por salvar aquella distancia nueva, se sentía profundamente cohibida tratando de aportar una calidez que a duras penas lograba con sus esfuerzos.

Optó por sentarse pegada a él y apoyar una pierna en la de Justin.

—¿Quieres más vino?

Él no apartó la vista del televisor.

—Sí. Estupendo.

—Me encanta el Fleury.

Él se rió de algo que salía en la pantalla y luego la miró mientras Kate le llenaba el vaso.

—Muy bueno.

—Me parece que no sé cuál es tu vino favorito. —Quería recuperar la conversación, quería que se centraran el uno en el otro, que se despojaran de todo posible secreto, desnudando su alma: este (esta) soy yo, tómame. Cuando se conocieron, Kate pensaba de sí misma que era una persona con muchas posibilidades; él, cuando menos, parecía haberlas visto en ella y le había hecho creer que podía llegar más lejos, que ambos podían llegar más lejos. Juntos. Ahora cuando él iba a su casa se sentaba delante de la tele con el mando a distancia en la mano y preguntaba qué había para cenar.

—A eso se le llama establecerse —le había dicho él una noche en que Kate había sacado el tema a relucir—. Demuestra que me siento a gusto contigo. No se puede esperar que la pasión desaforada dure para siempre.

Entonces ¿por qué te cambié por Geoff?, quiso gritarle ella. Al menos él se ocupaba de la comida, y hasta de la colada. Al menos él quería hablarme por las noches. Al menos tenía ganas de hacer el amor de vez en cuando.

—¿Cuál es tu vino favorito?

—¿Cómo dices?

—Tu vino favorito. ¿Cuál es? —Kate notó un deje áspero en su propia voz.

—¿Vino? Pues... la verdad es que no lo he pensado nunca. —Justin hizo una pausa como si tratara de poner en marcha su cerebro, consciente de que tenía que dar alguna respuesta a aquella pregunta—. En Chile hay algunos bastante buenos.

Era como si, una vez desaparecidos el espectro de Geoff y la amenaza de ser descubiertos, ya no hubiera nada que le hiciera desear a Kate. Y ella había tenido que reprimir el rencor, la sospecha de que sin darse cuenta había asumido otro rol; se había convertido en una especie de sustituto materno que proporcionaba comida, hogar y seguridad a alguien cuya verdadera pasión estaba muy lejos de allí, en una carretera remota vista a través del objetivo de una cámara.

—Para él es el plan perfecto —había comentado Maggie la semana anterior, al ver las bolsas de material fotográfico en el vestíbulo de la casa de Kate.

—¿Qué?

—Una bonita casa siempre a mano, con comida y sexo incluidos. Un sitio adecuado donde guardar las cámaras. Y ninguna responsabilidad. Ni compromisos ni facturas. —Había fruncido los labios y entrado rápidamente en la cocina, donde Kate estaba preparando el té.

—¿Por qué habría de pagar facturas si no vive aquí? —A Kate le había molestado el tono de Maggie. Pero también era muy consciente de aquella proliferación de bolsas de equipo fotográfico; tenía la sensación de que Sabine no sería tan comprensiva ante su presencia como lo era ella.

—Por nada. Solo pensaba que después de todo este tiempo, él quizá querría venir a vivir aquí.

—Mira, Maggie, no todo el mundo quiere ser como tú y Hamish. Justin es un espíritu libre, ¿entiendes? Además, yo acabo de salir de una separación traumática. Ya sabes hasta qué punto lo ha sido. Y lo último que quiero es que alguien se meta en mi vida antes de que yo haya tenido la oportunidad de disfrutarla a solas.

Casi se había convencido a sí misma.

—Ah, no me había dado cuenta de que habías roto con Geoff para estar sola. Lo siento, querida. Creí que habías dicho que querías estar con Justin. ¡Soy muy olvidadiza! Serán las primeras señales del Alzheimer. —Y Maggie, con una astuta sonrisa de soslayo, había puesto fin a la conversación.

Tenía toda la razón, por supuesto. Pero Kate no estaba dispuesta a reconocer que había cometido un error. Porque eso implicaría que todo aquel sufrimiento, todo aquel lío, la profunda grieta abierta en la ya precaria relación con su hija, habían sido en vano. E implicaría que, pese a tener treinta y cinco años y ser una veterana curtida a lo largo de sus innumerables relaciones amorosas, y pese a ser alguien que creía saber lo que hacía, Kate había entendido mal a los hombres. Una vez más.

Pensó en Sabine, con la que hacía más de una semana que no hablaba. Su hija había sido bastante amable con ella; no la había regañado por nada, incluso no había mordido el anzuelo cuando Kate mencionó accidentalmente a Justin. Pero al intentar sugerirle de la mejor manera que tal vez iba siendo hora de pensar en volver a casa, Sabine había desviado la cuestión con tanta cortesía como determinación. Pero lo más inquietante fue el modo en que lo había expresado. Sabine no había mostrado nunca la más mínima preocupación por los sentimientos de su madre: en general había hecho lo posible por mostrarse desagradable con ella. Esta nueva Sabine, más adulta, no solo daba a entender amablemente que desaprobaba la vida de Kate, sino que por lo visto se estaba construyendo una vida propia, lejos de casa.

Kate sintió un nudo en la garganta. Tendré que seguir intentándolo, pensó, mientras observaba las piernas de Justin en sus pantalones de cuero. Le dejaré un espacio a Sabine y luego le recordaré todas las cosas que le gustan de Londres. No me aferraré desesperadamente a ella, me limitaré a esperar hasta que decida volver a mí. Y procuraré no analizar demasiado la conducta de Justin. Es una buena persona y me quiere; lo que pasa es que hemos caído en el aburrimiento de la vida doméstica demasiado pronto. Solo hace falta cambiar un poco de actitud.

Kate respiró hondo y se pasó la mano por el pelo, despeinándose un poco.

—Bueno —dijo, apoyando una mano en la pierna de Justin—, ¿te ha gustado la cena?

Había preparado filetes de atún, el plato favorito de Justin. De hecho, se le empezaba a dar bien la cocina.

—Muchísimo. Ya te lo he dicho.

Kate deslizó la mano hacia el muslo, lentamente, y le murmuró al oído:

—A lo mejor te apetece algo de postre...

Santo Dios, parecía una actriz de porno barato. Pero tenía que perseverar. La timidez era muy contraproducente.

—Estupendo —dijo él, volviéndose para mirarla—. ¿Qué hay?

Kate trató de mantener su sonrisa seductora.

—Bueno, no estaba pensando en un postre convencional. —Él pareció no entender a qué se refería—. Pero podría ser sabroso... Me parece... —¿Es posible que seas tan obtuso?, le dieron ganas de gritar. En cambio, resuelta a seguir el camino escogido, dejó que su mano sugiriera lentamente la idea que ella tenía del postre.

Se produjo un largo silencio.

Justin la miró y luego miró la mano antes de volver los ojos hacia la cara de Kate. Levantó las cejas, sonriendo.

—Pues, mira... no está mal pensado. Pero para serte franco, Kate, ahora que me has despertado el gusanillo no quiero quedarme sin el plato final. ¿Tienes algo dulce? ¿Un poco de chocolate, quizá? ¿O helado? —Kate dejó la mano quieta y le miró—. Bueno, has sido tú quien ha sugerido la idea —dijo él, un tanto a la defensiva—. Hasta que no has empezado a hablar de postre yo no quería tomar nada dulce. Ahora sí me apetece.

En un arrebato de locura, Kate reprimió las ganas de ir a mirar en el congelador. Luego pensó en darle un bofetón. Y finalmente pensó que lo mejor era irse de la sala hasta ver por cuál de las diversas opciones se decidía. Pero, probablemente por fortuna para Justin, la interrumpió el timbre del teléfono.

Justin hizo ademán de cogerlo, y acto seguido, presintiendo algo en la expresión de ella, volvió a hundirse en el sofá.

—¿Diga? —dijo Kate, consciente de que él la miraba, como si le divirtiera su reacción.

—¿Kate?

—Sí.

—Soy tu madre.

Algo le ha pasado a Sabine, pensó Kate, repentinamente en estado de alerta.

—¿Qué ocurre? —Su madre no la habría llamado por ningún otro motivo. La última vez había sido hacía años.

—Pensaba que debías saberlo. Tu padre... se ha encontrado muy mal últimamente. Esta noche ha tenido un ataque. Está en el hospital. —La voz se notaba tensa, como si esperara una respuesta por parte de Kate. Al ver que ella no reaccionaba, soltó un largo suspiro—. Como te digo, solo pensaba que debías saberlo. —Y colgó.

Kate se sentó en la silla y devolvió el auricular a su sitio, consciente de que, al margen de la sorpresa de la noticia, la invadía una gran sensación de alivio al saber que Sabine no había sufrido ningún daño. Tanto le había aliviado que su hija estuviera a salvo, que no había sido capaz de asimilar la importancia de la noticia que Joy le acababa de dar.

—Es mi padre —dijo al fin, viendo que Justin la miraba—. Creo que se está muriendo. Si no, ella no habría telefoneado. —Su voz sonó sorprendentemente serena.

—Deberías ir —dijo él, poniéndole una mano en el hombro—. Pobrecilla. ¿Quieres que te reserve un billete de avión?

Kate no cayó en la cuenta hasta una hora después de que él se fuese, mientras telefoneaba a varias compañías aéreas y descubría con tanta frustración como alivio que, gracias a una combinación de festivales artísticos, conferencias médicas y a la definitiva bancarrota de su propio coche, iban a pasar al menos dos días hasta que pudiera aterrizar en el aeropuerto de Waterford. Ni una sola vez, pese a su expresión solidaria, se había ofrecido Justin a acompañarla.

9

Christopher y Julia Ballantyne, marido y mujer, eran tan parecidos que, según la señora H, de haberse casado treinta años antes habría habido muchas «habladurías» en el pueblo. El pelo de él era oscuro y ondulado, exactamente del mismo tono que su esposa, y cubría abundantemente su amplia cabeza como inadecuada guinda de un esponjoso pastel. Ambos tenían la nariz ganchuda, el mismo físico enjuto, similares opiniones contundentes sobre casi todo, en especial la higiene y la política, y los dos hablaban en tono muy estridente, como si cada frase les saliera a golpe de fuelle.

Y ambos, como pudo comprobar Sabine con cierto resentimiento, la trataban con el mismo aire de indulgente distancia que habrían empleado con un invitado. Salvo que, en su caso, ella lo consideraba un intento deliberado de hacerle ver que, pese a los vínculos de sangre, no pertenecía «realmente» a la familia. No como ellos, al menos. Y eso, por supuesto, era culpa de Kate.

Christopher entró en la casa como si fuera suya la noche en que el abuelo cayó de bruces sobre el plato de verduras, diciéndole a Joy —inútilmente, por lo que Sabine pudo apreciar— que ahora todo «iría bien». Él y Julia se encontraban en un baile en Kilkenny, lo cual había sido «un golpe de suerte», como dijo Christopher con absoluta falta de tacto, e inmediatamente se habían trasladado con sus pertenencias al cuarto de invitados contiguo al de la abuela. Hasta entonces Sabine no había pensado en preguntar por qué a ella no le habían dado el cuarto bueno, que tenía una alfombra mucho más bonita y una cómoda preciosa de madera de nogal, pero cuando se lo mencionó a la señora H, esta le dijo que a Christopher le gustaba «tener una habitación propia». Y que Julia y él iban «a menudo de visita». En otras palabras, no como mi mamá y yo, pensó Sabine. Pero no dijo nada.

Si Joy reparó en la amargura de Sabine, no quiso hacer comentarios. De todos modos, se la veía muy aturdida, sin poder cuidar de Edward. El hospital de Wexford había decidido tenerle en observación, y si bien Sabine no había querido preguntar qué tenía el abuelo (no parecía que quedara mucho que observar), estaba claro que era grave, no solo porque la abuela estaba pálida y tensa, y permanecía inusualmente callada, sino porque cada vez que Joy no estaba en la habitación, Christopher examinaba detrás de los muebles y debajo de las alfombras en busca de unas pegatinas escritas a mano, para ver si había habido cambios en el botín que su madre había empezado a dividir meses atrás entre sus dos hijos para cuando Edward muriese.

—Muy bien pensado, mamá —le dijo Christopher—. Así se ahorran posibles confusiones.

Pero Sabine le oyó decir a Julia por lo bajo que no le parecía bien que el reloj de pared o el óleo con marco dorado que había en el cuarto de desayunar llevaran pegatinas con el nombre de Katherine.

—¿Desde cuándo ha mostrado el menor interés por esta casa? —dijo, y Sabine se escabulló entre las sombras con la decisión de examinar todas las etiquetas que hubiera en la casa para asegurarse de que Christopher no las fuera cambiando de sitio.

Mientras tanto, Julia había insistido en «ayudar» en las tareas de la casa. Tan resueltamente lo había hecho que el semblante normalmente afable de la señora H se había vuelto cada vez más pétreo. Julia había «organizado» la cocina de forma que pudiera meter baza en la preparación de las comidas, y había revisado el frigorífico, poniendo en duda que fuera necesario conservar algunos de los restos que allí había y diciendo si no sería más fácil ir a comprar el pan a la panadería en vez de hacer que la señora H horneara cada día aquella masa intragable. Una vez a solas, Sabine le dijo a la señora H que Julia era una entrometida, pero la señora H solo respondió: «Lo hace con buena intención», y observó, como quien repite un mantra, que no tardarían en volver a Dublín.

Considerando que eran los únicos tíos que tenía, Sabine quizá habría debido sorprenderse un poco más de que hasta entonces solo hubiera visto a Christopher y Julia unas cuantas veces. Una había sido en su boda, cuando Sabine era muy pequeña. Lo único que recordaba de aquel día era que la habían invitado a llevar uno de los ramilletes de flores, pero su madre le había hecho el vestido un poco diferente del de las otras niñas, posiblemente por un patrón mal cortado, y Sabine se había sentido muy humillada por culpa de sus mangas deformes, mientras que las otras pequeñas diosas florales le habían hecho el vacío al tomarla por una intrusa. La última vez había sido hacía unos años, antes de que el matrimonio se mudara de Londres a Dublín, en ocasión de un «pequeño guateque» al que, por aquello de reconciliarse, habían invitado a Sabine, a su madre y a Geoff. Estaba lleno de abogados y gente de la City, y Sabine se había escabullido enseguida para ver la tele rodeada de los gatos de Julia, tratando de no hacer caso del muchacho pubescente que se había pasado casi todo el episodio de la serie sobando a su amiguita de trece años. Y como atendiendo las plegarias de Sabine, Geoff y su madre la habían rescatado poco más de una hora después de haber llegado para regresar a casa. Él se había pasado todo el viaje de vuelta despotricando de los capitalistas, mientras que Kate decía de vez en cuando: «Bueno, sí, pero son mi familia», aunque no sonaba precisamente como si estuviera presentando un alegato.

Fue en parte para evitar el fastidioso contacto con Christopher y Julia que Sabine decidió participar en el cuidado de su abuelo cuando volvió del hospital dos días después, frágil, envuelto en una manta y como soldado a una silla de ruedas. Por respeto a los sentimientos de Joy, hijo y nuera lo dejaron al cuidado exclusivo de la abuela (esa era la excusa, le dijo Sabine a la señora H, pero ella sabía que era porque querían montar a caballo), pero a Joy parecía gustarle que Sabine fuera a sentarse con Edward o a leerle las páginas de la sección de cartas al director del *Horse and Hound*. La mayor parte del tiempo, él no parecía percatarse de su presencia, pero Sabine estaba convencida de que ponía cara de profunda irritación cada vez que la enfermera joven (pagada por Christopher para que estuviera allí la mayor parte del día) le ayudaba alegremente a incorporarse y le anunciaba que ya era hora de volver al «cuarto de los niños». Y a veces, cuando Sabine charlaba con él sobre sus progresos con el caballo rucio o le contaba algo que Thom había dicho en la caballeriza, le parecía que sus ojos brillaban un instante y que por su cara pasaba, como nube lejana, una sombra de interés.

Mientras tanto, Joy había reaccionado al regreso de su marido con una actividad frenética. Por lo visto, había muchísimo que hacer en la caballeriza; la casa era un desastre; y si Liam y John-John no limpiaban un poco los arreos, se echarían a perder. En ningún momento habló de lo que habían dicho los médicos, ni de la razón por la que Edward parecía no comer absolutamente nada, ni del motivo por el que ahora había un inmenso despliegue de material médico alrededor de su cama, como si estuviera en estado de alerta roja en previsión de una inminente catástrofe. Le decía a Sabine, y de un modo bastante vago, que estaba haciendo «un gran trabajo», asomaba de vez en cuando la cabeza para ver si su marido aún seguía con vida y se iba a ver a su viejo caballo, al cual dedicaba todavía más horas, si es que eso era posible.

—Puedes estar tranquilo —dijo Sabine después de que la enfermera se hubiera ido, y se sentó en la silla junto a la cama, dando gracias una vez más por haberse escapado del ajetreo que se había apoderado de la planta baja—. Nos hemos librado de todos otra vez.

Le subió un poco la colcha y advirtió que su cadavérica fragilidad ya no le producía escalofríos. Sabine agradecía verle vivo y con una expresión apacible, y no cubierto se salsa de tomate.

—Oye, no pienses que yo me estoy aburriendo ni nada de eso —le dijo al oído mientras se disponía a leerle un viejo libro de Rudyard Kipling que había encontrado en la biblioteca, un libro sobre caballos y polo en la India. Sabía que él podía oírla, por más que la enfermera arqueara las cejas, como si Sabine estuviera haciendo una estupidez—. El otro día quise decírtelo —susurró, antes de empezar—. A mí también me gusta estar aquí.

Kate Ballantyne había recibido tres regalos importantes por su decimoctavo cumpleaños. Uno de sus padres: una silla de montar de piel de cerdo marrón oscuro de primera categoría, que Kate abrió con desespero pues había pedido dinero para comprarse un sostén nuevo y unos pantalones. Otro regalo, también de sus padres: una invitación para posar ante un retratista local, que la inmortalizaría en el paso a la edad adulta. Tampoco este regalo suscitó una respuesta agradecida: habían elegido al mismo artista que acababa de terminar un gran óleo del nuevo castrado de su madre, Lancelot. El tercero... bueno, el tercer regalo había sido una consecuencia del segundo. Y además había llegado mucho más tarde.

Dieciséis años y medio después, Kate pensaba en estas cosas mientras viajaba en un taxi, aspirando el olor acre del ambientador mientras dejaban atrás el aeropuerto de Waterford camino de Kilcarrion. Había ido a su casa paterna so-lamente tres veces desde que se había emancipado poco después de cumplir los dieciocho: una para enseñarles a la recién nacida Sabine; la segunda con Jim, cuando pensó que mostrándose como parte de una «familia» sus padres suavizarían su actitud respecto a ella; y esta, unos diez años después. ¿Cómo es que aquí siempre llueve?, pensó, limpiando de vaho la ventanilla. No recuerdo una sola vez que no estuviera lloviendo.

Había tardado casi dos días en conseguir un vuelo a Waterford, y Kate sabía ya que su tardío regreso sería utilizado contra ella, aunque su madre se había tomado la enorme molestia de telefonearla para comunicarle que su padre se había «estabilizado». No le importaba tanto la familia como para acudir enseguida: esa sería la cantinela que se murmuraría. Ni siquiera con su padre a las puertas de la muerte. Naturalmente, estaría demasiado ocupada ligando con uno o con otro. Kate suspiró, pensando en lo irónico de su última conversación con Justin. Le había parecido menos sorprendido o preocupado por el hecho de que ella hubiera decidido cortar bruscamente con él, que por su insistencia en que se llevara las bolsas de material fotográfico antes de que ella se marchase a Irlanda.

Ni siquiera estaba segura de por qué hacía ese viaje: aparte de estar ansiosa por ver de nuevo a su hija, no tenía verdaderos vínculos emocionales con su patria chica. Su padre no le había dirigido la palabra con educación ni cariño desde que ella cumpliera los dieciocho; su hermano y su consorte la tratarían con condescendencia y soltarían comentarios para que no quedara duda de que ellos tenían prioridad a la hora de heredar; y su madre, bueno, su madre hacía años que estaba más a gusto con sus perros que con su propia hija. Vengo porque mi padre se está muriendo, se dijo a sí misma, probando las palabras para ver si, incluso después de tanto tiempo, suscitaban por sí solas una mínima sensación de pérdida, de ocasión especial. Pero lo único que sintió fue terror ante la idea de estar de nuevo en aquella casa, si bien mitigado por la oportunidad de ver de nuevo a su hija.

Me quedaré un par de días, se dijo a sí misma mientras el taxi se acercaba a Ballymalnaugh. Soy una persona adulta. Puedo marcharme cuando me plazca. Un par de días no serán demasiados. Y a lo mejor convenzo a Sabine para que se vuelva conmigo.

—¿Viene usted de lejos? —Evidentemente, el taxista sentía la necesidad de asegurarse una buena propina.

—De Londres.

Sus ojos, dos escarabajos medio escondidos en la maleza, miraron los de ella por el espejo retrovisor.

—Londres. Yo tengo familia en Willesden. —Guiñó un ojo—. Tranquila, monada, no le preguntaré si los conoce.

Kate apenas sonrió y contempló un paisaje que le resultaba familiar: la casa de la señora H, la iglesia de San Pedro, el enorme campo que sus padres habían vendido a un agricultor la primera vez que se habían quedado sin dinero.

—¿Ya había estado aquí antes? Es una zona donde no suelen venir turistas. Normalmente los llevo más al norte. O al oeste. No se imagina la de gente que va al oeste.

Kate dudó al mirar la tapia que cercaba Kilcarrion House.

—No. Nunca había estado aquí.

—De visita, entonces.

—Sí, más o menos.

Plantéatelo como si vinieras a recoger a Sabine, se dijo. De ese modo se te hará más soportable.

Pero no fue Sabine quien le abrió la puerta. Era Julia, la cual, ataviada con pantalones de montar, un enorme chaleco acolchado de color granate y calcetines a juego, después de mucho besuqueo y algazara, dijo con gran énfasis que no tenía «la menor idea» de dónde estaba Sabine.

—Se pasa el día escondiéndose en la caballeriza o encerrada en el cuarto de Edward. —Julia siempre hablaba como si los actos de los demás le resultaran cómicos.

Kate, procurando disimular su irritación por el modo excesivamente íntimo con que Julia hablaba de su padre, supuso que había entendido mal. Sabine no quería saber nada de caballos, y menos aún de estar «encerrada» con su padre.

—Pero ¿qué hago? —exclamó Julia, cogiendo una de las bolsas de Kate—. ¡Pasa! ¿Dónde está mi buena educación?

Se la ha tragado tu codicia, pensó amargamente Kate, pero luego se dijo que no tenía derecho a albergar aquellas ideas: no se podía decir que en los últimos dieciséis años le hubiera preocupado de quién era la casa, ni que hubieran construido un McDonald's en una parte de sus terrenos. Se ajustó las gafas sobre el puente de la nariz (por supuesto, se había olvidado las lentillas), echando un vistazo a aquella casa que ya no le pertenecía.

—Te hemos preparado la habitación italiana —gorjeó Julia, mientras la acompañaba al piso de arriba como si fuera una invitada—. Creo que ahora no hay goteras.

En los diez años transcurridos desde su última visita, parecía como si la casa hubiera envejecido en proporción geométrica, pensó Kate. Siempre había sido fría y húmeda, pero no recordaba aquellas manchas de color sepia en las paredes, como mapas viejos de continentes remotos; tampoco recordaba que todo tuviera un aspecto tan gastado: las alfombras persas reducidas a un entramado de grisáceos hilos de algodón, el mobiliario tremendamente astillado y sin posibilidad de restauración. No recordaba tampoco el olor; el omnipresente efluvio a perro y caballo que se mezclaba ahora con el moho y el abandono. Y no recordaba aquella sensación de frío, no un frío seco como cuando en su casa de Londres se le había estropeado la caldera, sino una gelidez húmeda, penetrante, que se te metía en los huesos a los pocos minutos de estar allí. Kate miró con nuevos ojos la espalda del chaleco de vellón que llevaba Julia. Ella no había traído ninguna prenda que abrigara tanto.

—Hemos conseguido calentar un poco la casa —dijo Julia, abriendo la puerta del cuarto destinado a Kate—. No te imaginas cómo estaba esto hace unos días. Como le dije a Christopher, no me extraña que Edward se haya puesto enfermo.

—Pensaba que había sido un ataque —dijo Kate.

—Y lo fue, pero tu padre está viejo y delicado. Y la gente mayor necesita ciertas comodidades, ¿no? Le he dicho a Christopher que deberíamos llevarle a Dublín con nosotros, para que disfrute de la calefacción. Tenemos una habitación preparada. Pero tu madre no quiere ni oír hablar de eso. Insiste en que se quede aquí.

El tono de sus últimas palabras no dejaba lugar a dudas sobre la opinión que le merecía a Julia esa actitud. Empeñándose en que su marido no saliera de Kilcarrion, Joy le estaba mandando a la tumba antes de tiempo. Pero Kate se sintió repentinamente de acuerdo con su madre: su padre siempre preferiría quedarse en aquella casa fría y húmeda a morirse de calor entre las cuatro paredes de una habitación pintada en tonos pastel.

—Entre tú y yo, Kate, estoy impaciente por volver a casa —dijo Julia, tirando de uno de los cajones para comprobar que estuviera vacío. Era una persona proclive a hacer falsas confidencias, palabras que no significaban nada pero que sugerían cierta intimidad por parte de quien las pronunciaba—. A mí, por mucho que a Christopher le encante, esta casa me parece deprimente. Nuestro vecino está cuidando de los gatos, y sé que los pobrecillos estarán tristísimos. Lo pasan fatal cuando no estamos.

—Ah, sí. Tus gatos —dijo Kate, recordando la pasión de Julia por aquellos dos insolentes felinos—. ¿Todavía tenéis los mismos?

Julia le puso una mano en el brazo.

—Sabes, Kate, te agradezco que lo preguntes, pero estos son otros. Bueno, Armand aún sigue con nosotros, pero Mam'selle falleció la primavera pasada. —Kate advirtió, con cierto temor, que Julia tenía los ojos llenos de lágrimas—. Pero, bueno, al menos vivió bien... —musitó, distante—. Y tenemos una gatita preciosa que le hace compañía a Armand. La llamamos Poubelle —añadió riendo de placer, recuperando rápidamente su buen humor—, porque la señorita se pasa el día metida en el cubo de la basura.

Kate hizo un intento de sonreír, preguntándose cuándo podría librarse de Julia y de su fragancia floral y localizar a su hija.

—Estarás deseando deshacer el equipaje. Te dejo —dijo Julia—. Ah, no lo olvides. El té es a las cuatro y media en punto. Hemos convencido a Joy para que nos deje tomarlo en el cuarto del desayuno, porque es un poco más fácil de calentar. Te veré abajo.

Y con un movimiento de dedos a modo de despedida, Julia se marchó.

Kate se dejó caer en la cama y contempló la habitación, que no veía desde hacía una década. Aquel no era su cuarto: Julia le había dicho que Sabine lo ocupaba ahora, mientras que ella y Christopher estaban en la habitación que había sido siempre la de él. El otro cuarto «seco» de invitados, por lo visto, lo ocupaba Joy. No le sorprendió: Kate sospechaba que ya dormían en cuartos separados cuando ella aún vivía en casa (por los ronquidos de Edward, según le había explicado su madre, sin convencerla). Pero le costaba asociar aquella habitación con su infancia o su adolescencia: era como si la casa hubiera envejecido más deprisa que las personas, suprimiendo de pasada toda señal de familiaridad, y la impresión era de que nada tenía que ver con Kate.

¿Qué me importa?, se preguntó de repente. Mi vida ha transcurrido en otra parte desde que nació Sabine. Mi vida está en Londres.

Pero, aun así, se puso a mirar los cuadros que había en las paredes, a husmear en los armarios, como si esperara identificar alguna cosa, aunque fuera a costa de una punzada de melancolía por una vida anterior menos complicada.

Estaba bajando las escaleras cuando divisó a Sabine. Se encontraba de espaldas, agachada junto a los perros, quitándose las botas de montar y dirigiéndose a Bertie y a Bella (les decía

que eran «unos perros muy tontos», pero en tono amable).
Bertie parecía estar muy nervioso, y al saltarle encima hizo
caer a Sabine de espaldas sobre la alfombra del vestíbulo. Sabine se rió, quitándose al perro de encima y limpiándose la
cara, que el animal se empeñaba en lamer.

Ni siquiera parecía su hija: Kate se la quedó mirando, encantada de poder presenciar aquella muestra de afecto desinhibido y, a la vez, dolida ante la idea de que aquella casa, aquel
páramo helado, hubiera conseguido suscitar ese sentimiento
en su hija en detrimento de su propia madre.

Notando su presencia, Sabine se volvió y dio un salto al
ver a Kate en la escalera.

—Sabine —dijo Kate impulsivamente, y le tendió los brazos. No estaba preparada para sentir la intensa emoción que
su hija había despertado en ella. Hacía semanas que no se
veían.

Sabine parecía indecisa.

—Oh... esto... Hola, mamá —dijo, y dando un paso al
frente, se dejó abrazar. Luego retrocedió al ver que aquello
duraba demasiado.

—¡Hija! —exclamó Kate—. Estás... estás... vaya, estás estupenda. —Estás como en tu propia casa, quiso decir. Pero la
frase tenía implicaciones peligrosas y se detuvo antes de que
brotara de sus labios.

—Estoy hecha unos zorros —dijo Sabine, mirándose los
tejanos llenos de barro y el jersey salpicado de paja. Luego
agachó la cabeza, se pasó una mano por el pelo y de inmediato volvió a ser la Sabine de siempre, cohibida, extremadamen-
te crítica y tacaña con los cumplidos—. Llevas puestas las gafas —dijo, como si fuera una acusación.

—Ya lo sé. Con las prisas he olvidado las lentillas.

Sabine la miró a la cara.

—Deberías comprarte otra montura —dijo, y volvió su
atención a los perros. Acto seguido, procedió a recoger sus
botas.

—Bueno... —dijo Kate, a sabiendas de que su voz sonaba

muy aguda, demasiado ansiosa— veo que has estado montando...

Sabine asintió con la cabeza y dejó las botas detrás de la puerta.

—Nunca pensé que tu abuela lo conseguiría. ¿Te gusta montar? ¿Te han comprado un caballo?

—Sí. Bueno, es prestado.

—Estupendo. Es bonito volver a descubrir viejos intereses, ¿no? ¿Y qué más has estado haciendo?

Sabine la miró, irritada.

—Poca cosa.

—¿Cómo? ¿Solo montar a caballo? —Kate advirtió, con cierto alivio, que no había nadie en el cuarto del desayuno.

—No. Ayudando un poco. Haciendo cosas en la casa. —Sabine mandó los perros al interior del cuarto, y luego, como si fuera algo habitual en ella, apoyó un pie cubierto por un calcetín en uno de los radiadores.

—Y... ¿eres feliz? ¿Va todo bien? Yo... no he sabido mucho de ti últimamente. Me preguntaba si estabas bien.

—Sí, estoy bien.

Se produjo un largo silencio, durante el cual Sabine contempló el cielo que oscurecía más allá de la ventana.

—Normalmente no tomamos el té ahí dentro —dijo al fin—. Solemos hacerlo en la sala de estar. Pero Julia —lo pronunció remarcando las sílabas, con cierto desdén—, Julia cree que la chimenea no basta para calentar la sala. Y ahora lo tomamos aquí.

Kate se sentó en una de las sillas, tratando de disimular lo herida que se sentía por la indiferencia de su hija. Sabine había hablado en plural, como si llevara viviendo en aquella casa toda la vida. Como si de alguna manera se sintiera parte de ella.

—Bueno —dijo—, ¿quieres que te cuente algo de Goebbels?

Sabine, cambiando de pie, la miró a los ojos.

—Está bien, ¿verdad?

—Por supuesto. Solo pensaba que quizá querrías saber a qué se ha dedicado últimamente.

—Es un gato, mamá —dijo Sabine—. ¿Qué quieres que haga?

Dios mío, pensó Kate. No sé qué les enseñan a las adolescentes para que sepan cómo bajar los humos a los demás, pero Sabine es toda una experta.

—¿No quieres preguntarme nada? ¿Cómo me va el trabajo, cómo está la casa?

Sabine la miró ceñuda, tratando de adivinar qué era exactamente lo que le pedía que preguntara. Parecía desesperada por suscitar en ella alguna reacción, como si hubiera esperado que se lanzara sobre ella, que la bombardeara a preguntas sobre las novedades de la casa. Y tal vez, un par de semanas antes, habría podido hacerlo, pero ahora era distinto, y ver a su madre de forma tan repentina la había puesto muy nerviosa. La necesidad que sentía de ella se había evaporado con su llegada. Era igual que con los chicos: te pasabas toda la semana pensando en ellos, impaciente por verlos, y cuando lo hacías no estabas segura de si, a fin de cuentas, tenías ganas de verlos. Como si de algún modo estuvieran mejor en tu imaginación que en carne y hueso.

Miró furtivamente a su madre mientras ella observaba la habitación, un poco perdida y casi patética. En los dos últimos meses solo había pensado en las cosas buenas: que Kate fuera amable y capaz de contárselo todo, por ejemplo. Y ahora, cuando la miraba, la sensación predominante era de... ¿irritación? ¿Una ligerísima impresión de estar siendo invadida? Sabine se acordó de los líos de su madre con Geoff y Justin. Al oírla hablar recordó que Kate era incapaz de relajarse y de dejarla tranquila; siempre la presionaba para que diera más de lo que ella estaba dispuesta a dar. ¿Por qué no podías haber sido amable sin más?, sintió ganas de decirle. ¿Por qué tienes siempre que presionarme? Pero se quedó allí de pie sin soltar prenda, calentándose los pies helados en el radiador, reprimiendo sus sentimientos.

—Ah, Katherine —dijo Christopher, al entrar en la habitación—. Julia me ha dicho que estabas aquí. —Le puso una mano en el hombro y le dió un beso distante—. ¿Has tenido un buen viaje? ¿Al final has venido en barco?

—No. En avión. No pude conseguir un vuelo para antes de hoy —dijo Kate, consciente de que hablaba poniéndose a la defensiva.

—Ah, ya. Bueno, no te preocupes. Parece que el viejo está un poco mejor.

—No es verdad —murmuró Sabine—. He estado casi todos los días con él, y no ha mejorado nada.

—Bien, ¿cuántos días te vas a quedar, Kate?

Pasando por alto el comentario de Sabine, Christopher se sentó en la silla de su padre y miró a su alrededor, como si esperara que Julia o la señora H entraran con la bandeja del té. Kate no sabía cómo responder. Hasta que se muera, quiso decir. Creo que ese es el motivo por el que estamos todos aquí.

—Todavía no lo sé —dijo.

—Nosotros tendremos que regresar mañana, me temo —anunció Christopher—. En el trabajo se están poniendo un poco pesados, y, para serte franco, ahora que está mejor no parece que la cosa sea tan urgente como hace unos días.

Cuando yo no estaba, pensó Kate.

—Pero supongo que podré venir los fines de semana —continuó él—. Para asegurarme de que todo va bien, y ver que esté bien abrigado y esas cosas.

—Tiene la lumbre encendida todo el rato —interrumpió Sabine.

Christopher hizo como si la muchacha no estuviera allí.

—Sí, sí, pero este caserón es muy húmedo. Eso no puede hacerle ningún bien. Bueno, ¿dónde se ha metido Julia? ¿Y mamá? Creía que tomaríamos el té a las cuatro y media.

Como si le hubiera oído, Joy apareció en el umbral. Su pelo, que raramente le obedecía, se había disparado en todas direcciones, como un estropajo demasiado usado. Su jersey azul marino tenía remiendos en los codos, y sus calcetines, visibles bajo los viejos pantalones de pana, no pegaban ni con cola con su atuendo.

—Ah, Katherine. ¿Cómo estás? —Avanzó unos pasos y luego, vacilante, besó a su hija en la mejilla. Kate, notando los aromas familiares a lavanda y caballo, se sorprendió de ver lo mucho que su madre había envejecido desde la última vez. Su cutis, siempre castigado por una vida a la intemperie, parecía abrasado por los elementos; el sol y el aire frío lo habían dejado pálido, correoso y surcado de venas. Pero donde más se le notaba la edad era en los ojos; mientras que antes eran acerados y vivos, ahora estaban como hundidos y tristones. Toda ella parecía más menuda, menos robusta. Daba menos miedo.

—¿Has tenido un buen viaje? Perdona, no sabía que habías llegado. Estaba en la caballeriza.

—No importa —dijo Kate—. Julia me ha enseñado mi habitación.

—Y has visto a Sabine. Bien. Estupendo... Sabine, ¿ha dicho el abuelo si quería té?

—Está dormido. —Sabine se había sentado en el suelo, flanqueada por los perros—. Puedo intentarlo otra vez dentro de media hora.

—Sí. Buena idea. ¿Y dónde se ha metido la señora H con el té? —Dicho esto, Joy salió de la habitación. Kate se quedó mirando el espacio donde había estado su madre. ¿Eso era todo?, pensó. Hace diez años que no nos vemos, mi padre está moribundo, ¿y no me dice nada más?

—Ha estado un poquito... bueno, fuera de órbita, desde que papá cayó enfermo —dijo Christopher.

—No es la misma, desde luego —dijo Julia, que había entrado al salir Joy—. Casi parece como si ella hubiera enfermado también.

—No le pasa nada —afirmó Sabine en su defensa—. Solo está un poco distraída.

—Creo que deberíamos contratar a alguien para que los cuide. A los dos. —Christopher se levantó y miró hacia el pasillo, como si comprobara que nadie estuviera escuchando—. A mí me parece que los dos solos ya no se bastan.

—Y es dificilísimo hacer cualquier cosa por ellos —dijo Julia—. Se empeñan en hacer las cosas a su manera.

—La señora H se ocupa de ellos. Y ya hay una enfermera. Por cierto, a los abuelos no les gusta nada. No creo que quieran tener a nadie más en casa.

Kate miró a su hija, pasmada al verla salir en defensa de sus abuelos y su estilo de vida. Christopher la miró también y luego a Kate, como si la culpara de aquella inesperada impertinencia. Pero Kate, que estaba entre los dos, no se sintió cualificada siquiera para intervenir.

Sabine empezó a levantar la voz:

—No les gustan los entrometidos. La señora H se ocupa de todo, y ha dicho que hará horas extra cuando sea necesario. No sé por qué no los podéis dejar en paz.

—Bueno, Sabine, tus ideas son muy interesantes, pero tú conoces a tus abuelos desde hace cinco minutos. Julia y yo hace años que les ayudamos. Creo que sabemos lo que mis padres necesitan y lo que no.

—Te equivocas —dijo Sabine, furiosa—. Ni siquiera les habéis preguntado. Llegasteis a esta casa y os hicisteis con el control de todo. Nadie le ha preguntado a la abuela si quería una enfermera; contratasteis a una por vuestra cuenta y la metisteis en casa. Y el abuelo la odia. Cada vez que la ve entrar en la habitación se pone a gruñir.

—Tu abuelo está muy enfermo, Sabine —dijo amablemente Julia—. Necesita los cuidados de un profesional.

—Pero no necesita que nadie le dé órdenes para ir al váter. No necesita que alguien le diga que se coma la verdura como si fuera un niño pequeño y que luego hable de él como si no estuviera presente.

La paciencia de Christopher se agotó.

—Mira, Sabine, tú no sabes absolutamente nada de lo que mis padres necesitan o dejan de necesitar. Tú y Katherine no habéis tenido prácticamente nada que ver con esta familia durante años, y te equivocas si piensas que podéis venir aquí y dictar órdenes sobre cómo ha de funcionar esta casa. —Se había puesto un poco colorado—. La situación es difícil para todos, y te agradecería que no te metieras en asuntos que no te conciernen.

—Me iré —dijo Sabine— cuando ellos quieran que me vaya. No cuando tú me lo digas. Y todos sabemos que lo único que os interesa de ellos son sus antigüedades. Te he visto rebuscando en los muebles, no creas que me lo invento. —Sabine se levantó del suelo, con las mejillas encendidas de rabia, y salió de la habitación dando un portazo y gritando—: Todavía no se han muerto, ¿te enteras?

Joy, que llegaba con la bandeja del té, dio un salto ante la abrupta salida de su nieta.

—¿Adónde va Sabine?

—Oh, está de morros, ya sabes lo que pasa con los adolescentes —dijo Christopher. Kate notó que estaba más nervioso aún que Sabine. Lo que su hija había dicho sobre los muebles debía de tener parte de verdad.

—Ah. —Joy miró un instante hacia la puerta, dudando si seguir a su nieta, pero evidentemente decidió con desgana que su sitio estaba allí, con los adultos—. Ya volverá —dijo, esperanzada. Procedió a servir el té—. La verdad es que me gusta su compañía. —Al decir esto miró a Kate con timidez. Esta, presenciando aquella inusitada muestra de sus sentimientos (el equivalente en Kilcarrion a que una persona normal se rasgara las vestiduras y declarase un amor incondicional por un megáfono), sintió inexplicablemente un escalofrío.

El té no fue nada agradable, pues la ausencia de Sabine había dejado un vacío, como el fragmento que es apresuradamente recortado de una foto de familia. Joy no dejó de hablar sobre lo que su nieta debía de estar haciendo, y de preguntar repetidas veces si convenía guardarle un trozo de tarta, mientras que Christopher se mantenía mohíno y Julia hablaba demasiado alto sobre naderías, tratando de salvar la apariencia de un ambiente feliz. Kate, que a esas alturas ya se había dado cuenta de que la visita era una pesadilla aún peor de lo que había imaginado, apenas dijo nada, limitándose a responder a las educadas preguntas sobre su trabajo y agradeciendo que no se hicieran alusiones a su vida amorosa, mientras trataba de superar las ganas de ir en busca de su hija. Lo habría hecho, quería hacerlo, pero algo le decía que Sabine la habría rechazado diciendo que ella no la entendía, y Kate no estaba segura de poder soportar tanto rechazo en un solo día.

Pero la cosa no iba a terminar ahí. Cuando Joy se fue, sin haber terminado la taza, con la excusa de ir a ver cómo estaba Edward, Christopher, quien por lo visto todavía se dolía de los comentarios de Sabine, le dijo a Kate que ya iba siendo hora de que enseñara buenos modales a su hija.

—Por favor, Chris —dijo Kate—. Estoy muy cansada, y no estoy de humor para críticas.

—Pues alguien tendrá que enseñárselos, digo yo. Y si ha de esperar que lo hagas tú, estamos listos.

—Explícate.

—Está muy claro. No se puede decir que te estés deslomando para lograr que mejore su conducta en presencia de otras personas.

Kate le miró, sintiendo cómo la sangre se agolpaba en sus oídos. Christopher había empezado. Ella no llevaba allí ni dos horas y él había tenido que empezar, como si no hubieran transcurrido dieciséis años y fueran simplemente hermano y hermana, en la casa paterna, y él volviera a fastidiarla por su «incapacidad para comportarse debidamente».

—Por Dios, Chris. Acabo de llegar. Déjalo ya.

—No empecemos, cariño. —Julia, a quien normalmente le salía urticaria ante el menor asomo de riña familiar, se había levantado y parecía dispuesta a marcharse.

—¿Por qué habría de tener calma? Katherine ha venido

cuando el viejo ya ha empezado a recuperarse, después de asegurarse de que su hija le haya lavado el cerebro a mamá. Creo que es justo que se entere de algunas verdades.

—¿Qué es lo que has dicho? —Kate, que había comenzado a irritarse por la aspereza de su hermano, casi no podía creer lo que estaba oyendo.

—Lo que oyes. Está muy claro lo que has hecho, Katherine, y te lo digo a la cara: me parece despreciable.

—¿Crees que tenía ganas de venir? ¿Crees que Sabine tiene ganas de estar aquí? Dios mío, siempre supe que tenías muy mala opinión de mí, pero esto ya es el colmo.

Su hermano metió las manos en los bolsillos y volvió la cabeza en dirección a la lumbre.

—Para ti es muy cómodo, ¿no crees? Has estado un montón de años sin interesarte por tus padres, y ahora que papá está saliendo del bache, tú y tu hija venís aquí como aves de rapiña.

Kate se puso de pie.

—¡Cómo te atreves! —dijo furiosa—. ¿Cómo te atreves a sugerir que lo único que me importa es el dinero de papá y mamá? Si vieras más allá de tu maldita paranoia, recordarías que hasta ahora me las he apañado bien sin necesidad de ellos. No como otros...

—Ese dinero fue un préstamo...

—Sí. Un préstamo que todavía no has devuelto, once años después, ¿o son más? A pesar de que tus padres se congelan de frío en una casa sin calefacción, que tiene toda la pinta de estar a punto de desmoronarse. Qué gran generosidad, la tuya.

—Oh, por favor —dijo Julia—. No sigáis... —Los miró alternativamente, y al ver que ninguno de los dos le iba a hacer caso, salió de la habitación.

—¿Y quién crees tú que paga lo que tienen? —Christopher se había levantado también, dominando a su hermana gracias a su mayor estatura—. ¿Quién crees tú que paga a la maldita enfemera cuatrocientas libras semanales? ¿Quién crees tú que paga para que mamá pueda seguir cuidando sus viejos caballos y hacer ver que la vida no ha cambiado? ¿Quién crees tú que ingresa dinero cada mes en la cuenta de ellos y les dice que es de las inversiones que hicieron, porque si no se negarían a tocarlo? Abre los ojos, Katherine. Si te tomaras la molestia de venir por aquí más de una vez cada diez años, sabrías que nuestros padres están en la ruina.

Kate se lo quedó mirando.

—Claro que a ti nunca te ha interesado nada de lo que pasa más allá de tus narices, ¿verdad? ¿O debería decir más allá de tu bajo vientre? Supongo que, ya que estás aquí, aprovecharás para ir a ver a Alexander Fowler, ahora que te has librado del último tío. Seguro que no se negará a echar un polvo rápido; que yo recuerde, es la única manera de montar que a ti te gusta.

Kate le abofeteó con fuerza en la mejilla.

La atmósfera que los rodeaba pareció disiparse de repente. Kate, jadeando y sorprendida de lo que había hecho, se miró la mano, que le dolía por la violencia del impacto. Él se la quedó mirando, acariciándose la mejilla.

—Bien —dijo Christopher en un tono grave y cargado de ponzoña—. ¿Lo sabe ya tu hija? ¿Sabe Sabine cuál es su verdadero origen? —Escrutó su cara buscando una reacción—. ¿Ha conocido a su padre? Mira, quizá podrías hacer que posara también para él. Qué bonito retrato de familia, ¿verdad?

—Ojalá te pudras —dijo Kate, y lo dejó allí plantado.

El cenador nunca había sido la clase de cenador en que uno piensa generalmente al oír esa palabra. Para empezar, allí nunca se cenaba. Sus ventanas, además, siempre estaban sucias y recubiertas de musgo, en vez de brillar con el sol del verano; en su interior no había muebles de hierro forjado en colores alegres, sino viejas cajas de embalaje, botes de pintura y barniz secos e imposibles de abrir, y animales que correteaban tras una leña difícil de identificar. Allí nunca se habían celebrado fiestas en verano, y no era un sitio que constituyera un vestigio de lo que habían sido los jardines de Kilcarrion. Pero, por lo que a Kate concernía, ese no había sido nunca el objeto del cenador. De niña lo había utilizado como madriguera, un sitio donde escapar de la familia que pronto iba a reclamarla. En su adolescencia, le había proporcionado un lugar donde fumar a gusto y escuchar música por la radio, y soñar con unos chicos que no le hacían el menor caso porque ella vivía en la casa grande y no sabía vestirse bien. Algún tiempo después, cuando hubo algún chico en su vida, el cenador había sido el lugar de sus citas secretas, lejos de la mirada de sus padres.

Y ahora era el lugar ideal donde dar rienda suelta a sus sentimientos.

—Que les den por culo, que les den a todos por culo —exclamó entre sollozos, golpeando la pared con furia e impotencia, haciendo titilar la vetusta luz eléctrica—. Que se jodan. Que se jodan todos. Christopher. Justin. Que os den por culo.

Volvía a tener dieciséis años, incapaz de obrar bien a ojos de su familia, indefensa ante sus propias ideas y su visión de las cosas. La habían despojado de su faceta profesional, de su estatus de madre, de su autoestima, y ahora se sentía tan impotente, enfrentada a la ira de su hermano mayor, como hacía tres décadas, cuando Christopher se le sentaba encima, le inmovilizaba los brazos con sus rodillas y le tiraba insectos a la cara.

—Tengo treinta y cinco años, joder —dijo a las arañas, a los viejos envases de herbicida—. ¿Por qué me tratan así? ¿Cómo se atreven? ¿Por qué me hacen sentir como una niña? —Hizo una pausa, consciente de lo tonta que parecía en aquel momento, y eso la puso más furiosa aún—. ¿Cómo es... cómo es que llevo aquí solo dos horas y ya estoy despotricando delante de una puta pared?

—Veo que te alegras de volver.

Kate giró en redondo, palideciendo al notar una presencia

inesperada. Y luego se quedó muy quieta, con la boca abierta, como una retrasada mental.

—¿Thom? —dijo.

—¿Cómo estás, Kate? —Él dio un paso al frente, de forma que su cara quedó visible bajo la escasa luz eléctrica. Llevaba bajo el brazo dos bolsas de abono y en la otra mano una caja vieja—. No pretendía asustarte —dijo, mirándola todo el tiempo—. Estaba en el cobertizo y he visto luz. Pensaba que me la había dejado encendida.

La cara se le había ensanchado. Cuando ella vivía aún con su familia, Thom estaba un poco chupado. Claro que entonces se preparaba para sacarse la licencia de jockey y no quería engordar. Ahora tenía los hombros más anchos, y debajo del grueso jersey su cuerpo se adivinaba robusto, sólido. Un cuerpo de hombre. Pero la última vez que se habían visto, Thom era un muchacho.

—Vaya... tienes buen aspecto —dijo ella.

—Tú sí que estás magnífica. —Thom sonrió, divertido, mostrándose relajado—. Pero no pareces tan simpática como antes, por lo que he podido oír.

Kate se sonrojó, y sus manos subieron inconscientemente a las gafas que tan poco le favorecían.

—Oh, perdóname. Es que... Bueno, ya conoces a mi familia. No puede decirse que hagan resaltar lo mejor de mí misma.

Él asintió. Seguía mirándola.

Kate notó que el rubor de las mejillas le irradiaba también el cuello.

—Dios mío —dijo. Y luego—: No esperaba verte, ¿sabes?

Él se quedó donde estaba.

—Creía que ya no trabajabas aquí.

—Y así era. Volví hace unos años.

—¿Dónde estuviste? Quiero decir, ya sé que fuiste a Inglaterra después de que yo me marchase. Pero no sé muy bien a qué te dedicaste.

—Estuve en Lambourn, trabajando una temporada en una

cuadra de caballos de carreras. Luego en otra, en Newmarket. La cosa se jodió y decidí volver a casa.

—¿Llegaste a ser jockey? Lo siento, nunca leo la sección de hípica. No llegué a enterarme.

—Durante un tiempo. Para ser franco, no lo pasé muy bien. Tuve un accidente, y por eso he acabado trabajando aquí.

Fue entonces, en el momento en que él levantó el brazo, cuando ella lo vio. Dio un respingo, mientras se hacía a la idea de que la falta de movimiento de aquella mano nada tenía que ver con la quietud de Thom. Él vio que se fijaba y bajó la vista: una ligera sensación de incomodidad le hizo inclinarse sobre una pierna. Kate comprendió que ella era la causante y sintió vergüenza.

El silencio que siguió fue largo.

—¿Cómo ocurrió?

Él alzó los ojos, como si su franqueza le aliviara.

—Me enganché con el caballo en una puerta de salida. Cuando me sacaron de allí ya no había nada que hacer. —Levantó la mano mala, como si la examinara también—. Bueno, ahora no me molesta. Me las apaño bastante bien.

Kate experimentó una enorme tristeza: le dolía que Thom —precisamente él, con su energía y su garbo, su destreza física— estuviera lisiado.

—Lo siento —dijo.

—Pues no lo sientas. —Su voz se endureció; era obvio que no quería la compasión de Kate.

Hubo un momento de silencio; ella se miraba los pies, él la miraba a ella. Cuando sus ojos se encontraron de nuevo, la expresión de Thom era la de alguien que ha sido pillado en falso.

—He de irme —dijo—. Tengo trabajo con los caballos.

—Bien. —Kate se había quitado las gafas y las toqueteaba.

—Ya nos veremos.

—Sí. Probablemente estaré aquí unos cuantos días.

—Si la familia no te vuelve loca antes, ¿verdad?

Kate se rió, pero sin ganas. Él se dio la vuelta y agachó la cabeza al franquear la puerta.

—Tu hija —dijo, volviéndose de nuevo para mirarla— es una chica estupenda. De veras. Has hecho un gran trabajo.

Kate notó que su cara se iluminaba con una sonrisa, la primera desde que había llegado a Kilcarrion.

—Gracias, Thom —dijo—. Muchas gracias.

Y después él se alejó; una silueta pálida perdiéndose en la oscuridad.

10

Nunca es fácil volver al sitio donde uno creció. Menos aún cuando a la madre de uno parece incomodarle el mero hecho de que hayas crecido. Pero también es verdad que Joy, quien no esperaba de la vida cosas sencillas, sabía de antemano que un reencuentro con su madre no sería cálido ni fácil.

Para empezar, hacía seis años que Joy no volvía a Hong Kong, seis años en los que había seguido a Edward en sus diferentes destinos por todo el mundo, seis años durante los cuales se había convertido —no le cabía duda—, si no en una persona distinta, sí al menos en alguien con una seguridad y unas expectativas superiores a las de la antigua Joy; seis años durante los cuales su padre había muerto y su madre se había ido encerrando cada vez más en sí misma, amargada ante los años que aún le quedaban de vida.

Joy se había enterado del ataque de su padre por telegrama, cuando estaba con Edward en Portsmouth. Había llorado su pérdida en silencio, bajo el peso de la culpa por no haber estado allí en el momento de su muerte, y la sospecha de que, si ella hubiera podido elegir, habría preferido que su madre falleciera antes.

—Oh, bueno, supongo que ella tiene lo que quería —le había dicho a Edward, el cual había arqueado las cejas al oírla hablar con tanta frescura—. Ahora podrá casarse con otro, alguien que cumpla todos los requisitos.

Pero lejos de sentirse liberada una vez viuda, Alice había hecho del difunto Graham Leonard el foco renovado de su vida, volviéndose, si era posible, más amargada de lo que había sido en vida de su marido. «Ya es demasiado tarde para mí», escribía en sus cada vez más numerosos despachos, en los que se podía leer entre líneas que ella no habría quedado en aquella desagradable situación si él hubiera tenido la decencia de morirse unos años antes: antes de que a ella se le ensanchara la cintura, de que se le aflojara la piel y de que el gris pasara a ser el color dominante de sus cabellos, y no un simple indicio del futuro. Antes de que Duncan Alleyne, asustado por la repentina disponibilidad de Alice, desviara su atención hacia la más juvenil Penelope Standish, cuyo marido, si bien ausente con frecuencia, estaba vivito y coleando. En aquellas cartas Alice conseguía sugerir, casi en un tono de mártir, que le sabía mal la ausencia de Joy pero que tampoco quería oír hablar de la posibilidad de que su hija volviera a vivir con ella. «Tú tienes tu propia vida» era una frase recurrente cuando Joy le ofrecía —de mala gana— la habitación libre que tenía en el lugar donde su marido estuviera destinado a la sazón. Alice utilizaba el sarcasmo en ocasiones:

—No te gustaría tener que cargar con una anciana —Si Joy le hubiera aplicado el término «anciana» cinco años antes, se decía a sí misma, los ojos de Alice habrían echado tales chispas que habrían podido prender fuego al papel.

—Querida madre —le respondía en plan sumiso—. Como ya te dije, Edward y yo estaremos encantados de tenerte con nosotros siempre que quieras.

Joy la consideraba una respuesta segura: Alice no cambiaría su casa de Robinson Road, con su suelo de madera y sus buenas vistas (la muerte de su marido podía haber sido prematura, pero estaba muy bien asegurada), por las «inmorales» condiciones en que vivían los matrimonios de la marina, según ella. Pero en todas sus cartas, Joy se aseguraba de incluir alguna alusión a los contagios, la mala conducta entre la servidumbre o el griterío de los niños de la casa de al lado, curándose un poco en salud.

Joy no quería volver a Hong Kong. Creía haber dejado atrás, tras seis años con Edward, a la antigua Joy, con su infelicidad, su desmaña y su falta de libertad, y en vez de sentir la presión de tener que actuar como otra persona había disfrutado siendo tal como era. Su ansia de conocer otros mundos había quedado saciada por frecuentes viajes alrededor del globo, de Hong Kong a Southampton, luego a Singapur, una breve estancia en las Bermudas y por último en Portsmouth; Edward había dicho una vez que la suya era la única esposa de oficial de marina que se alegraba de volver a ver las cajas de embalaje, en vez de suspirar resignada. Pero Joy, sin la carga de los hijos (habían acordado que sería mejor esperar) ni deseos de establecerse, había gozado de cada nuevo destino, ya fueran los grises y salobres cielos de Inglaterra, o las abrasadoras arenas tropicales. Todo era nuevo: eso la ayudaba a ampliar su visión del mundo, como un objetivo gran angular, y mitigaba sus temores de quedar limitada a una vida más rígida y formal.

Y sobre todo, le había permitido estar con Edward, quien pese a que en su presencia había bajado del pedestal de figura divina, había resultado ser por su afecto y sus atenciones mucho mejor de lo que ella había esperado, tanto que Joy tardó más de tres años en dejar de dar gracias cada noche por tenerle. Era feliz; había intentado decirse estas palabras numerosas veces, como si al pronunciarlas pudiese levantar una especie de barrera que impidiera el desvanecimiento de tanta felicidad. Le gustaba sentir que formaban un equipo, que trabajaban conjuntamente, a diferencia de sus padres o de tantas otras parejas que ella había conocido, siempre atosigados por el peso de la decepción, las obligaciones cotidianas y los sueños olvidados. Joy no había tenido que renunciar a sus sueños: tan solo estaba empezando a permitirse tenerlos.

Sin embargo, había tenido que aprender ciertas cosas: a llevar una casa (y en esta cuestión, Joy experimentó una imprevista solidaridad con su madre al enfrentarse al problema de una servidumbre «difícil», a calderas que se empeñaban en estropearse, a la constante y angustiosa pregunta de qué hacer para comer y para cenar). Puesto que siempre había sido una persona más bien solitaria, que se sentía más feliz en su propia compañía —y por tanto más capaz de soportar las largas ausencias de Edward—, también había tenido que acostumbrarse al hecho de que su marido fuese un hombre que necesitaba mucha atención; tanto que, en los primeros años de matrimonio, Joy llegó a sentir claustrofobia cuando, a su regreso, Edward solía seguirla de habitación en habitación, como un perro mendigando sobras. También tuvo que aprender a ser más sociable: la posición de Edward la obligaba a recibir visitas con frecuencia (sus nuevos colegas, sus socios, sus homólogos). Y a Joy le correspondía organizar las cenas, diseñar el menú, dar instrucciones al servicio y cerciorarse de que él tuviera suficientes uniformes (de blanco para el día, chaquetilla corta para la noche), a fin de que su aspecto fuera siempre el adecuado a su categoría.

A Joy no le molestaba todo aquello: como mujer de Edward, las fiestas eran en cierto modo distintas y, ya no tenía que aguantar las interminables presentaciones de posibles candidatos, los deseos no realizados de las casamenteras. Casi nunca le ponía en un aprieto, ni siquiera cuando se quedaba sin saber qué más decir; en cualquier caso, Edward siempre decía que prefería la compañía de ella a la de los demás. A veces los otros hombres, con sonrisas estáticas, le reprendían por ser demasiado atento con su mujer. Aparentemente, no era de buen tono demostrar tanto interés por la pareja.

Así, Joy y Edward inventaron un código secreto: se frotaban la punta de la nariz cuando alguien era muy pesado, se alisaban repetidamente el pelo para denotar pomposidad, se tiraban del lóbulo de la oreja izquierda cuando uno necesitaba ser rescatado. Y Edward siempre acudía en su ayuda, con una copa o un chiste, para librarla de quien la estuviera molestando. Había también otro código, pensado para dar a entender cierta impaciencia por estar a solas los dos. A Joy le hacía ruborizarse. Edward siempre tenía ganas de que estuvieran los dos a solas.

Pero en Hong Kong las cosas serían diferentes. Estaba segura de ello. Volvería a ser la desmañada Joy atormentada por su madre, aquella joven que era un poco «difícil» en sociedad, y no demasiado guapa. La hija del bueno de Graham. (Qué pena, ¿verdad? Y él tan joven...) Suerte que al menos se había casado. Pero tanto tiempo casada y no haber tenido hijos... (¿Qué pensará la gente?)

Habían llegado a la colonia en una de las semanas más húmedas que se recordaban en el lugar. El cuartel de la marina en lo alto del Peak estaba permanentemente envuelto en una niebla gris, y los altos niveles de humedad ambiental obligaban a Joy a tener que cambiarse de ropa al menos tres veces al día, solo para estar presentable. Pero el bloque era de construcción reciente y, mientras supervisaba a los operarios chinos que acarreaban los muebles hasta el espacioso apartamento de la tercera planta, Joy había comprobado entusiasmada que no solo había una enorme sala de estar con vistas al puerto de Aberdeen, un comedor independiente y no menos de tres dormitorios, sino que contaba además con un ultramoderno deshumidificador que, aunque un poco ruidoso, ayudaba a combatir la constante amenaza del moho que se prolongaba durante toda la estación de las lluvias.

Luchar contra el moho era una continua batalla entre las mujeres de la colonia; batalla que libraban con la misma amarga determinación con que sus maridos se habían enfrentado a los japoneses. No se trataba de elegir: si no instalabas pequeños calefactores eléctricos en el armario o te cepillabas los zapatos sin tregua, los oscuros, húmedos y cálidos rincones de los pisos garantizaban que en cosa de dos semanas todo se habría vuelto verde. La caja del tabaco (Joy había descubierto que, aunque no fumaras, era importante poder ofrecer cigarrillos) era una preocupación prioritaria: nada más engorroso que ver a un invitado tratando de encender un cigarrillo húmedo. Y durante todo el tiempo el olor quedaba flotando en el aire, desagradable y rancio, un aviso de las muchas esporas invisibles que te rodeaban. Joy había puesto en marcha el deshumidificador antes incluso de tener todas sus cosas dentro del apartamento, y después, los tres chinos y ella se quedaron de pie, asintiendo complacidos mientras la máquina empezaba a extraer la humedad, ronroneando por lo bajo.

Habían tenido suerte con aquel apartamento, le dijo otra esposa de oficial mientras aconsejaba a Joy sobre el mejor modo de bajar un cestito mediante una cuerda cuando el cartero silbaba desde abajo (era una lata tener que bajar personalmente): desde que los comunistas habían tomado el poder en China, muchos ciudadanos chinos habían escapado a Hong Kong, con lo cual el problema de la vivienda era en verdad espantoso. Y el aspecto resultaba todavía más caótico con los barrios de chabolas que se encaramaban a las colinas, y los sampanes repletos de gente que ocupaban hasta el último rincón del puerto. La colonia había ganado en importancia como centro comercial de primer orden, y cada vez era más difícil hacerse con una casa buena, aparte de que los alquileres no dejaban de subir.

Había habido algunos cambios interesantes: aunque era más fácil que tu *amah* se ocupara de comprar alimentos frescos, gracias a la cadena Dairy Farm ahora era posible conseguir chucherías para los invitados, como ostras, que llegaban de Sidney por vía aérea. Había más tiendas y una mayor variedad de productos a la venta; era más fácil conseguir revistas y libros, y la afluencia de maestras y enfermeras jóvenes significaba que ya no había problema para llenar el cupo en las cenas. La mayoría de las enfermeras eran muy alegres, y comentaban en tono festivo sus duras experiencias con las tropas; solían ser bastante populares entre los oficiales jóvenes (más que las maestras, que eran menos animadas y, sobre todo, bastante más mayores). Eran también lo bastante osadas para acompañar a los hombres al Wan Chai, el barrio más animado por las noches, donde clubes como el Smoky Joe's o el Pink Pussycat empezaban a obtener pingües beneficios de la necesidad que soldados y comerciantes solitarios tenían de un poco de diversión después de cumplir sus respectivos horarios. A Joy le picaba la curiosidad y le habría encantado descubrir qué había en ellos tan escandaloso, pero Edward no parecía tener ningún interés, y no eran sitios adonde una mujer respetable podía ir sola, especialmente al anochecer.

A todo esto, la madre de Joy no paraba de quejarse del alboroto que organizaban los albañiles, y de que todas las buenas vistas estuvieran desapareciendo a golpe de edificio nuevo. Desde las ventanas que daban al oeste ya no podía ver el mar, comentaba, por culpa de los bloques de oficinas que estaban surgiendo alrededor de Central y Des Voeux Road, mientras que subir al tranvía se había convertido en una aventura desagradable. No es de extrañar que quedara impresionada por el coche de Joy, un Morris blanco, que su hija gustaba de conducir cautelosamente cada día hasta el muelle para ir a buscar a su marido.

—Te acompaño a Stanley Market, si quieres —dijo Joy observando la cara de sorpresa de su madre cuando sacó el coche del garaje. A Alice, la independencia de su hija le resultaba pasmosa. «Insólita» era la palabra que solía emplear cuando hablaba con su hija. «Para mi gusto, un poco masculina», le decía a la madre de Stella. Podía permitirse reconocerlo delante de la señora Hanniford, pues todo el mundo sabía que Stella había plantado a su marido piloto, y su familia no estaba por tanto en situación de juzgar.

—No quisiera causarte ningún problema —dijo Alice, sujetando fuerte su bolso contra el estómago, como si se aguantara las entrañas.

—Mira, mamá, no hay ningún problema. He de comprar una mantelería nueva y tú puedes ayudarme a elegir. Vamos, te gustará dar una vuelta.

—Lo pensaré —dijo Alice.

Si bien los pronósticos de Joy sobre su propia desmaña en

sociedad y sobre su regresión a un estado adolescente no se habían cumplido con el regreso a Hong Kong, los relativos a sus dificultades con su madre habían resultado enormemente acertados. Aunque no padecía excesivas interferencias por parte de su madre (como mucho, tenía que convencer siempre a Alice para que la acompañara a todas partes), seguía teniendo que soportar la censura de sus labios fruncidos, el aire de desilusión —teñido ahora de martirio— y una clara punzada de celos. Cuando, al llegar del muelle, Edward intentaba algo más afectuoso que el típico beso en la mejilla, Alice volvía la cabeza para evitar mirarlos. Si Edward invitaba a Alice a cenar (él era muy paciente, pensaba Joy agradecida, pero era debido a que ambos sabían que Alice no podía influir mucho en la vida de su marido), ella aceptaba de mala gana, pero solo después de afirmar repetidas veces que no quería «entrometerse». Si proponía ir con Joy a montar por los Nuevos Territorios, los dos solos, Alice levantaba las cejas como si Edward hubiera propuesto embarcarse en alguna actividad sexual pública antes de los entremeses.

Joy trataba de ser comprensiva, pero, como le decía a Edward en privado, era muy mortificante tener que quitar importancia a la propia felicidad personal para que tu madre no se pusiera de mal humor.

—Lo sé —le dijo a Alice, poco después de ir sola a Stanley Market, mientras su madre examinaba el mantel recién comprado con un mal disimulado gesto de desaprobación—. Quizá podrías ayudarme a encontrar un *amah*.

—¿Qué clase de *amah*?

—No lo sé —dijo Joy, que estaba muy cansada—. Alguien que pueda echar una mano, hacer la colada. No había caído en la cuenta de la cantidad de camisas que Edward utiliza por culpa de la humedad.

—¿Y quién cocina en tu casa?

—Yo —dijo Joy, casi disculpándose—. Bueno, cuando no tenemos visitas. Me gusta cocinar para él.

—Necesitarás un *amah* para la colada y otra principal para

cocinar —dijo Alice con firmeza, más segura de sí misma ante las deficiencias de su hija en el frente doméstico—. El *amah* principal podrá cuidar de los hijos, cuando los tengas.

No pareció apercibirse de la mirada fulminante de Joy.

—Bueno —dijo, ojeando su libreta de teléfonos repujada en piel—, hay una tal Mary en Causeway Bay que está buscando trabajo. Me tomé la libertad de coger su número la semana pasada porque Bei-Lin se estaba poniendo imposible y pensé que debería saber que no es insustituible, por más años que haya estado a mi servicio. No es la misma desde que murió tu padre, ya sabes. Se ha vuelto muy malhumorada. Y si mal no recuerdo, Judy Beresford dijo que conocía a un *amah* cuya familia se va a trasladar al continente. La telefonearé para averiguar si todavía está disponible. Creo que te iría muy bien. —Hizo una pausa para mirar a Joy, con recelo—. Eso, si no te parece que me estoy entrometiendo —añadió.

—Es una gran noticia —dijo Edward mientras cenaban—. Tienes cosas muy buenas, cariño, pero lavar la ropa no es tu fuerte. Empezaba a pensar que iba a tener que lavarme yo las camisas. Pero ¿para qué diablos necesitamos contratar a otra sirvienta? Que yo sepa, no tenemos hijos.

Joy levantó la vista del plato.

Edward la miró. Luego, durante un buen rato, se dedicó a contemplar la mesa.

—¿Cómo es que no bebes nada? —dijo Edward.

Kate estaba justo detrás de la puerta, observando desde el pasillo a su madre y su hija que, con las cabezas casi tocándose, hacían comentarios sobre una vieja fotografía que Joy sostenía en su mano callosa. Sabine estaba diciendo que el viejo coche blanco «molaba» mucho, mientras Joy se reía del miedo que le había dado conducir por las ya entonces atestadas calles de Hong Kong.

—Hacía muy poco que había aprendido —estaba diciendo—. Tu abuelo me enseñó a conducir porque las escuelas salían muy caras, pero los dientes le rechinaban más de una vez. Y después siempre teníamos que parar a tomar una copa.

Había subido para ver si encontraba a Sabine, que debía de estar montando o encerrada con uno de sus dos abuelos (leyéndole a él o bombardeándola a ella con preguntas sobre la vida «en los viejos tiempos», ahora que la amenaza de Christopher y Julia había quedado relegada a la distancia que los separaba de Dublín). De modo que Kate, que estaba desocupada, se había dedicado a recorrer la casa y el terreno, preguntando casi con patetismo si alguien había visto a su hija, deseando compartir con ella unos momentos de intimidad.

Pero Sabine, al parecer, prefería pasar el menor tiempo posible con su madre. Y Kate se decía a sí misma que se sentía menos rechazada (desde los trece años, Sabine no había querido estar demasiado en su compañía) que divertida por la pasión que su hija mostraba por todo lo irlandés. Había hecho migas con sus abuelos de un modo totalmente desinhibido, había descubierto un amor insólito por el pequeño caballo rucio y, lo más sorprendente de todo, había abandonado su necesidad urbana de ser «una tía guay». Ni siquiera le importaba que las zapatillas de deporte se le mancharan de barro. Pero tampoco disimulaba su enojo cuando Kate intentaba ayudarla, ya fuera ofreciéndose a llevar la bandeja de su padre o a darle un respiro a Sabine en sus cuidados.

—Últimamente, se lo ha tomado como una misión personal —dijo la señora H con afecto—. Nadie lo habría dicho a juzgar por el modo en que fueron las cosas cuando llegó a esta casa.

La señora H había aportado la única voz sensata de la casa, proporcionando la más cálida de las bienvenidas (que las hubo, pensaba Kate amargamente, solo que en el sentido más laxo del término), y asegurándole que la felicidad de su hija en Kilcarrion era una cosa bastante reciente. Pero luego Kate vio el modo en que Sabine hablaba con la señora H, y eso la hizo sentirse también excluida.

Solo había habido un breve momento de distensión en su relación, cuando Kate había ido una noche al cuarto de Sabine y le había comunicado la noticia de que Justin y ella ya no estaban juntos. Kate creía tener la responsabilidad de decírselo, y se lo había hecho saber con dulzura, temiendo que Sabine lo intepretara como un nuevo revés en su vida (y temiendo también ponerse ella a llorar si lo explicaba sin cierta brevedad y distanciamiento). Pero Sabine solo se había quedado muy quieta, como si oyera algo que esperaba oír desde hacía tiempo, y luego, satisfecha, le había dicho que no le «extrañaba».

—Entonces ¿no te preocupa?

—¿Por qué debería preocuparme? Justin era un imbécil.

Kate había tratado de reprimir un respingo ante la crudeza de su hija. Había olvidado lo delicada que podía ser Sabine con el vocabulario.

—Entonces ¿crees que he obrado bien?

—¿Qué más me da a mí lo que puedas hacer? Tu vida es cosa tuya. —Sabine había vuelto la cabeza, dispuesta a seguir con lo suyo—. De todos modos, me lo esperaba —había dicho, con la vista clavada en la página del libro que tenía delante.

Kate se había quedado mirando fijamente el rostro de su hija.

—No será porque alguno de tus novios te haya durado mucho, ¿verdad? A diferencia de los abuelos.

Aquellas palabras habían sido pronunciadas en un tono sereno, pero con la fuerza de un proyectil, y Kate, herida, había salido rápidamente de la habitación. Desde entonces Sabine había sido más amable con ella, consciente tal vez de que podía haber resultado demasiado áspera, pero seguía estando aparentemente más cómoda con cualquier otra persona de la casa.

Y Kate, que ahora no conseguía dar con ella, había encontrado la respuesta en el estudio.

Pero al verlas allí sentadas a las dos, relajadas, más a gusto en su respectiva compañía de lo que ninguna de las dos lo había estado junto a ella, Kate notó que se le formaba un nudo en la garganta al tiempo que experimentaba la sensación infantil de que la dejaban fuera de juego. Cerró la puerta suavemente y se fue al piso de abajo.

Si Sabine hubiera sabido las lágrimas que su madre derramó en su ausencia, probablemente se habría sentido un poco culpable, o habría deseado consolarla; a fin de cuentas, no era una muchacha malvada. Pero tenía dieciséis años y, por tanto, consideraba que había cosas más importantes en que pensar, como si saldría o no con Bobby McAndrew. El chico la había llamado dos días después de la cacería (ansioso, pero sin excederse, como había notado Sabine complacida) y le había propuesto ir al pub, al cine o a donde ella quisiera. Joy, que había contestado al teléfono, le había pasado el auricular a Sabine diciendo que era uno de sus «amiguitos». Bobby, que lo había oído, se había echado a reír: «Aquí Bobby, tu amiguito», y con eso había roto el hielo y había conseguido que Sabine no se sintiese tan rara por la posibilidad de salir con un chico irlandés.

Pero ahora, a pocos días del sábado, no estaba tan segura de aceptar. Sería fácil salir de la casa (por el momento, nadie parecía estar muy al corriente de sus idas y venidas), pero no estaba segura de querer pasar toda una velada con Bobby. No recordaba si le había gustado: su cara se había vuelto borrosa e indefinida, y lo único que recordaba de verdad era que Bobby no tenía el pelo castaño oscuro ni la piel olivácea, que eran, según había decidido recientemente con ayuda de las revistas femeninas de la señora H, los rasgos de su «tipo ideal». Y él, con toda probabilidad, querría echarse encima de ella, sobre todo si iban al cine, y aunque a ella le gustara Bobby, no había acabado de decidir si eso no equivaldría un poco a ser infiel. Porque aun cuando Thom no había mostrado el menor indicio de querer echarse encima de ella, Sabine no quería renunciar todavía a esa posibilidad. Podía darse el caso de que Thom fuera un poco tímido.

Annie no le sirvió de mucho. Es cierto que había escuchado los apuros de Sabine, pero lo había hecho a su estilo, esto es, mirando por la ventana, frotándose las manos sin parar, encendiendo un par de veces el televisor y paseándose luego por la salita, como quien busca algo que ha perdido (y ojalá pudiera recordar qué es).

—Yo creo que deberías ir —dijo Annie—. Te conviene hacer amigos.

—No necesito más.

—Entonces, te hará bien salir un poco de esa casa. Pasas demasiado tiempo con tu abuelo.

—Pero ¿y si quiere ser algo más que mi amigo?

—Entonces te habrá salido un novio.

—¿Y si resulta que no sé si quiero tener novio?

Llegadas a este punto, Annie había puesto cara de cansancio y le había dicho a Sabine que realmente no sabía qué opinar, que estaba muy fatigada. Finalmente, le había pedido si podía volver un poco más tarde, porque iba a acostarse un ratito; lo cual, para frustración de Sabine, solía ser el final de la mayoría de las conversaciones con Annie desde hacía días. Sabine hubiera querido consultarlo con su madre, y pedirle quizá que le comprara algo nuevo que ponerse. Pero Kate se habría puesto nerviosa con el asunto de la «cita» de Sabine y habría insistido en acompañarla para saludar al chico, o bien se habría hecho la dolida porque Sabine estaba empezando a vivir a su aire. Ella sabía que a su madre le fastidiaba que ella se sintiera muy a gusto en Irlanda. No es culpa mía, quiso gritarle cuando la vio como un alma en pena rondando por la casa. Fuiste tú la que complicó nuestras vidas, la que me hiciste venir a esta casa.

Lo ocurrido con Justin la había complacido bastante, por más que no lo hubiera admitido delante de Kate. Pero estaba claro que él había plantado a su madre, y no al revés, y eso hacía que Sabine no pudiera sentir ningún respeto por ella.

Al final se lo dijo a su abuelo. Ahora era muy fácil hablar con él, pues ya no se quejaba a gritos de que hablaba flojo ni se enfadaba por los horarios de las comidas. Al abuelo le gustaba que se sentara a su lado y que hablara cuanto quisiese: Sabine lo notaba porque el rostro se le ablandaba como la mantequilla, y, de vez en cuando, cuando ella le tomaba la mano (tenía un tacto suave de pergamino, no horripilante como ella había creído), él se la apretaba ligeramente, dando a entender que comprendía lo que le había dicho.

—Seguramente te caería bien —dijo Sabine, con los pies apoyados en la cama—, porque le gusta la caza, ¿sabes?, y sabe montar. Cuando salta no se agarra a la crin ni nada de eso. Incluso puede que conozcas a su familia. Se llaman McAndrew.

En ese momento tuvo la certeza de notar un ligero aumento de la presión.

—Pero tampoco es que la cosa vaya en serio. Quiero decir, no pienso casarme con él y tener hijos suyos. Lo único que pasa es que me conviene hacer amistades.

Un hilillo de saliva clara había escapado de la comisura de la boca del abuelo, como un riachuelo que baja por una ladera. Sabine cogió el pañuelo de la mesita de noche y se la limpió.

—Una vez me pasó eso yendo en metro —dijo, risueña—. La noche antes había llegado tarde, muy tarde, aunque mamá no lo sabe porque yo estaba en casa de mi mejor amiga, y me quedé dormida encima del hombre que había al lado. Y cuando desperté, el pobre tenía una mancha húmeda en el hombro, de la baba que yo había soltado. Quise morirme allí mismo.

»Bueno, quiero decir que me dio mucha vergüenza. Claro que, tampoco está mal pensado. Si al final decido que ese Bobby McAndrew no me gusta, siempre puedo dejarlo perdido de baba en el cine. Seguro que el truco funciona.

Sabine saltó de la cama, consciente de que la enfermera estaba a punto de volver.

—Ya te contaré —dijo, alegremente, dándole un beso en la frente—. Cuídate.

A su espalda, enterrado bajo las colchas y custodiado por aparatos médicos, el abuelo de Sabine cerró la boca.

Kate había escrito cuatro opciones en unos pedazos de papel: volver a Londres; volver a Londres dentro de una semana; irme a un hotel y a la mierda lo que cueste; y no te dejes agobiar por esta gentuza. Según Maggie, había que doblar los papelitos, lanzarlos al aire, coger uno, y que el destino eligiera las instrucciones que había que seguir. Como método para la acción, siempre salía mal. Mientras que todo su ser la empujaba a tomar el ferry de regreso, el sistema de los papelitos propuso la tercera opción, que ella no podía permitirse a poco que usara la cabeza, y que era lo más alejado posible a algún tipo de solución.

Pero una semana en la casa paterna la había llevado a ese extremo, según reflexionó mientras caminaba a ritmo furioso por los campos enfangados que bordeaban el río. A trucos y supersticiones de colegiala. Al rencor contra sus padres. A la incapacidad de hablar sin meter la pata. A una edad emocional de quince años.

No era así como había planeado el regreso a casa: ella quería una cosa suave, serena y elegante; Kate la escritora de éxito, tal vez con un par de libros bajo el brazo; un hombre guapo e inteligente como pareja, una hija feliz y cariñosa; una innata seguridad en sí misma que los habría obligado a todos a reconocer que ella estaba en lo cierto, que se podía vivir de otra manera. Por eso son tan amables contigo, había querido gritarle a su hija, porque haces las cosas a su manera. Les es fácil ser simpáticos contigo cuando tú les haces caso. Las cosas se complican cuando haces lo que a ti, y no a ellos, te parece bien.

Naturalmente, la historia había sido otra: Kate había vuelto poco menos que como la oveja negra de la familia, pisoteada, ridícula. Volvía a ser la inadaptada: la que no montaba a caballo, la excéntrica que no era capaz de conservar un buen empleo, una relación decente, opinión tan generalizada que hasta su hija la miraba a través del mismo y poco generoso prisma. Y puesto que no tenía ese empleo bien pagado ni ese hombre decente, no podía ir a dar una vuelta en coche, ni perderse en el pub o en un cine, como haría un adulto normal, sino que estaba condenada a patear unos campos húmedos, su única alternativa para hurtarse al horror de la casa familiar.

Ballymalnaugh no tenía ni siquiera unos alrededores especialmente bonitos, solo una sucesión de campos anodinos, donde el famoso verde esmeralda no era sino marrón bajo el cielo de un gris uniforme, flanqueados por setos bajos y salpicados de cruces de caminos siempre desiertos. No tenía el ondulado encanto de los Downs de Sussex, ni la belleza salvaje e indómita de los Peaks. Lo que sí tenía, pensó amargamente, eran ovejas mojadas. Y escuálidos árboles chorreantes. Y barro, mucho barro.

Como era de esperar, había empezado a llover. Y es que toda su vida formaba parte de un gran chiste cósmico. Y lógicamente, como era una tonta de ciudad, no había pensado en coger un paraguas ni un impermeable. Mientras el agua se le colaba por la nuca, Kate levantó la vista al cielo encapotado y cada vez más oscuro, y meditó con añoranza sobre la opción número uno. Vete, pensó. Vuelve a Londres. Papá parece que está estable: podría durar meses así. Nadie podía pedirle que lo abandonara todo hasta que tuviera lugar un desenlace, ¿verdad? Pero luego estaba el asunto de Sabine: Kate tenía la inquietante sospecha de que si se iba a Londres, las oportunidades de que Sabine volviera a casa se reducirían a cero.

Como haciéndose eco de su estado de ánimo, la lluvia arreció convirtiendo la fina y envolvente llovizna en auténticas cortinas de agua, casi sólidas. Mientras se dirigía hacia un soto, Kate se dio cuenta de que casi no veía nada, el gris paisaje invernal que la rodeaba se había vuelto borroso. ¿Por qué demonios no ponen limpiaparabrisas en las gafas?, se preguntó enojada, tiritando en su chaqueta de lana prácticamente empapada camino del abrigo de los árboles.

Fue entonces cuando oyó aquel sonido: un golpeteo amortiguado, de ritmo irregular, puntuado por un cascabeleo distante. Esforzándose por ver, Kate miró en la dirección de donde procedía el ruido. Las gafas empañadas apenas le dejaban ver algo, pero poco a poco, entre la lluvia, empezó a distinguir la forma de un caballo que iba hacia ella por el monte. Un caballo enorme y gris que resoplaba, rodeado del cambiante vapor de su propio cuerpo; una imagen que le recordó la de un caballero medieval regresando de una cruenta batalla. Kate retrocedió hacia los árboles.

Pero la bestia, que la había visto, aflojó el paso y se fue acercando, con la cabeza gacha como para confirmar su presencia. Y fue entonces cuando Kate le vio a él. A horcajadas sobre el caballo, oculto bajo un enorme chubasquero marrón y un sombrero de ala ancha: Thom en persona. Él la miró dos veces, sin dar crédito a sus ojos, y se detuvo.

—¿Estás bien?

Kate tuvo que luchar contra la parálisis que su repentina aparición le había causado. Cuando consiguió hablar, lo hizo en un tono cortés y elocuente, ocultando sus verdaderos sentimientos.

—Nada que un paraguas, una ropa seca y una vida nueva no puedan curar. —Se apartó el pelo de la cara—. Estaba esperando a que dejara de llover para volver a la casa.

—Estás empapada. —Thom se movió en la silla de montar—. ¿Quieres subir? Este jaco es buenísimo. Así llegarás mucho más rápido.

Kate miró el enorme caballo, cuyos cascos se movían inquietos demasiado cerca de los pies de ella, y cuya imponente cabeza se sacudía la lluvia con impaciencia. De vez en cuando se le veía el blanco de los ojos, y su aliento le recordó las vaharadas de un dragón de cuento.

—Gracias, pero creo que esperaré.

Thom se quedó muy quieto. Ella notó que la miraba y se sintió en desventaja, a su merced. Se enjugó las gafas.

—De veras, estoy bien.

—No puedes quedarte aquí. No va a dejar de llover, al contrario. Podrías estar esperando toda la noche.

—Thom, por favor...

Pero él se había inclinado hacia delante, había pasado la pierna sobre la silla y había echado pie a tierra. Sujetando las riendas con una mano, se acercó a Kate chapoteando en la tierra mojada y se quitó el sombrero marrón.

—Toma —dijo—. Ponte esto. —Pasó la mano húmeda por su pelo corto y oscuro, que quedó erizado en forma de púas relucientes—. Y esto también—. Se había quitado el chubasquero y se lo lanzó a ella.

Kate lo cogió sin decir palabra mientras le miraba el jersey, salpicado con las primeras gotas que empezaban a abrirse paso entre la espesa bóveda. Se dio cuenta de que no se le notaba la lesión del brazo a menos que uno le mirara la mano correspondiente.

—Vamos, póntelo —dijo él—. Iremos a pie.

—Te vas a empapar.

—No por mucho tiempo. Si te quedas aquí con eso que llevas puesto —señaló despectivamente la chaqueta de Kate, que servía para protegerse de las peores inclemencias de Londres—, pillarás una pulmonía. Vamos, es lluvia protectora.

—Estoy... estoy... —empezó a decir ella.

—Helada. Mojada. ¿Qué? Cuanto antes te decidas, antes llegaremos a casa.

Kate se puso el impermeable. Pensado para cubrir la silla además de su jinete, le llegaba casi hasta los tobillos. Thom sonrió al verla ajustarse el sombrero.

—Oye, ¿por qué no te vas tú a caballo? —le sugirió ella—. Así no te mojarás tanto. Yo estoy bien con esto que llevo ahora.

—Te acompañaré a pie —insistió él, y ella decidió no discutir más.

Siguieron el arroyo en silencio. Solo se oía el clop clop de los cascos del caballo y, de vez en cuando, el choque metálico del bocado contra sus dientes. Más allá del seto, la niebla estaba tan baja que donde normalmente se divisaban las chimeneas de Kilcarrion, ahora solo había un vacío gris y silencioso. A pesar suyo, Kate se estremeció.

—¿Estás paseando sola por algún motivo en especial? —Tenían que hablar más alto de lo normal, casi a gritos, para imponerse al fragor de la lluvia.

—Sola y no a caballo, ¿lo dices por eso?

Él se rió.

—Ya sabes a qué me refiero.

Kate se miró las botas. Sus pisadas se hundían en el lodo, haciendo que perdiese el ritmo.

—No es cosa fácil —dijo finalmente—. Volver a casa, quiero decir.

—Tienes razón.

—¿Entonces? —Kate se detuvo y le miró—. ¿Por qué volviste tú?

Thom, que también iba cabizbajo, levantó la vista y la miró apenas un instante.

—Ah, es muy largo de contar.

—Tenemos media hora de camino. A menos que pase un taxi.

—De acuerdo. Pero empieza tú.

—Bien. Yo he vuelto porque mi padre se está muriendo. O al menos eso creo. Aunque tú seguramente sabes más detalles que yo. —Le miró a los ojos, pero él se encogió de hombros; un gesto un tanto contradictorio. Ella advirtió, no sin sentirse culpable, que el jersey que llevaba estaba empapado y parecía pesarle el doble.

»Y quería ver a Sabine. Pero ha pasado algo desde que está aquí, y ella... —Kate alzó la cabeza, tratando de que la voz no se le quebrara— ella no parece tener ganas de volver a Londres.

Bueno. Ya lo había reconocido. Miró a Thom esperando

alguna respuesta, algún indicio de opinión por su parte, pero él siguió andando con la cabeza gacha. Kate suspiró.

—No puedo decir que la culpe. En casa, bueno, ha habido bastante jaleo últimamente. Dejé a mi pareja por otro hombre y luego él, pues... bueno, resultó no ser como yo esperaba. Así que ahora estoy sola. —Tropezó y miró hacia Thom, tratando de sonreír—. No creo que eso te sorprenda mucho.

Pero él siguió caminando. Kate dudó de nuevo, reprimiendo las ganas de llorar.

—Pero yo pensaba que Sabine se alegraría, que querría volver a casa y estar conmigo, las dos solas. A ella nunca le ha gustado ninguno de mis novios. Y pensaba que iba a odiar esta casa, con todas sus normas y sus rígidos horarios, y cazar, cazar, cazar. Siempre quise que Sabine creciera libre de todo esto. Nada de rigideces, nada de ceremonias, nada de esa constante sensación de que las cosas están bien o están mal. Solo quería que fuera feliz, que fuésemos amigas. Pero... —Al llegar a este punto se subió las gafas e introdujo un dedo por debajo, agradeciendo que el ala del sombrero ocultara las lágrimas que se empeñaban en brotar— parece ser que esto le gusta. Que lo prefiere a vivir conmigo. Así que la razón de que esté mojándome es, francamente, que me siento como una pieza de repuesto. No sé qué hacer conmigo misma. Ni ahora ni después. Y creo que nadie de esta familia sabe tampoco qué hacer conmigo. —Soltó el aire, estremeciéndose—. Estoy hecha un lío, la verdad —dijo, como si se disculpara.

Thom, con un brazo sobre el pescuezo agachado de su caballo, parecía abismado en sus pensamientos, ajeno a los riachuelos que le caían del pelo y corrían por su mandíbula para gotear al cuello del jersey.

Caminaron en silencio hasta llegar a una valla de cinco barras, que él abrió, servicial, apartando al caballo hasta que Kate hubo pasado.

—Es estúpido —dijo ella, con ganas de llenar el silencio ahora que el diluvio había menguado. No tenía idea de que el campo pudiera ser tan silencioso—. Aquí me tienes, con treinta y cinco años y todavía no sé qué hacer de mi vida. Ya va siendo hora de aclararse. Mi hermano ha salido adelante. La mayoría de mis amigos, también. A veces creo que soy la única persona a la que no le han explicado las reglas, ya sabes, las que te enseñan a hacerte adulto.

Se dio cuenta de que había subido el tono de voz. Estaba empezando a parlotear.

—¿No piensas decir nada? —preguntó, después de que él hubiera cerrado la valla.

Thom la miró. Sus ojos, enmarcados por negras pestañas mojadas, eran de un azul sorprendente. O quizá era que alrededor de ellos todo parecía gris.

—¿Qué quieres que diga? —replicó él. Extrañamente, no sonó como una frase hecha, sino como una verdadera pregunta.

Aproximadamente a medio kilómetro de allí, en una habitación menos húmeda, pero no demasiado, Sabine y Joy estaban hojeando algunos álbumes de fotos. Lo había propuesto Joy, cosa que sorprendió a Sabine pese a que últimamente había muchas cosas de su abuela que le sorprendían: que hubiera aceptado sin murmurar su plan de salir con un chico, que de repente hubiera empezado a dejar que los perros durmieran por la noche en su cama, que quisiera hacer prácticamente cualquier cosa antes que estar en la misma habitación que su marido.

Al cual, por otra parte, adoraba.

Sabine contempló la fotografía de la pareja el día de su sexto aniversario de boda. Joy estaba sentada en un taburete con un vestido oscuro de cuello a rayas abotonado hasta arriba y una falda larga, y su sonrisa sugería que se estaba aguantando la risa. Él, siempre de uniforme blanco, estaba de pie a su lado, con una mano en el hombro de ella y la otra sujetando la de Joy con despreocupado afecto. También hacía esfuerzos para no reír.

—El fotógrafo era malísimo —dijo Joy con cariño, limpiando un polvo inexistente de la página—. Un chino encantador, pero usaba espantosas expresiones inglesas que los soldados debían de haberle dicho que significaban otra cosa. Él creía estar diciendo que te arrimaras a tu marido, pero en realidad decía algo en argot, como... —Joy miró a Sabine—. En fin, tu abuelo y yo no sabíamos qué cara poner para disimular. Si no recuerdo mal, después acabamos partiéndonos de la risa.

Sabine miró el retrato, dando vida en su imaginación a los dos enamorados, cómplices en su alegría y explotando después al salir a la luz del día. Era como si tuviesen alrededor un escudo invisible, como si su felicidad no dejara espacio para nadie más. Yo quiero a un hombre que me mire así, pensó. Quiero sentirme así de amada.

—¿Tú y el abuelo no discutíais nunca?

Joy volvió a poner el papel de seda sobre la página del álbum.

—Claro que sí. Bueno, más que discutir, estábamos en desacuerdo. —Levantó la vista y miró por la ventana—. Creo que para nuestra generación todo fue más fácil, Sabine. Cada cual conocía su papel. No existían todas esas historias sobre quién hace qué, como ahora.

—Y además teníais sirvientes. No había que discutir sobre quién hacía la colada.

—Es verdad.

—Pero seguro que alguna vez te hizo enfadar. Seguro que alguna vez os odiasteis. Nadie es perfecto, dicen.

—No le he odiado nunca.

—Pero alguna pelea tuvo que haber. Todo el mundo se pelea. —Por favor, no quiero creer que eso solo le pasa a mi madre, pensó.

Joy apretó los labios, como si reflexionara antes de hablar.

—Hubo un día, solo uno, en que tu abuelo hizo que me disgustara de verdad.

Sabine esperó una explicación detallada de aquel día aciago, pero Joy no dijo más.

La abuela suspiró y siguió hablando.

—Después de aquello fui muy infeliz, y pensé: «¿Por qué tengo que quedarme aquí? ¿Por qué tengo que aguantar esto?». Y entonces me vino a la cabeza una frase ridícula... de la ceremonia de la coronación. Cuando éramos jóvenes estábamos bastante obsesionados con la coronación, ¿sabes? Y tal como a mí me pareció en su momento, se debía a que necesitábamos agarrarnos a algo. Tenía que ver con el deber y con el honor. Y pensé en el entusiasmo que había despertado en todo el mundo aquella joven que renunciaba a su vida con aquel marido tan atractivo por cumplir un deber: gobernar su «reino temporal», como se decía entonces. Y me di cuenta de que no se trataba de la felicidad personal, sino de no decepcionar a nadie, de mantener vivos los sueños de otras personas.

Miró a lo lejos, momentáneamente cautiva de sus propios recuerdos.

—Así que aguanté. Y todas aquellas personas que se habrían sentido decepcionadas si no lo hubiera hecho... bueno, creo que fueron felices con mi actitud.

Pero ¿y tú?, quiso decir Sabine. De repente, su abuela adoptó un tono más brusco.

—Santo cielo, mira cómo llueve —dijo—. No me había dado cuenta. Vamos, tenemos que sacar a esos caballos del campo de abajo. Échame una mano antes de irte.

11

Thomas Keneally había salido de Irlanda a los diecinueve años, sin dinero ni perspectivas de trabajo, camino de Lambourn, en Inglaterra, donde según sus colegas un hombre con tan buenas manos y, lo más importante, unos huevos de acero, encontraría trabajo como jockey de saltos. Thomas dejaba a sus espaldas un buen empleo, otras dos ofertas de trabajo por parte de reputados entrenadores irlandeses y a sus desconsolados padres, los cuales, aun admitiendo que inevitablemente sus hijos crecerían y querrían irse de casa, siempre habían pensado que el primero en marcharse sería su hijo mayor, Kieron. Así lo había esperado el padre de Thom; sin embargo, Kieron había tenido ya dos accidentes de coche y, a diferencia de su hermano, nunca daba a su madre una parte de su sueldo. Los padres de Thom no quisieron preguntarle por qué se marchaba, pero habían sido discretamente informados por su tía Ellen, que trabajaba en la casa grande, de que «podía tener alguna relación con la hija». Por esta razón, y hasta que murió casi nueve años después, la madre de Thom guardó un rencor callado pero ominoso a Kate Ballantyne, a pesar de que Thom no la había mencionado jamás, y teniendo en cuenta que ella solo la había visto un par de veces y la propia Kate había dejado el pueblo bajo sospecha unos meses antes que Thom. Estaba el bebé, por supuesto, pero Thom, cosa extraña en él, casi le había arrancado la cabeza cuando su madre le había preguntado si la criatura tenía algo que ver con él. Claro que Thom no era la clase de chico al que se podía coaccionar sin más.

Tal como le habían pronosticado, encontró trabajo con facilidad, en una caballeriza importante de una mujer que combinaba una impresionante capacidad para coquetear con todo el mundo (incluidos sus animales), la energía (y constitución) de un caballo de tiro y un genio capaz de levantar ampollas de tercer grado en la piel. Le gustaba Thom: era un chico franco, bueno con los caballos y, sobre todo, no le tenía miedo. Los mozos de la caballeriza murmuraban que a ella le gustaba por otros motivos, pero Thom era tan ambicioso y trabajaba tan duro, que nadie que los conociera un poco podía dar crédito a los rumores.

Thom no era, en el argot del ramo, uno de los chicos. No iba con sus colegas al pub cada viernes por la noche para gastarse su magro sueldo en cerveza, ni llevaba a chicas de la localidad para seguir tomando copas y algo más a las frías y mal acondicionadas caravanas que les servían de alojamiento, ni se sentaba a tomar tazones de café negro con sacarina después del trabajo de la mañana, quejándose de la paga y de las muchas horas que tenían que trabajar los jockeys aprendices. Thom estaba por la labor, leía sobre caballos de carreras, salía a montar siempre que le era posible y enviaba a sus padres el poco dinero que tenía. La suya era, como él admitiría después, una conducta casi nauseabunda.

Y esa fue la razón por la cual, cuando cuatro años más tarde un caballo de cuatro años y muy mal genio llamado Never on Sunday tuvo un acceso de pánico y salió disparado de la cuadra, aplastando de tal manera el brazo de Thom que quedó colgando de dos tendones y un hueso astillado, la única persona que lo sintió de veras fue la entrenadora (también lo sentía por sí misma: desde que estaba en el negocio, nunca había tenido a nadie que trabajara tanto como Thom), aparte de los corredores de apuestas, que habían notado hacía tiempo la misteriosa pero afortunadamente predecible capacidad de

Thom para entrar con su caballo en segundo lugar. Los otros mozos, aunque compasivos (al fin y al cabo, podía haberle ocurrido a cualquiera de ellos), albergaban un callado sentimiento de *schadenfreude*,* y se decían por lo bajo unos a otros que ser «el enchufado» no servía para nada bueno.

Thom pasó buena parte del año siguiente en el hospital, primero luchando contra la infección producida por la amputación, y después para que le acoplaran el miembro postizo. Justo es decir que no se adaptó enseguida a su nuevo hándicap, pese a los esfuerzos de la entrenadora, quien haciendo gala de una insólita falta de su realismo habitual (Thom llegó a preguntarse si no habría valorado equivocadamente los sentimientos de aquella mujer respecto a él), le ofreció un empleo vitalicio en su cuadra.

La oferta dejó de ser suculenta a partir del momento en que Thom empezó a beber; y fue retirada por completo después de que una mañana —tras doce pintas de cerveza australiana y un breve y complicado interludio con una camarera, que aseguraba saber algunas cosas íntimas de él— Thom metiera el Land Rover de la entrenadora en una zanja, y lo dejara listo para el desguace. Después volvió andando a casa sin hacer caso de la herida que tenía en la cabeza ni del hecho de que la bocina del coche estuviera despertando a medio Berkshire, y todavía estaba durmiendo en la cama empapada de sangre cuando la entrenadora irrumpió en su remolque y le pidió (aunque no exactamente de ese modo) que hiciera las maletas.

Después de aquello, Thom había trabajado para varias cuadras menos importantes, a cuyos responsables les importaba poco su creciente fama de bebedor y mujeriego, en la creencia de que podían sacar partido de su anterior reputación de entendido en caballos. Él conseguía decepcionarlos en menos de seis meses: seguía siendo bueno con los caballos, pero conflictivo con los otros mozos, su genio era terrible y, lo peor de todo, se mostraba grosero con los jefes. El último mozo que

---

* En alemán, regocijo teñido de malicia o rencor. (*N. del T.*)

se atrevió a hacer un chiste a costa de su brazo postizo acabó colgando boca abajo de un gancho para limpiar bridas con un punzón de herrar metido en cierta parte, hecho que corrió rápidamente de boca en boca entre los lugareños.

Esta espiral descendente culminó en el último destino de Thom: la caballeriza de un entrenador también irlandés cuyos métodos habían causado gran estupefacción en los círculos que Thom solía frecuentar en aquellos tiempos. Más discapacitado por su reputación que por su brazo malo, y decidido a ignorar los ruegos de sus padres para que volviera a casa, Thom aceptó la oferta de JC Kermode con aparente prontitud.

JC era un antiguo jockey bajo y enjuto con un cerebro tan agudo como los dientes metálicos de una almohaza y una labia tan sutil como el aceite de herrar. A Thom no le llevó mucho tiempo darse cuenta de que estos dos dones, esenciales en todo entrenador de caballos, podían ser menos admirables si iban acompañados de una capacidad para doblegar la verdad similar a la de Uri Geller con una cuchara vieja.

El mayor don de JC no era entrenar caballos (su historial era bastante pobre), sino la habilidad para convencer a los compradores crédulos no solo de que dejaran sus animales en su caballeriza, sino de que compraran más, y luego hacer caso omiso de las facturas acumuladas que él conseguía colarles en concepto de «mantenimiento y cursillos especiales». El mejor ejemplo de estos compradores eran Dean y Dolores, una pareja de divorciados de Solihull económicamente próspera, con quienes JC había coincidido en un vuelo desde Dublín. Para cuando el avión tomó tierra, JC los había persuadido de que se lo pasarían «en grande» si le acompañaban a ver las carreras de Uttoxeter, y les había comentado que si les gustaba, él tenía la potranca ideal para ellos. Dean, un obeso y nada atractivo director general de una empresa de utensilios de cocina, no había conocido a casi nadie que se hubiera tomado tantas molestias para convencerle de que su compañía era más que grata. Su reciente esposa, Dolores, no había superado aún la conmoción de haber sido expulsada de la *crème de la crème* social —así lo expresaba ella— de Solihull como consecuencia de su divorcio, y le encantó la zalamería de JC así como su explícita admiración por la agudeza de Dean para los negocios. Antes de que la azafata les pidiera que se ajustaran los cinturones, la pareja se imaginaba ya entre los ganadores de Ascot (en el caso de Dolores, tras dedicar una sonrisa glamourosa a las cámaras de televisión, y por lo tanto a todas las furcias de Solihull que habían apoyado a su ex marido), y JC se disponía a venderles un caballo especialmente problemático de tres años llamado Charlie's Darling, que tenía un cuello de oveja y la manía de desarzonar a su jinete cuando menos lo esperaba.

Si Dean y Dolores fueron la gallina de los huevos de oro para JC (así los describía él hablando con Thom), también iban a ser su ruina. Aunque al principio les sedujo el mundo de las carreras y la idea de ser ellos mismos propietarios de una cuadra (imagen reforzada por la inesperada victoria de Charlie's Darling en Doncaster y por la tendencia de JC a llevar consigo a Thom, quien despertaba el entusiasmo de Dolores), paulatinamente las facturas acumuladas por su reata de cuatro caballos dejó a Dean con la sensación de un molesto empacho tras sus «días felices» en el hipódromo. Estaba seguro, según le confió a una incrédula Dolores, de que JC estaba «tramando algo». Ella, cuyo guardarropa reflejaba ahora con exactitud los «colores de su cuadra», le dijo que era ridículo. Pero cuando Thom se cansó de flirtear con Dolores (él insistía en decirle a un exasperado JC que aquello le hacía sentirse como un idiota), ella también empezó a dudar de la conveniencia de su gran amistad con JC.

Fue entonces cuando apareció Kenny Hanlon, un viejo amigo irlandés de JC. De alguna manera se había enterado de la buena racha monetaria de su antiguo colega con aquellos simplones británicos, y había decidido que quería una tajada del pastel. Conocido por su controvertida empresa de alquiler de máquinas tragaperras (se decía que en casi todas faltaba una de las ciruelas), Hanlon empezó a presentarse en el hipódromo. Tras saludar jovialmente a JC, ocupaba el asiento recién abandonado por Thom y se deshacía en cumplidos a la cada vez más insegura Dolores, haciendo caso omiso de la furia contenida de JC (para ser un hombre con dos orejas como coliflores, se decía, tenía mucha mano con el sexo bello). A las pocas semanas, ya le estaba haciendo sugerencias de Yago a Dolores: ¿Estaba completamente segura de que JC no cargaba un poco las facturas? No sería la primera vez. ¿Estaba segura de que JC le conseguía los mejores caballos y no los más viejos? ¿Por qué, si no, habían ganado tan pocas carreras últimamente? ¿Podía interesarle cambiar de caballeriza? Él sabía de una, y le podía garantizar que las facturas por pienso y veterinarios bajarían al menos una tercera parte. Y otra cosa: ¿Sabía que estaba muy guapa con aquel vestido malva?

Una mañana JC y Thom descubrieron un remolque que estaba procediendo a retirar de sus establos la reata de Solihull, para llevarla a otra caballeriza en Newmarket. «Está recién inaugurada», dijo el implacable conductor mientras JC se ponía morado de rabia. La regentaba un tal Kenny Hanlon. Fue entonces cuando las cosas se descontrolaron. JC pinchó los neumáticos del remolque con un bieldo y el conductor avisó a la policía. Hubo una sucesión de incursiones nocturnas entre las dos caballerizas, en las que se robaron sillas, mantas, incluso un horno microondas, «a cuenta de pagos» supuestamente atrasados. Pero cuando las autoridades acusaron a Kenny Hanlon de presunto incumplimiento de sus deberes fiscales en relación con su negocio de máquinas tragaperras —cargos que resultaron en una sentencia de cuatro años de cárcel y el incendio supuestamente intencionado de la caballeriza de JC—, Thom decidió que ya estaba harto de aquel mundillo, dejó de beber y volvió a casa.

Le había contado la historia a Kate —menos lo que su difunta madre había pensado de ella— durante el paseo lento y húmedo hasta Kilcarrion; un paseo que se había prolongado todavía más cuando él, poco antes de llegar a la verja, le había sugerido que esperaran unos momentos en el refugio de una desierta parada de autobús. Allí, sentados en los bancos mientras el caballo pacía, tomando alguna que otra pastilla mentolada de Thom, este le había contado los últimos dieciséis años de su vida, en términos menos sentimentales que los empleados por Kate.

Después de que ella comentara lo extraño de que hubieran vuelto a coincidir allí, él la había mirado a los ojos durante un tiempo desconcertantemente largo, con lo que Kate se había ruborizado y eso le había hecho sentir un tanto insegura. Claro que muchas de sus reacciones delante de Thom le habían creado inseguridad: el hecho de que, cada vez más, cuando se topaba con él en la casa o en la finca, notara que no tenía ganas de decirle nada, y peor aún, que al menos en dos ocasiones se había puesto colorada; el hecho de que cuando le hablaba la mirara a los ojos de un modo que le impidiera concentrarse en lo que estaba diciendo; el hecho de que las últimas noches en la mal llamada habitación italiana (a menos que lo dijeran por Venecia, pensó, contemplando la última de las recientes manchas de humedad) se hubiera sorprendido imaginándose la cara de Thom, y no la de Justin.

¿Tan atractivo había sido siempre? ¿O acaso el dolor y el sufrimiento le habían curtido agradablemente la cara? (Maggie solía acusarla de sentir una atracción enfermiza por aquellos a quienes llamaba «víctimas andantes»). ¿Siempre había sabido escuchar tan bien? ¿Y aquella forma de mirarla con tanta atención? No estaba segura. El Thom que había conocido a los diecinueve años era muy diferente, mucho menos confiado. Y la Kate de entonces era, en cambio, una chica mucho más segura de sí misma, muy impulsiva: absolutamente convencida de que le esperaban cosas más grandes y mejores.

Qué estúpida, se había dicho a sí misma una tarde, tumbada en la cama como una adolescente, pensando en aquellas cosas. Eres absolutamente incapaz de vivir sin imaginar que coqueteas con alguien. Y eso es lo que te ha causado tantos problemas. Eso, ni más ni menos; lo que Maggie te ha estado criticando todo el tiempo.

De modo que había decidido evitar a Thom y se había encerrado en su cuarto, entregada a proyectos de trabajo largamente aplazados, le había pedido el coche a su madre y se había dedicado a explorar la región y, sobre todo, había evitado el cenador, los campos de la parte de atrás, la caballeriza... cualquier sitio en el que hubiera la menor posibilidad de tropezarse con él.

Al principio Thom no pareció notarlo, pero una mañana, mientras se escabullía hacia el coche, él había aparecido a su lado como por arte de magia —Kate se había llevado un verdadero susto— y le había preguntado: «¿Estás huyendo de mí?».

Ella lo había negado, había tartamudeado que no, por supuesto, que estaba ocupada, que necesitaba ir al pueblo, que tenía un montón de trabajo pendiente. Él había asentido con la cabeza y arqueado una ceja, como ella sabía que haría. Y Kate se había jurado con toda firmeza que procuraría evitarle. Evitar problemas.

Y luego había dicho que sí cuando él la invitó a cenar fuera.

La puerta de la casa de Annie, como de costumbre, estaba abierta, pero Joy llamó dos veces antes de entrar. No estaba nada segura, dados los últimos acontecimientos, de lo que cabía esperar. Al no obtener respuesta, empujó la puerta y se detuvo en el umbral para que sus ojos se habituaran a la penumbra. La salita de estar parecía haber sufrido los efectos de un torbellino: libros, periódicos y papeles cubrían todas las superficies disponibles. Las cortinas todavía estaban corridas, y unos hilos de luz cortaban la atmósfera captando las partículas de polvo levantadas por la llegada de Joy. Parecía el escenario de un gran crimen, santuario de sus secretos.

—¿Annie? —llamó, apretando contra su pecho la lata de galletas.

No solía ir mucho al pueblo últimamente, sobre todo desde que Sabine se había ofrecido a ayudarla a clasificar todos aquellos papeles viejos. Más aún, sospechaba que aventurarse lejos de la casa sería como tentar al destino. Había dejado a su nieta con Edward, revisando algunos souvenirs que le había llevado a Joy de regreso de sus viajes. Edward parecía sentirse a gusto en compañía de su nieta. Sabine podía sentarse con él y Joy podía ocuparse de todo lo demás; las cosas, así, eran mucho más sencillas.

—¿Estás ahí?

Oyó unos ruidos en la cocina.

—¿Annie?

—¿Quién hay? —dijo una voz de hombre. Una cabeza asomó por la cocina; pertenecía a un hombre de rasgos muy marcados, pelo corto, cuarentón—. Como no encontraba a nadie —dijo a modo de disculpa—, he pensado que me serviría yo mismo el desayuno. Espero no molestar.

—Oh —dijo Joy—, no se preocupe por eso. Se aloja usted aquí, ¿verdad?

—Me llamo Anthony Flemming —dijo él, ofreciéndole la mano.

Vestía una cazadora y el pantalón corto más ceñido que Joy había visto jamás. De vivos colores, y hecho de una especie de nailon brillante, se adaptaba al cuerpo realzando los mejores puntos de la anatomía masculina de una manera que, si Joy hubiera sido propensa a ruborizarse, su rostro habría adquirido tonos de ciruela damascena. En cambio, parpadeó con cierta insistencia y apartó la vista.

—Joy Ballantyne —dijo, tendiéndole a su vez la mano—. Vivo un poco más abajo. ¿Está Annie en casa?

—No la he visto desde anoche —dijo el hombre, que había vuelto a su bol de cereales—. Me enseñó la habitación y me indicó un sitio donde dejar la bici (estoy recorriendo Irlanda), pero esta mañana no ha aparecido. Estoy un poco harto, para serle franco, porque llevo aquí esperando horas y horas. Y yo pensaba que una pensión con desayuno ofrecía algo más que copos de avena con leche semidesnatada.

—Vaya —dijo Joy, sin saber qué hacer al respecto—, me temo que en eso no puedo ayudarle.

Guardaron silencio unos instantes.

—Annie... —dijo ella despacio—, Annie ha tenido mala suerte últimamente. Por lo general se organiza mucho mejor, ¿sabe usted? —Era consciente de que sus palabras de poco podían servir ante el caos y la mugre que los rodeaban.

—No lo dudo —dijo Anthony Fleming, enjuagando el bol bajo el grifo y ajustándose los zapatos de ciclista—, pero creo que no volveré por aquí. Esta no es mi idea de la hospitalidad irlandesa. Nada que ver con el último sitio donde pasé la noche, en Enniscorthy. El White Horse. O House, ya no me acuerdo. ¿Lo conoce usted?

No lo conocía, pero el huésped, más calmado ahora que había podido explicar a alguien su descontento, sacó la bicicleta de uno de los cobertizos y partió después de entregar a Joy el importe que le correspondía por pernoctar allí.

Después de verlo alejarse en su bicicleta, Joy volvió a la cocina y la examinó a conciencia por primera vez. La visión no era agradable: platos amontonados en el fregadero, medio sumergidos en agua grasienta, una rancia barra de pan medio consumida y boca abajo sobre una tabla de plástico, un surtido de envases de comida rápida que formaban precarias torres de varios pisos en las pocas superficies que no estaban repletas de envoltorios de chocolate, migas rancias o cartones de leche caducados: indicadores orgánicos de una vida que se desintegraba.

No le sorprendió mucho. La señora H le había confiado desconsolada que el marido de Annie se había hartado de una mujer que no le hacía ya el menor caso, una mujer que no quería compartir nada con él, dirigirle la palabra o discutir siquiera con su marido, y Patrick había decidido marcharse.

—Es un buen hombre —había dicho la señora H, mientras Joy la escuchaba un tanto incómoda por sus confidencias— y no le culpo. Últimamente Annie habría acabado con la paciencia de un santo, con esa actitud de estar como flotando en otro mundo. Se niega a hablar de Niamh, se niega a admitir que esa es la razón de todo lo que le pasa. No quiere sincerarse con su marido. Muchas veces, ni siquiera me habla a mí.

El motivo que había empujado a Joy a hacer aquella visita había sido precisamente el conocido e inusitado padecimiento de la señora H: Annie había empeorado tanto la última semana que ni siquiera la dejaba entrar en casa, según le había dicho la señora H, de modo que cuando Joy sugirió que se pasaría por allí con una caja de galletas, la señora H se lo agradeció mucho.

—No espera que usted vaya a verla —había dicho—. Seguramente le abrirá la puerta sin problemas.

Pero ¿qué le digo yo ahora a la pobre mujer?, pensó Joy, mirando a su alrededor. No quería inmiscuirse, no era su estilo. Lo mejor era dejar que la gente se las apañara sola, si ese era su deseo.

Pero esto era demasiado.

Salió por la puerta de atrás. El huerto, del que antaño Annie se había enorgullecido tanto, estaba ahora pelado y yermo. La zona de hierba invadía de cualquier manera los márgenes, donde los resecos vestigios de la vida vegetal del verano se encorvaban tristemente hacia la tierra.

Volvió a la casa y cerró la puerta. El cuarto de la lavadora —en tiempos bien provisto de rollos de papel higiénico y de cocina, de sacos de patatas— estaba frío y casi vacío. El comedor tenía una delgada pátina de polvo.

—¿Annie? —llamó en dirección a la escalera—. ¿Estás ahí?

Joy dejó para el final el cuarto de Niamh. Quien conocía a Annie prefería no entrar allí, no tanto por algún tipo de superstición acerca de la niña que lo había ocupado, como por la conciencia de que Annie sufría profundamente a causa de aquella pérdida. La gente del pueblo opinaba que había que dejar que viviese su dolor a su aire; la pérdida de un hijo era tan horrible que, a diferencia de otras incidencias de la vida —bodas, bautizos, cónyuges desaparecidos—, nadie se sentía cualificado para sugerir la manera correcta de afrontar una cosa así.

—¿Annie? —dijo de nuevo.

Annie estaba sentada en la cama perfectamente hecha de la niña, de espaldas a la puerta y con una muñeca de plástico en la mano. No se volvió inmediatamente cuando Joy pronunció su nombre, sino que continuó mirando por la ventana hacia los campos, como si no la hubiera oído.

Joy se quedó en el umbral y contempló los juguetes, las cortinas de vivos colores, los pósters que se abarquillaban en las paredes. No sabía si entrar, y ya tenía la sensación de ser una intrusa.

—¿Te encuentras bien? —preguntó, por decir algo.

La cabeza de Annie basculó ligeramente hacia la derecha como si estuviera examinando la muñeca. La levantó despacio y le pasó un dedo por la cara.

—Hace tiempo que quiero quitar el polvo —dijo—. Este cuarto está muy desordenado.

Giró la cabeza de manera que pudiese ver a Joy, sonriendo de un modo extraño e inexpresivo.

—Las tareas domésticas, ¿eh? Siempre queda algo por hacer.

Annie parecía cansada, estaba pálida y el pelo lacio le tapaba la cara. Sus movimientos eran lentos y precisos, como si el mero hecho de moverse le supusiera un gran esfuerzo. Estaba sentada de un modo extraño, envuelta en sus jerseys, como si eso la ayudara a aislarse todavía más del mundo exterior. Joy, que apenas la había visto desde la pelea con Sabine, se preguntó desconsolada cómo podía la pena transformar a una persona que antes era una madre alegre en aquella especie de autómata drogado. Eso la llevó a pensar en Edward, e inmediatamente hizo lo posible por apartar de sí aquella imagen.

—Te he traído unas galletas.

La frase sonó ridícula. Pero Annie no mostró la menor sorpresa.

—Oh, qué amable.

—No estaba segura de cómo te encontrabas. Últimamente no te hemos visto mucho.

Hubo una larga pausa durante la cual Annie examinó la cara de la muñeca, detenidamente, buscando quizá algún desperfecto.

—Pensaba que tal vez necesitabas ayuda. Para hacer la compra o... —no quiso decir para limpiar, debido a sus implicaciones— un poco de compañía, quizá. A Sabine le encanta estar contigo. Si quieres, puedo decirle que venga más tarde. —Recordó el dinero que tenía en la mano—. Ah, y un tal señor Fleming, tu huésped, ha dejado esto para ti. —Le tendió la mano y, al ver que ella no reaccionaba, dio un paso al frente y dejó el dinero sobre el tocador.

—¿Cómo está el señor Ballantyne? —dijo Annie de pronto.

Joy respiró hondo.

—Bien, gracias. Un poco mejor.

—Me alegro mucho. —Annie dejó la muñeca con cuidado encima de la cama y se volvió de nuevo hacia la ventana.

Joy no supo si eso significaba una despedida. Finalmente, se adelantó y tiró la caja de galletas a la cama. La pobre chica estaba pensando en otras cosas. Joy poco podía hacer. Le diría a la señora H que Annie necesitaba ayuda; tal vez sería mejor mandarla una temporada a casa de sus padres. O quizá le convendría hacer algún tipo de terapia, eso que estaba tan de moda.

Silenciosamente, con el sonido amortiguado de sus pasos en la gruesa moqueta, Joy se dispuso a salir.

—Patrick me ha dejado, ¿sabe? —dijo Annie.

Joy se volvió. Era imposible ver su expresión, pues Annie seguía mirando hacia la ventana.

—Pensaba que debía usted saberlo —dijo.

La noche del sábado dos personas salieron de Kilcarrion House camino de sus respectivas citas, aunque en ninguno de los dos casos les hubiera gustado utilizar ese término. Sabine había decidido salir con Bobby McAndrew, tras aceptar su oferta de ir al cine, escoger la película en la cartelera del periódico y pasarse varios días preguntándose si Bobby querría que se sentaran en la fila de atrás para meterle mano por el escote. No estaba segura, pero le parecía que ya no tenía ganas de verle. Otra vez.

—Me pondré el jersey negro, el de cuello alto, para que no se le ocurra ninguna tontería —le había dicho a su abuelo—, y los tejanos, para que no parezca que yo intento algo.

Los ojos del abuelo habían girado lentamente hacia ella. Detrás de él, los aparatos encerrados en su carcasa de plástico señalaban que el pulso era regular.

—No me mires así —había dicho ella—. Hoy en día se considera elegante. Ya sé que en vuestra época os poníais traje y cosas así para salir.

El abuelo había apartado nuevamente la vista. Sabine le había sonreído.

—Además, si Bobby es un pijo, prefiero tener el aspecto más espantoso posible.

Pero Bobby McAndrew no parecía nada pijo. Se había puesto un pantalón verde oscuro, botas marrones de suela gruesa y también llevaba un jersey negro de cuello alto, cosa que hizo que a Sabine le entraran ganas de reír. Igual resultaba que era él quien tenía miedo de que ella le magreara. Había venido en su propio coche, que era digno de ver; un simple utilitario Vauxhall, pero de un color muy bonito. Y Sabine, que nunca había quedado con nadie que llevara coche (tampoco había salido con muchos chicos, la verdad), disfrutó de la sensación de madurez que proporcionaba tener un amigo con vehículo propio. Le gustó también la caballerosidad con que Bobby le recordó que se ajustara el cinturón de seguridad (cuando su madre lo hacía, a ella le parecía una pesada). Se inclinó para encender la radio, y una cantante famosa inundó el coche con su voz, cantando sobre amores perdidos y noches de insomnio. Sabine se dio cuenta con sorpresa de que hacía más de un mes que no escuchaba música pop. La voz de la cantante, una de sus favoritas, le sonó casi extraña, un poco inmoderada y tonta. Después apagó la radio.

—¿No te gusta la música? —dijo Bobby, mirándola de soslayo. Olía a *aftershave*. No era de los peores.

—Es que hoy no me apetece demasiado —dijo ella, y miró indiferente por la ventanilla, satisfecha de su respuesta.

La sesión empezó pronto, la película fue lo suficientemente divertida como para hacerla reír y olvidarse de todo, y Bobby no había cometido la torpeza de sobarla en la oscuridad (Sabine había pasado la primera media hora en el borde de la butaca, dispuesta a saltar al menor contacto), de modo que cuando él le preguntó si le apetecía una pizza, Sabine accedió. Nadie le había dicho a qué hora tenía que volver, y había que aprovechar una oportunidad tan insólita. Tuvo que admitir que no le importaba pasar un rato más con aquel chico; al fin y al cabo, estaba bien salir con alguien de su edad. Aun cuando hubiera olvidado lo irritantes que podían ser los chicos.

—¿Eres vegetariana? —dijo Bobby, viendo la pizza que ella había elegido.

—Sí. ¿Y qué?

—¿Y vas a cazar?

Sabine suspiró, mirando a su alrededor. El restaurante estaba a tope, y la camarera la había mirado como si Sabine no tuviera edad para estar allí.

—Fui una vez, para ver cómo era. Y no cazamos nada, que yo sepa..

—¿Llevas zapatos de piel? —Bobby se inclinó para ver debajo de la mesa.

—Sí. Mientras no hagan unos de goma que estén bien, no tengo mucho donde elegir.

—¿Comes chicle? ¿Sabías que les ponen trocitos de carne de vaca? Es la gelatina que llevan dentro.

Sabine hizo una mueca, deseando que Bobby cambiara de

tema. No había parado de insistir en ello desde que habían salido del cine, pinchándola, bromeando, intentando quedarse con ella. Al principio, a Sabine le había hecho gracia; ahora empezaba a estar cansada.

—¿Eres siempre tan pesado? —dijo con una sonrisa, para quitar hierro a sus palabras.

—¿Pesado?

—Mira, no como carne. Pero no quiero discutir sobre eso.

—De acuerdo.

Le había mirado con aquellas pestañas suyas tan largas, dejando entrever un levísimo indicio de arrepentimiento. La camarera, que llevaba zapatos de plataforma y demasiado maquillaje, dejó un vaso de Coca-Cola en la mesa con excesiva energía.

—¿Cómo sigue el viejo? Me he enterado de que está en las últimas.

—Está muy bien. —Sabine se puso a la defensiva sin saber por qué—. Por cierto, ¿cómo es que te interesa tanto mi familia?

—Ya te lo dije. Aquí nos gusta conocer los asuntos de los demás.

—Sois entrometidos.

—No, simplemente recogemos información. El conocimiento es poder, no lo olvides.

—Yo preferiría tener dinero.

Pasó el dedo alrededor de su plato.

—Verás, lo preguntaba porque quería saber cuándo vas a volver a Londres.

Sabine se quedó con el tenedor a medio camino de la boca.

—Bueno, lo lógico sería que si él... Bueno, si estás aquí para ayudar a cuidarle y él, pues... He oído decir que tal vez te marchabas pronto.

¿Y a ti qué diablos te importa?, quiso preguntarle Sabine. Pero le pareció demasiado.

—No se está muriendo, si es lo que quieres decir.

—Entonces todavía estarás aquí un tiempo. Quiero decir, tu madre no te va a llevar a Inglaterra.

—Mi madre no dice lo que yo debo o no debo hacer —le cortó Sabine, ensartando un champiñón con el tenedor—. Si quiero, puedo quedarme hasta que me dé la gana.

—Entonces, ¿no echas de menos Londres?

Sabine pensó un momento antes de responder:

—En realidad, aparte de un par de amigas, no lo echo de menos en absoluto.

A partir de ese momento, todo fue más fácil. Bobby se dejó de duelos verbales, y hablar con él fue como hablar con una de sus amigas. Seguía poniendo caras y, como habría dicho la señora H, era un poco «excitable», pero la miraba de un modo que le gustaba, y Sabine decidió, mientras volvían a casa, que si él intentaba meterle la lengua en la boca ella no se la mordería. O no demasiado fuerte, en todo caso.

—¿Y dónde está tu padre? —dijo Bobby. Habían estado cantando al unísono con una cinta suya, que había dejado de sonar mientras daba la vuelta automáticamente.

—¿Mi padre de verdad? No lo veo.

—¿Cómo? ¿Nunca?

—Exacto.

—¿Es que tu madre y él se pelearon, o algo así?

—Pues no. —Sabine pasó un dedo por la ventanilla empañada, escribiendo en ella sus iniciales —. Creo que no estuvieron juntos mucho tiempo antes de que yo naciera. Y creo que él no quería tener hijos y, de todos modos, ella tampoco quería que fuese su pareja. Además, mi madre quería vivir en Inglaterra. —Esta era la versión oficial, la versión que su madre le había contado en su pubertad, cuando Sabine se había sentido intrigada por sus orígenes.

—¿A ti te da igual? —Bobby no se lo podía creer.

—¿Por qué no? No he llegado a conocerle. Si no quería ser mi padre, ¿qué sentido tendría tratar de localizarle?

—¿Sabes quién es?

—No sé cómo se llama. Creo que mi madre me lo dijo, pero se me ha olvidado. Pero creo que era artista, o algo así.

Sabine no estaba siendo ambigua a propósito: para ella, no

era demasiado importante saber de quién era hija. En Londres, había cantidad de gente de su edad que no tenía el menor contacto con sus verdaderos padres. Las únicas veces que eso le había preocupado había sido cuando era mucho más joven y se preguntaba por qué su familia no era como las que salían en los libros. Había pensado en él un poco desde su llegada a Irlanda; era inevitable, sabiendo que debía de vivir cerca de allí. Pero era verdad: Sabine tenía demasiado orgullo para andar en busca de alguien que jamás se había interesado por ella. Además, sabía que ese tipo de encuentros no solía funcionar: así lo demostraba la tele.

Pero no le explicó lo otro, lo que su madre le había contado un día que estaba un poco bebida. En aquella ocasión le había confesado que habían estado juntos cuando ella posaba para él. El único chico al que Sabine había confiado ese detalle había empezado a desvariar haciendo comentarios sobre fotos en topless y sobre si su madre era un poco «furcia». Sabine no creía que a Bobby le diera por ahí, pero no lo conocía lo bastante para estar segura de ello.

Bobby guardó silencio, mirando por el retrovisor mientras ponía el intermitente para torcer hacia Ballymalnaugh. Según el reloj del salpicadero, eran casi las once menos cuarto. Sabine esperaba que nadie la regañara al llegar a casa.

—De todos modos, los padres son un coñazo —dijo él, mirando al frente—. Creo que se está mejor sin ellos. El mío siempre se mete conmigo por cualquier tontería. Una lata, ya sabes.

Sabine asintió como si supiera a qué se refería. No le cabía duda de que Bobby estaba siendo amable porque le sabía mal por ella. Pero eso era buena señal.

La otra cita no estaba saliendo tan bien. De hecho, ni bien ni mal. Después de pasarse tres cuartos de hora plantada delante del espejo en su habitación, Kate había decidido que no podía salir a cenar con Thom. De entrada, estaba Christopher: se esperaba que llegase aquella misma tarde, y tan pronto como descubriera lo que ella se proponía, empezaría a hacer mordaces comentarios y a decirle a Julia que no se podía esperar otra cosa de su hermana. Luego estaba su madre, que al descubrir que Kate había «bajado de categoría», como a ella sin duda le parecería, lograría que se enfriase todavía más su relación. A Joy no le había gustado nada que Kate saliera con Thom cuando era joven; difícilmente le iba a gustar ahora. Y encima, no era demasiado correcto salir con hombres cuando tu padre estaba supuestamente moribundo. Lo correcto era sentarse junto a la cabecera de su cama y poner cara de dolor. Pero eso habría conseguido desplazar a Sabine, que se pasaba la mayor parte del día junto a su abuelo y parecía enfadarse cuando ella le ofrecía su ayuda. Y Kate tenía que admitir que, en el fondo, le consolaba que nadie pareciera desear que ella estuviera junto a su padre; apenas se habían hablado desde que se fue de casa, y él había dejado claro que la cosa no iba a cambiar.

Pero la cita no solo era desaconsejable por todas esas razones. Más aún, confirmaba las peores certidumbres que Kate albergaba acerca de sí misma: que era incapaz de funcionar con ningún hombre, que siempre parecía buscar lo más inadecuado, que se contentaba con ser los restos del naufragio en el turbulento océano del amor. Ya es hora de que haga algo, se dijo examinándose el cutis, que había empezado a resecarse del frío. Ya es hora de que aprenda a vivir sola. A anteponer a mi hija al resto de cosas. A ser una adulta responsable, sea lo que sea.

¿Qué haría Maggie?, se preguntó (una cuestión que se planteaba a menudo y que había determinado el final prematuro de su relación con Justin, aunque no se podía decir que él lo hubiera sentido en el alma). Maggie habría cancelado la cita, se dijo, negándose a reconocer la pequeña punzada de desilusión que sintió ante el veredicto de su amiga virtual. Ella habría cancelado la cita, sin duda. En realidad, si lo pensaba bien, no había otra salida que cancelarla. Lo sabía; había hecho lo posible. Kate respiró hondo, se puso otro jersey y salió al patio en busca de Thom.

—No puedo quedar —dijo. Fue más escueta de lo que había pretendido.

Thom estaba atando un saco de forraje en uno de los establos bajo la luz acuosa de una bombilla eléctrica. Detrás de él, el gran caballo rucio que Kate había visto aquel día en el soto paseaba su hocico carnoso por los restos del cubo de la comida.

Thom no se volvió.

—¿Por qué? —dijo.

—Pues porque... es un poco complicado. He de cuidar de Sabine.

—Sabine está con un chico.

Thom acabó de hacer el nudo en el saco de forraje y luego, dando una palmada a la grupa del caballo, salió de la casilla y echó los dos cerrojos. Sus pasos resonaron en el patio oscuro y desierto.

Kate se quedó donde estaba, con la boca entreabierta.

—¿No lo sabías? Ha salido con uno de los hermanos McAndrew. Es un buen chico. No tienes de qué preocuparte.

El dolor, la furia y la humillación causaron un impacto en Kate similar al de una colisión entre coches, dando al traste con su sensación de seguridad y su autodominio. Sabine ni siquiera le había hablado de ese chico, pero todas las personas de la casa estaban enteradas de que iba a salir con él. ¿Qué imagen debía de dar, siendo la madre de ella y la última en descubrir las cosas? ¿Qué le había hecho a Sabine para que la maltratara de ese modo?

Pérdida de prestigio, lo llamaba Maggie. Una cosa muy importante en círculos asiáticos. Sabine había conseguido que a Kate no le quedara ni una pizca de prestigio.

Y lo peor de todo era que había descubierto que su hija era una embustera.

Thom fue hacia el siguiente establo, y Kate, a quien las piernas casi no le respondían, se vio obligada a seguirle. Él abrió la puerta, se asomó y extrajo un cubo de agua medio vacío.

—¿Y por qué más no puedes venir conmigo? —dijo, usando el brazo bueno para arrojar el agua por el desagüe.

Kate le miró tratando de averiguar si había ira en el tono de su voz. Le pareció que no.

—De veras, es muy complicado —dijo.

Thom cogió el balde con la mano buena y volvió a dejarlo dentro de la casilla antes de cerrar la puerta. Luego se apoyó contra el revestimiento metálico que cubría la parte superior.

—Explícate.

La miraba con serenidad. Tenía el pelo salpicado de heno, como el pellejo de un animal. Las manos de Kate, hundidas en sus bolsillos, ansiaban frotarle la piel. No me obligues a hacer esto, rogó en silencio. No me obligues a enumerar los motivos.

—Thom...

—Mira. No hagas una montaña de esto. Se trataba de aprovechar la ocasión. Me pareció que estabas harta, y sé perfectamente que tu familia se las trae. Solo te lo propuse para que tuvieras un respiro. No le des más importancia. —Se encaminó al siguiente establo, dejándola atrás—. Lo dejamos para otro día, ¿de acuerdo? —le dijo. Alegremente.

Kate se quedó allí de pie, sintiéndose abrumada y estúpida. Le había interpretado mal: él solo le ofrecía un par de horas lejos de la familia. Como decía Christopher, ¿por qué suponía que el mundo giraba solo a su alrededor? Se inclinó sobre un pie, notando un ligero hormigueo en los dedos pero sin ganas de meterse todavía en la casa.

Vamos, le urgió una voz.

Ni te atrevas, dijo la Maggie virtual.

—¿Thom?

—¿Qué? —Él estaba en el cuarto de los aperos, y asomó la cabeza al aproximarse ella. Su expresión fue neutral, amistosa.

—La verdad es que me muero de ganas de tomar una copa.

Thom se quedó quieto, y de nuevo Kate se sintió desorientada al ver que la miraba fijamente.

—Bueno.

—¿Estás de acuerdo? ¿Podemos tomar una copa y nada más?

—Nos veremos en el Black Hen. ¿Te acuerdas de dónde está?

Le estaba tomando el pelo. Era el único pub que había en el pueblo.

—A las... —consultó su reloj— siete y media, entonces. Hasta luego.

Kate enfiló la calle sin iluminar en dirección al pub, jugando con sus gafas en el bolsillo, poniéndoselas de nuevo en la nariz para quitárselas rápidamente y devolverlas una vez más a su bolsillo. Era una repetición menos estática de su actuación de una hora antes, cuando se había sentado frente al tocador tratando de dominar sus cabellos, poniéndose y quitándose maquillaje y preguntándose si no habría sido víctima de una sutil táctica. Thom había parecido indiferente al hecho de que salieran juntos, lo cual quería decir que evidentemente aquello no era una cita con todas las de la ley. Pero ni siquiera así habría sonado bien en la prensa: madre recién separada llega a casa, con su padre en el lecho de muerte, y sale con un hombre apuesto a los diez días de su llegada. A todas luces parecería que había ligado.

Y aunque ella supiera que no era el caso, seguía sin gustarle la idea de llevar puestas las gafas que tan mal le sentaban.

Fuera gafas, decidió por fin. Aunque no fuese una cita en toda regla, no había razón para no estar atractiva. Después de la debacle con Justin, su autoestima necesitaba toda la ayuda posible. Me las pongo, pensó, viendo que caminaba hacia un seto. Me las quito, decidió, justo al llegar al Black Hen. Y empujó varias veces la parte de la puerta que no se abría hasta que alguien que se disponía a salir la abrió desde el interior.

Debido a su ineptitud visual, el oído de Kate pudo percibir rápidamente el sutil pero claro murmullo que se produjo al penetrar ella en la cálida y cargada atmósfera del pub. Pero la otra ventaja de no ver demasiado bien era que la hacía impermeable a lo que pensaran los otros. Incapaz de apreciar las expresiones de quienes la rodeaban, y que más de una vez culminaron en un murmullo de reconocimiento, Kate avanzó más segura de sí misma y más cómoda que la mayoría de mujeres que entraban solas en aquel establecimiento (y en el Black Hen no podía decirse que hubiera mucha competencia).

Había, sin embargo, ciertas desventajas, como que una tendía a tropezar con escalones, precipitarse sobre los que estaban consumiendo en la barra y ser incapaz de localizar en la penumbra a la persona que estaba buscando. Kate se vio ante el espinoso dilema de si reconocer su derrota y sacar las gafas, admitiendo por lo tanto su vanidad, o seguir adelante pasara lo que pasase, esforzándose por maniobrar entre los borrosos linderos de mesas y cuerpos.

—Lo siento —dijo, agarrando del codo a un cliente, después de haberle manchado los zapatos con buena parte de su cerveza—. Deje que le invite a otra pinta.

—No, lo haré yo —dijo una voz, y entre la bruma del humo de los cigarrillos, Kate distinguió aliviada el rostro de Thom.

Fueron hasta la mesa donde él la esperaba.

—Siéntate y te traeré algo de beber —dijo.

Kate no se decidía a sacar las gafas de su bolso. En la penumbra del pub, los esfuerzos que normalmente tenía que hacer para ver a su alrededor eran todavía más grandes. Pero las gafas le sentaban tan mal... Todavía le mortificaba la expresión burlona de Sabine cuando se las había visto puestas.

Thom le puso delante un vaso de vino blanco.

—No te garantizo que sea de calidad —dijo, llevándose a los labios su zumo de naranja—. Aquí solo tienen una marca de vino, y lleva tapón de rosca. Si sabe a vinagre, dímelo y te traeré otra cosa.

—¿Qué estás tomando tú?

—Oh, pues esto. Naranjada.

Kate le miró inquisitivamente.

—No he probado el alcohol desde que dejé las carreras. Soy de esas personas que no pueden tomar una copa sin tomar diez, no sé cómo las llaman.

—Personalidades adictivas.

—Algo así.

—No me lo pareces —dijo ella—. Se te ve muy prudente. —A duras penas logró distinguir que Thom sonreía.

—Ah, Kate Ballantyne. Eso es porque no me has visto en otra época.

El vino sabía realmente a vinagre. Le hacía sorberse los carrillos, como cuando se chupa un tallo de ruibarbo. Thom se rió y fue a por una Guinness.

—Dicen que aquí tiene otro sabor —comentó ella, procurando mantener la conversación en terreno neutral sin que viniera a cuento—, pero como no bebo Guinness en Londres, no noto la diferencia.

La mano de él descansaba sobre la mesa, delante de ella. No la movía, como había hecho Justin, pasando de las llaves del coche al paquete de tabaco, tamborileando sobre la superficie de la mesa y marcando ritmos irregulares. Simplemente estaba allí posada, grande y morena, curtida por la intemperie. Se preguntó si tendría un tacto áspero, y tuvo que contener las ganas de tocarla.

—Bueno, ¿has arreglado ya las cosas con Sabine?

Kate sintió la conocida punzada de dolor.

—Pues no —dijo—. Bueno, no se enfada tanto conmigo como en Londres, pero se comporta como si mi presencia le molestase. O como si fuera un cero a la izquierda.

—Se le ve más contenta —dijo él.

Kate le miró a los ojos.

—¿Que cuándo?

—Que cuando llegó.

Kate se puso tensa.

—No pretendía sugerir nada —dijo Thom.

—Perdona, creo que me pongo demasiado susceptible con este tema, me toca la fibra.

Dio un sorbo a la Guinness. Tenía un sabor misterioso, tranquilizador, de matices fuertes.

—Ya te dije que me cae muy bien. Es una chica estupenda.

—Y tú le caes bien a ella. Creo que te cuenta más cosas a ti que a mí.

—¿Te estás compadeciendo de ti misma?

Kate sonrió, relajada por primera vez. Se dio cuenta de que había tenido los hombros levantados, de pura tensión.

—Supongo que estoy celosa. De ti. De mi madre. De todo aquel que consigue que Sabine se sienta feliz y tranquila. Cosas que por lo visto yo no soy capaz de lograr.

—Es una adolescente. Ya cambiará.

Guardaron silencio unos instantes, escuchando sus propios pensamientos entre el suave rumor de la clientela.

—Sabine se parece a ti —dijo él.

Kate alzó los ojos, deseando poder ver la expresión de Thom.

—¿Kate? ¿Kate Ballantyne?

Volvió la cabeza y vio que una mujer joven se inclinaba hacia ella para saludarla.

—Soy Geraldine, Geraldine Leach. Solíamos ir a montar juntas.

Kate recordó vagamente la imagen de una chica rolliza con unas trenzas tan prietas que le dejaban señales coloradas encima de las orejas. Nada más. Lo más desconcertante era que no podía verle bien la cara.

—Ho... hola —dijo tendiendo una mano—. Me alegro de verte.

—Y yo. ¿Has vuelto definitivamente o solo estás de visita?

—Oh, solo de visita.

—Vives en Londres, ¿verdad? No sabes cuánto me gustaría estar allí. Yo vivo en Roscarney, a unos seis kilómetros de aquí. Cuando tengas tiempo, pásate por mi casa.

—Gracias —dijo Kate, tratando de mostrarse agradecida, pero sin comprometerse a nada.

—Es un poco caótica. Tengo tres hijos. Y Ryan, mi marido, el que está allí, es el más crío de todos. Pero puedes venir siempre que quieras. Sería divertido contarnos cosas. ¿Cuánto hacía que no nos veíamos? Al menos veinte años. Virgen santa, qué viejos nos hacemos.

Kate, que no quería sentirse tan vieja, sonrió.

—Estás igual, ¿sabes? Con ese pelo tan precioso. De jovencita, habría sido capaz de matar por tener el pelo como tú, ¿lo sabías? Y ahora quizá también. ¡Fíjate en estas canas incipientes! ¿Tienes hijos?

—Solo uno —dijo Kate, consciente del silencio de Thom.

—Ah, estupendo. ¿Chico o chica?

—Chica.

Geraldine no parecía dispuesta a marcharse.

—Me encantaría tener una niña. ¿Cómo era eso que decían? A un niño lo tienes a tu lado hasta que se casa, pero a una niña la tienes de por vida. No sabes la envidia que me das. Mis chavales estarán en casa hasta que tengan los treinta, porque los tengo tan mimados. Es culpa mía, por no enseñar a su padre debidamente.

Estaba tan inclinada que Kate percibió un deje de perfume.

—Se pone muy pesado cuando no se hacen las cosas como a él le gustan. Yo siempre digo que nació exigente. No es de extrañar que haya acabado trabajando para el fisco...

A Kate se le estaban empezando a agarrotar los músculos de tanto aguantar la sonrisa.

—Bueno, no te entretengo más —dijo Geraldine, mirando a Thom—. Seguro que tenéis mucho de que hablar. Bueno, no olvides pasarte por casa. Está en Black Common Drive, el número quince. Me encontrarás en la guía telefónica. Verás lo bien que lo pasamos.

—Gracias —dijo Kate—. Muy amable de tu parte. —Dio un trago largo a su cerveza, tratando de no volver la cabeza para ver si Geraldine había regresado a su sitio junto a la barra.

—Si quieres, me marcho —dijo Thom, risueño.

—Ni se te ocurra —dijo ella mirándole a los ojos.

Los dos se rieron.

—¿Dónde estábamos?

Kate bajó la vista.

—Creo que hablábamos de Sabine.

—Ahora hablemos de ti.

Había algo en el modo en que él la miraba que la hizo sentir transparente, diáfana.

—Creo que no me apetece. No soy una persona muy interesante ahora mismo.

Thom guardó silencio.

—Cuando le cuento a alguien cosas de mi vida, siento que estoy repitiendo las mismas desgracias de siempre. Hasta me aburro a mí misma de oírme.

—¿Eres feliz?

—¿Feliz? —A Kate le pareció una pregunta totalmente fuera de lo normal. Al cabo respondió—: A veces, supongo. Cuando Sabine lo es. Cuando yo... Bueno, no lo sé. ¿Cuándo se es feliz? ¿Tú lo eres, Thom?

—Soy más feliz que antes. Supongo que estoy satisfecho.

—¿Incluso habiendo vuelto aquí?

—Sobre todo por haber vuelto. —Le sonrió de nuevo; Kate lo adivinó por el blanco de sus dientes—. Lo creas o no, este sitio fue mi salvación.

—Y mi madre el ángel de la guarda —dijo Kate riendo, con amargura.

—Tu madre es fantástica. Lo que pasa es que veis el mundo con diferentes ojos, nada más.

—Para ti es fácil decirlo.

—Sabine lo superó. Y que quede claro que al principio se llevaban como el perro y el gato.

Había tantas cosas que Kate no sabía de su hija que a veces se sentía abrumada. Echaba de menos a su niña, la que volvía de la escuela y se lanzaba a sus brazos, trastabillando al hablar con prisa por contárselo todo: qué había hecho, a quién había visto... Todavía recordaba el contacto de su cuerpo cuando se sentaban juntas en el sofá a ver programas infantiles de la tele.

—¿No podemos hablar de otra cosa? Creía que me sacabas de paseo para que me animara un poco. —No quiero que la familia me amargue la fiesta, pensó. No quiero que se entrometan en todas las parcelas de mi vida. Quería tener a Thom solo para ella.

Él levantó el vaso, como si pensara que podía durarle hasta que ella se terminara la Guinness.

—Está bien. No hablaremos de ti. No hablaremos de tu familia. ¿Y si hablamos de religión? Suele dar buenos resultados. O de las cosas que han cambiado en el pueblo desde que tú te fuiste. Eso nos tendrá entretenidos unos cuantos minutos, al menos.

Kate se rió, agradeciendo que Thom hubiera eliminado su tendencia a deprimirse. Había algo en él que siempre hacía que todo pareciese mejor.

—¿Kate?

Se dio la vuelta y allí, a un palmo de su nariz, estaba un hombre de mediana edad con una jarra de cerveza en la mano.

—Stephen Spillane. No sé si te acuerdas de mí. Yo trabajaba en la casa grande. ¿Estáis todos bien, Thom?

—Sí, todos bien, Stevie.

Kate pestañeó tratando de distinguir las facciones de aquella cara enorme y rubicunda.

—Te he visto desde allí, al otro extremo de la barra, y me he dicho: «Esa parece la hija de Joy Ballantyne». No he estado seguro hasta que te he visto de cerca. ¿Cuánto tiempo ha pasado, diez años?

—Casi diecisiete —intervino Thom.

—Diecisiete. Caramba, y aquí estás otra vez. ¿Vas a quedarte mucho tiempo?

—No, yo...

—¿Eres Kate Ballantyne? —Otro hombre, al que Kate no reconoció, estaba ahora a su lado—. Tu cara me sonaba. Bueno, espero que no seas su doble. Hacía tiempo que no se te veía por aquí.

—Kate, seguro que te acuerdas del cura, el padre Andrew.

Kate sonrió y agachó la cabeza, como si se acordara.

—Desde luego no se puede decir que frecuentaras mucho la iglesia.

—Los jóvenes tienen otras cosas en que pensar, padre.

—Y los no tan jóvenes también, ¿verdad, Stevie?

—¿Te fuiste a vivir a Londres? —Stephen Spillane había arrimado una silla. Olía a tabaco de liar y, curiosamente, a lejía—. ¿Vives cerca de Finsbury Park? ¿Te acuerdas de mi hijo Dylan? Él vive en Finsbury Park. Te daré su número de teléfono.

—Apuesto a que lo habrás encontrado todo muy diferente, ¿eh, Kate?

—Estoy seguro de que a Dylan le encantará salir contigo. Se le dan muy bien las chicas guapas. ¿Estás casada?

—Oh, mira, ahí está Jackie. Jackie, ¿te acuerdas de Kate Ballantyne? La hija de Edward. La que se fue a Inglaterra. Jackie, tráenos unas copas, ¿quieres?

Ya fuera por las interrupciones o por su incapacidad para ver la cara de quien le estaba hablando (o, tal vez, porque quería estar a solas con Thom), a Kate le resultaba agotador tratar de mantener una conversación educada. No, dijo, solo iba a estar allí unos días. Sí, era estupendo volver a casa. Sí, le comunicaría a su madre sus buenos deseos para la pronta recuperación de su padre. Sí, estaba segura de que la cacería ya no era lo mismo desde que él había dejado de ser cazador mayor. Y sí, estaría encantada de saludar a algunas de aquellas personas a las que no veía desde hacía diecisiete años y que la recordaban de adolescente. Ah, así que están en la barra. Por supuesto que pueden venir a sentarse con nosotros. ¿Qué otra cosa podía decir?

—Lo malo es que tenemos que volver, Kate —dijo entonces Thom—. Recuerda que tu madre quería que regresaras temprano, para que la ayudaras un poco en la casa.

Kate frunció el ceño.

—Le prometiste que volveríamos sobre las ocho y media.

Finalmente, Kate captó el mensaje.

—Oh, sí. Lo había olvidado. —Observó las caras medio borrosas de quienes la rodeaban—. Lo siento. Tal vez podríamos seguir hablando la próxima vez que venga por aquí. Sería estupendo —dijo, sonriendo. Ante aquella oportunidad de escapar, se permitió ser amable.

—Vaya, qué pena. Si solo acabábamos de empezar...

—Estás estupenda, eso sí. Parece que te sienta bien la vida en la gran ciudad.

—Pero está claro que Thom tiene otros planes, ¿verdad? Y nadie quiere entrometerse en la vida de Thom. —Kate estaba tan cegata que no pudo ver el exagerado guiño que le dedicaba Stephen Spillane.

—¿Y ahora qué hacemos? —dijo por lo bajo, mientras Thom la llevaba hacia la salida.

—Espérame afuera —dijo él—. Será un momento.

A los pocos segundos, Thom salió con un par de latas de Guinness y dos de zumo de naranja bajo el brazo postizo. (Hasta ella podía distinguir entre uno y otro: la noche no era fría, y con el jersey remangado, el brazo de plástico brillaba a la luz de las ventanas del pub.)

—Casualmente —dijo Thom— conozco un sitio estupendo. No está lejos y no vendrá nadie a molestarte.

La luz eléctrica del cenador no podía verse desde ningún sitio de la casa grande. Inexplicablemente las únicas dos ventanas del edificio, aunque generosas, miraban en dirección opuesta al edificio principal, arrojando su pálida luz sobre un solar por uno de los lados, y sobre los restos de un jardín descuidado por el otro. De joven, Kate se había preguntado quién había hecho construir el cenador y si estaba pensado para que no llegaran hasta allí las voces de la casa grande. Pero ahora, en aquel preciso instante, se preguntó si la austera bombilla proyectaba sombras oscuras sobre su cara, y si la ventaja de apartarse de su haz quedaría eclipsada tal vez por el hecho de que si lo hacía no podría ver prácticamente nada.

—Bueno, creo que esto no es el Ritz, exactamente —dijo Thom, abriendo una lata.

—Siempre me ha parecido que al Ritz le faltaban unas cuantas latas viejas de barniz —dijo Kate, sentándose en la manta que él había puesto sobre las cajas—, y de herbicida.

—Sin olvidar los bichos. —Thom alargó la mano, cogió una telaraña que pendía sobre la cabeza de ella y la apartó. Después de restregarse la mano en el pantalón, se sentó en otra de las cajas, a un metro de ella, y abrió una lata.

Ella reparó en la distancia que había entre ellos. Se habían cogido del brazo al escapar del pub, y Kate se había reído como una tonta, una colegiala, con la deliciosa sensación de fugarse. Todavía sentía el contacto de aquel brazo rígido junto al de ella.

—Podíamos habernos quedado en el pub —dijo él, como disculpándose—, pero ya sabes cómo son: no te habrían dejado en paz durante toda la noche.

—No sabía cómo librarme de ellos.

—Pensaba que sería más fácil hablar en otro sitio.

—Podríamos haber ido a tu casa —dijo ella, sin pensar.

—Si te lo hubiera propuesto, habrías dicho que no.

Kate vio que sonreía, y notó que su propia sonrisa se esfumaba de sus labios. Thom estaba en lo cierto. A ella le habría parecido demasiado íntimo, demasiado arriesgado. Pero ¿qué podía ser más íntimo que aquel cenador? Los dos juntos en su vieja guarida, llena de recuerdos compartidos, rodeados del aroma agridulce de los años impregnado en la madera.

Kate contempló el viejo y descuidado cenador y se sintió incómoda, como si la hubieran sorprendido en un sitio en el que no tenía que estar. De repente, pensó en Justin. Y luego en Geoff. ¿Qué hago aquí sentada con este hombre?, pensó.

Esto es ridículo. La Maggie virtual se le apareció de pronto, con una mueca de desaprobación en sus labios, advirtiéndole con un dedo virtual.

—¿Sabes una cosa? Creo que debería irme —dijo. Ahora se alegraba de no poder verle la cara con claridad.

Thom dejó la lata y se puso de pie.

—En serio, debería irme —insistió ella.

—¿De qué tienes miedo?

Hubo un breve silencio. Kate trató de mirarle a la cara, pero él se había apartado de la luz, y solo pudo ver el reflejo de la luz sobre un bote de pintura puesto del revés. Esforzándose en vano, oyó sus pasos sobre las tablas del suelo. Notaba su presencia como una sombra negra que se cernía sobre ella. Luego captó el sutil aroma de su cuerpo: jabón mezclado con el leve olor a caballo, todo ello envuelto en los efluvios recientes de humo y cerveza.

Incapaz de moverse, tomó aire al notar que la mano de él se deslizaba en su bolsillo. Lentamente, él extrajo sus gafas, las abrió y se las colocó con cuidado sobre la nariz. El plástico de la mano postiza tenía un tacto frío.

Thom se agachó para que sus caras estuvieran al mismo nivel.

—¿De qué tienes miedo? —preguntó nuevamente.

Kate pudo verle hasta la última pestaña.

—De ti.

—No.

Ella le miró, viendo por primera vez con claridad el modo en que los rabillos de sus ojos se curvaban hacia arriba, la forma en que cerraba los labios al sacar el aire. La pequeña cicatriz de debajo de la ceja. No quiero verte tan bien, pensó Kate. Estabas mejor borroso.

—No. —Thom se había puesto serio—. No hay ningún motivo para que me tengas miedo. Yo nunca te haría daño.

Ella no dejaba de mirarle.

—Entonces es que tengo miedo de mí.

Él alargó el brazo y le cogió la mano. La suya estaba seca.

Pero suave. Se preguntó distraídamente cómo sería la otra mano.

—Todo lo estropeo, Thom. Siempre meto la pata. Contigo sería igual.

—No —dijo él otra vez.

Thom no dejaba de mirarla. Ella tuvo que recordarse que debía seguir respirando. Sin darse cuenta, sus ojos se habían llenado de lágrimas.

—No puedo hacer esto, Thom. Tú ya no me conoces. No sabes cómo soy. No me fío de mis sentimientos, ¿comprendes? Creo que me enamoro de la gente y luego, pasados unos meses, descubro que no estaba enamorada. Y entonces todos sufren. Sufro yo. Y sufre Sabine.

Kate era muy consciente de la presión de la mano de Thom. Quería zafarse de ella. Quería mover aquella mano, llevársela a los labios, sentirla contra su piel.

Thom seguía mirándola fijamente. Ella apartó la vista y miró por la ventana, y empezó a hablar en dirección al exterior.

—¿No te das cuenta? Esto solo está pasando porque yo he venido, porque me encuentro sola y necesitada, porque acabo de romper con otro. Sé exactamente lo que está pasando. No soy autosuficiente, ¿sabes? No soy como tú, Thom, y tampoco como Sabine. Yo necesito estar cerca de otra persona, recibir atenciones. Y como ellos no pueden dármelas, las estoy buscando en ti.

Ahora hablaba demasiado deprisa, subiendo el tono de voz.

—Mira, si fuera un caballo, tú me dejarías en la cuadra porque estoy en baja forma. Eso es lo que me pasa. Estoy en baja forma. Por Dios, Thom. ¿Es que no te acuerdas? ¿No recuerdas lo que pasó hace diecisiete años? ¿No te importa el daño que te hice?

Él bajó la vista y le examinó la mano antes de volver a mirarla a los ojos.

—Si fueras un caballo —dijo—, pensaría que has estado en malas manos.

Kate le miró. Ahora lo tenía tan cerca que pudo notar la calidez de su aliento en la piel.

—Sería un desastre —dijo, mientras unas gruesas lágrimas empezaban a rodar por sus mejillas—. Sería un maldito desastre.

Y entonces, en el momento en que Thom le tomaba dulcemente la cara húmeda entre sus manos desiguales, ella se inclinó hacia delante y posó su boca sobre la de él.

12

Duque miraba hacia el rincón de su establo, con la cabeza baja y la cola metida entre sus ancas. Las ancas le sobresalían como las partes de un mueble pulido, y su pelaje, que antaño relucía por el lustre de una salud de hierro, estaba ajado y se había vuelto basto, con la textura de una alfombra vieja y barata. Encima de los ojos tenía dos hoyos, y sus párpados estaban medio caídos, como un telón a punto de bajar.

El veterinario, un tipo alto y flaco de gestos académicos, le pasó la mano por el pescuezo, le acarició, y luego se acercó a Joy, que estaba esperando junto a la puerta.

—Me temo que no está muy bien, señora Ballantyne.

Joy parpadeó varias veces, como si asimilara algo que sin embargo esperaba oír desde hacía tiempo.

—¿Qué es lo que tiene?

—Básicamente una osteoartritis. Eso y la reacción de los sedantes que le hemos estado dando. —Frunció el ceño—. El antiinflamatorio ya no le hace efecto. Diría incluso que es contraproducente. Puede que haya desarrollado una úlcera, es común en caballos que han tomado muchos antiinflamatorios, pero también tiene diarrea y está perdiendo peso, lo cual no es nada bueno en un animal de su edad. Me llevaré estas muestras de sangre, pero yo juraría que tiene hipoproteinanemia, es decir, pocas proteínas en la sangre. —Hizo una pausa—. Se le ve muy cansado, su corazón hace esfuerzos. Yo creo que el pobre está llegando a su fin.

La cara de Joy estaba muy seria; sus facciones, muy rígidas. Solo el más atento observador hubiera notado un débil temblor, única pista de la emoción que ella estaba conteniendo.

—¿La úlcera es por mi culpa? —preguntó—. ¿Le he estado dando demasiados medicamentos?

—No. No tiene nada que ver con usted. Hay caballos que reaccionan de esta manera a la medicación. En parte, ese es el motivo por el que en algunos sitios no quieren que utilicemos esa droga. Pero en un caballo de su edad no se podía hacer otra cosa. Y lo cierto es que le ha funcionado durante mucho tiempo. ¿Cuántos años tiene ya? ¿Veintisiete, veintiocho?

—¿Se le puede dar algo más? ¿Cambiar la medicación? —Joy adelantó las manos en un gesto de súplica.

El veterinario se agachó, volvió a meter sus instrumentos en el maletín y lo cerró con firmeza. Afuera, el cielo estaba inmaculado, en contraste con la atmósfera de abandono que había dentro.

—Lo siento, señora Ballantyne. Ha tenido una vida muy larga, pero no creo que podamos alargar las cosas mucho tiempo más. Si es que queremos ser justos.

Dijo la última frase mirando de soslayo a Joy. Sabía lo mucho que significaba el caballo para aquella mujer, pero hacía meses que estaban prolongando lo inevitable.

Joy se acercó a Duque y le tiró suavemente de las orejas, en un gesto afectuoso y espontáneo. Le miró, le levantó el copete como para examinarle la cara y luego le rascó la nariz. El caballo adelantó su enorme cabeza, y luego, con los ojos medio cerrados, apoyó la barbilla en el hombro de ella, de modo que las rodillas de Joy cedieron ligeramente bajo el peso. El veterinario esperó en la puerta. Conocía muy bien a su clienta para no meterle prisa.

—Quiero que venga mañana —dijo Joy al fin, con voz grave y firme—. Por la mañana, si puede ser.

El veterinario asintió.

—Mientras tanto, quiero pedirle un favor. —El hombre la

miró a los ojos—. Quiero que le dé usted algo. Algo para el dolor. Que no le haga daño en el estómago. —Levantó la cabeza imperiosamente—. Sé que tiene que haber algo.

El veterinario se inclinó ligeramente sobre una pierna.

—A decir verdad, señora Ballantyne, no hay mucho que...

—Lo que sea —le interrumpió ella—. Seguro que tiene que haber algún medicamento.

El veterinario respiró hondo y sacó el aire muy despacio, con los carrillos hinchados. Luego contempló el suelo de paja, pensando.

—Hay algo —dijo, finalmente.

Joy le miró expectante.

—Es una droga en período de experimentación. Normalmente, yo no la prescribiría para un caballo como el suyo. Y no debo hacerlo. Pero, desde luego, acabaría con esos dolores en las patas y en el estómago.

—Quiero que se la dé.

—Si lo hago, puedo perder mi licencia.

—Solo un día —dijo Joy—. Le pagaré... lo que usted quiera.

—Eso no será necesario. —El hombre ladeó la cabeza. Dejó escapar otro largo suspiro—. Si lo hago, le agradecería que no se lo contase absolutamente a nadie.

Joy se volvió hacia el caballo y murmuró algo. Su rostro se había suavizado, como anticipándose a su propio e inminente alivio.

—Tráigamela hoy —dijo, sin mirar al veterinario. Estaba acariciando de nuevo el hocico del animal, pasando sus manos de vieja por los huesos, unos movimientos cargados de familiaridad.

El veterinario meneó un poco la cabeza. Era demasiado blando. Su socio se pondría furioso si se enteraba.

—Tengo que atender a otro paciente esta mañana. Cuando termine se la traeré. —Y ya se marchaba cuando añadió—: A propósito, ¿cómo está el señor Ballantyne?

Joy no levantó los ojos.

—Bien, gracias —dijo.

A varios kilómetros de distancia, Kate permanecía en el Land Rover, contemplando a través del parabrisas el faro de Hook Head, un monolito cuya silueta se recortaba sobre el resplandeciente azul del puerto de Waterford. Era el primer día despejado desde hacía semanas, y el enorme faro, así como las casitas que lo rodeaban, tenía aspecto vetusto y parecía gastado por la luz invernal, mientras las olas rompían incansables contra la vieja piedra caliza.

Con los pulmones aclimatados todavía a la sucia atmósfera urbana, Kate aspiraba el aire salobre que le traían las ráfagas de viento que subían del mar, como un enólogo saboreando un vino excelente, mientras escuchaba las voces estridentes de las gaviotas y los araos que flotaban en invisibles corrientes de aire. Llevaba puestas las gafas, e incluso desde tan lejos a veces le salpicaba alguna gota, brillando como el diamante en la luz diáfana.

—Veo que no preguntas mucho —dijo, sin mirar a Thom, que estaba a su lado—. Me refiero a mis últimas historias. Con Justin y Geoff.

Thom volvió la cabeza para mirarla.

—¿Quieres que te pregunte?

Las nubes se deslizaban en el horizonte, impulsadas por vientos invisibles.

—Solo pensaba que querrías saberlo. La mayoría de los hombres quiere conocer tu historial.

—Sé todo lo que necesito saber. —Thom volvió la vista hacia el mar y tomó un sorbo de su café en vaso de plástico—. A veces se hacen demasiadas preguntas.

—Pero es que tú no preguntas nada. Ni siquiera quieres saber lo que pienso de todo esto. Si estamos haciendo bien.

—Ya te lo he dicho: a veces se hacen demasiadas preguntas. —Sonrió para sí—. Especialmente con alguien como tú.

Llevaban allí sentados una hora, disfrutando apaciblemente de la breve escapada de Kilcarrion y sus constantes complicaciones. Durante la mitad de ese tiempo, habían estado abrazados, intercambiando besos perezosos, mirándose el uno al otro embargados por una íntima expectación. No sería hoy mismo; eso estaba claro. Pero no importaba. Les bastaba con estar juntos, abrazarse, estar a solas los dos.

Habían pasado unos días desde la noche en el cenador, y los sentimientos de pánico y de culpa que habían abrumado a Kate habían ido cediendo a la desesperada necesidad de estar cerca de Thom, de verle sonreír, de tenerlo para él. Al día siguiente se había despertado aterrorizada por la idea de haberse «liado» otra vez con un hombre, y había ido a buscarlo a la caballeriza para decirle con mucha firmeza (y cierto deje histérico en la voz) que todo había sido un terrible error y que lamentaba haberle impulsado a seguir, pero que ahora prefería estar sola. Thom había asentido con la cabeza, diciendo que lo entendía, y se había mantenido impasible en las tres o cuatro ocasiones en que ella volvió a verle ese mismo día y, en voz baja y apremiante, le había explicado de nuevo por qué le parecía imposible, que lo había pensado bien y se daba cuenta de que eran totalmente incompatibles, que él le gustaba demasiado para arruinarle la vida.

Kate había subido a su cuarto y se había echado a llorar, furiosa consigo misma, de modo que cuando Thom había entrado por sorpresa en el cuarto del desayuno a la mañana siguiente para decirle a Joy que iba al pueblo a recoger unas cosas a la tienda de aperos, Kate había preguntado inocentemente si podía llevarla. Tenía que hacer algunas compras en el pueblo. Christopher —con su habilidad de sabueso para olfatear cualquier indiscreción por parte de su hermana— se había marchado el domingo, Sabine estaba fuera, y Joy no había notado nada raro; últimamente se enteraba de poca cosa, aparte de la enfermedad de su viejo caballo, y solo le preocupaban las interminables tareas que de repente parecía haber en la casa y la caballeriza. De modo que se habían escapado en el Land Rover, tan contentos como dos niños haciendo una travesura. Kate, que ya no podía reprimir las ganas de tocarle, había alargado la mano y luego había tenido que retirarla al notar el contacto del plástico y no de la carne.

—Con el tiempo te vas acostumbrando —dijo él, como si le divirtiera—. Yo mismo me asustaba al principio cuando me rascaba la nariz en sueños. O cosas peores.

La miró de soslayo, con una astuta sonrisa en sus labios juguetones.

Kate se había puesto colorada por algo que podía haberle hecho sentir vergüenza pero que, sin duda, le resultó más placentero. Después, estuvieron unos minutos sin hablar, cada cual ensimismado en los pensamientos que las palabras de Thom habían provocado.

—Bueno, ¿y tú?

Thom terminó el café y dejó el vaso sobre el salpicadero, al lado de los viejos guantes de lana, el rollo de bramante y un viejo ejemplar del *Racing Post*.

—¿Yo, qué?

—Habrá habido alguien, digo yo. Diecisiete años no pasan en vano.

—No he sido ningún santo —dijo Thom—. Pero no ha habido nada especial.

Kate no le creyó.

—¿En todo ese tiempo? —En su voz había un deje de miedo, un temor al espectro poco halagüeño que le hacía sospechar que él podía estar enfermizamente obsesionado—. Seguro que hubo alguien. ¿Nunca te dieron ganas de casarte, de vivir con alguien?

—Hubo un par de chicas que me gustaron mucho. —La miró y buscó su mano—. Pero tú y yo somos diferentes. A mí no me resulta tan fácil liarme con una mujer. Prefiero estar solo a estar con alguien que no... —Dejó la frase en suspenso.

Kate llenó mentalmente el vacío. ¿Qué no sea ideal? ¿Perfecto? ¿El amor de mi vida? Esto último le produjo un exceso de sudoración: era demasiado pronto para que él empezara a hablar de eso. Kate dudaba de haber hecho bien al llevar las cosas tan lejos. Pero quedaba otra desagradable posibilidad: que en sus palabras hubiera una censura implícita. Tú y yo somos diferentes. Prefiero estar solo a... ¿a ser como ella? ¿Estaba sugiriendo que se liaba con el primero que pasaba?

Bebió un poco de café mientras formulaba y rechazaba diversas hipótesis. Pero no le preguntó qué había querido decir. Como Thom había dicho, a veces se hacían demasiadas preguntas.

Dos hombres, dos figuras diminutas como insectos, se agitaban en una barquita, uno de ellos señalando y gesticulando. Un tercer individuo recogía objetos desconocidos desde la orilla.

—¿Te enfadaste conmigo? —dijo ella finalmente.

—Al principio, sí.

Sus ojos azules reflejaban aquel cielo de un azul insólito. Los tenía fijos en algún punto distante, perdidos tal vez en la historia.

—No es fácil estar enfadado mucho tiempo con alguien. Bueno, con alguien que te gusta, quiero decir.

Kate se mordió el labio.

—Lo siento —dijo.

—Éramos jóvenes. Antes o después teníamos que joder las cosas.

—Pero fui yo quien las jodió.

—Te adelantaste a mí, eso es todo.

—Últimamente estás en plan zen.

Thom sonrió.

—¿Zen? ¿Ahora lo llaman así? Bah... —Una gran sonrisa se dibujó poco a poco en su cara—. Simplemente he aprendido a no comerme la cabeza con cosas que no puedo cambiar.

Kate dudó. No pudo aguantarse:

—¿Lo de tu brazo, por ejemplo?

—Sí. —Thom se miró la mano izquierda, que tenía apoyada en el muslo—. Creo que eso fue una excelente lección. No se puede discutir con una extremidad que no tienes... ni con nada que no tengas cerca.

Guardaron silencio viendo cómo las gaviotas se cernían sobre la bahía. La barquita zarpó, mientras los dos ocupantes se despedían del que había quedado en tierra. Las primeras olas hicieron saltar la embarcación como un salmón avanzando corriente arriba.

Kate sopesó las posibles interpretaciones de ese «no tener cerca». Necesitaba oír ciertas cosas de él, cosas que sabía que le harían asustarse, cosas a la vez ineludibles e imposibles de escuchar. Siempre contradictoria, dijo la Maggie virtual. Siempre obsesionada con las posibilidades de aventura. Sigues sin tener los pies en el suelo. Vete a freír espárragos, le dijo Kate.

—Hubo una cosa que sí me tuvo preocupado —dijo él, con la vista todavía fija en alguna parte.

Kate, que estaba pasando un dedo por la palma de Thom, se detuvo.

—Te sonará un poco extraño, pero me molestó durante bastante tiempo... Yo quería preguntarte... ¿por qué él, precisamente? —Kate no se lo esperaba. Pestañeó con fuerza—. Bueno, tú apenas le conocías. Ya sé que no habíamos estado juntos mucho tiempo ni nada de eso, pero no entendía cómo podías darle algo tan especial. No comprendía por qué... bueno, ¿por qué a él y no a mí?

Por primera vez, Thom parecía inseguro de sí mismo. Abrió y cerró la boca varias veces, como si se enfrentase a sentimientos que no le eran familiares.

—Cuando miro a Sabine —dijo—, soy muy consciente de que... de que podría haber sido mía.

Kate pensó en Alexander Fowler, en los retratos de aniversario, en la perversa determinación que la empujó a desabrocharse, sin que se lo pidieran, su anticuado vestido de terciopelo, y las sensaciones encontradas de asombro y deleite que habían iluminado la cara del retratista al contemplar el cuerpo desnudo de la adolescente. Kate recordaba que allí hacía mucho calor, que olía a aguarrás y pintura al óleo, que estaba lleno de imágenes inacabadas de personas a las que no conocía. Recordaba haberse vestido después, mientras él se metía en su casa para ir a buscar cigarrillos, y haber tenido la sensación de que esas personas retratadas ahora la conocían mejor.

—Si hubieras sido tú, habría significado algo —dijo despacio—. Y supongo que yo no quería que significara tanto.

—«A caballo regalado...», había sido la expresión empleada por el pintor. Kate se había encogido de miedo.

Thom la miró, inexpresivo, sin acabar de comprender a qué se refería. Detrás de él una gaviota solitaria giró en el aire y graznó.

—Si hubieras sido tú, Thom —dijo, presionándole con fuerza la mano—, me habrías convencido para que me quedara.

Desde la ventana del piso de arriba, Sabine vio llegar el Land Rover y observó a su madre apearse frente a la casa. Llevaba un periódico en la mano y algo dentro de una bolsa de papel; nada que no hubiera podido comprar en el pueblo con la abuela, pensó Sabine. Además, se pasaba repetidamente la mano por el pelo; un indicio clarísimo de que le gustaba alguien (Sabine lo había leído en una revista). Seguro que si se fijaba mejor, vería que su madre tenía también las pupilas dilatadas.

Volvió la cabeza hacia donde dormía su abuelo, dejando caer la pesada cortina. Vaya, pensó amargamente, está demasiado ocupada ligando con hombres para pensar en su propio padre. Se podrían contar con los dedos de una mano las veces que había subido a verle. El abuelo ni siquiera parecía haberse dado cuenta de que su hija estaba en la casa. Claro que, aparte de la enfermera, Sabine era la única que se había implicado de verdad. La abuela siempre tenía mucho que hacer. O estaba cuidando de Duque, que, según le había contado

John-John con aparente placer, iba ya camino de la fábrica celestial de comida para gatos.

Sabine se sentó al borde de la cama, con cuidado de no despertarle. Últimamente, el abuelo parecía dormir mejor. Cuando estaba despierto se agitaba bastante y empezaba a respirar a resuellos, que Sabine sentía casi como propios. Entonces le cogía la mano, tratando de no ceder al pánico cuando él esporádicamente se la apretaba, como si estuviera practicando para el rigor mortis.

—¿Está roque otra vez? —dijo Lynda, la enfermera, irrumpiendo en la habitación con una jarra de agua fresca—. Bueno, mejor para él.

Lynda le había explicado que en cuanto terminara este trabajo pensaba dejar la enfermería para dedicarse a la aromaterapia. Nunca decía cuándo lo iba a dar por terminado, pero ambas sabían la respuesta.

—Se acaba de dormir —dijo Sabine.

—¿Por qué no te marchas? Vete a dar una vuelta. Yo lo haría, si pudiera. Pasas demasiado tiempo aquí metida. —Sabine esperó a que Lynda añadiera que «no era saludable», otra de sus coletillas, pero esta vez no la dijo.

—Anda. Voy a quedarme aquí media hora viendo la serie, así que lo mejor es que te vayas. Sí, no hace falta que me lo digas, pondré la tele baja.

Sabine se fue al estudio para echar un nuevo vistazo al papel que desde hacía un tiempo viajaba en su bolsillo. Hacía ya dos días que había recibido una carta de Geoff donde le comunicaba que iba a casarse con una mujer india, y Sabine todavía no sabía qué hacer. Al principio había supuesto que su madre también lo sabía, pero su comportamiento no daba a entender en absoluto que así fuera. En todo caso, se le veía más alegre.

Lo que le molestaba no era solo que Geoff, al igual que Jim, hubiera encontrado una nueva familia, sino lo que eso decía de la suya propia. ¿Por qué Geoff no se lo había preguntado a su madre? Habían estado juntos seis años, y él era un tipo que nunca escurría el bulto. Había llegado a decir, tímidamente, que él era un «padre de alquiler». Sabine había llegado a la conclusión de que Kate no era la clase de mujer que los hombres elegían para casarse. No como su abuela, que había conseguido que la pidieran en matrimonio al día siguiente de conocerse. Su madre era la clase de mujer que permitía que abusaran de ella y luego le dieran calabazas, una y otra vez. Qué poco respeto tenía por sí misma. Esa expresión de ansiedad que tenía siempre que estaba cerca de un hombre, como si esperara de él unas migajas emocionales. Sabine releyó la carta, con las promesas de Geoff de que siempre estaría a su «disposición». No es que ella hubiera deseado que su madre se casara con Geoff, pero el hecho de que él nunca se lo hubiera propuesto, le hizo sentirse más enojada con Kate de lo que ya estaba. Era uno más en una larga lista de fracasos.

Miró las fotografías que su abuela y ella no habían terminado aún de clasificar: las fotos de Christopher y Kate de pequeños (él ya tenía entonces aquella cara de engreído), con los bordes estampados de color dorado, y las de Kate y aquel niño chino. Sabine hubiera querido saber más de aquel niño, pero Joy no podía dedicar más tiempo a la labor, como le había dicho la última vez que habían estado en el estudio, volviendo a su tono brusco y pragmático. Había otros muchos asuntos pendientes. Sabine podía hacer con las fotos lo que le pareciera mejor.

Por lo visto ha sido el único chico que no te abandonó, pensó Sabine, tocando la foto de los dos, sonrientes y desdentados bajo sus sombreros. Si tenías algo, mamá, lo perdiste definitivamente hace muchos años.

—¿Sabine?

Sabine dio un salto. Kate estaba en el umbral.

—Pensaba que quizá querías comer. Tu abuela dice que no tiene apetito, y tu abuelo está durmiendo. Me preguntaba si querías comer algo conmigo.

—Supongo que no le habrás despertado —dijo Sabine, metiéndose la carta en el bolsillo de atrás.

—No, cariño, está durmiendo. Me lo ha dicho la enfermera.

—Y no se te habrá ocurrido ir a comprobarlo.

Kate se esforzó por conservar la sonrisa. No quería que nada le estropeara el día, ni la forma en que su madre había rechazado su ofrecimiento de preparar la comida (la señora H estaba en Wexford Town, visitando a un médico para ver si podía hacer algo por Annie), ni el aparente enfado de su hija ante cualquier tipo de propuesta. Movió las piernas y cambió de postura.

—Iba a preparar un poco de sopa. Y pan con mantequilla. La señora H ha tenido la amabilidad de dejar un pan recién horneado.

—Bueno, lo que sea. —Sabine volvió a las fotografías.

Pero Kate no se iba.

—¿Qué estás haciendo?

¿Tú qué crees?, pensó Sabine.

—Clasificando fotos antiguas —dijo—. La abuela me ha dado permiso.

Kate estaba mirando la caja.

—¿Esa soy yo? —Se acercó a donde estaba Sabine y se agachó, cogiendo la fotografía de ella con el niño chino.

—Dios mío —dijo, ajustándose las gafas—. Hacía un montón de años que no las veía.

Sabine guardó silencio.

—Es Tung-Li —dijo Kate—. El hijo de mi *amah*. Solíamos jugar juntos... hasta que... —Se interrumpió—. Era un encanto de niño. Y muy tímido. Creo que fue mi primer amigo. Solo nos llevábamos unos meses.

A pesar suyo, Sabine miró la foto.

—Había una piscina en la parte de atrás del bloque de apartamentos donde vivíamos. En Hong Kong. Y cuando no había nadie, él y yo jugábamos a dragones. O dábamos vueltas a la piscina en mi bicicleta roja. Nos caímos dos o tres veces, si no recuerdo mal. El *amah* se ponía furiosa. —Se echó a reír—. No sabes cuánto le costaba secar las cosas cuando estábamos en plena estación de las lluvias, y lo peor que podía pasar era que se te mojaran los mejores zapatos.

—¿Cuántos años tienes en esa foto?

Kate frunció el entrecejo.

—Creo que nos mudamos a esos apartamentos cuando yo tenía cuatro años, así que tal vez cinco. O quizá seis.

—¿Qué fue del niño?

La expresión de Kate cambió, parecía menos animada.

—Verás, tuve que dejar de jugar con él.

—¿Por qué?

—Así eran las cosas entonces. Tu... tu abuela tenía ideas muy precisas sobre lo que estaba bien o mal. Y por lo visto jugar con Tung-Li no estaba bien. Para una chica como yo.

—¿A pesar de que erais amigos desde hacía tiempo?

—Sí. —La cara de Kate se ensombreció al recordar aquella injusticia.

Sabine contempló la foto.

—Me extraña, viniendo de la abuela —dijo.

Kate levantó la cabeza. No pudo evitar decir:

—Conque te extraña, ¿eh?

—Siempre se ha portado muy bien conmigo.

—Mira, cariño, un día descubrirás que ella no es siempre la agradable anciana que tú crees que es. También puede ser más dura que las piedras.

Sabine miró a su madre, impresionada por el súbito tono amargo y sintiendo a la vez la imperiosa necesidad de contradecirla.

—¿Tú crees que es justo separar a dos niños solo por el color de su piel?

—No —dijo Sabine, consciente de que la estaban acorralando—. Pero las cosas eran muy distintas entonces. La gente no lo veía de la misma manera. A ellos los educaron así.

—Entonces ¿a ti te habría parecido bien que yo te hubiera obligado a comer carne sencillamente porque así es como me educaron a mí? Si yo me hubiera negado a comer carne cuando vivía aquí, me habrían obligado a alimentarme a base de patatas.

—Desde luego que no me habría parecido bien.

—Entonces, Sabine, ¿cómo es que a todo lo que hace la abuela le encuentras una justificación? ¿Y cómo es que todo lo que hago yo, aunque sea con la mejor intención, me lo echas en cara?

Kate no sabía qué la había impulsado a decir todo aquello, pero la visión de la fotografía había suscitado en ella viejos rencores, y se sentía furiosa. Estaba harta de cargar con todas las injusticias del mundo, cansada de aceptar con ecuanimidad las invectivas de Sabine, cansada de llevar el peso de la culpa por haber arruinado la vida de todo el mundo y haberse visto obligada a seguir adelante, manteniendo la sonrisa, a pesar de todo.

—A veces, Sabine, aunque te parezca mentira, tu madre es la que recibe los palos. Solo muy de vez en cuando es al revés.

No había contado, sin embargo, con la innata terquedad de su hija. Ni con la habilidad de las quinceañeras para la hipocresía.

—No me creo que pienses que siempre tienes la razón —dijo Sabine, furiosa—, teniendo en cuenta el modo en que te has comportado.

—¿Qué?

—Sí, señora. Muy bien, la abuela quiso que tuvieras otras amistades cuando vivíais en Hong Kong. Probablemente solo intentaba hacer las cosas lo mejor posible. La gente habría empezado a hablar de ti y tal, era otra época.

Kate empezó a menear la cabeza; no daba crédito a sus oídos.

—Me ha contado muchas cosas, ¿sabes? Me ha hablado de todas aquellas normas que había entonces. De cómo la gente empezaba a murmurar si no hacías las cosas como se consideraba correcto. Y aunque tuvieras razón entonces, no se puede decir que la hayas tenido después, ¿o sí? Tú nunca piensas en los demás. Ni siquiera te molestas en estar un rato con tu propio padre, a pesar de que viniste porque pensabas que se estaba muriendo. Estás demasiado ocupada coqueteando con el primero que pasa, a ver si puedes añadir otro nombre a tu lista de fracasos.

—¡Sabine!

—Es verdad. —Sabine comprendió que se estaba pasando de la raya, pero la ira le podía. ¿Quién era su madre para juzgar a los demás?—. Usas a los hombres como el abuelo usa pañuelos. No te importa la imagen que puedas dar. Podrías haber hecho como los abuelos y esperar hasta haber encontrado al hombre que te quisiera de verdad. Haberte implicado un poco más. Pero tú vas de hombre en hombre sin importarte nada. ¡Fíjate en Justin! ¿Cuánto te ha durado? ¿Y Geoff? Jo, si ni siquiera te importa que se vaya a casar.

Kate, que se disponía a soltar una perorata similar, se quedó de piedra. Hubo un breve silencio.

—¿Qué has dicho?

—Geoff. Se va a casar. —Sabine respiró hondo, consciente de que su madre podía no haber recibido una carta parecida—. Creí que lo sabías.

Kate bajó la vista y alargó el brazo para sostenerse en un estante.

—Pues no —dijo—. No lo sabía. ¿Cuándo te lo ha dicho?

Sabine se sacó la arrugada carta del bolsillo trasero y se la pasó a su madre. Kate, apoyada en una mesa, la leyó en silencio. Luego dijo:

—Vaya, no puede decirse que haya esperado mucho, ¿eh?

Dios, pensó Sabine. Tenía los ojos llenos de lágrimas.

—Pensaba que lo sabías —repitió.

—No. Es muy posible que me haya escrito a casa, pero al estar aquí, yo no podía recibir la carta.

Afuera, alguien tiró un cubo de agua y el ruido recorrió todo el patio, y una voz de hombre gritó a un caballo que se estuviera quieto. Kate ni siquiera se sobresaltó: incorporándose como si fuera una sonámbula, se dirigió despacio hacia la puerta.

—Bueno, voy a preparar la sopa —dijo, apartándose el pelo de la cara—. Y unas rebanadas de pan.

Sabine se quedó sentada en el suelo, a punto de echarse a llorar.

—Lo siento, mamá —dijo.

Kate le dedicó una sonrisa apenada, lenta.

—No es culpa tuya —dijo—. No te preocupes.

Habían almorzado casi en silencio. Sabine, cosa rara, había intentado dar conversación para paliar la culpa que la consumía por haber lanzado aquella bomba. Kate había sonreído al darse cuenta de los insólitos esfuerzos de su hija por compartir sus sentimientos, pero ambas se habían alegrado de llegar al postre y poder irse cada cual a alguna parte donde su reciente conversación no las persiguiera como una nube que amenaza lluvia. En el caso de Sabine, su forma de escapatoria fue irse a caballo hasta Manor Farm, donde tenía permiso para usar la pista de campo traviesa que había en la finca y practicar saltos. En el caso de Kate, su alternativa consistió en hacer compañía a su padre en condiciones normales, por primera vez desde que había llegado a Kilcarrion.

Permaneció sentada casi una hora en la silla que había junto a la cama, mientras la enfermera aparecía de cuando en cuando para comprobar monitores y catéteres, o preguntar si querían té. Aunque se había hecho todo lo posible para que la habitación tuviera un aire alegre, Kate, sentada en un silencio casi absoluto junto a aquel hombre antaño tan vivaz, el padre que la había columpiado en brazos y le había hecho cosquillas hasta que ella se había meado encima de la risa, se sintió consumida por el ambiente lóbrego, apenada por no haber sido capaz de estar a la altura de las expectativas de su padre, y triste porque él se iba a morir sin que el abismo que mediaba entre ellos hubiera desaparecido. Hago lo que puedo, le dijo. Trato de que las cosas salgan bien, de pensar siempre en los demás, pero tú y mamá sois muy difíciles de contentar. Ojalá pudieras entenderlo. Ojalá se lo dijeras a Sabine.

Él no reaccionó; Kate tampoco lo esperaba. Se quedó allí, transmitiéndole en silencio sus pensamientos y hojeando unos libros que Sabine había dejado sobre la mesita de noche.

Era casi de noche cuando fue a buscar a Thom y le pidió si podían verse en el cenador. Él había escrutado atentamente su rostro, notando que ella evitaba mirarle, y no dijo nada.

Cuando llegó silbando por el descuidado jardín, no le dio un beso, solo se apoyó en el marco de la puerta con aire excesivamente despreocupado y sonrió.

Kate estaba sentada en las cajas donde él había puesto la manta, con los brazos en torno a las rodillas, como una niña, y el pelo cubriéndole parcialmente la cara.

—Esto tiene que acabar.

Thom agachó la cabeza para ver su expresión.

—¿Hasta que vuelvas a cambiar de parecer? —Lo dijo en tono ligero, con sentido del humor—. ¿Quieres que vuelva dentro de media hora?

Kate levantó la vista. Tenía los ojos enrojecidos detrás de los cristales de sus gafas.

—No voy a cambiar de parecer. Me marcho.

—No lo entiendo.

—No esperaba que lo entendieras.

—¿Qué quiere decir eso, si se puede saber?

—Lo que he dicho. Me marcho. A Londres.

—¿Qué...?

Era la primera vez que Thom parecía contrariado. Kate le miró a los ojos y percibió en ellos dolor y desconcierto.

—Mira, Kate, te conozco. Sé que cambias de parecer como el viento de dirección. ¿Qué diablos te pasa?

Kate desvió la vista.

—Lo hago por todos nosotros —dijo en voz queda.

—¿Qué es esto?

—Te lo he dicho, es mejor para todos.

—Bobadas.

—Es que tú no lo entiendes.

—Explícamelo.

Kate cerró los ojos con fuerza, deseando estar en cualquier otra parte del mundo.

—Es por algo que he oído hoy. Algo que me ha dicho Sabine. Y eso ha hecho que me diera cuenta de que, sienta lo que sienta por ti, independientemente de cómo estemos ahora, llevo camino de cometer los mismos errores de siempre. —Se frotó la nariz con la manga—. Creo que no lo medité lo suficiente, Thom. No pensé si había posibilidades de que saliera bien. No pensé en las personas que sufrirían si todo se iba al cuerno. Y tarde o temprano acabaría yéndose al cuerno, ¿entiendes? Tú y yo no tenemos nada en común. Vivimos en países diferentes. No sabemos nada el uno del otro salvo que todavía nos consideramos mutuamente atractivos. Resumiendo, es prácticamente seguro que yo acabaría jodiéndolo todo. Y la verdad es que cada vez que meto la pata, pierdo un poco más del respeto de mi hija. Y lo que es peor, pierdo un poco más del que siento yo por mí misma.

Trataba de no sorber por la nariz, con la cara sepultada en los brazos cruzados, y la voz le salía amortiguada.

—En fin, he pensado en estas cosas, y he decidido que es mejor para todos que yo vuelva a casa. Mañana tomaré el barco. Mi padre no me echará de menos; ni siquiera se ha enterado de que estoy aquí. Y mi madre ha hecho todo lo posible por ignorarme desde que llegué. En cuanto a Sabine... —soltó un largo y doloroso suspiro— he decidido que se quede a vivir aquí. Es mucho más feliz que en Londres. Hasta tú te has dado cuenta, y solo hace dos meses que la conoces. Puede volver a Londres cuando ella quiera. O ir a la universidad. No voy a obligarla a hacer nada. Simplemente he pensado que tú tenías que saberlo.

Se miró los pies. Tenía briznas de paja pegadas a ellos, de cuando había estado en la caballeriza tratanto de encontrar a su madre.

—O sea que se acabó. —Kate levantó la cabeza. Thom respiraba con dificultad y se frotaba la nuca con la mano buena—. Te digo adiós otra vez, Thom, y te pido perdón si te he dado esperanzas, pero he decidido lo que es mejor para todos y no te queda más remedio que conformarte.

Kate le miró a los ojos.

—Una mierda, Kate. Eso solo son chorradas. No permitiré que vuelvas a hacer lo mismo. Tú no decides cómo ha de ser o dejar de ser una relación, y no te he pedido que intercedas por mí.

Thom empezó a pasearse arriba y abajo, ajeno a los botes de pintura que desplazaba al moverse. Su ira se podía respirar en el ambiente.

—Me he pasado varios días oyéndote decir lo que está bien y lo que está mal en nuestra relación. Y como te conozco, me figuré que lo mejor era sentarse y callar, y dejar que sacaras todo lo que llevabas dentro. Pero que tú decidas que algo está mal no quiere decir que lo esté, ¿entiendes? No eres tú quien dicta cómo son las cosas. —Apretó las mandíbulas, tratando de acompasar la respiración, y se sentó en un cubo puesto del revés—. Mira, Kate, hace mucho tiempo que estoy enamorado de ti. Mucho. Y he salido con toda clase de chicas desde entonces, chicas estupendas, con sonrisas tan grandes como sus corazones. Chicas más bonitas incluso que tú, aunque no te lo creas. Y cuanto más salía con ellas, más me daba cuenta de que si en el fondo falla algo, si no sientes esa cosa, esa maldita cosa que es lo único verdaderamente auténtico, entonces no hay nada que hacer. ¿Entiendes? Y luego, inesperadamente, te presentas aquí, y entonces me doy cuenta enseguida. Lo supe desde el día en que te vi maldecir esta casa y llorar como una quinceañera, noté algo aquí dentro —se señaló el pecho con el pulgar—, algo que me decía: «Por fin. Eso era». Y entonces lo supe.

Ella le miró con expresión atribulada, adelantando el labio inferior. Nunca le había visto de aquella manera; era la primera vez que le oía decir tantas cosas de un tirón. Casi dio un respingo cuando Thom abandonó el cubo donde estaba y fue a sentarse a su lado.

—Mira, aunque tú no lo sepas, Kate, yo sí lo sé. Y me importan un comino esos otros idiotas con los que has salido, me importa un comino que vivamos en sitios diferentes. O que no nos gusten las mismas cosas. Porque eso son solo detalles, ¿comprendes? Solo detalles. —Thom le cogió la mano entre las suyas—. Y sé que no soy perfecto. Estoy demasiado acostumbrado a la soledad, me pongo pesado por cosas estúpidas y... y tengo un brazo postizo. Sé que no soy el que fui hace años.

Ella menó la cabeza; no quería que él lo mencionara, que lo apuntara como un factor en su contra.

De pronto, la voz de Thom se volvió más dulce.

—Pero te digo una cosa, Kate: si te vas ahora, cometes un error. Un gran error. Porque si aquí hay alguna persona lisiada, eres tú, no yo. —Entonces, espontáneamente, le levantó la mano y llevó la palma a su boca. La dejó allí, con los ojos cerrados, como si su propio acto lo hubiera dejado mudo.

Kate, ajena a las lágrimas que le corrían por las mejillas, alargó su otra mano y le acarició la cara.

—¿Cómo podemos saberlo, Thom? —dijo—. ¿Cómo voy a saberlo?

—Porque yo lo sé —dijo él, abriendo los ojos—. Y por una vez en tu vida, vas a tener que fiarte de mí.

Salieron juntos del cenador como cautelosos viajeros tras una gran tormenta, por una vez despreocupados ante la posibilidad de que alguien pudiera verlos. Thom dijo que tenía que ir a los establos y Kate dijo que le acompañaba, confiando en encontrar allí a Sabine. Quería que ella no se sintiera mal por el asunto de la carta de Geoff, aunque no estuviera dispuesta a decirle todavía por qué.

Liam estaba sentado sobre una bala de paja frente al cuarto de los aperos, puliendo una brida con un paño y acompañando con sus silbidos una canción que sonaba por la radio. Los miró a modo de saludo, pero no dijo nada.

—¿Han vuelto los caballos del campo de abajo? —dijo Thom, comprobando los cerrojos de una casilla.

—Sí.

—¿Ha regresado Sabine?

—Acaba de dejar el rucio en su casilla. Lo hemos trasladado a la del fondo, porque la de en medio volvía a tener goteras.

Thom maldijo en voz queda, mirando las tejas que faltaban.

—Tendré que echar otra lona por encima. No quedan tejas sueltas, ¿verdad?

—Las usamos hace ya meses —respondió Liam—. ¿Habéis ido a algún sitio bonito? —Miró a Kate de arriba abajo, y ella se dio cuenta de que tenía las mejillas coloradas.

—Hemos estado clasificando unos papeles —dijo Thom—. ¿No habías dicho que todos los caballos estaban de vuelta?

Liam volvió la cabeza y luego siguió la dirección de su mirada hacia los campos de abajo.

—En efecto.

—Y eso, ¿qué es?

Liam se llevó una mano a la frente para protegerse los ojos del fulgor del sol de color melocotón, que ya se acercaba a su ocaso.

—Parece Duque —dijo, frunciendo el entrecejo—. Pero hace meses que está cojo. Y ese caballo no lo está.

Thom guardó silencio.

Liam se esforzó por ver mejor.

—¿Y quién lo monta? Lleva un jinete.

—¿Qué pasa? —preguntó Sabine, que acababa de salir con la silla de montar. Miró a su madre, preguntándose qué hacía en la caballeriza.

—No lo veo —dijo Kate—. A esa distancia no veo nada.

—Es la señora Ball...

Liam se calló al notar la mano de Thom en el hombro.

—Vamos —dijo Thom—. Dejémoslos solos.

—¿Es la abuela quien monta ese caballo? —dijo Sabine—.
¿Qué caballo es?

—Que me aspen. No la veía montar desde hace años
—dijo Liam, que no acababa de creer lo que estaba viendo.

—Vamos —dijo Thom, llevándoselos a todos—. Entremos en casa.

Y mientras lo hacían, volvió la cabeza para mirar la regia
silueta de la anciana y su viejo caballo con el ocaso al fondo;
Duque, con la cabeza erguida como antaño y las orejas aten-
tas a las palabras de su jinete, trotaba sin prisa camino del
bosque.

13

Joy se quedó dos días enteros en su cuarto después de que sacrificaran a Duque; era la primera vez, según la señora H, que se dejaba vencer por algo, y mucho menos por la aflicción. Se había levantado de madrugada y había estado un par de horas en el remolque, almohazando al caballo y hablándole, de modo que cuando llegó, el veterinario no encontró a un animal triste y derrotado, sino a uno exultante con el viejo pelaje bruñido, de tal manera que casi tenía un aspecto saludable. Joy había permanecido impávida a su lado, con una mano sobre la cara del caballo, que a su vez apoyaba la barbilla en el hombro de ella, mientras el veterinario se disponía a pincharle. Tan relajado estaba Duque en aquella postura que, cuando había caído, su peso casi había hecho caer con él a su dueña; fue Thom, que estaba al lado, quien consiguió apartarla a tiempo. Se habían quedado allí de pie unos minutos, sin hablar, contemplando el cuerpo inmóvil sobre el suelo cubierto de paja. Y después, dando las gracias educadamente al veterinario, Joy había salido del establo camino de la casa, andando a paso vivo con los brazos a los lados y el mentón levantado. Sin mirar atrás.

Así era ella de rara, pensó la señora H. Solo ella podía querer que aquel viejo caballo acabara sus días con orgullo. Y estar dispuesta a pasar tanto tiempo con él...

No así con su propio marido, pensó Sabine, consciente de que todo el mundo pensaba lo mismo.

Porque fue el segundo día que Joy llevaba encerrada en su habitación, negándose a comer y pidiendo a las visitas que por favor la dejaran «en paz», cuando Edward empeoró y Lynda tomó la decisión de llamar al doctor por miedo a que, si no lo hacía, el pobre hombre pudiera estar muerto cuando su mujer se dignara salir de su cuarto.

Sabine, pálida y vigilante, sujetó la mano de su abuelo mientras el médico le tomaba el pulso, aplicaba el estetoscopio a su pecho huesudo y consultaba algo en voz baja con la enfermera.

—Está bien —dijo Sabine, un tanto irritada—. Puede decírmelo. Soy su nieta.

—¿Y la señora Ballantyne? —preguntó él, haciendo caso omiso.

—Hoy no ha salido de su habitación, o sea que tendrá que decírmelo a mí.

El médico y Lynda intercambiaron miradas.

—Se ha muerto su caballo —dijo Lynda, arqueando una ceja, y pareció llevarse una pequeña decepción cuando el médico asintió con la cabeza, como si lo comprendiera.

—¿Está Christopher en casa?

—No.

—¿Y tu madre, sigue aquí? —le preguntó a Sabine.

—Sí, pero no quiere saber nada de mi abuelo. —Sabine pronunció estas palabras con esmerada lentitud, como si estuviera hablando con dos idiotas.

—Esta familia es así —dijo Lynda. Empezaba a expresar libremente sus opiniones.

—Oiga, ¿por qué no me dice a mí lo que tenga que decir? Cuando mi abuela salga, yo se lo explicaré.

El médico se lo pensó. Pero entonces miró a Sabine y esbozó una sonrisa cómplice.

—No creo que podamos esperar tanto tiempo.

Fue poco después cuando Kate, animada por la confianza que le inspiraba el amor de Thom, decidió tomar cartas en el asunto. Fue hasta el fondo del pasillo, golpeó la puerta del cuarto de su madre e, ignorando sus graznidos de protesta, irrumpió en la austera habitación para decirle que el médico quería hablar urgentemente con ella.

—Ahora mismo no puedo ir —dijo Joy, sin mirar a su hija. Estaba tumbada en su cama individual, de espaldas a la puerta, con las largas piernas dobladas en postura fetal, embutidas aún en sus maltrechos pantalones de pana—. Dile que le llamaré más tarde.

Kate, que nunca había visto a su madre tan vulnerable (no recordaba siquiera haberla comtemplado en una posición horizontal a plena luz de día), procuró que no le flaqueara la voz y mostrarse firme.

—Creo que necesita hablar contigo ahora mismo. Papá está mal.

Joy permaneció tumbada.

Kate esperó un buen rato a que reaccionara.

—Mamá, siento lo de Duque, pero vas a tener que levantarte. Te necesitan abajo.

Pudo oír cómo Sabine, que iba por el pasillo hacia su cuarto, sorbía por la nariz. Al darse cuenta de la gravedad de la situación, se había echado a llorar obedeciendo a un impulso infantil, moqueando y babeando a mares. La visión de aquella inusitada muestra de sentimiento era lo que había decidido a Kate a actuar. Antes o después, su madre iba a tener que decirle algo. Estaba muy bien que le dejara toda la iniciativa a Sabine, pero en momentos como ese no podía olvidar que su nieta solo tenía dieciséis años.

—Mamá...

—Vete, por favor —dijo Joy, levantando un poco la cabeza. Kate pudo verle los ojos enrojecidos, el pelo enmarañado y gris—. Solo quiero que me dejéis sola.

En el pasillo se oyó la puerta del cuarto de Sabine al cerrarse. Kate bajó la voz.

—¿Sabes qué? Estaría muy bien que me escucharas. Solo una vez.

Joy miró hacia la ventana.

—Mira, mamá, pienses lo que pienses de mí, todavía soy la hija de mi padre. Y estoy aquí. No es justo que Sabine tenga que cargar con esto ella sola. Alguien tiene que decidir si papá ingresa o no en el hospital, y lo que vamos a hacer, en caso de que no se lo lleven. —Hizo una pausa—. Bueno, si no estás abajo dentro de cinco minutos, yo misma decidiré con el doctor qué es lo mejor para papá.

Suspirando hondo, Kate salió de la pequeña habitación y cerró la puerta con fuerza.

Joy llegó a la sala de estar justo cuando el médico estaba terminando de tomar el té. Se había arreglado el pelo, y sus ojos casi habían desaparecido bajo las enormes bolsas que los oscurecían.

—Siento mucho haberle hecho esperar —dijo.

Kate, que estaba frente a la lumbre en una de las butacas, no supo si reír o llorar.

—Es como si quisiera hacer cualquier cosa menos hablar conmigo —dijo después, sentada junto a Thom en el cuarto de los aperos, mientras toqueteaba distraídamente un pedazo de cuero.

Estaba hundida en un sillón viejo, con las piernas estiradas hacia la estufa eléctrica que, pese a la luz que irradiaba, de poco servía para paliar el frío. El aire, que en el exterior era limpio y puro, se condensaba formando nubecillas cuando ella hablaba.

—No sé. En momentos como este parece que una familia debería estar unida. Incluso una familia como la nuestra. Y sin embargo, ella no para, siempre ajetreada con una cosa u otra, procurando no ver a papá y negándose a hablar conmigo sobre lo que deberíamos hacer con él. Christopher está en Ginebra en no sé qué congreso, y Sabine es demasiado joven para tomar esta clase de decisiones. A mi madre, en principio, no le queda nadie más con quien hablar.

Thom estaba restregando una brida con una esponja

húmeda, dejando las hebillas limpias con su mano derecha.

—¿Tan inútil soy? ¿Tan impensable es que yo sea capaz de ayudarla?

Thom meneó la cabeza:

—No es por ti, se trata de ella.

—¿Qué quieres decir?

—A tu madre le resulta más fácil sufrir por su caballo que por su marido. Está acostumbrada a contenerse, a guardárselo todo dentro. No creo que sepa cómo afrontar lo que está pasando.

Kate reflexionó unos instantes.

—No estoy de acuerdo. Enfadarse siempre le ha costado muy poco. Yo creo que es por mí. No quiere que piense que puedo hacer algo que le resulte de utilidad. —Se levantó, cara a la puerta—. Nunca estuvo orgullosa de nada de lo que yo hacía. A sus ojos, siempre he hecho lo que no debía. Y no quiere que eso cambie.

—Eres muy dura con ella, Kate.

—Ella lo ha sido conmigo. Mira, Thom, ¿quién dijo que yo no podía vivir en casa cuando me quedé embarazada de Sabine, eh? ¿Sabes el daño que me hizo eso? Por el amor de Dios, yo tenía dieciocho años. —Empezó a caminar como un gato enjaulado, pasando la mano por las sillas de montar alineadas contra una de las paredes.

—Yo pensaba que no querías quedarte aquí.

—Así es. Pero en parte fue porque se portaron fatal conmigo.

Thom sostuvo la brida a la luz en busca de mugre incrustada. Luego la volvió a bajar.

—De eso hace mucho tiempo. Deberías olvidarlo.

Kate se volvió. En su boca había un mohín obstinado que, de haberlo visto su difunta abuela Alice, hubiera dicho que era igual que el de su madre.

—Yo no puedo olvidar, Thom, al menos hasta que ella deje de juzgarme por todo lo que hago. Hasta que empiece a aceptarme tal como soy. —Había cruzado los brazos y le miraba con furia, con la cara parcialmente cubierta por el pelo.

Thom dejó la brida y se puso de pie, rodeándola con sus brazos hasta que el cuerpo de Kate, inevitablemente, perdió su rigidez y se fue relajando.

—Déjalo estar.

—No puedo.

—De momento. Ya buscaremos la manera de quitártelo de la cabeza. —Su voz era tierna, dulce. Kate levantó el dedo y recorrió con la yema los labios de él. En el inferior le habían salido unas pequeñas ampollas por culpa del frío.

—¿Se te ocurre alguna idea? —murmuró—. Ya sabes que la casa está llena de gente.

—Yo creo que es hora de que te decidas a montar —dijo él, sonriendo con picardía.

Kate le miró, y al momento se apartó de él.

—Oooh, no —dijo—. Has podido con Sabine, pero conmigo no podrás. Me he pasado los últimos veinte años dando gracias a Dios por no tener que subir a otro maldito caballo. Ni lo sueñes.

Thom se le acercó lentamente. Todavía seguía sonriendo.

—Podríamos hacer una excursión. Hace un día espléndido.

—No. Olvídalo.

—Podemos ir al paso, despacio, y meternos en el bosque. Así nadie podrá vernos.

Kate negó con la cabeza. Sus labios se mantenían apretados como si quisiera evitar un beso no deseado.

—Yo no monto. Me dan miedo los caballos. Seré muy feliz si no tengo que volver a montar en todo lo que me resta de vida.

La mano buena de Thom se deslizó por la nuca de ella y la atrajo hacia él. Olía a jabón y a heno recién trillado—. No tienes por qué montar. Puedes subir conmigo. Te sostendré con el brazo todo el tiempo.

Kate se sintió embriagada por su proximidad. Le pasó los brazos al cuello, ansiando sumergirse en él, y que él se sumergiera en ella. Cerró los ojos y dejó caer la cabeza hacia un lado, gozando de su cálido aliento en el cuello expuesto de tal manera.

—Quiero estar a solas contigo —susurró él, y la vibración de su voz hizo que a ella se le erizara el vello de la nuca.

Pero entonces, al oír que se cerraba la puerta de una casilla, dio un salto hacia atrás.

Oyeron pasos y Liam apareció en la puerta: una cara delgada y curtida, oscura contra el fondo luminoso del exterior. Se quedó allí con una manta bajo el brazo, mirando primero a Thom, que se había vuelto a sentar y seguía limpiando arreos, y luego a Kate, que estaba apoyada en una de las sillas.

—Un día fenomenal —dijo, dirigiéndose a Thom, pese a que sus ojos estaban posados en Kate—. Creo que de momento no le voy a poner manta al potro bayo. No tiene la piel tan fina como habíamos pensado.

Thom asintió con la cabeza:

—Bien hecho. Estaba pensando que tal vez podríamos sacarlo ahora que el tiempo empieza a mejorar —dijo. Luego levantó la vista y le dirigió a Kate la más breve de las miradas—. Bueno, Liam, ¿vas a estar todo el día por aquí?

Sabine bajó a la caballeriza con las manos hundidas en los bolsillos de sus vaqueros y el mentón oculto bajo el cuello alto de su jersey, de modo que solo se le veían los ojos y la nariz; ambas cosas sonrosadas y casi en carne viva. El abuelo se estaba muriendo, eso era básicamente lo que había dicho el doctor, por más que lo hubiera disfrazado hablando de «problemáticas» y «pronósticos». Su abuelo se iba a morir, su abuela se había vuelto muy rara porque se le había muerto el caballo, y Annie no respondía cuando la llamaba por teléfono. Todo se estaba viniendo abajo. La única familia de verdad que había tenido se estaba desintegrando.

Con Bertie a sus pies, Sabine se sentó en el banco de madera que había al lado de la explanada y se limpió la nariz con la manga del jersey. Cada vez era mayor su sospecha, por estúpida que sonara, de que todo aquello tenía que ver con ella. Jim y Geoff se habían separado de su madre. Ahora su familia irlandesa, que le había parecido perfectamente normal a su llegada —bueno, quizá no tan normal después de todo—, se estaba quebrando y desvaneciéndose a su alrededor. Nada era como había sido al principio. Nada. Y si no tenía nada que ver con ella, entonces ¿qué era lo que pasaba?

Sabine soltó un largo suspiro, de modo que Bertie la miró con extrañeza antes de volver a acomodar el hocico entre las patas delanteras. Bobby decía que todo eso era ridículo.

—La gente vieja se muere. Los caballos viejos, también —le había dicho al contarle ella sus sospechas—. Es ley de vida. Lo que pasa es que nunca lo habías vivido de cerca.

Bobby había sido amable con ella, sin hacer bromas al respecto, como si comprendiera que a Sabine le hacía falta hablar con alguien. Hubiera hablado con Thom, pensó con amargura, pero incluso él parecía estar siempre ocupado. Hacía siglos que no le proponía salir a montar, y cuando estaban a solas en la caballeriza, él se mostraba simpático sin más, como si estuviera hablando con John-John o incluso con una desconocida.

Sabine se puso de pie, tenía frío. Se frotó los codos y fue hacia los establos, donde asomó la cabeza a cada casilla para ver qué caballos había allí. Se le había ocurrido hablar con su madre. Desde el incidente de la carta de Geoff, parecía que se llevaban bien. Pero a pesar de la actitud de Kate, cualquier conversación sobre Kilcarrion resultaría demasiado difícil, empañada tanto por la incapacidad de su madre para llevarse bien con Joy, como por el hecho de que ambas sabían que ella quería irse lo antes posible, y Sabine no.

Porque ese era el quid de la cuestión: aunque su abuelo se muriera, Sabine no quería irse de Irlanda. Se había acostumbrado a aquel sitio, a su ritmo de vida y sus estructuras, a saber lo que iba a pasar casi siempre. Le gustaban los caballos. La casa grande. La gente. No se imaginaba pasando el rato en la finca de Keir Hardie, donde lo único que importaba era saber qué ropa llevaba cada cual y si la gente se caía bien o no. Si intentaba hablar de caballos o de cacerías, ellos le tomarían el pelo y le dirían que se había vuelto pija. La harían sentir diferente, más de lo que ya se sentía. De alguna manera, volver a Londres no era volver a casa. Y Sabine advirtió, con un sentimiento de culpa, que oír todo aquello iba a ser un duro golpe para su madre. Uno más.

Abrió la puerta de la casilla, entró sin hacer ruido y rodeó con sus brazos el cuello del rucio, que, entretenido con su ración de heno, no le hizo caso. Minutos después, Sabine salió y cerró la puerta, y fue hacia el cuarto de los aperos. Un paseo disiparía los nubarrones. Es lo que su abuela decía siempre.

Liam estaba solo, limpiando una manta con un cepillo que parecía más lleno de pelos de caballo que la tela que estaba intentando limpiar.

—Pensaba ir a dar una vuelta con el rucio —dijo, alcanzando su brida.

—Es un día ideal —dijo Liam, sonriente—. Bueno, siempre es un día ideal para montar.

—Ya —dijo ella, procurando no sonreír. No le parecía adecuado animar a Liam a acompañarla.

—¿Te vas sola?

—Sí. ¿Por qué?

—Por nada.

—Vamos, suéltalo.

Liam se encogió de hombros.

—Pensaba que preferías tener compañía. Que te gustaba salir con Thom.

Sabine, decidida a no ruborizarse, empezó a descolgar la silla de montar.

—No sé dónde se ha metido. Y no hay nadie más por aquí.

—Pues mira, a lo mejor te llevas una sorpresa.

Sabine se lo quedó mirando.

—Creo que Thom ha ido hacia el bosque. En el caballo grande. —Dejó el cepillo en una caja que había en el suelo y sacudió la manta—. No recuerdo si iba acompañado o no. —Cogió la siguiente manta de la pila y sonrió de un modo peculiar—. Que lo pases bien —dijo.

Sabine frunció el ceño y salió del establo arrastrando las riendas por el suelo. A veces, Liam era muy raro.

El Deep Boar Forest, como se lo conocía en los alrededores, no era especialmente frondoso y, que se supiera, no había en él ningún jabalí. Corría paralelo al curso de un arroyo que pasaba por detrás de dos fincas y daba muchas truchas en la temporada, además de proporcionar en verano un sitio ideal para que los adolescentes pudieran hacer de las suyas sin ser espiados por sus mayores. Sin embargo, era bastante largo, pues seguía los meandros del río durante algo más de dos kilómetros, de forma que los que tenían ganas de sentirse lejos de la civilización podían hacerlo protegidos por la espesura y el silencio de árboles y matorrales.

Precisamente, a la mitad de aquel mismo sendero, Thom detuvo el caballo, pasó la pierna derecha sobre el arzón de la silla y saltó ágilmente al suelo blando, acolchado por la turba. Arrollando las riendas en su brazo izquierdo, ayudó a bajar a Kate. Con menos elegancia, ella se dejó resbalar por la paletilla del caballo, fue lentamente hasta un árbol y se sentó con cautela sobre su tronco ladeado y adornado de musgo.

—Mañana no voy a poder moverme —dijo, frotándose el trasero con un gesto dolorido.

—Lo peor es al cabo de cuarenta y ocho horas.

—Tampoco hace falta que te regodees.

Thom acarició el hocico del caballo y luego lo guió hasta otro árbol. Desató el ronzal que le rodeaba el pescuezo y lo enganchó del bocado, asegurándolo a una rama con un nudo flojo. Luego volvió despacio al tronco y se sentó al lado de Kate, apartándole el pelo de la cara y dándole un beso en la nariz.

—¿Tan mal lo has pasado?

Ella sonrió y bajó la vista como si pudiera verse las magulladuras a través de la ropa.

—Esto no lo habría hecho por ninguna otra persona.

—Eso espero. Si llegamos a estar más juntos, nos habrían acusado de atentar contra la moral.

—¿Sí? No me ha parecido que a ti te importara mucho.

Se besaron largamente. Kate aspiró con fuerza los húmedos y misteriosos aromas del monte, los olores mohosos de las hojas caídas y el penetrante perfume de los brotes nuevos mezclado con el aroma más sutil del hombre que tenía al lado. Se dio cuenta de que era feliz.

—Te quiero, ¿sabes? —dijo él, cuando se separaron.

—Sí, lo sé. Y yo a ti también.

No le había costado ningún esfuerzo. Ni la menor reflexión. Ni el menor trauma.

Encima de ellos, el sol arrojaba rayos finos por entre la bóveda verde, iluminando la tierra como un cañón de luz que alumbra un escenario. La brisa agitaba la maleza como si una mano invisible rozara ligeramente la superficie. Se besaron de nuevo, y las manos de él se deslizaron entre los cabellos de ella, obligándola a recostarse en la amplia cama del tronco, de forma que pudiera sentir encima el peso de él. Kate ardía de deseo, y se aferró a él tratando de sentirlo cerca, muy cerca.

El tiempo se remansó hasta detenerse, disuelto en la sensación del cuerpo de Thom contra el de ella, de sus alientos mezclados, del contacto de los labios de él sobre la piel de ella.

—Oh, Thom —musitó Kate—. Te necesito tanto.

Notó el roce áspero de su mejilla, y advirtió que se quedaba quieto. Luego Thom se irguió sobre la mano buena, mirándola fijamente.

—Y yo a ti —dijo, y se agachó para depositar un beso en la frente de ella, como si de una bendición se tratase.

Kate lo atrajo hacia sí, deseando acortar la distancia que se interponía entre los dos. Pero a mitad de camino él se detuvo, manteniendo la brecha que había entre ellos con la fuerza de su brazo.

—No —dijo.

—¿Qué? —Ella pestañeó en el momento en que un rayo de sol hendía la cúpula arbórea, impidiéndole ver la cara de Thom. Dios, pensó, las gafas. No debería haberme puesto las gafas.

—No quiero hacerlo aquí. Así. —Se separó del todo, respirando aún irregularmente—. No quiero que sea una cosa... sórdida.

—¿Cómo va a ser sórdida? —Kate, incorporándose también, quería disimular la impaciencia que su voz dejaba traslucir.

—Bueno, tal vez no sea la palabra. —Thom le tomó la mano—. Quiero que sea perfecto. No sé... He esperado tanto tiempo... Tú... tú significas demasiado.

Kate se miró la palma de la mano, consciente de que el calor de la pasión se iba disolviendo dentro de ella, sustituido por otra clase de ternura. Por una energía diferente.

—Nunca será perfecto, Thom.

Él la miró; dos perfectos iris azules orlados de negro.

—No esperes que lo sea. Si te ilusionas demasiado, ten por seguro que nos decepcionaremos el uno al otro. Créeme. —Lo sé por experiencia, pensó sin decirlo.

Thom bajó la vista sin dejar de examinarle la mano.

Kate continuó:

—Que sea algo que esperabas desde hace mucho tiempo no quiere decir que debamos darle más importancia de la que tiene. Probablemente, al principio será un poco extraño. Quiero decir, hemos de acostumbrarnos el uno al otro. —Sin querer, él se miró el brazo postizo.

»Los dos hemos cambiado, Thom. Los dos hemos de empezar de cero. Yo creo que será perfecto... a la larga. Y creo que lo importante es empezar, sea como sea. —Sonrió mirando a su alrededor—. Aunque no sea aquí. Aunque sea dentro de unos días. La verdad, me parece que no voy a ser capaz de mover las piernas.

Eso aligeró la situación. Thom la miró y exhaló el aire,

medio riendo. Luego le levantó la mano y, fijando sus ojos en los de ella, le clavó levemente los dientes en la cara interna de la muñeca. Al contacto de su boca, Kate notó que se le derretía la columna vertebral, y la vista, incluso con gafas puestas, se le nubló. Tuvo que tragar saliva.

—Tienes razón —dijo él sin dejar de atravesarla con la mirada—. No deberíamos pensar que es lo más importante del mundo.

La soltó, dejándole la mano sobre el regazo. Sonrió.

—Pero estás equivocada, ¿sabes? Sé que será perfecto.

Sabine se encaminó a casa, adelantando la pierna izquierda con pericia recién ensayada y aflojando las hebillas de la cincha del caballo para que el bocado le fuera un poco más suelto. Lo había hecho cabalgar de firme, resuelta a concentrarse únicamente en las sensaciones físicas de tener bajo ella el cuerpo del animal pateando rítmicamente la hierba, la cautivadora sensación de notar cómo se elevaba y se estiraba en los saltos, ansiosa por borrar de su mente las complicaciones de los humanos.

No pensaba volver a Londres. Tendría que decírselo a su madre. Le explicaría que iría a verla de vez en cuando, que la telefonearía cada semana, pero que prefería quedarse a vivir en aquel lugar. Su abuela la necesitaba. Allí se sentía más feliz. Quizá no le diría esto último, pensó, aflojando las riendas, y la cabeza del caballo lo agradeció. Le parecía un poco cruel, incluso para su madre.

El sol estaba incandescente y arrojaba un fulgor silencioso propio del clima escandinavo sobre los campos desiertos, tiñendo de rosa los campos de más arriba, cubiertos aún de escarcha. Detrás, exhausto, Bertie trotaba a distancia prudencial de los cascos del caballo, repiqueteando suavemente sobre el asfalto. Siempre podía volver algún fin de semana si su madre estaba muy desesperada. Sabía que a ella no le gustaba estar sola. Pero Kate tendría que entender que aquello en parte era culpa suya, pues al fin y al cabo era ella la que la había mandado a Irlanda. Y no era culpa de Sabine si se entendía con sus abuelos mucho mejor que Kate.

—Y puede que me dejen quedarme contigo —le dijo al caballo, que orejeó al oír su voz—. No creo que les importe tener un caballo menos, digo yo.

Pero no lo decía por egoísmo. Si se quedaba, podía ayudar a su abuela a cuidar del abuelo. Ella estaba siempre ocupada con otras cosas, y se ahorrarían dinero si dejaban marchar a Lynda. Además, la señora H tal vez tendría que estar más por Annie, si es que necesitaba atención especial, y haría falta alguien que preparara la comida. Mientras la señora H siguiera ocupándose de hacer el pan, Sabine creía que podría encargarse de lo demás. Y mientras tanto, podría montar a caballo cada día. Y animar a todos un poquito. Y vigilar a Christopher y Julia. Y, por qué no, seguir viéndose con Bobby. Lo quería como amigo, aunque todavía no estaba segura de si lo quería para algo más.

Estaba doblando la esquina de la iglesia cuando el rucio se detuvo, levantó bruscamente la cabeza y alzó las orejas. Sus ollares se ensancharon como si olfateara alguna cosa, y luego soltó un largo relincho a modo de saludo. Bertie se adelantó y levantó también la cabeza.

Sacada de su ensueño, Sabine paseó la mirada para ver qué había alertado a su montura. Siguiendo la dirección de su cabeza, divisó a lo lejos el caballo grande, que avanzaba despacio siguiendo el seto que había junto al campo de cuarenta acres. Iba hacia ella, de forma que al principio creyó divisar a Thom montado en él, y se preguntó si saludarle con un grito. Entonces el caballo giró levemente a su izquierda y Sabine vio claramente que eran dos las personas que lo montaban. Una era Thom. La otra, detrás de él, era su madre. Lo adivinó por el pelo rojo, que destacaba reluciente contra el fondo pardo del campo arado. Tenía los brazos en torno a la cintura de él y la cabeza apoyada en su espalda.

Sabine pestañeó con fuerza, incapaz de creer lo que estaba

viendo. Luego, cuando la visión se confirmó, se quedó petrificada pensando en sus repercusiones.

A su madre le provocaban terror los caballos. Solo podía haber una razón para que estuviera donde estaba.

De repente, pensó en lo que Liam había dicho.

Esperó hasta que hubieron pasado, sin hacer caso del impaciente piafar del rucio, notando cómo su mirada se le volvía tan gélida como sus rígidas extremidades. Y entonces, cuando estuvo segura de que no podían verla, dejó que el caballo la condujera a casa.

Kate estaba en la bañera, con las burbujas a la altura del mentón y los dedos de los pies asomando en el agua humeante como salchichas crudas, bajo los grifos cubiertos de cal. El cuerpo empezaba a dolerle, tal como había esperado, pero el dolor iba acompañado de una sensación tan placentera de serenidad y liberación que lo demás no importaba. Thom la quería. La amaba de verdad. Todo lo demás era secundario.

Cerró los ojos y pensó en él, su cálido aliento, sus brazos al estrecharla, el contacto de su cuerpo cuando ambos iban montados en el caballo, la sensación ligeramente erótica, el silencio compartido mientras el caballo trotaba despacio por el bosque. Recordó cuando él, después de haber estado hablando en el tronco del árbol, se había despojado del jersey, a instancias de ella, y se había abierto la camisa para enseñarle el mecanismo del brazo. Al principio, era evidente, Thom estaba incómodo, pero luego, quizá para disimular, había adoptado una actitud casi desafiante al hablar de ello, vigilándola en todo momento con la mirada para calibrar sus reacciones. Ella hubiera querido decirle que lo que le había ocurrido en el brazo no habría cambiado nada, que solo necesitaba saber más cosas. Era una parte de él que ella no alcanzaba a imaginar, y ahora que habían cruzado una barrera, sentía la necesidad de saberlo todo.

Thom le había explicado que la mano era de silicona. Tenía un dispositivo para asir, pero no funcionaba demasiado. (Podría haber optado por la versión con un gancho para tener mayor capacidad de asimiento, «pero me hubiera sentido como el Capitán Garfio. Nunca habría podido olvidarme de que llevaba un postizo».) La mano se extendía hasta una muñeca recubierta de plástico, y luego había unos cables metálicos y unos tubos más o menos cilíndricos antes de llegar al punto donde todo quedaba soldado, mediante una especie de arnés entramado, alrededor de los hombros.

—¿No podían haberte puesto una de esas prótesis electrónicas que hacen ahora? —había dicho Kate, recorriendo el artefacto con el dedo—. Van conectadas a los nervios o lo que sea. Tienen un aspecto más realista, ¿no?

—Entonces no hubiera podido seguir en este empleo —había replicado él—. La prótesis que llevo es inmune a la humedad, o al polvo del heno. No tiene muchas piezas que puedan atascarse. Además, en general me las apaño con la mano derecha.

Muchas personas que perdían el brazo, según le había explicado, ni siquiera se tomaban la molestia de ponerse un miembro ortopédico. Demasiado trastorno, y al principio era muy incómodo. Él había perseverado porque no le gustaba que le miraran. Y la gente miraba, y mucho: no podía evitarlo.

Ella, entonces, le había levantado la mano de silicona y se la había besado, y Thom la había atraído hacia sí y había besado sus cabellos. Kate no volvió a pensar en ello hasta después; lo que la había impulsado a preguntar fue el hecho de no saber qué había debajo del jersey. Solo pensaba en cómo podía ser la vida con él; qué sensación daría despertarse y ver aquellos ojos de un azul iridiscente, acurrucarse contra su torso grande y fuerte. «¿Cómo se sabe?», le había preguntado una vez a su madre, cuando podían hablar de cosas como el amor. «Se sabe, sin más», había respondido ella, flemática; una respuesta que a Kate le pareció entonces muy poco satisfactoria. Pero quizá tenía razón, pensaba ahora. Quizá, solo quizá, se trataba de eso. No sentía lo mismo que otras veces; el amor ansioso, casi espasmódico, que había creído sentir por Justin, el amor agradecido y reservado que había experimentado hacia Geoff. Ahora había pasión, cierto, pero parecía una pasión sólida, inamovible, como si nada pudiera alterarla por más que ella lo intentara. Inevitable. Sonriendo para sus adentros, dobló las rodillas y sumergió la cabeza en el agua, dejándose envolver por su calor.

Como Kate pasaba muchas horas sola en su casa, había perdido la costumbre de cerrar la puerta del baño; un detalle que no tenía importancia cuando no existía el menor riesgo de que entrara alguien. De modo que el susto que se llevó fue mayúsculo cuando, al abrir los ojos, vio a Sabine allí de pie, junto a la bañera.

—Sabine —farfulló, apartándose el jabón de la cara—. ¿Te encuentras bien? ¿Qué querías?

—¿No podías haber esperado un poco? —le espetó su hija, con las manos en jarras y el rostro crispado—. ¿No has podido estar ni cinco minutos sin tener un tío al lado?

Kate trató de incorporarse, haciendo frente a las prisas por cubrir su desnudez ante la dura mirada de su propia hija.

—Pero...

—¡Me das asco! ¿Te enteras? ¡Eres peor que una puta!

—Oye, espera un poco... —Kate alcanzó la toalla sin poder evitar que el agua de la bañera se derramara sobre el suelo—. Un momento...

—¡Y mira que llegaste a darme pena! ¿Lo sabías? —Sabine meneaba la cabeza. Su pelo, ahora sin el casco de montar, salía disparado en todas direcciones—. ¡Lo de Geoff me supo mal por ti! Me sentí muy mal por habértelo dicho. Y mientras tanto tú estabas... —no encontraba las palabras— tirándote a Thom. ¡Es increíble! ¡Me das verdadero asco!

—Yo no me he acostado con Thom. —Kate se apoyó en el radiador para salir de la bañera—. No me he acostado con nadie.

—¡Te he visto! ¡Te he visto montando con él! ¡Con mis propios ojos!

Kate estaba aturdida por el enorme odio de su hija.

—No es lo que piensas, Sabine...

—¿Cómo? ¿Vas a decirme que no estás liada con él?

Kate expulsó el aire.

—No estoy diciendo eso.

—Entonces no me mientas. No trates de disimular. Joder, cuando llegué a esta casa lo sentí por ti. Lo sentí de veras. Me supo mal que hubieras tenido que criarte aquí. Tus padres me parecían horribles. —Había roto a llorar y apretaba los ojos con fuerza para contener las lágrimas—. Y ahora... ahora pienso que ojalá me hubiera criado con ellos y no contigo. Son dos personas que se quieren, aunque a veces no lo demuestren. Son personas que no se meten en la cama con el primero que pasa. Personas que saben lo que es la fidelidad. ¿Por qué no habrás salido un poco más a ellos? ¿Por qué tienes que ser tan... putón? —La última palabra brotó como una navaja que cortase el aire lleno de vapor que mediaba entre las dos.

—No me he acostado con él —dijo Kate en voz baja, agarrada a la toalla, llorando también. Pero Sabine se había ido.

Había salido corriendo de la casa sin tener una idea clara de lo que iba a hacer. Por su mente desfilaban toda clase de pensamientos contradictorios, añicos de un espejo que se reflejaban los unos en los otros, pero que no tenían ningún sentido. Había acabado en la caballeriza casi por instinto, convencida de que la humilde compañía de los caballos y los perros era más segura que la de los especímenes humanos de su familia. ¿Cómo había sido capaz su madre?, pensó, rodeando con sus brazos el cuello del caballo, humedeciéndole el pelaje con sus mejillas. ¿Cómo podía haberse echado precisamente a los brazos de Thom, la única persona que había comprendido a Sabine desde que estaba en Irlanda? ¿Es que no sabía dominarse? ¿Por qué tenía que estropearlo todo?

Sabine se dejó caer sobre el suelo del establo, tratando de

recordar exactamente lo que su madre había dicho. Aseguraba que no se había acostado con Thom. Pero era evidente que lo iba a hacer. Si cerraba los ojos, todavía podía verla arrimada a su espalda, mientras él guiaba el caballo hacia la casa. Incluso desde aquella distancia, Sabine había podido ver la expresión de su madre: pagada de sí misma. Deleitándose con aquella intimidad. La clase de expresión que solía adoptar cuando miraba a Justin y pensaba que Sabine no estaba mirando. Se restregó los ojos, tratando de borrar la imagen de ellos dos juntos. ¿Por qué le había tocado tener una madre así? Sabine se había sentido cerca de ella, había comprendido que Geoff era una persona difícil pero que su madre estaba intentando mantener a una familia unida, aunque tal vez no fuese demasiado convencional. Ahora ya no sabía qué pensar: desde la noticia de Justin, Kate parecía una persona distinta. Alguien que no conocía límites. Y Sabine, además de furiosa, se sentía un tanto desconcertada, desequilibrada, como si pisara arenas movedizas.

Se levantó y metió las manos en el cubo de agua del caballo, y se las llevó, mojadas y casi moradas de frío, a la cara con la intención de refrescar sus febriles pensamientos. El agua helada le reconfortó. Fue mientras estaba allí de pie, con las palmas apoyadas en la cara, cuando oyó la voz de él, que reprendía suavemente al caballo de la casilla contigua, y percibió la palmada de una mano sobre una grupa musculosa. Oyó un tintineo metálico y luego el sonido hueco de un caballo retrocediendo torpemente hacia el fondo de la casilla. Y durante unos minutos, Sabine se quedó muy quieta. Como si estuviera pensando.

Salvo que no estaba pensando.

Se echó el pelo hacia atrás, se frotó los ojos y se aflojó el cuello de la camisa. Por último, se quitó el jersey con dificultad y lo dejó con cuidado sobre la puerta. Luego se deslizó sin hacer ruido hasta la siguiente casilla y cerró la puerta después de entrar.

Thom, con la espalda salpicada de paja, estaba mirando

hacia la pared. Volvió la cabeza, y su cara quedó momentaneamente iluminada por la luz amarilla de la bombilla que colgaba del techo.

—Hola —dijo, levantando el saco de forraje hasta la anilla y haciendo un nudo para dejarlo colgado—. ¿Vienes a echarme una mano?

Sabine se recostó en la pared del establo, mirándole fijamente.

—El pobre tenía una piedra del tamaño de un huevo en uno de los cascos —dijo él—. Tendrías que haberla visto. No me extraña que ayer trotara medio cojo.

Sabine se fue acercando a él, pegada a la pared.

—Ha sido culpa mía, por no darme cuenta —murmuró Thom, dando un último tirón al nudo—. Es increíble que puedas cometer un error como ese después de veinte años, ¿verdad? Bueno, ¿dónde te habías metido? —Finalmente se dio la vuelta, pero tuvo que retroceder un poco pues ella estaba más cerca de lo que él esperaba.

—He sacado al rucio —dijo Sabine, levantando una pierna y flexionándola ligeramente hacia atrás—. Nada especial.

—Creo que es el caballo perfecto para ti —dijo Thom, sonriendo—. Y tú te llevas muy bien con él, por lo que veo.

Sabine le miró con aire soñador.

—¿Y contigo?

—Es demasiado pequeño para mí, ¿sabes? Pero sí, es mi tipo de caballo. Valiente y sin complicaciones. Nunca hace cosas raras.

—No estaba hablando del caballo.

Thom se quedó quieto, con la cabeza ligeramente ladeada.

—¿Si nos llevamos bien? ¿Tú y yo?

Su voz sonó grave y meliflua. De pronto, la quietud pareció aumentar, y el ruido del caballo al mascar heno pareció amplificarse en el silencio casi absoluto.

—Bastante bien —dijo Thom, con el ceño fruncido, tratando de averiguar adónde quería ir a parar ella.

—Entonces ¿te gusto? —dijo Sabine, mirándole a los ojos.

—Claro que sí. Me caíste bien desde el primer día.

Sabine dio un paso al frente. El corazón le latía de tal manera que le pareció que él podía oírlo.

—Tú también me gustaste —dijo en un susurro—. Todavía me gustas.

Asomó la punta de la lengua y se humedeció los labios.

Thom, ceñudo todavía, se dio la vuelta y alcanzó la escoba que estaba apoyada en el pesebre del rincón. Luego se rascó el cogote, como si reflexionara, agachándose al mismo tiempo para coger el cubo de agua medio vacío.

El cubo golpeó el suelo con un ruido que sobresaltó al caballo.

Sabine estaba a escasos centímetros de él, con la camisa abierta hasta la cintura.

Y debajo de la camisa no llevaba nada.

—Sabine... —Thom avanzó un paso, como si quisiera taparla, pero ella se adelantó y puso la mano derecha sobre el pecho de él, apoyando su cuerpo delgado y joven con delicada presión.

Luego le cogió la mano derecha y, bajando brevemente la vista, la colocó lentamente pero con firmeza sobre su pecho izquierdo desnudo.

—Calla —dijo, con los ojos muy abiertos, mirándole fijamente.

Su piel tembló al contacto de la mano de Thom.

—Sabine... —dijo él de nuevo, respirando entrecortadamente, pero ella levantó el otro brazo y le inclinó la cabeza para que sus labios se tocaran.

El silencio que siguió fue breve y terrible. Entonces Thom se separó, dando un paso atrás, meneando la cabeza.

—Sabine, no. Lo siento... Lo siento, pero... —Se volvió hacia la puerta y se agarró a ella. Después levantó el cubo con la mano de silicona mientras con la buena se frotaba los ojos, la cara, como si quisiera borrar aquella visión. Una luz parpadeaba en el cuarto de los arreos, el fluorescente se reflejaba en los adoquines del patio. Afuera, Bertie ladró dos veces.

—Sabine, no puedo. Eres una chica preciosa, de veras, pero...

Sabine había empezado a temblar. Estaba plantada delante de él, en la penumbra, cubriéndose con la camisa, con el labio inferior tembloroso. Tan frágil, y tan joven...

Thom, con cara de preocupación, avanzó un paso hacia ella.

—Por Dios, Sabine, ven...

Pero ella le apartó y, reprimiendo un sollozo, salió corriendo a la oscuridad.

Kate encontró a Joy en el estudio. Un caótico moño de pelo gris era visible en lo alto de su rígida espalda acolchada de verde. Estaba sentada a la mesa que había sido de Edward, examinando una caja de documentos, algunos de los cuales iba dejando en una pila delante de ella, relegando la mayoría a la papelera metálica que tenía junto a los pies. No se detenía a pensar lo que hacía con cada ejemplar, simplemente echaba un rápido vistazo y el papel iba a parar enfrente o abajo. A su izquierda estaba la caja de fotografías que Kate había visto clasificar a Sabine hacía un par de días; por lo visto iba a ser el siguiente objeto de sistemática e implacable racionalización.

Kate, que había subido las escaleras a medio correr, tomó aire y llamó a la puerta, aunque ya estaba dentro del estudio.

Joy volvió la cabeza. Pareció ligeramente sorprendida de ver a su hija allí de pie, y miró más allá, esperando ver a alguien más.

—Bueno, te alegrará saber que has conseguido lo que querías. —Kate entró en la habitación, pasando un dedo por un estante, y habló en voz grave y acompasada.

Joy frunció el entrecejo.

—Sinceramente, mamá, sabía que no te gustaba mi modo de actuar, pero no me imaginaba que pudieras lograr lo que has hecho en, qué sé yo, ¿dos meses y medio? Es impresionante. Incluso para lo que me tienes acostumbrada.

Joy se volvió completamente.

—Perdona, pero no sé si te entiendo.

—Sabine. Ha sido cuestión de semanas, pero has conseguido que me desprecie tanto como me desprecias tú.

Madre e hija se miraron. Desde la llegada de Kate, sus ojos no habían coincidido tanto tiempo. Joy se levantó de la silla; sus movimientos eran más lentos de lo que Kate recordaba, y parecían costarle un esfuerzo mayor.

—Katherine, no sé lo que habrá pasado entre tú y Sabine, pero nada tiene que ver conmigo. —Rodeó la silla hasta encarar a su hija, con la mano apoyada en el respaldo—. No sé de qué me estás hablando. Y ahora, si me disculpas, tengo cosas que hacer abajo.

—Vaya, qué sorpresa. —En esto, Joy levantó bruscamente la barbilla—. Sí, claro, siempre hay algo que hacer abajo. Cualquier cosa menos tomarse la molestia de hablar conmigo, que soy tu hija.

—Te estás poniendo histérica. —Joy se negó a mirarla, pese a que Kate le impedía el paso.

—No, mamá. De histeria, nada. Estoy totalmente serena. Pero creo que ya es hora de que tú y yo hablemos un poco. Estoy harta —al llegar a este punto no pudo evitar que su voz subiera de volumen— de que me ignores educadamente, como si yo fuera algo que huele mal. Necesito hablar contigo, y me gustaría hacerlo ahora.

Joy miró hacia la puerta, luego al suelo, bastante despejado de las cajas que lo habían ocupado durante años. Las viejas alfombras mostraban trechos oscuros, polvorientos estarcidos que se apreciaban donde esas cajas habían reposado.

—Bien, pero procuremos que la cosa sea rápida. No quiero dejar a tu padre solo demasiado tiempo.

Kate notó que la furia le subía como bilis a la garganta:

—¿Qué le has contado de mí a Sabine?

—¿Cómo dices?

—¿Qué le has dicho? Cuando se fue de Londres, estaba bien. Y ahora desprecia todo cuanto hago. Todo cuanto soy.

¿Y sabes una cosa, mamá? Algunas de las cosas que dice las podrías haber pronunciado tú misma.

Joy estaba rígida, dispuesta a plantarle cara a su hija.

—No sé de qué me estás hablando. Ni idea. Yo no he hablado de ti con Sabine.

Kate se echó a reír; de sus labios brotó una risa amarga y hueca.

—Oh, no tienes por qué haber dicho nada concreto, pero te conozco, mamá. Sé cómo las gastas; las cosas que no dices pueden llevar tanto veneno como cualquiera de tus actos. Y créeme, algo ha cambiado. Porque mi propia hija te tiene como un modelo de amor verdadero, mientras que todo lo que yo hago le parece el colmo de la ineptitud.

—Yo no tengo nada que ver. —La cara de Joy estaba rígida—. Y no tengo tiempo para hablar de esto. En serio.

Pero Kate no se dejó arredrar.

—¿Sabes una cosa? Siento no haberme parecido más a ti y a papá, ¿te enteras? Siento no haberme casado de blanco y todo eso. Siento no estar viviendo con mi novio de cuando era pequeña. Pero los tiempos cambian, aunque no lo creas, y muy poca gente de mi edad ha hecho todo eso.

Joy se agarró con más fuerza al respaldo de la silla.

—Yo no estoy a tu altura, ¿vale? Yo no estoy a la altura de papá y tú y vuestra maldita historia de amor, ¿te enteras? Pero eso no quiere decir que sea una mala persona. No quiere decir que tú puedas censurar todo lo que hago.

—Yo nunca te he censurado.

—Vamos, mamá, por favor. No has aprobado nada de lo que he hecho, por insignificante que fuera. No aprobaste lo de Sabine, ni lo de Jim. Dejaste bien claro que no te gustaba Geoff, y eso que él tenía un título universitario.

—Yo no te censuraba. Solo quería que fueras feliz.

—¡Sandeces, mamá! ¡Ni siquiera me dejaste tener los amigos que quería cuando era una niña! ¡Mira! —Alcanzó la foto de ella con Tung-Li del montón que tenía más cerca—. ¿Te acuerdas de él? Seguro que no.

Joy miró la fotografía y apartó la vista.

—Recuerdo muy bien a esa criatura, gracias.

—Sí. Tung-Li. Mi mejor amigo. Un muchacho con el que no me dejabas jugar porque te parecía que una niña de mi clase no debía jugar con el hijo de su *amah*.

De pronto, la expresión de Joy traslució un infinito cansancio. Dio un paso atrás.

—Te equivocas, Katherine. No fue eso lo que pasó.

—¿Ah, no? Me parece recordar que en su momento lo dejaste bien claro. «No me parece apropiado», fue la frase que utilizaste. ¿Te acuerdas? Porque yo sí, perfectamente. Imagínate lo que me dolió. «No me parece apropiado.»

—Estás en un error. —Joy tenía la voz serena.

—No era lo bastante bueno para vosotros. Como tampoco ha sido bastante bueno nada de lo que he hecho. El tipo de vida que llevo, de quién me he enamorado, cómo he educado a mi hija. Ni siquiera a quién elegía como amigo. ¡Y solo tenía seis años! ¡«No me parece apropiado», maldita sea!

—Estás en un error.

—¿Qué error ni qué coño? ¡Si solo tenía seis malditos años!

—Ya te lo he dicho, no fue por eso.

—¡Explícamelo de una vez!

—¡Está bien! ¡Está bien! —Joy respiró hondo. Cerró los ojos—. El motivo de que no te dejase jugar con Tung-Li...

Volvió a tomar aire. Uno de los perros estaba arañando la puerta desde fuera y aullaba para que le dejasen entrar.

—El motivo de que no te dejase jugar con Tung-Li es porque... yo no podía soportarlo, porque era demasiado duro.

Abrió los ojos y miró fijamente a Kate. Los tenía brillantes, colmados de lágrimas.

—Tung-Li era tu hermano.

14

Joy Ballantyne tenía tantas náuseas cada mañana, según explicaba su madre después a sus amigas, que su marido había despedido a dos *amahs*, una detrás de otra, convencido de que estaban intentando envenenarla. A Alice le supo especialmente mal en uno de los casos, no en vano ella misma se había tomado ciertas molestias para conseguir los servicios de un *amah* de primera (tarea que había requerido desbaratar los planes de un miembro de la familia Jardine, nada menos), pero hasta ella tuvo que admitir que los frecuentes vómitos de Joy y su incapacidad para moverse del sofá durante semanas enteras no se ajustaban a lo que se consideraba un embarazo normal.

Porque desde aproximadamente la sexta semana, cuando informó a Edward de que iba a ser padre, Joy había comenzado a sentirse cada vez peor, su cutis había adoptado un peculiar tono amarillento, su pelo normalmente rebelde había perdido vigor y brillo, pese a los vanos intentos de su madre por arreglárselo. Le costaba moverse, se quejaba de mareos, le resultaba fatigoso hablar y casi imposible relacionarse, pues los accesos de vómito solían ser violentos e imprevisibles. Vivir en aquel bloque tan lleno de gente, según Alice, empeoraba aún más las cosas.

—Con todas esas *amahs* que se pasan el día friendo ajos y qué sé yo. Tripas de cerdo puestas a secar. Pasta de nabos fritos. Esa fruta repugnante que huele a podrido...

—Muchas gracias, mamá. —Joy se había inclinado para devolver en su jofaina.

Desde que sabía que iba a ser abuela, Alice estaba mucho más animada (debido a su estado físico, Joy no había podido mantener en secreto mucho tiempo su embarazo), y con una casi indecente satisfacción había adoptado el papel de matriarca del número catorce de Sunny Garden Towers. Había sustituido al *amah* principal por una muchacha de Guangdong llamada Wai-Yip, bastante más joven que la mayoría de las cocineras pero con fama de conocer la cocina inglesa; aparte de que, como Alice señaló, una mujer más joven tendría más energía para ocuparse de los hijos.

—Porque te digo una cosa, Joy: los hijos no solo te estropean el cuerpo sino que además te dejan baldada. Necesitarás a alguien que pueda sostenértelos.

Había buscado también el *amah* de la colada —Mary, de Causeway Bay—, y no dejaba de señalar a Edward a la menor ocasión que sus camisas estaban mejor almidonadas que las de nadie.

Mientras, Joy había llorado en silencio lágrimas amargas, odiando aquel parásito que tenía dentro de su cuerpo, deprimida por las náuseas que no cesaban y frustrada por su incapacidad. Maldecía, sobre todo, a aquel usurpador indeseado porque se había entrometido en la relación que ella tenía con Edward; por el hecho de no poder acompañar a su marido a ciertos actos; por su propio aspecto físico —que, aunque él no lo dijera, ella sabía que le disgustaba—; y por el hecho de que en cierto modo ya los hubiera separado, al convertirla en una futura madre a la que había que cuidar, que siempre estaba rodeada de mujeres y de médicos, que no podía montar a caballo ni jugar a tenis, ni practicar ninguna de las actividades físicas que habían disfrutado juntos. Edward ya la miraba de una manera diferente; Joy se daba cuenta. Lo notaba en la cautela con que él se le acercaba al volver del trabajo, en la forma en que la besaba en la mejilla en vez de estrecharla entre sus brazos, como solía hacer antes. Lo notaba en la forma de mirarla cuando ella iba por la casa fingiendo que lo llevaba bien, mientras su madre comentaba alegremente que nunca había visto a nadie «tan descolorido». Pero lo peor ocurrió a las diez semanas, cuando, frustrado por la ausencia de proximidad física entre ellos (al fin y al cabo, antes tenían relaciones cuatro o cinco veces por semana), él se acercó al lado que ella ocupaba en la cama y empezó a acariciarla, mientras su cara ansiaba recibir un beso.

Joy, que en aquel momento estaba medio dormida, se despertó con una sensación de pánico. No le había dicho lo peor de todo, y es que ahora el mero olor de su piel le producía arcadas. Cuando él se limitaba a besarla en la mejilla, ella lo podía disimular con una sonrisa forzada. Pero el rítmico contacto de su mano le removió las tripas; la mano de él sobre la de ella le produjo naúseas. Dios, no lo permitas, rogó en silencio mientras él se colocaba encima. Joy cerró los ojos tratando de poner fin a las sensaciones que notaba en su interior. Y entonces, cuando vio que no podía aguantar más, le empujó de mala manera y saltó de la cama camino del baño, donde estuvo vomitando un buen rato.

Aquello fue el principio de todo: él no quiso escuchar sus lacrimosas explicaciones y se fue sin decir nada al cuarto de los invitados con aire manifiestamente dolido. A la mañana siguiente no quiso hablar de ello, ni siquiera cuando los sirvientes estaban en la otra habitación. Pero dos noches más tarde, después de que ella permaneciera en vela preguntándose por qué Edward volvía tan tarde del muelle, él murmuró dos palabras: «Wan Chai». Y Joy sintió mucho miedo.

A partir de entonces, Joy ya no preguntó dónde se metía tres o cuatro noches a la semana. Pero, a pesar de que estaba demacrada por el cansancio, permanecía despierta en su cama de matrimonio, esperando oír abrirse la puerta y que él entrara a trompicones, generalmente ebrio, en el cuarto de los invitados, donde dormía ya casi permanentemente (aparte de cuando estaba borracho de verdad y olvidaba que ya no compartía cama con su mujer, la cual se veía obligada a dormir en otra parte porque los vapores etílicos estimulaban su vomitera). Por las mañanas no se decían nada: Joy solía encontrarse mal y sin saber qué decir; Edward sufría los efectos de la bebida y, al parecer, siempre tenía prisa por irse al trabajo. Joy no podía hablar de aquello con nadie; no quería darle a Alice la satisfacción —y para su madre lo sería— de verlos a ella y a Edward sumidos en la polarizada infelicidad típica de las parejas que los rodeaban, y como Stella estaba en Inglaterra, no tenía a nadie cerca a quien confiarse. Edward había sido su único amigo, y ella nunca había creído que necesitaría a nadie más.

De modo que empezó a adelgazar y adelgazar, justo cuando, según decía el médico, lo que tenía que hacer era ganar peso; y comenzó a sentirse cada vez más triste, con lo cual no le extrañaba que Edward prefiriera estar fuera de casa a tener que soportar sus miradas de reproche.

Y entonces, tras dieciséis semanas de embarazo, una mañana despertó con la sensación de que la situación había cambiado, de que podía pensar en comida sin tener náuseas, de que le apetecía mucho dar un paseo y de que no temía encontrar inesperados y horribles olores por el camino. Cuando se vio reflejada en el espejo, comprobó que sus mejillas habían recuperado un poco de color, y sus ojos un poco de brillo.

—Por fin —dijo su madre, con un ligerísimo matiz de decepción en su voz—. Ya has empezado a florecer. Ahora podrás arreglarte un poco. A ver si así te vemos todos un poco más animada.

Pero Joy solo quería animar a una persona. Aquella noche, cuando Edward llegó a casa, ella no solo estaba levantada sino que se había puesto el vestido que a él más le gustaba, además del perfume que Edward le había comprado por Navidad. Un poco asustada, pero más asustada todavía por lo que podía pasarles a los dos si no se decidía, fue hacia él al oír que abría la puerta, le besó sin decir nada y le rodeó la cintura con sus brazos.

—No te vayas esta noche —le dijo—. Quédate aquí conmigo.

Él la miró, y su expresión fue a la vez de absoluta tristeza y de absoluto alivio, y la abrazó con fuerza, tanto que ella pensó por un momento que se iba a quedar sin aire. Se quedaron allí de pie, sin decir nada, abrazados, hasta que la tensión de las semanas anteriores empezó a desvanecerse.

—Vaya, se os ve más contentos esta mañana —dijo Alice cuando llegó al día siguiente y los encontró desayunando juntos. Y entonces, al adivinar el motivo, su rostro volvió a ponerse ceñudo.

Christopher Graham Ballantyne nació en el hospital de la marina unos cinco meses y medio después, tras un parto breve y sin complicaciones que, como Edward diría después en broma, fue menos un producto de las ganas del bebé por salir al exterior, que de las ganas de su madre de montar otra vez a caballo. Era un bebé grande y plácido, adorado tanto por la madre como el padre, ambos satisfechos además porque Joy había recuperado el estado habitual de su cuerpo, y determinados a no dejar que la llegada del hijo entorpeciera demasiado su vida social o sus costumbres hípicas. Eso no molestó a Alice; no solo porque se consideraba un poco extraño que los padres pasaran demasiado tiempo con sus hijos, sino porque así ella podía dedicarse al bebé, hacerle mil carantoñas, vestirlo con hermosas prendas claras con botones recubiertos de seda y lucirlo en el cochecito recién importado de Inglaterra, ansiosa por mostrar su porte distinguido y sus rasgos de personalidad al resto de la colonia. Joy observaba la adoración de Alice por su hijo con una mezcla de satisfacción maternal y diversión: nunca había visto a Alice expresar amor incondicional por nadie, aparte de aquel niño. No recordaba que a ella la hubiera mimado tanto, que le hubiera dedicado las atenciones que Christopher recibía ahora como la cosa más natural.

—No te preocupes —dijo Edward, que se alegraba mucho de poder acaparar la mayor parte de la atención de su mujer—. Los dos son felices, ¿no lo ves?

Y lo fueron todos durante dos años: Edward supervisando las obras de ingeniería en el muelle, Alice en su papel de niñera extraoficial, y Joy —aunque madre complaciente— de nuevo al lado de su marido, decidida a que aquella distancia que los había separado no volviera a interponerse nunca más. Edward parecía, incluso, más cariñoso que antes, más atento con ella, agradecido quizá por el hecho de que Joy no se hubiera convertido en la madre obsesionada e histérica por su hijo que él había temido. No le importaba no hacerse a la mar, como otros oficiales que se ponían nerviosos cuando estaban demasiado tiempo en un destino fijo. Le gustaba estar con su familia. Con su esposa. Nunca hablaba del período Wan Chai, como Joy lo definía en secreto, y ella nunca le presionaba para que le explicase detalles; conocía lo suficiente aquella parte de la ciudad como para no querer albergar mayores sospechas. Más valía no meneallo, solía decirse. Todos eran felices; más de lo que ella había esperado, teniendo en cuenta los acontecimientos que habían precedido el nacimiento de Christopher.

De ahí que, cuando una mañana despertó sintiendo la ya conocida sensación de náusea, su corazón se encogiera por el temor.

—Sus sospechas son acertadas, señora Ballantyne —dijo el médico, lavándose las manos en la pequeña jofaina ovalada—. Yo diría que está usted de siete semanas. Es el segundo, ¿verdad? Enhorabuena.

Al médico le sorprendió que Joy se echara a llorar sin poder contenerse. Con las manos pegadas a la cara, se desesperó pensando que había ocurrido lo peor.

—Lo siento —dijo el médico, poniéndole una mano en el hombro—. Suponía que habían ido a buscarlo. Después de que naciera Christopher, le hablé de... bueno, de métodos para evitarlo.

—Mi marido no quiso saber nada —dijo Joy, restregándose los ojos—. Decía que con esas cosas él no disfrutaba. —Se puso a llorar otra vez—. Creíamos que habíamos tenido cuidado.

Al cabo de varios minutos, el médico cambió ligeramente de actitud, sentándose a su mesa para informar a la recepcionista por teléfono de que enseguida estaría listo para el próximo paciente.

—Lo siento —dijo Joy, buscando pañuelos inexistentes en su bolso—. Enseguida se me pasará. De veras.

—Un hijo es una bendición, señora Ballantyne —dijo el hombre, mirándola con dureza desde sus gafas de media luna—. Hay muchas mujeres que estarían agradecidas de poder aumentar su familia. Y los vómitos son un buen indicio de que el hijo nacerá sano, como usted ya sabe.

Joy se puso de pie, avergonzada por la sutil admonición del doctor. Ya lo sé, pensó, pero no queríamos tener más hijos. Ni siquiera estábamos seguros de querer el primero.

—Es posible que esta vez no lo pases tan mal —le dijo Alice, que se había alegrado mucho ante la perspectiva de otro nieto. Parecía asociar la fertilidad de su hija con un aumento de su prestigio. Al menos, eso le había dado una razón de ser, cosa que no le había ocurrido desde que Joy se había hecho mayor—. A muchas mujeres les pasa.

Pero Joy, consciente ya de los olores de la colonia, atemorizada por la visión del camión de la basura repleto de cadáveres de animales, de los productos que ofrecían los vendedores ambulantes, de los humos espesos del tráfico rodado, supo que aquello iba a empezar otra vez. Y sintió la parálisis del animal indefenso sorprendido por los faros de un coche, esperando el golpe fatal.

Y esta vez, además, fue aún peor. Confinada rápidamente a su cama, Joy era incapaz de comer otra cosa que arroz hervido, que le daban a cucharadas cada dos horas en un intento de cortar la vomitona. Vomitaba si tenía hambre; vomitaba si comía. Vomitaba si se movía y vomitaba, a menudo, si no hacía más que estar tumbada bajo el ronroneante ventilador, deseando, como hacía a menudo, que un camión le pasara por encima y la privara de aquella agonía. Apenas conseguía murmurar palabras de consuelo al pequeño Christopher cuando se aferraba al cuerpo supino de su madre (¿cómo podía decirle ella que el olor de sus cabellos le daba arcadas?), y pronto se sintió tan mal que ya no le preocupó lo que Edward pudiera pensar. Lo único que quería era morirse. La muerte no debía de ser mucho peor.

Incluso Alice pareció preocupada esta vez: llamaba con frecuencia al doctor, que recetó medicamentos que luego Joy se negaba a tomar, y se alarmó por la rapidez con que estaba perdiendo peso.

—Si se deshidrata un poco más, tendremos que administrarle suero —dijo. Pero daba la impresión de que, por muy desagradable que fuera todo aquello, Joy iba a tener que aguantar. Eso formaba parte del hecho de ser mujer—. ¿Por qué no prueba a maquillarse? —sugirió antes de partir, enjugándose la frente con un pañuelo doblado—. Así se animará un poco.

Aunque al principio Edward se sentaba con ella y le acariciaba el pelo, recordándole sin entusiasmo que pronto se «pondría bien», empezó a cansarse rápidamente de representar aquel papel de niñera informal, y aunque trataba de ser paciente y comprensivo, no podía ocultar sus sospechas de que Joy estaba exagerando un poco.

—Siempre ha sido muy fuerte —oyó Joy que le comentaba a uno de sus colegas, sentados un día en el balcón mientras espantaban los mosquitos—. No entiendo por qué llora tanto.

Edward no intentó hacer el amor con ella en ningún momento; se limitó a trasladar sus cosas al cuarto de los invitados sin armar escándalo. Eso le hizo llorar todavía más.

La cosa no mejoraba cuando otras esposas y madres iban a verla y le contaban sus propias experiencias. Algunas habían tenido embarazos muy tranquilos y comentaban alegremente que no habían «vomitado una sola vez», como si eso pudiera consolar a Joy. Otras, las peores, aseguraban saber cómo se sentía —ella tenía conciencia de que no era así— y le sugerían diversos remedios que, según ellas, conseguirían sacarla de la cama en cuestión de días: té poco cargado, jengibre machacado, puré de plátanos... remedios que Joy probó obediente, y arrojó con idéntico entusiasmo.

Los días pasaban de forma monótona hasta que llegó la estación de las lluvias —días húmedos y ominosos, interminables, noches de sudor pegajoso—, y hubo un momento en que Joy ya no podía hacer creer a su hijo que mamá se encontraba bien, ni a su marido que pronto se le pasaría (lo había repetido como un mantra, confiando en que eso impidiera que Edward reanudara sus visitas al Wan Chai). Físicamente debilitada y sumida en una depresión profunda, dejó de anotar los días que pasaban, de contarlos como un inminente regreso a la normalidad. Así, yacía en la penumbra escuchando su propia respiración y tratando de no devolver el agua que le llevaba Wai-Yip y que le cambiaban cada hora.

Cuando cumplió las dieciséis semanas y vio que su estado no mejoraba sensiblemente, el médico decidió que lo mejor para todos era que Joy ingresara en el hospital. Estaba muy deshidratada, y eso ponía en peligro al futuro bebé. Todos estaban muy preocupados por el bebé, al que siempre se aludía mediante ese término. A esas alturas, Joy ya no estaba preocupada por si el bebé viviría o no, pero tampoco le preocupaba si ella iba a vivir o no, y aceptó las instrucciones de su madre sin rechistar.

—Yo cuidaré de Christopher —dijo Alice, con el ceño fruncido—. Tú concéntrate en ponerte buena.

Joy, para quien los acontecimientos se sucedían en una especie de bruma insulsa y nauseabunda, advirtió la preocupación en el gesto de su madre y trató de apretarle la mano a modo de respuesta.

—No tienes que preocuparte por nada —dijo Alice—. Wai-Yip y yo nos encargaremos de todo. —Joy cerró los ojos mientras la subían a la ambulancia, agradecida de no tener que pensar en otra cosa.

Estuvo en el hospital durante casi un mes, hasta que las náuseas menguaron lo suficiente para permitirle comer la dieta más blanda, e incluso levantarse para pasear por la sala. Había pasado casi dos semanas con el gota a gota, lo cual, tenía que admitir, le había hecho sentirse mejor casi de inmediato, pero la perspectiva del alimento sólido todavía era arriesgada, ya que no había garantías de que no fuera a explotar de nuevo. Algunos días podía ser algo tan inocuo como un trozo de pan; otros, los mejores, conseguía incluso tragar un poco de pescado hervido sin mayores problemas. Alimentos blandos, decían los médicos, y cuanto más blandos mejor. Alice, que iba a verla a diario (aunque para desconsuelo de ambas no le dejaban llevar a Christopher, al que se consideraba «demasiado agotador para la madre»), le llevaba bollos recién horneados, plátanos y hasta merengues.

—Se ha portado muy bien —dijo Alice a Joy refiriéndose a Wai-Yip, sentada en su cama con un elegante traje de chaqueta azul, mordisqueando un bollo—. No habla demasiado, pero trabaja muchísimo, incluso cuando veo que está que no puede más. Yo creo que estas chicas del continente son distintas de las de Hong Kong, ¿sabes? Mucho menos presumidas. A esa Bei-Lin, por ejemplo, le he dicho que la sustituiré por una chica de Guangdong. Y si no, tiempo al tiempo.

Joy pensaría más adelante que ella y su madre nunca habían estado tan unidas: Alice, cargada de responsabilidades con su hija y su nieto, se lo tomaba todo muy en serio, sin por ello hacer que Joy se sintiera culpable. El hecho de que Joy estuviera enferma por «cosas de mujeres» era de algún modo un punto a su favor. Les mostraba a ambas que Alice era necesaria y que su nada convencional hija había elegido por fin el camino correcto. Al fin y al cabo, estaba sufriendo para traer al mundo a su segundo hijo, ¿no?

Entre tanto, Joy había perdido la pelea. Durante su estancia en el hospital, vencida por sus dolencias y por la implacable y ligeramente tiránica ayuda del personal médico, se había ido volviendo pasiva, aceptando los diversos tratamientos que le administraban, agradecida a su madre por su ayuda y esclava de la rutina hospitalaria. Lo único que quería era no ser ella. En aquel lugar podía descansar en sábanas blanquísimas, bajo el ventilador, escuchando el suave ir y venir de las enfermeras sobre el linóleo, el frufrú almidonado de sus faldas y el suave murmullo de voces en la otra punta de la sala de maternidad, lejos de los ruidos, el sudor y los olores de la vida real. Aunque sentía el dolor sordo del ansia por ver a su hijo, le consolaba un poco el hecho de no tener que hacer frente a sus constantes peticiones, a sus necesidades físicas.

Lo mismo valía para su marido.

Pero transcurrido otro mes, y sintiéndose un poco como la de antes, Joy empezó a experimentar de nuevo un creciente deseo de estar con los suyos. Su madre le llevó a Christopher dos veces, cuando les permitían sentarse en los exuberantes jardines, y Joy creyó morir de pena cuando Alice tuvo que arrebatárselo, llorando y suplicando, al término de la visita. Pero lo que más le preocupaba era que Edward fuese a verla tan pocas veces.

Se había mostrado extraño con ella, ni siquiera había intentado besarle la mejilla en sus dos últimas visitas, y no había parado quieto, paseándose alrededor de la cama, asomándose a la ventana como si fuera a ocurrir una catástrofe. Al final, Joy le había pedido que se sentara. Y refunfuñando, él le había dicho que no le gustaban los hospitales. Le hacían sentir incómodo. Joy estaba segura de que se refería a la sala de maternidad, y lo comprendía porque también ella se sentía a disgusto en entornos exclusivos para mujeres. Pero Edward le había respondido de mala manera cuando ella le había preguntado si de veras se encontraba bien, y le había dicho que ojalá se dejara de tantas contemplaciones. Joy había esperado a que se marchara para verter copiosas lágrimas sobre su almohada.

—Dime, ¿tú sabes si Edward ha salido mucho estos días? —había preguntado después a su madre. Alice se quedaba a dormir muchas veces en el apartamento, pensando que Wai-Yip quizá no sería capaz de consolar al pequeño Christopher de la manera adecuada.

—¿Si ha salido? No creo. Ah, sí, la semana pasada fue a una recepción en casa del capitán de fragata. Y el jueves, al hipódromo de Happy Valley. ¿Te refieres a eso?

—Sí, sí —dijo Joy, retrepándose en las almohadas con un alivio apenas disimulado—. Solo quería asegurarme de que no hubiera olvidado que tenía esa cita.

Edward salía muy poco, le dijo Alice. De hecho, ella misma le había aconsejado que saliera más, que «disfrutara de ese poquito de libertad» (lo cual tenía su gracia, viniendo de una mujer que había atacado a su propio marido con un batidor por volver una vez de madrugada). Pero Edward tomaba en casa la cena que le preparaba Wai-Yip, pasaba por el cuarto de su hijo para darle las buenas noches y luego se encerraba en su estudio a trabajar, excepto alguna que otra visita al hipódromo o un paseo nocturno por el Peak.

—He de volver a casa —dijo Joy.

—Lo que has de hacer es cuidar del bebé —contestó Alice, retocando su empolvado cutis—. No tienes por qué darte prisa; nos las apañamos muy bien sin ti.

Por fin, se le concedió el alta a las veintidós semanas, después de prometer que descansaría, que evitaría cualquier esfuerzo y que bebería al menos un litro diario de agua, como mínimo hasta que terminara la estación húmeda. Edward, en mangas de camisa, fue a recogerla en el Morris 10 y la recibió con un abrazo cariñoso. Joy se sintió inmediatamente más relajada, y convencida de que a partir de ahora las cosas irían mejor. Después de una ligera reserva inicial, Christopher se agarró a las medias nuevas de su madre, y demostró que todo aquel follón no le gustaba nada despertándose tres o cuatro veces por la noche durante la primera semana. Alice, entre tanto, parecía debatirse entre el alivio y la desilusión por el hecho de que su hija no fuera ya una inválida y, por tanto, no necesitara su ayuda.

—De todos modos, las dos primeras semanas vendré a ver cómo sigues —dijo, cuando Alice abrió la puerta del apartamento, sintiéndose forastera en su propio hogar—. Necesitarás ayuda. Y Christopher tiene un horario que cumplir. Nos entendemos muy bien, él y yo.

Joy contempló los inmaculados suelos de parquet y los muebles de teca, tratando de sentirlos como propios. Le parecía estar en un sitio que hubiera visitado antiguamente, no en su verdadera casa. Wai-Yip, que les había llevado unos refrescos, la miró, hizo una venia y se fue a la cocina. Hasta ella se ha acostumbrado a no tenerme aquí, pensó Joy. Seguramente intenta recordar quién soy. Fue hasta la chimenea, encima de cuya repisa descansaba el caballo azul sobre papel de arroz, colocado ahora sobre un soporte dentro de un marco ricamente decorado. Después de contemplarlo durante un minuto, miró hacia Edward, que la estaba observando como si también quisiera acostumbrarse a tenerla en casa.

—Me alegro de estar de vuelta —dijo ella.

—Te echábamos de menos —dijo Edward, mirándola a los ojos—. Yo, especialmente.

De repente, haciendo caso omiso de las cejas arqueadas de su madre, Joy cruzó rápidamente la sala y enterró la cabeza en el pecho de su marido, sintiendo su firmeza, recordando aquel aroma que tanto le gustaba. Él la rodeó con sus brazos y bajó la cabeza, de forma que la mejilla descansara sobre el cabello de Joy.

Alice apartó la vista, hasta que Christopher entró corriendo en la sala e intentó colarse en el reducido espacio que mediaba entre sus padres, tendiendo sus brazos regordetes al grito de «A-ú-pa, a-ú-pa».

Como había ocurrido anteriormente, Joy y Edward volvieron a sentirse unidos tan pronto como ella se hubo recuperado del malestar de cada mañana. Él se mostraba muy cariñoso, más de lo normal en él, y a menudo le llevaba flores y cajas de bombones que había conseguido gracias a algún oficial de los barcos que hacían escala allí, y era tan afectuoso que Alice llegaba a ofenderse y le decía: «Déjala de una vez. A Christopher no le conviene ver estas cosas». Había recuperado además su costumbre de seguir a Joy a todas partes, por toda la casa, y en una ocasión Joy se había visto encerrada en el baño con los dos miembros varones de la familia. Si Edward había perdido un poco de su sentido del humor, y se había vuelto un poco más precavido, Joy lo achacaba a problemas en el muelle. Sabía que Edward tenía dificultades en el trabajo, porque así se lo decían sus colegas cuando iban a cenar. «Es un aburrido —le decían—. Se lo toma todo demasiado a pecho. Últimamente no quiere ni divertirse.»

Katherine Alexandra Ballantyne nació una semana antes de tiempo en el mismo hospital donde Joy había pasado casi todo el verano, tras un parto que, según el doctor, fue escandalosamente corto. «Esta niña no es de las que se quedan rezagadas en la puerta de salida», le dijo bromeando a Edward, que contemplaba extasiado a su hija. El médico era también aficionado a las carreras, y los dos habían coincidido alguna vez en las reuniones vespertinas de Happy Valley.

Joy permanecía recostada entre almohadas; su alegría se veía mezclada con una profunda sensación de alivio: la pesadilla del embarazo había terminado.

—¿Cómo te encuentras, mi vida? —dijo Edward, inclinándose para besarla en la frente.

—Un poco cansada, pero con ganas de volver a casa —dijo ella, sonriendo exangüe—. No te olvides de avisar al viejo Foghill para que me tenga el caballo preparado.

Él sonrió al oírla decir eso.

Pero Joy no pudo montar todo lo que habría querido, al menos durante el primer mes. Katherine, como Alice no dejaba de señalar, resultó ser una «niña difícil», rebelde, tenía cólicos con frecuencia y era propensa a despertarse varias veces por la noche. Y consiguió superar la fuerza conjunta de su madre, Alice y Wai-Yip, haciendo trizas las teorías y remedios «tradicionales» con la eficiencia de un rallador de queso.

Por extraño que pareciera, Edward era quien más paciencia tenía con ella. Muchas veces se ocupaba de entretenerla durante una hora al volver del trabajo, olvidándose de su gin-tonic para llevarla a dar un paseo por el Peak (un paseo tranquilo si Katherine hubiera dejado de berrear). Era tierno con ella cuando Joy estaba exasperada de puro agotamiento y, a cambio, la niña parecía portarse mejor gracias a su padre, a quien miraba embelesada y con una sonrisa de instintivo reconocimiento.

—Vaya, la niña de su papá —dijo Alice, que se alegraba mucho de poder dedicarse a Christopher—. Tú eras igual —añadió, casi como si fuera un pecado.

—Mientras deje de llorar, me da igual que sea la niña de quien sea —dijo Joy. Hacía casi dos meses que no dormía de un tirón. La encargada de cuidar de la niña por las noches era Wai-Yip, pero sus lloros despertaban en Joy una especie de respuesta primitiva. Por lo visto, también la sirvienta estaba agotada, porque cuando Joy se levantaba de la cama se la encontraba dormida junto a la cuna, ajena a todo.

Joy no recordaba haberse sentido nunca tan cansada: tenía los ojos permanentemente legañosos y enrojecidos, como por efecto de un maquillaje mediocre, y a menudo veía borroso. Tan extenuada estaba a veces, que padecía alucinaciones que le hacían creer que había ido a ver a Katherine cuando no era así, y entonces llegaba Christopher y la despertaba diciendo muy serio: «La niña llora otra vez». Joy trataba de quitarle importancia delante de Edward, desesperada por recuperar su bienestar compartido, y puesto que los médicos le habían permitido reanudar la actividad sexual del matrimonio, Joy procuraba no rechazarle ni una sola vez pese al agotamiento.

—Volveré a ser la misma cuando la niña empiece a dormir —le decía a Edward a modo de disculpa, sabiendo que le excitaba tan poco como una manta vieja.

—No te preocupes. Solo quiero estar cerca de ti —le decía él, colocado encima de ella, y Joy sentía ganas de llorar de agradecimiento.

Esta vez Edward accedió a usar los «métodos» de los médicos.

Tan consumida estaba Joy por los requerimientos de su familia, que apenas había notado lo cansada que parecía estar siempre su joven *amah*, Wai-Yip. Joy se la encontró dos veces durmiendo de día, cosa que a su madre le había parecido escandalosa, pero Joy, que vivía en un estado de sopor permanente, se mostró más inclinada a perdonar.

—Bastante hizo por nosotros cuando yo estaba en el hospital —le dijo a Alice, mientras Wai-Yip iba a la cocina arrastrando los pies—. Por lo general se ha portado muy bien.

Hizo cosquillas a Katherine, que estaba sobre su falda, tratando de evitar que se pusiera a llorar de nuevo. Cuando cumpliera tres meses, decía el médico, los cólicos remitirían. Pero Joy no veía indicios de que Katherine fuese a dejar de ser una niña alarmantemente predispuesta a la lágrima.

Alice, que en aquel momento estaba ojeando una revista, levantó los ojos mientras Wai-Yip ponía los dos platos en la mesa y, con una pequeña inclinación de cabeza, se retiraba.

—No me fío nada de esa muchacha —dijo, con un gesto desagradable en los labios—. Yo creo que te engaña. Nada me gusta menos que una criada deshonesta.

Katherine, incapaz de contenerse por más tiempo, soltó un alarido y Joy empezó a hacerla saltar con furia sobre sus rodillas, pues no quería que Christopher, que acababa de tumbarse para echar un sueñecito, se despertara.

—¿A qué te refieres? —dijo.

—¿No te has fijado en ella? ¡Ha engordado mucho! Cuando llegó a esta casa estaba flaca como un palo. Seguramente se da atracones cuando tú no estás mirando.

Joy no estaba dispuesta a preocuparse por unos cuantos platos de fideos. Si los sirvientes eran buenos, valía la pena pasar por alto sus manías. Eran pocos los que no intentaban resarcirse de alguna manera. Leonora Pargiter, del segundo piso, le había dicho recientemente que su *amah* había estado alquilando su flamante picadora mientras ella se encontraba ausente. Por lo visto, se había hecho de oro.

—Por esta vez, no se lo tendré en cuenta —dijo Joy, poniéndose a Katherine contra el hombro y dándole unas palmadas tan entusiastas que a la niña casi se le salieron los ojos de sus órbitas—. Puede que no haya comido bien en toda su vida.

Pero no fue tan comprensiva cuando, un mes más tarde, mientras ella y su madre estaban en el balcón disfrutando de un raro momento de tranquilidad con los dos niños dormidos, Wai-Yip se le acercó para decir, con lágrimas en los ojos, que tenía que regresar a China.

—¿Cómo? ¿Por cuánto tiempo? —dijo Joy, horrorizada ante la idea de quedarse sin ella. Katherine había empezado a tomarle apego, y las dos noches anteriores Joy había podido salir con Edward sin que la niña llorara.

—No lo sé, señorita. —La muchacha bajó la vista. Dos lágrimas cayeron sonoramente sobre el piso de madera.

—Lo sabía —dijo Alice—. ¿No te había dicho yo que era una aprovechada?

—¿Te encuentras bien, Wai-Yip? —Joy observó a la joven encorvada que tenía delante, y de pronto se sintió mal por no haber tenido en cuenta lo cansada que se le veía últimamente—. ¿Estás enferma?

—No, señorita.

—Claro que no está enferma. Le pagas tan bien que hasta tiene para irse de vacaciones. Seguramente zarpará en uno de esos cruceros que están tan de moda.

—¿Quieres explicarme qué ocurre, Wai-Yip?

—No se lo puedo decir, señorita. He de volver a mi casa —dijo, sin atreverse a mirar a Joy.

Alice había dejado de contemplar la vista y ahora observaba de mala manera a la sirvienta, escrutándola con una mirada penetrante. Cambiaba de posición en su silla, como si quisiera examinarla desde distintos ángulos.

—Se ha metido en un lío —anunció—. ¡Mírala bien! ¡Se ha metido en un buen lío! —esta vez, lo proclamó en tono triunfal—. Con razón estaba ganando peso. Ha decidido tener una familia por su cuenta. Ah, qué desagradecida. Vas a tener que irte, ¿sabes?, y no se hable más.

Wai-Yip rompió a llorar, con los hombros encorvados todavía sobre un cuerpo que, como Joy tuvo que admitir, se había ensanchado considerablemente, aunque las holgadas prendas de algodón habían conseguido disimular el cambio.

—¿Es verdad eso, Wai-Yip? —preguntó Joy con gentileza, tratando de sondearla.

—Lo siento mucho, señorita —dijo Wai-Yip con la cara sepultada en sus callosas manos de trabajadora.

—No tienes que disculparte conmigo —dijo Joy—. Eres tú la que va a tener que afrontarlo. Imagino que no estás casada...

Wai-Yip levantó los ojos, como si no hubiera comprendido, pero luego negó con la cabeza.

—Naturalmente que no está casada. Lo más seguro es que haya intentado pescar a algún militar americano. Es lo que todas buscan ahora, un pasaporte de Estados Unidos.

—¿Qué piensas hacer?

—Por favor, señorita, no quiero perder mi empleo. Yo soy muy trabajadora.

—¿Y qué vas hacer con el bebé? —intervino Alice, con un mohín de desprecio y cruzándose de brazos.

—No sé, señorita... Quizá mi madre... —Y entonces se echó a llorar otra vez.

Joy meditó la posibilidad de tener a otro niño en la casa. A Edward no le iba a gustar la idea, por descontado. Sabía que él tenía ganas de recuperar un poco la normalidad, lo cual quería decir que los dos estuviesen a solas y sin demasiado barullo alrededor. Pero sentía lástima por Wai-Yip, que apenas era una niña (Joy cayó en la cuenta de que nunca se había tomado la molestia de preguntarle la edad). Y era verdad que trabajaba como una mula.

—Si dejas que traiga un hijo a casa, esto no acabará nunca —advirtió Alice.

—Tendré que hablar con mi esposo, Wai-Yip. Lo comprendes, ¿verdad?

La chica asintió con la cabeza, hizo una venia y se marchó hacia el pasillo. La oyeron sollozar.

—Te arrepentirás, Joy —dijo Alice.

Según la leyenda china, en tiempos había diez soles en el cielo y el calor de todos ellos abrasó la tierra. Cuando Hou Yi, el arquero, consiguió herir a nueve de los diez soles, el rey de la Tierra le dio una poción mágica que le haría inmune a la muerte. Chang Er, la hermosa mujer del arquero, sin saber que aquel líquido tenía propiedades mágicas, bebió la poción y empezó a elevarse en el cielo nocturno hasta llegar a la Luna.

El arquero echaba de menos a su esposa, la Dama Luna, y pidió al rey de la Tierra que le ayudara a alcanzarla. El rey permitió que el arquero volara hasta el Sol, pero no pudo llegar a la Luna salvo en las ocasiones en que esta estaba llena y redonda.

Como el embarazo, pensó Joy. Al convertirnos en una luna gorda todas nos acabamos humillando.

Era la fiesta de la Luna, cuando las familias chinas de toda la colonia salían a la calle en grupos para celebrar el evento con farolillos y ofrendas e intercambiar dulces y pasteles de formas circulares. Joy había estado observando desde su balcón, cautivada como cada año por la visión de millares de luces diminutas que avanzaban lentamente hacia el puerto para la exhibición de fuegos artificiales. En el cielo despejado, las estrellas reflejaban los farolillos; dos constelaciones independientes que centelleaban desde la tierra y desde el cielo. Incluso Alice, que nunca antes había mostrado la menor inclinación por las diversas fiestas chinas (aparentemente, era un signo más de la «perversidad» de los chinos el que no pudieran celebrar el año nuevo como todo el mundo), había regalado a Christopher un farolillo de papel en forma de luna, y el niño había corrido por toda la casa exigiendo que apagaran las luces para ver su fulgor, una pequeña y frágil luminaria en medio de la oscuridad.

Edward llegó a casa extraordinariamente alegre, y no solo besó a Joy sino que la hizo girar en el vestíbulo, de modo que Christopher se puso a reír y quiso intervenir, mientras Alice anunciaba, con los labios fruncidos, que tenía que haberse marchado hacía rato. Edward había traído una lata roja bellamente decorada que contenía galletas festivas, regalo de uno de los ingenieros chinos, y estaba muy ansioso por contarle a Joy los planes que tenía para el muelle y que, si todo salía bien, le reportarían un ascenso.

—¿Te cambiarán de destino? —dijo Joy, procurando que no se notara su nerviosismo mientras procedían a sentarse a la mesa.

—Claro que no. No tenemos por qué irnos. Pero puede que cambiemos de domicilio; una bonita casa en vez de un piso. ¿No te gustaría, cariño, tener una casa nueva? ¿Con un pequeño jardín? Sería estupendo para los niños.

—Supongo que sí —dijo Joy, a quien empezaba a gustarle vivir en un apartamento.

—Podemos quedarnos si quieres. Pero pensaba que quizá te gustaría tener más espacio, ahora que la familia ha aumentado.

A Joy le pareció que podía tenía razón. Su madre siempre estaba diciendo que sería muy conveniente poder llevar el cochecito de Katherine al fondo del jardín y olvidarse de ella un rato.

—Sería estupendo que te ascendieran —dijo Joy—. Te lo mereces.

Edward le tomó la mano y le dio un cariñoso apretón.

—Las cosas nos van a ir muy bien, querida. Ya lo verás.

Ella le observó mientras comía —volcado sobre el plato, devorando la comida de aquel modo tan varonil—, y sintió una ternura abrumadora, similar a la que sentía hacia sus hijos. Edward era tan atento, tan considerado. Joy se sabía afortunada, sobre todo si consideraba lo que otras mujeres tenían que aguantar. Y ahora que él estaba de acuerdo en lo que les había propuesto el médico, no había motivo por el que tener más hijos. Podían seguir tal como estaban, cada vez más unidos, y más felices...

Joy era consciente de que fantaseaba y se irguió un poco en la silla, a fin de ponerse a comer. Había estofado de pollo, y no sabía tan bien como el que Wai-Yip acostumbraba a prepararles. Claro que quizá era lógico.

—No te imaginas lo que hemos descubierto hoy —dijo, llevándose el tenedor a la boca—. Wai-Yip va a tener un bebé. Me ha pillado totalmente desprevenida. Yo ni siquiera sabía que tuviese novio.

Edward levantó la cabeza. Sus ojos, momentáneamente desorbitados, escrutaron minuciosamente los de ella. En un apartamento contiguo, alguien dejó caer un objeto metálico al suelo de madera, y el tintineo reverberó por todo el pasillo. Él no pareció darse cuenta.

Joy se quedó inmóvil. Luego se inclinó hacia delante para mirar a Edward, estudiando su semblante. Sus mejillas, normalmente coloradas, habían palidecido un poco.

—¿Tú lo sabías?

Edward la miró a su vez, parpadeando durante un par de segundos. Luego, extrañamente, desvió la mirada. Parecía estar pensando en dar una respuesta, pero se limitó a llevarse lentamente a la boca otro pedazo de pollo.

Joy le seguía mirando.

—Edward —dijo, y su voz denotó un súbito deje de aprensión—. Edward, por favor...

Él pareció recobrarse un poco. Tragó lo que tenía en la boca sin aparente esfuerzo y luego se llevó la servilleta a los labios y se los limpió lenta y metódicamente.

—Tu madre tenía razón. Wai-Yip ya no es de fiar. Tendrá que marcharse. —Hizo una pausa—. Le daré un plazo a partir del fin de semana. —Dijo todo aquello sin mirar a Joy, con la vista fija en el plato.

Al otro lado de la mesa, preocupada aún por la actitud de su marido, Joy empezó a temblar, al principio ligeramente y luego con más violencia. Todavía temblaba cuando Edward se levantó y, con voz entrecortada mientras insistía en no mirar a Joy, dijo que se iba al estudio.

Joy durmió aquella noche en el cuarto de los invitados sin que su marido protestara. Siguió temblando hasta que se cubrió la cabeza con la sábana de encaje, y luego, hecha un ovillo bajo el enorme ventilador, iluminada por el fulgor azulado de la luna llena que se colaba por las persianas, gritó con fuerza, sacudida por sollozos de pena que le recorrieron el cuerpo como un temblor sísmico. Edward, insomne en el cuarto de al lado, entró a eso de las tres de la mañana, susurrando fervorosas disculpas, tratando de abrazarla. Pero Joy se puso como una fiera y le rechazó con los puños, golpeándole la cabeza, los hombros, lo primero que encontraba, hasta que él, gimiendo también, se retiró a su habitación.

Luego, hasta el amanecer, Joy permaneció muy quieta en la cama.

Pensando y recordando.

Pensando.

Su madre lo adivinó, por supuesto. Lo adivinó tan pronto como Wai-Yip volvió al apartamento con el bebé. No era difícil: aunque tenía los típicos rasgos achatados de todo recién nacido, Tung-Li destacaba por su nariz aguileña y un conspicuo tono rojizo en los cabellos. De todos modos, había que reconocer que Alice nunca llegó a decirle nada a su hija, extrayendo quizá conclusiones del anuncio por parte de Joy de que el *amah* principal los acompañaría a la nueva casa, o tal vez de su aviso de que cualquier frase como «Todos los hombres son iguales», o «Las chinas pescan al primero que se les pone a tiro» sería mal recibida. Percatándose del semblante amenazador y rígido de su hija, también se calló su certeza de que los vecinos murmurarían, pese a que ella misma tenía dudas terribles. ¿Qué pensaría la gente? A Joy no parecía importarle en absoluto.

Tres largas noches después de la fiesta de la Luna, Joy había informado de sus planes a Edward. Le había visto durante el desayuno, con el pelo bien arreglado y luciendo una blusa azul de manga corta y un pantalón blanco, y le había servido el té sin mirarle una sola vez a la cara.

—Le he dicho a Wai-Yip que no vuelva a China —le había dicho con voz grave y comedida. Era la primera vez que le dirigía la palabra.

Edward levantó la vista, a punto de morder una tostada.

—¿Qué?

—He hablado con un par de personas. Si se marcha a China, la repudiarán. A ella y al bebé. Le será imposible encontrar trabajo, y el bebé será condenado al ostracismo debido a... debido a su aspecto. Tal como están las cosas, con los comunistas y todo eso, podrían acabar muriéndose de hambre.

Edward no se había movido.

—Lo he decidido: ella es responsabilidad nuestra. Es tu responsabilidad. Y no quiero cargar sobre mi conciencia el bienestar de ese niño. Tendrás que buscar una casa que sea lo bastante grande... para que no tengamos que verle. De eso te encargas tú.

Tras una larga pausa, Edward se había levantado de la mesa. Situándose junto a la silla donde estaba Joy, se había arrodillado y había apoyado la cara en la mano de ella, levantándosela del regazo.

—Pensaba... pensaba que me abandonarías —dijo, y la voz se le quebró.

Joy guardó silencio. La mandíbula le tembló mientras

mantenía la cara en dirección a la ventana. Notó en la piel las lágrimas calientes de Edward.

—Dios mío, Joy. Te quiero tanto... Lo siento muchísimo. Me sentía tan solo. Es que...

Joy volvió bruscamente la cabeza y retiró la mano.

—No quiero hablar de eso —dijo—. Nunca más.

15

Sabine estaba sentada en una de las cajas que había en el cenador, con una manta apolillada sobre los hombros y la camisa apretada contra el pecho, tiritando de frío. Llevaba allí casi media hora; había escuchado, entre el sonido de su propio llanto, cómo Thom la llamaba con apremio desde la caballeriza, había visto el crepúsculo convertirse en noche, devorándolo todo con su negrura, y había sollozado en silencio dentro de aquel mohoso refugio, tan paralizada por la sorpresa y la congoja que fue incapaz de lograr que sus dedos abrochasen los botones de su estrujada camisa.

No había sabido dónde meterse, se había dejado llevar por la necesidad imperiosa de alejarse de Thom, de rehuir el amargo sabor de la humillación. De modo que había ido primero a los campos de abajo para encaminarse luego, ensimismada en su desdicha, hacia la carretera del pueblo, y se había decidido finalmente por el cenador como lugar de refugio. Y ahora no sabía qué hacer: si volvía a la casa, tendría que contárselo todo a su madre. Si se quedaba en el cenador, habiendo dejado el jersey en la casilla del rucio, se iba a quedar helada. Una cosa era segura: tenía que marcharse de Kilcarrion; no podía quedarse después de lo que había hecho.

Se limpió la nariz con el dorso de la mano, y se echó a llorar de nuevo mientras recordaba cómo se había llevado a un pecho la mano de Thom, y cómo la había mirado él, horrorizado. ¿Qué habría pensado de ella? Era tan mala como su madre: nada más que una puta. ¿Qué la había impulsado a hacer aquella tontería? Lo había estropeado todo. Pero otra idea pugnaba por abrirse paso en su cabeza: ¿tan horrible era lo que había hecho? ¿Qué le habría costado a él darle un beso?

Sabine no había encendido la luz por miedo a llamar la atención sobre su paradero, pero podía distinguir las manecillas de su reloj, según el cual eran casi las cinco y media de la tarde. Allá, en la caballeriza, se oía ruido de puertas y de cubos mientras los caballos tomaban su cena. La abuela estaría ocupada en alguna parte, cepillando a los perros o consultando a la señora H la mejor manera de reorganizar el congelador. En la casa, Lynda estaría esperando a que fuesen las seis para meterse en su elegante utilitario rojo y marcharse a casa. Seguramente estaría viendo alguna serie de televisión. Su jornada dependía tanto de esas series que hasta le daba las pastillas al abuelo de acuerdo con los horarios de emisión.

Al pensar en su abuelo Sabine se frotó los ojos con mayor fervor. Probablemente estaría preguntándose dónde se había metido; ella casi no le había visto en todo el día. Debía de pensar que se había vuelto como su madre: desconsiderada, poco compasiva. Egoísta. Pero no podía volver a la casa. No tenía adónde ir ni nadie en quien confiar. Se quedó sentada, dando un fuerte puntapié a una pila de macetas viejas sin preocuparle que se rompieran en pedazos, incapaz de verlas a través de los ojos hinchados de tanto llorar. Entonces levantó la cabeza, como un sabueso olfateando el aire.

Annie. Podía ir a casa de Annie. Ella la comprendería. Y si Annie no estaba por la labor le pediría que le dejara usar el teléfono y llamaría a Bobby para que fuera a buscarla. Al fin y al cabo, no tenía por qué contarle toda la historia.

Sabine se despojó de la manta y después de comprobar que no hubiera nadie por allí, cruzó los desiertos jardines camino de la verja de atrás, tratando de que el hipo y los estremecimientos que inevitablemente acompañaban sus lágrimas no le hicieran aflojar el paso.

Por algún motivo, las tres farolas que alumbraban la principal avenida de Ballymalnaugh permanecían apagadas aquella noche, y Sabine dio gracias de que el cielo estuviera despejado mientras se dirigía, casi corriendo, calle arriba con el único sonido de sus pasos sobre el asfalto. No había más luces que las de las ventanas de las casas que no habían corrido aún las cortinas, que dejaban ver pequeñas imágenes familiares: la pareja joven tumbada en un sofá delante del televisor, el niño pequeño jugando en el suelo; la anciana solitaria leyendo el periódico; la mesa, dispuesta para el té, mientras un televisor arrojaba una aurora boreal de sombras en movimiento sobre un rincón. Al pasar por delante, Sabine se sintió más sola que nunca. Jamás tendré una familia normal, pensó, llorando de nuevo. Yo siempre estaré fuera, mirando a los demás.

Aflojó el paso al acercarse a la casa de Annie, tratando de recobrar el aliento y secarse los ojos para no poner tan mala cara. Tampoco quería que Annie pensara que se había muerto alguien. Ya había hecho demasiado daño por un día.

Las luces del piso de abajo estaban encendidas, pero las cortinas se mantenían echadas, igual que las últimas veces que Sabine había pasado por delante a caballo. Dudó un momento antes de ir hacia la puerta, y luego se abrochó la camisa y se preguntó brevemente si, después de lo que la señora H había dicho sobre una posible terapia, Annie estaría en casa.

Pero mientras subía los escalones con paso inseguro, alguien abrió la puerta desde el interior, arrojando sobre el jardín un fulgor anaranjado. Un hombre alto y delgado de cabellos oscuros y pantalones de ciclista avanzó como si fuera a bajar corriendo, y luego, al ver a Sabine allí de pie, se detuvo y la agarró de los hombros.

—Gracias a Dios —dijo con voz entrecortada—. Menos mal. Necesitamos una ambulancia.

Sabine se quedó de piedra.

—Una ambulancia. ¿Llevas un teléfono móvil?

Ella se lo quedó mirando boquiabierta.

El hombre meneó la cabeza, exasperado.

—Mira, solo soy un huésped. Me llamo Anthony Fleming. He vuelto esta tarde, cosa que no debía haber hecho, lo reconozco, y he encontrado a la señora Connolly... En fin, que necesita una ambulancia. Urgentemente. ¿Llevas un teléfono encima? El de aquí parece que está cortado.

A Sabine se le paró el corazón. Miró hacia el interior de la casa iluminada. Sabía que Annie estaba muy deprimida, pero no se le había ocurrido la posibilidad de... Se estremeció. Le vino a la cabeza aquella niña de su escuela que se había cortado las venas en los lavabos hacía dos años, después de que le dieran calabazas. La sangre, según le habían contado, había llegado hasta el techo.

—¿Es que... está...? —La voz le falló.

—No soy un experto, pero parece que no le queda mucho —dijo el hombre—. No podemos perder más tiempo. ¿Dónde hay un teléfono?

Ignorando sus protestas, Sabine se precipitó hacia la puerta, apenas consciente del caos que reinaba en la habitación principal, el olor a polvo y a comida pasada. Tenía que ver a Annie. Siguió avanzando, con el pecho oprimido por el miedo mientras intentaba no hacer caso de los sonidos extrañísimos que llegaban de la cocina. Nadie le había dicho nada de ruidos: cuando la gente se suicidaba en las películas, lo hacía siempre en silencio.

Pero no había sangre, al menos en el techo, solo una especie de agua descolorida sobre el linóleo azul claro de la cocina, y Annie sentada allí en medio, agarrada con ambas manos a la puerta de un armario, como si tratara de levantarse.

—¿Annie? —dijo.

—Oh, Diosss... —Annie lanzó un gemido largo y grave. Daba la impresión de estar concentrada en algo que Sabine no podía ver. Parecía colorada de hacer esfuerzos. No tenía aspecto de estar muriéndose.

—No se está muriendo —le dijo Sabine al hombre, que había aparecido detrás de ella.

—Claro que no —replicó él, impaciente, agitando las manos como si estuviera salpicando agua—. Está a punto de parir. Pero yo soy cajero en una oficina de préstamos, no médico. Ya te lo he dicho, necesitamos una ambulancia.

Sabine miró a Annie, tambaleándose mientras trataba de asimilar lo que le había dicho el huésped.

—Quédese aquí con ella —dijo después, yendo hacia la puerta—. Voy a buscar ayuda. —Y notando como la sangre se agolpaba en sus oídos, corrió de vuelta a Kilcarrion.

Kate estaba encorvada sobre la mesa, mirando la foto de color sepia que aún sostenía en la mano, contemplando su propia sonrisa amplia y desdentada, ajena a la verdad. Mirando la cara chata de Tung-Li, su disgusto al posar ante la cámara adquiría ahora un nuevo simbolismo; sus atípicos rasgos —porque así lo eran, ahora que Kate se fijaba bien— hablaban por sí solos.

—¿Por qué no me lo dijiste? —preguntó finalmente. Su voz sonó frágil y temblorosa.

Joy, que estaba sentada a su lado, con la vista baja, levantó cansinamente la cabeza.

—No había nada que decir. ¿Qué podía haberte dicho?

—No sé, algo. Cualquier explicación que... Yo qué sé. —Meneó la cabeza—. Santo Dios, mamá... Todo este tiempo...

Había oscurecido, y los dos apliques de luz arrojaban sombras en claroscuro sobre las paredes, realzando la longitud de los ahora casi vacíos anaqueles y las pocas cajas que aún quedaban por clasificar. Un viejo mapa enmarcado del sudeste asiático se había descolgado de la pared y se sostenía precariamente, con el cristal roto dentro de su marco.

—¿Qué fue de él? —dijo Kate, sin apartar la vista de la fotografía—. ¿Y su madre...?

—No volvieron a China. Cuando nosotros regresamos a Irlanda le busqué una buena colocación a Wai-Yip en casa de una familia de militares escoceses, en los Nuevos Territorios. Creo que allí fue mucho más feliz. Estaba más cerca de su familia. Y las cosas... —Joy tomó aire— eran más sencillas.

Kate volvió a mirar la foto y luego la depositó boca arriba encima de la caja, dejando sus huellas en la superficie.

—No me lo acabo de creer... —dijo, casi para sus adentros—. No acabo de creer que papá... Yo os consideraba perfectos —dijo—. Yo creía de verdad que vuestro amor había sido perfecto.

—Nadie lo es, Katherine.

Se quedaron en silencio durante un rato, escuchando los sonidos que llegaban de la caballeriza. Kate advirtió que por una vez aquella actividad no pareció afectar a su madre.

—¿Por qué te quedaste? —dijo—. Eran los años sesenta, ¿no? La gente lo habría comprendido. Todos lo habríamos comprendido.

Joy frunció el entrecejo.

—No creas que no lo pensé. Pero entonces este tema todavía se consideraba un tabú. Y pese a todo, yo creía estar haciendo lo mejor. Pensé que de esta manera vosotros dos creceríais en una familia normal. Sin tener que soportar las habladurías de la gente, ni que os señalaran por la calle... Y Edward y yo vivíamos pendientes el uno del otro, supongo que nos gustaban las mismas cosas...

Miró a Kate y su semblante se relajó un poco.

—Los dos te queríamos muchísimo, ¿sabes? —prosiguió—. Tu felicidad lo era todo para nosotros. Y aunque tu padre me hizo mucho daño —al pronunciar esas palabras se estremeció ligeramente, y Kate se dio cuenta con asombro de que aquella infidelidad era una cuestión que estaba todavía a flor de piel—, decidí que en el fondo mis sentimientos no eran lo más importante.

Se hizo el silencio en la fría y poco acogedora habitación, y Kate trató de conciliar lo que siempre había creído sobre sus padres con aquellas novedades. Por un momento sintió una cólera irracional, como si su exclusión de aquel secreto hubiera sido la causa de todos los problemas que había tenido con su madre.

—¿Lo sabe Christopher?

—Por supuesto que no. Y no quiero que lo sepa. No quería que lo supierais ninguno de los dos. —Joy volvió a ser la de siempre, brusca y autoritaria—. No se te ocurra decirle nada. Y a Sabine, tampoco. Esta moda de ahora de contárselo todo a todo el mundo es una tontería. —Su voz, aunque agresiva, escondía algo más. Algo que casi invitaba a llorar.

Kate se puso de pie y miró un momento a su madre, reconociendo la historia de amor que había pasado por alto. Luego, por primera vez desde que era una niña, rodeó a su madre con los brazos, suavemente, dejando que Joy abandonara poco a poco su habitual rigidez. Olía a caballo y a perro, y a algo que parecía lavanda. Tras unos instantes, Joy palmeó ausente el hombro de Kate, como quien consuela a un animal.

—Todos estos años —dijo Kate, con la cara pegada a la chaqueta de su madre y la voz a punto de fallarle—, todos estos años y... Yo no estuve nunca a tu altura.

—Lo siento, hija. No quería que te sintieras así.

—No, no me refiero a eso. Tantos años, y yo sin saber que tú estabas sufriendo. Sin saber lo que habías tenido que soportar.

Joy se apartó, enderezó los hombros y se secó los ojos.

—Bueno, no quiero que exageres —dijo con firmeza—. Tu padre es una buena persona. No tuve que soportar tantas cosas, como tú dices. Él, a su manera, me quería. —Miró a Kate y se puso a la defensiva, como si la retara a negar sus palabras—. Él solo...

—¿No pudo evitarlo...?

Joy apartó la vista y miró hacia la ventana.

Kate pensó en su padre, que permanecía en la habitación contigua en aquel estado de sopor inducido por los medicamentos, y sintió una cólera fría contra el hombre que había engañado a la única persona a la que ella había creído que había amado incondicionalmente.

—Y tú nunca se lo hiciste pagar —dijo con amargura.

Joy siguió la dirección de su mirada, luego alargó la mano para tomar la de Kate. Joy las tenía ásperas, castigadas por años y años de actividad enérgica.

—No le digas nada. No quiero que le molestes. Tu padre lo pagó, Kate, tenlo por seguro —dijo, con melancólica certeza en su voz—. Lo pagamos los dos.

Abajo, en la cocina, no había nadie, ni tampoco en la sala de estar, de modo que Sabine, medio mareada por aquella sobredosis de adrenalina, fue por toda la casa aporreando puertas y llamando a gritos a la señora H, mientras los perros ladraban y empezaban a perseguirla. «¿Dónde coño están todos?», chillaba, abriendo y cerrando las puertas de la despensa y del cuarto de los zapatos. La casa permanecía en silencio, en estado de alerta. No había nadie tampoco en el saloncito, en cuyos muebles reverberó el sonido de su fugaz entrada, amplificado por el silencio.

Sintiendo los pulmones doloridos por el esfuerzo, Sabine subió de dos en dos los peldaños de la escalera, pero se tropezó en la raída alfombra que cubría los escalones y resbaló, y tuvo que agarrarse a la barandilla dos veces para no caer. Y durante todo el tiempo, tuvo ante ella la imagen de Annie inclinada sobre sí misma, con la expresión distante, como siempre, pero esta vez casi concentrada en algo. Una expresión salvaje.

Pero ¿dónde se había metido la señora H? Annie necesitaba a su madre. Eso estaba bien claro. Desde luego, necesitaba a otra persona que no fuera Anthony Nosecuántos. Sabine se detuvo un instante en el descansillo, buscando con la vista el aspirador, alguna pista de que la señora H hubiera estado allí hacía poco. Entonces se le ocurrió.

Lynda.

¿Por qué no había pensado antes en ella?

Lynda sabría qué hacer. Ella se haría cargo de todo. Sabine abrió la puerta del cuarto de su abuelo, con la boca abierta para transmitir su urgente mensaje. Pero solo encontró la mirada vacía del televisor apagado y un montón de vasos de plástico y frascos de comprimidos; la enfermera ya se había marchado. El esquelético perfil del abuelo emergía de entre las colchas y las almohadas, ajeno a toda la conmoción, sumido en un sueño provocado por los sedantes.

Sabine no se molestó en cerrar la puerta. Exclamando en voz alta, corrió por el pasillo y abrió todas las puertas, llamando a gritos a la señora H, a su madre, a su abuela, a todos, tratando de reprimir a cada paso la creciente sensación de pánico que la imagen de Annie había despertado en ella. ¿Y si aquel hombre se marchaba? Le había parecido que estaba loco por marcharse. ¿Y si todos se habían ido? Podía llamar a una ambulancia, sí, pero no sabía cómo podía ayudar. Y una parte de sí misma no quería regresar al lugar del que surgía aquel ruido, aquella sangre acuosa, ella sola.

Estaban en el estudio. Sabine abrió la puerta de golpe, sin esperar encontrarse a nadie, y se quedó parada, jadeante, al ver a las dos mujeres abrazadas la una a la otra.

Tardó unos segundos en asimilar una escena que sabía que no podía ser real. Tenía frescos aún los acontecimientos de la tarde, y no quiso seguir mirando a su madre. Entonces recordó su misión.

—¿Dónde está la señora H?

Joy se había separado de Kate, y ahora se atusaba el pelo, nerviosa.

—Ha ido a la ciudad. Creo que a ver a alguien por lo de Annie. —Parecía avergonzada de haber sido sorprendida en un abrazo tan íntimo.

—Tengo que hablar con ella.

—Pues ya no vendrá hasta mañana. Se ha marchado temprano. Creo que Mack vino a recogerla. —Las dos se quedaron mirando a Sabine, que no paraba de mover las piernas—. ¿Qué diablos pasa?

—Tenemos que localizarla. Es Annie... Está... Creo que va a dar a luz.

El silencio que siguió fue muy breve.

—¿Qué...?

—¿Estás segura?

Afuera, uno de los perros ladraba de excitación.

—Annie no puede tener hijos —dijo Joy, sin convicción.

—Sabine, ¿estás segura?

—No me lo estoy inventando. Vamos, muévete —dijo Sabine tirando de la manga de su abuela—. Está en su casa, con uno de los huéspedes. Pero hay algo en el suelo y él dice que solo es un cajero de una oficina pero que le parece que a ella le falta muy poco y que hay que llamar a una ambulancia pero el teléfono de Annie no funciona.

Joy y Kate se miraron.

—Él está solo —dijo Sabine, que casi lloraba viendo sus expresiones aleladas—. Annie necesita ayuda. Tenéis que venir ahora mismo.

Joy se llevó una mano a la cara, pensativa, y luego se dirigió resueltamente hacia la puerta. Su hija y su nieta tuvieron que apartarse.

—Kate, ve allí corriendo con Sabine. Yo llamaré a una ambulancia y cogeré algunas cosas. Oh, Dios mío, he de avisar también a Mack. Creo que tenemos el número de su teléfono móvil en alguna parte. Le diré a Thom que lo busque.

—Ve tú delante —le dijo Kate a su hija mientras bajaban a toda prisa la escalera, y estuvo a punto de caerse encima de los perros—. Oh, pobre chica —dijo, alargando la mano para ponerla sobre el hombro de Sabine—. Menos mal que la has encontrado.

Anthony Fleming estaba ejecutando una curiosa giga frente a la casa de Annie, una extraña danza popular, acompañado de mucho zarandeo de brazos, como si bailara al son de una canción que tenía en la cabeza. Al menos, eso parecía desde cierta distancia: cuando Sabine y Kate estuvieron más cerca, sudando y jadeantes después de la carrera, vieron que tan solo se agitaba por los nervios, moviendo los brazos en un desesperado y gesticulante ruego hasta que agarró a Kate de las solapas cuando esta subió los escalones de la entrada.

—¿Es usted médico? —dijo el hombre, pálido y nervioso.

—El doctor está en camino —dijo Kate—. ¿Dónde está ella?

—Oh, Dios... Oh, Dios... —Anthony Fleming se retorcía las manos.

—¿Dónde está Annie?

Sin esperar respuesta de ninguno de los dos, Kate cruzó la sala de estar y fue hasta la cocina, donde se arrodilló al lado de Annie, que se aferraba ahora a la base de un taburete de cocina, meciéndose al tiempo que emitía unos gemidos graves que le erizaron a Sabine el vello de la nuca.

—Tranquila, no pasa nada, Annie —decía Kate, acariciándole el pelo—. Enseguida estarás bien. No tienes de qué preocuparte.

Sabine contempló la cocina: la falda larga de Annie, que estaba tirada en el rincón del fregadero, empapada, un pedazo de tela rosa que podían haber sido unas bragas... Por todas partes había sangre, pálida y acuosa. Aquella visión le hizo pensar en la vez que su abuelo había caído de bruces sobre el plato de cocido.

—No sé nada de bebés —no paraba de repetir Anthony Fleming, restregando con fuerza sus manos—. Yo solo entiendo de créditos. Solo he vuelto porque aquí podía guardar la bici.

Sabine era incapaz de responder. Estaba mirando a Annie, la cual, perdida en su mundo particular, se aferraba ahora a Kate, crispando el rostro cada vez que soltaba otro grito animal. Kate volvió la cabeza y trató de sonreír a su hija, que estaba evidentemente conmocionada.

—No pasa nada, cariño. De veras. Parece más de lo que

realmante es. ¿Por qué no vas a esperar afuera a que llegue la ambulancia?

—Lo haré yo —intervino Fleming, dirigiéndose hacia la puerta—. Esperaré a la ambulancia. Me voy afuera.

Kate miró irritada la espalda que ya se alejaba. Consultó nuevamente el reloj, observando el lapso de tiempo entre las angustiosas exclamaciones de Annie.

—Bueno. Bueno... Esto, Sabine, ve a buscar unas toallas, ¿quieres? Y unas tijeras, por favor. Luego pon agua a hervir y esteriliza las tijeras. ¿De acuerdo?

—No pensarás abrirla, ¿verdad? —Sabine, incapaz de mover los pies de donde estaba, sintió que el miedo le atenazaba el pecho. No creía que estuviera en disposición de ver más sangre.

—No, cariño. Es para el cordón umbilical. Por si el bebé viene antes de que llegue esa ambulancia. Anda, que no tenemos mucho tiempo.

Volvió su atención a Annie, acariciándole el pelo, musitando palabras de ánimo, ajena al hecho de que ella misma estaba ya cubierta de aquel líquido sanguinolento.

—Necesito empujar —dijo Annie, con el pelo pegado a la cara por el sudor. Eran las primeras palabras que Sabine le oía pronunciar—. Dios, necesito empujar.

—Sabine. Vete de una vez.

Sabine empezó a correr de habitación en habitación, pensando dónde podía encontrar unas tijeras —en casa de Annie nada parecía estar donde uno esperaba—, y se tropezó con Joy, que venía cargada con un montón de toallas.

—La ambulancia llegará de un momento a otro —dijo—. Thom está intentando ponerse en contacto con la señora H. ¿Dónde están?

—¿Traes tijeras?

—Sí, sí... —Joy estaba atenta a los sonidos, que esta vez tomaron la forma de un grito ultraterreno—. Lo tenemos todo. En la cocina, ¿no?

Cuando volvió a oírse otro chillido, fue demasiado horrible. Sabine se quedó helada, como cuando oía aullar a los perros por la noche. Parecía que Annie se iba a morir. Sabine estaba aterrorizada.

Joy adoptó una expresión más relajada al ver que su nieta tenía miedo, y alargó una mano para consolarla.

—No pasa nada, Sabine. Tranquila. Parir es un poco brutal, nada más.

—¿Se va a morir? No quiero que Annie se muera.

Joy sonrió y le apretó levemente el brazo, antes de ir hacia la cocina.

—Claro que no se morirá. En cuanto esa criatura nazca, Annie no se acordará de lo que está pasando ahora.

Sabine observó desde detrás de la puerta cómo Joy iba a donde estaba Kate, le pasaba las toallas y le ayudaba a estirar a Annie en el suelo, acariciándole las piernas y murmurando cosas para animarla un poco. Kate dijo algo sobre «transición» y entonces ella y Joy se miraron. Ambas expresaban no solo un entendimiento mutuo y una preocupación compartida, sino un indicio de alegría inminente, como si ambas supieran algo que sin embargo no podían admitir aún. Al verlas, Sabine tuvo ganas de llorar otra vez, pero no por sentirse excluida, sino por experimentar un gran consuelo.

—Muy bien, Annie —dijo Kate, que ahora estaba a los pies de la chica—. Preparada para empujar. Avisa cuando notes que te llega el próximo.

Annie se miró los pies con ojos desorbitados, y luego, con la barbilla pegada al pecho, soltó un rugido prolongado, al principio apretando los dientes y luego con la boca tan abierta que Sabine, detrás de la puerta, imitó inconscientemente el gesto de su amiga.

Joy hacía muecas de dolor mientras trataba de sujetar a Annie. Kate levantó las rodillas de la parturienta y le limpió la cara con un paño frío. Ahora estaba medio llorando.

—Te falta poco, Annie. Ya veo la cabeza. Falta muy poco.

Annie abrió brevemente los ojos y miró a Kate; una mirada extenuada, perpleja.

—Respira hondo, Annie. Mantén la barbilla pegada al pecho y enseguida saldrá.

—¿Dónde está Patrick? —preguntó Annie.

—Enseguida viene —dijo Joy con firmeza, con la cara pegada a la de Annie y los brazos por debajo de sus axilas—. Enseguida viene, y tus padres también, y la ambulancia. Así que no te preocupes. Tú concéntrate en el bebé.

—Quiero que venga Patrick —dijo Annie, empezando a llorar. Y luego las lágrimas se vieron ahogadas con la siguiente contracción, y el sollozo se convirtió en otro rugido. Y era tal la fuerza con la que se agarraba a los brazos que la sujetaban, que Sabine vio respingar a su abuela, mientras que Kate estaba todavía a los pies de Annie, empujándole los tobillos para que mantuviera las rodillas elevadas, sin dejar de animarla todo el rato.

—Ya viene, Annie. Vamos, empuja. Está llegando. Ya veo la cabeza. —Kate casi chillaba de excitación, y su rostro sonreía todo el tiempo a Annie.

Annie se dejó caer hacia atrás, exhausta.

—No puedo —dijo.

—Sí puedes. Casi lo has conseguido —dijeron las otras dos al unísono.

—Jadea —dijo Kate—. No dejes de jadear. —Miró a su madre y añadió en voz baja—: Se hace así, ¿verdad, mamá?

Joy asintió, y las dos se sonrieron ligeramente.

—Bueno, un empujón más —dijo Kate.

Y entonces Annie empezó a chillar —una larga, ondulante y ahogada nota—, y Kate empezó a chillar, y Joy, que todavía hacía gestos de dolor por la presión de Annie sobre sus brazos, empezó a chillar también, y Sabine, sin darse cuenta se echó a llorar, porque justo cuando pensaba que ya no iba a soportar más, oyó un breve chapoteo de algo que se deslizaba y un grito de dolor y de alegría, y vio a su madre sosteniendo en alto aquella cosa, aquella cosa que agitaba sus dos brazos morados, como un aficionado al fútbol, y Joy besó a Annie riéndose, y Kate lo envolvió en una toalla y lo puso sobre el pecho de Annie, y las tres se abrazaron, y durante todo ese rato Sabine observó la cara de Annie, con su expresión de alegría, dolor y alivio, ajena a la sangre y las vísceras, ajena al ruido, ajena a Anthony Fleming, que estaba en el umbral carraspeando un poco y diciendo que lo disculparan todas pero que la ambulancia había llegado.

Entonces Kate, como si se acordara repentinamente de Sabine, alzó los ojos y le tendió una mano, y Sabine se acercó y se arrodilló junto a ellas y contempló a aquella criatura, cubierta de sangre y envuelta en una toalla de playa, oliendo a sudor y a hierro. Y mientras miraba no veía los charcos de sangre, las toallas empapadas, las bragas; solo pudo ver dos ojos entre oscuros y lechosos que la miraban fijamente de aquella manera que parecía sugerir desde tiempo inmemorial el conocimiento de todos los secretos del mundo. Una boca muy pequeña y blanda formó palabras sin sonido, diciéndole todo cuanto ella desconocía acerca del significado de la vida. Como una revelación, Sabine se dio cuenta de que jamás había visto algo tan hermoso en toda su vida.

—Es una niña —dijo Kate, con los ojos húmedos de lágrimas, apretando con fuerza los hombros de su hija.

—Es tan perfecta —dijo Sabine, alargando la mano a modo de ensayo.

—Mi niña —dijo Annie, mirándola sin acabar de creérselo—. Mi niña.

Y entonces, sin previo aviso, se deshizo en grandes y dolidos sollozos que le sacudieron todo el cuerpo, abatiéndola con el peso de la tristeza contenida una y otra vez, hasta que Kate tuvo que tomar en brazos un momento a la recién nacida para intentar protegerla de la angustia de Annie. Y Joy se inclinó hacia delante, abrazando la cabeza de la madre, diciendo «Lo sé, lo sé», y cuando el llanto de Annie menguó un poco, dijo en voz tan baja que Sabine apenas pudo oírlo entre las exclamaciones de las personas que estaban entrando: «Todo ha pasado, Annie. Tranquila. Todo ha pasado».

Y Kate, cuyas manos temblaban también, ayudó a Sabine a levantarse del suelo, y abrazadas la una a la otra salieron en silencio a la noche, donde los enfermeros, bajo la luz azul de la sirena de la ambulancia, intrusos en sus uniformes fluorescentes y conectados a sus aparatos de radio, estaban descargando la camilla.

16

La vida no le daba ya muchas sorpresas, decía la señora H, pero el nacimiento de su nieta lo había sido, y de las grandes. Así lo manifestó muchas veces, y a muchas personas, pero no por ello dejaba de derramar lágrimas de agradecimiento cada vez que lo hacía, y nadie que la conociese se molestaba porque frecuentemente lo dijera a las mismas personas. La pequeña Roisin Connolly era una gran noticia, y noticias de ese calibre bien podían soportar el peso de la reiteración.

Patrick había vuelto con Annie la noche del parto, muy impresionado pero jubiloso por la llegada del bebé, profundamente aliviado por tener al fin una explicación para el extraño comportamiento de su mujer en los últimos meses. Según los médicos, Annie, que no había superado la muerte de su primera hija, había quedado temporalmente trastornada por el impacto de su segundo embarazo, decían los médicos, y había decidido hacer caso omiso de su estado y distanciarse de cuantos la rodeaban. Al parecer, no era una reacción extraña. A pesar de ello, la señora H se hacía cruces por no haberse dado cuenta de que su hija estaba preñada, y se había culpado por el trauma del nacimiento de Roisin, pero Mack y Thom y todos los demás le dijeron que no fuera tonta, y más tarde la propia Annie señaló que si había podido ocultárselo a Patrick, ¿qué posibilidades tenía su madre de adivinarlo? La señora H quedó vagamente satisfecha, pero más de una vez se la vio estudiar la cintura de varias mujeres de la zona, ansiosa por ver indicios de futuros embarazos, e incluso provocando reacciones más o menos airadas por hacer preguntas.

Annie pasó varias semanas en el hospital, tanto para hacer compañía a Roisin —había nacido con un mes de adelanto y tenía que estar a ratos en la incubadora— como para darse tiempo a sí misma para adaptarse a su nuevo papel de madre bajo la mirada atenta de médicos y enfermeras. Tras un período inicial en el que había llorado la pérdida de Niamh (los dos bebés, según la opinión general, eran extraordinariamente parecidos), se había recuperado con increíble rapidez, sin padecer la depresión posparto que los médicos habían vaticinado como el paso lógico esperable en un caso como el suyo. Y había comenzado una terapia, aunque según la señora H la mejor terapia del mundo era verla con su pequeña y con su marido. Annie hablaba incluso de Niamh, haciendo notar lo mucho que se le parecía Roisin en sus hábitos alimenticios, y lo diferentes que eran en la forma de sus diminutas uñas o en el color del pelo, y a veces incluso regañaba a las visitas por llorar cuando ella lo hacía, diciendo que aunque no quería olvidar que había tenido dos hijas, no estaba dispuesta a permitir que Roisin creciera a la sombra de Niamh.

Sabine fue a verla varias veces. Cuando sostenía en brazos a la pequeña Roisin, se maravillaba de la rapidez con que había perdido su aspecto achatado y sanguinolento para convertirse en una criatura vivaracha, sonrosada y perfumada. Le dijo a Annie que ella, sin embargo, prefería no tener hijos, al menos mientras no se inventara el sistema para que los parieran los chicos. Annie (tal como Joy había pronosticado, parecía que ya no recordaba nada de sus sufrimientos) se rió del comentario. Últimamente reía a menudo; sus ojos brillaban maliciosos cuando tomaba el pelo a Sabine a expensas de Bobby McAndrew, y satisfechos cuando Roisin hacía algo que a ella le parecía extraordinario, como agitar la manita o estornudar. A Sabine, la niña le seguía pareciendo un poco fea, pero naturalmente se lo callaba. Annie le había pedido que fuera la madrina, y hasta Sabine se daba cuenta de que esas cosas no las decía una madrina que se preciara de serlo.

Patrick, que casi siempre estaba en la clínica «molestando todo el rato», como decían las enfermeras en son de broma, se quedaba contemplando al bebé con cara de satisfacción, olvidada ya la ansiedad de consolar constantemente a su mujer con caricias. Según la señora H, Patrick no trabajaba desde hacía semanas, pero no se podía tener todo.

Él había vertido lágrimas de agradecimiento al llegar a su casa y encontrar a Sabine, Joy y Kate; y Sabine había sentido lástima por él, pero su madre le había abrazado, con lágrimas en los ojos, y sin parar de decir que era «muy, muy feliz», como si hubiera sido ella, Kate, la que había dado a luz. Un hijo, le había dicho Joy a Sabine, emocionada también, era el mayor regalo que alguien podía tener, y un día lo comprendería. Sabine había pensado para sus adentros que probablemente ya lo comprendía. Nunca había visto nada como la expresión de Annie al mirar por primera vez a su hija recién nacida: aquella mezcla explosiva de alborozo, dolor y alivio. Al pensar en ello le habían entrado ganas de ponerse sentimental, pero no quería que nadie se diera cuenta. Ya había tenido bastantes emociones en unos pocos días.

Thom no le dijo nada a Kate del intento de Sabine por seducirle. O tal vez sí, y su madre había decidido no mencionarle nada a ella. En cualquier caso, Sabine lo agradeció, pero se sintió un poco incómoda al no saber a quién tenía que estar agradecida.

Había visto a Thom de nuevo la noche del parto de Annie: había llegado corriendo cuando Kate y Sabine acababan de salir de la casa y estaban junto a la ambulancia sin saber qué se esperaba de ellas. Thom se había detenido en seco al verlas,

las había mirado a las dos. «¿Va todo bien? —había dicho—. ¿Está bien Annie? ¿Estáis bien vosotras?» Había mirado intensamente a Sabine al decir esto último, y ella había asentido con la cabeza, demasiado conmocionada por el acontecimiento para seguir sintiéndose humillada. De pronto le pareció que había pasado mucho tiempo, como si lo ocurrido con Thom hubiera sido un sueño, como si le hubiera sucedido a otra persona. Había esperado, tensa, a que él besara a su madre, la abrazara o algo, pero Thom no había hecho nada. Se habían mirado el uno al otro, y luego Kate le había dicho que entrase a ver a Annie. Y después de que él entrara en la casa, ellas dos habían vuelto a Kilcarrion.

—Yo no sé tú, hija —había dicho Kate—, pero creo que a mí me vendría bien un trago.

Y luego lo había vuelto a ver al día siguiente: Thom había esperado a que Sabine bajara a la caballeriza para preguntarle si quería ir a montar. Los dos solos. Ella había mirado hacia el establo, y había visto que el rucio ya estaba preparado, con la silla puesta, como si ella no tuviera alternativa. Sabine se había sentido muy incómoda, pese a que era evidente por el tono de voz de Thom que no iba a intentar nada con ella; en cierto modo, la idea de que pudiera comentar algo sobre la tarde anterior era más angustiosa.

Pero Thom se había comportado como si nada hubiera ocurrido, había hablado de caballos, de Annie, del recién nacido, y de lo sorprendido que estaba todo el mundo. Luego se la había llevado a dar un largo paseo a caballo por el campo, animándola a saltar un par de zanjas que ella no habría podido salvar por sí sola, riendo cuando Sabine se negó en redondo a probar con un Wexford Bank. Sí, había dicho ella, tratando de no reír también, ya sabía que lo había hecho una vez. Pero así, en frío, era muy diferente. Thom había asentido y le había asegurado que no se equivocaba; como si Sabine hubiera dicho algo mucho más profundo que lo que había querido dar a entender.

No es que ocurriera nada importante entre ellos en la excursión, pero a la vuelta ella se había sentido mejor, más relajada, como si de algún modo hubiera recuperado a Thom; al menos, como una persona con quien podía hablar. Además, tras haberle observado a fondo cuando él creía que no le estaba mirando, Sabine había llegado a la conclusión de que quizá ya no le gustaba tanto, y sobre todo después de que su madre le hubiera explicado que Thom había estado muy cerca de ser su padre. Eso hacía que una no pudiera mirar a un hombre de la misma manera.

Como era de esperar, las cosas no fueron tan sencillas con Kate. El día después del parto, Kate parecía tan emocionada como la víspera, no había sido capaz de desayunar nada y se había quedado ensimismada pensando en cosas que le llenaban los ojos de lágrimas. Por la mañana incluso había abrazado a Joy, no sin cierta timidez, cosa que Sabine había encontrado un poco excesiva, aunque la señora H había dicho después que le parecía «encantador» que volvieran a ser amigas, más aún después de tantos años. (Claro que la señora H estuvo varias semanas diciendo que todo le parecía «encantador»; incluso lo dijo cuando Lynda anunció casualmente que le habían puesto una multa de aparcamiento en New Ross.) Sabine, que cada vez se sentía más avergonzada por el miedo que había mostrado en el nacimiento de Roisin, había decidido mostrarse fría respecto a todo. Cuando todos insistían en seguir hablando de lo mismo, ella decía que solo era un bebé. Y le irritaba mucho la forma en que su madre y su abuela se miraban, disimulando la risa, como si siempre hubieran compartido una especie de empatía y supieran de qué iba la cosa con Sabine.

No obstante, hubo algo que Kate supo captar. Había subido a verla varios días más tarde y, sentada en la cama de Sabine, le había preguntado casi a bocajarro si prefería quedarse en Irlanda o volver a Londres. Sabine, que estaba quitándose el grueso jersey azul, había dicho (secretamente contenta de que en ese momento no tuviera que ver la cara de su madre) que le gustaba mucho Irlanda y que pensaba que allí también podría examinarse. Sorprendentemente, su madre no había llorado: en un tono bastante optimista, había dicho que si eso era lo que quería Sabine, así lo harían. Y luego se había ido. Sin interrogatorios, sin ponerse pesada con aquello de que quería ser su amiga y que solo deseaba lo mejor para las dos, bla, bla, bla. Pragmática y nada más. Sabine se había llevado una sorpresa al sacar la cabeza del jersey y ver que su madre se había ido de la habitación.

Luego, al cabo de un par de días, estando solas en la sala de estar, Kate le había preguntado qué le parecería si vendían la casa de Hackney y se mudaban a Irlanda, para estar cerca de la abuela. Querrás decir para que tú estés cerca de Thom, había pensado Sabine, pero le sorprendía demasiado que le pidiera su opinión como para contestar con descaro.

—Pensaba que podríamos comprar una de esas casitas que hay carretera arriba —había dicho Kate, a quien Sabine no veía tan animada desde hacía años—. Alguna con dos habitaciones nada más. Creo que vendiendo la casa de Londres podríamos comprar una. Y no veo por qué no puedo yo trabajar aquí. Sería divertido buscar casa.

Sabine, ahora cautelosa, había querido preguntar si Thom iba a mudarse con ellas, pero Kate se le había adelantado.

—De momento, Thom se va a quedar donde está. Creo que ya ha habido bastantes sorpresas en la familia. Pero si a ti no te importa, estaría bastante tiempo con nosotras.

—¿Qué es lo que pasa? ¿No quiere vivir contigo? —había dicho Sabine, sin conseguir que no se le notara un deje de burla. Era como si la historia se repitiese.

—No se lo he preguntado —había contestado Kate—. Pensaba que ya era hora de que tú y yo nos divirtiéramos un poco. —Y luego había añadido—: Además, sabemos dónde encontrarle, ¿no?

Joy había aprobado lo de Kate y Thom. Sabine se lo había contado con mucha cautela, esperando que pusiera mala cara. Pero su abuela, que curiosamente ya parecía estar al tanto de todo, no había levantado los ojos de su revista de caballos, y había dicho que Thom era un buen hombre y que estaba segura de que sabía lo que más le convenía.

En realidad no había afirmado otro tanto de Kate, advirtió después Sabine, pero como decía la señora H, no se podía tener todo.

Bobby, mientras tanto, había hecho un chiste malo cuando Sabine le había dicho que se quedaba en Irlanda, algo así como que ella no era capaz de dejarle tranquilo. Pero después de que Sabine no le dirigiera la palabra durante cinco minutos, Bobby le había dicho que lo iba a pasar muy bien conociendo a quienes describió como «el resto de la pandilla». Y le había hablado de un baile que iba a celebrarse al cabo de dos semanas y al que podían ir, y de una fiesta en Adamstown aquel mismo fin de semana donde habría un grupo en directo y en la que, según él, se iban a reír de lo lindo. Parecía muy contento. Sabine no había querido decirle que empezaba a gustarle bastante su hermano mayor.

Edward Ballantyne falleció tres semanas después del nacimiento de Roisin Connolly, aprovechando la pausa entre las noticias del mediodía y el primero de los culebrones de Lynda. No pasaba nada, le dijo después Lynda a la señora H. Ella siempre dejaba el vídeo preparado para grabar los episodios, por si se daba un caso como aquel. A partir de entonces, la señora H apenas le dirigió la palabra.

Sabine, que había salido a montar por Manor Farm con Bobby, lloró mucho a su regreso, sintiéndose culpable por haber dejado solo a su abuelo en el momento de su muerte. Pero incluso ella tuvo que reconocer que en los últimos días apenas se despertaba ya. Joy la llevó a la habitación de Edward, y la estuvo abrazando hasta que dejó de llorar. Sabine tuvo que admitir, como decía su abuela, que ahora se le veía mucho más tranquilo. En realidad, parecía que lo poco que quedaba de él se hubiera esfumado, dejando aquel rostro viejo y ahora plácido y unas manos casi frías, posadas en la colcha como reliquias de una vida pasada. Sabine recordó brevemente la mano de Thom cuando la tocó por primera vez; pero la de Thom, aun sin ser una cosa viva, se veía animada sin embargo por sus ganas de vivir. Las manos del abuelo eran más bien como piezas de museo, polvorientas y acartonadas, portadoras del más leve eco de unos tiempos pasados.

—No deberías haberla dejado entrar —dijo Kate, que estaba esperando en el pasillo, pálida y sombría, cuando Joy y Sabine salieron—. Seguro que tiene pesadillas.

—Tonterías —dijo Joy, que curiosamente estaba muy serena—. Edward era su abuelo. Ella tenía derecho a despedirse de él. A ti te convendría hacer lo mismo. —Pero Kate se metió en su habitación y no salió hasta dos horas después.

Christopher y Julia llegaron aquella tarde, Julia vestida ya de negro y llorando de tal manera que tuvo que ser consolada varias veces por Joy.

—No puedo soportarlo —dijo, sollozando en el hombro de su suegra—. Los entierros me sientan fatal.

«Como si a alguien le sentaran bien», dijo la señora H. Julia se empeñó asimismo en decirle a Joy a cada momento que sabía cómo se sentía. Al fin y al cabo, no hacía ni un año que ella había perdido a Mam'selle.

Mientras tanto, Christopher se había puesto muy pálido y cadavérico, y hablaba como si tuviera la boca llena de corcho. Cuando Kate bajó de su cuarto, su hermano le dio unas palmadas en la espalda y le dijo que esperaba que las cosas no se «complicaran». Sabine sabía que se refería a los muebles etiquetados, pero Kate le dijo que iba a dejar que su madre se «ocupara de todo». A fin de cuentas, la casa era suya. Y lo que había en ella. Y ninguno de los dos tenía demasiados apuros financieros. Christopher asintió y la dejó en paz, lo cual pareció ser del agrado de ambos.

Joy se había ocupado de disponer lo necesario para el funeral y declinado todo ofrecimiento de ayuda, pero no de la manera rígida y brusca de que había hecho gala cuando su marido estaba muriéndose. Ahora, sin abandonar su probada eficiencia, se mostraba un poco más amable, como si sus nervios se hubieran calmado, y también un poco meditabunda.

—Ya se desahogará más tarde. —Julia sorbió por la nariz, acongojada, viendo partir a Joy mientras estaban en el salón después de cenar—. Será un luto aplazado, nada más. Yo no reaccioné cuando murió Mam'selle hasta que la enterramos.

Pero, en cualquier caso, Joy no llegó a exteriorizar su dolor. Y Lynda pareció ofenderse casi por la ausencia de histeria en la familia Ballantyne.

—He traído unos sedantes, por si las moscas —decía al primero que pasaba, mientras preparaba sus cosas para marcharse—. Solo tienen que pedirlo.

Julia, finalmente, se tomó uno. En realidad no lo necesitaba, según le confió después a Kate; solo le parecía que así daba buena impresión. No quería que Lynda fuera diciendo por ahí que los Ballantyne no tenían sentimientos.

Pese a que Julia pensaba lo contrario, Sabine estaba muy impresionada por lo triste que se veía a su madre tras la muerte de Edward. No con aquella tristeza tan típica en ella, un tanto exhibicionista, que se manifestaba en forma de lágrimas, pelo revuelto y rímel corrido. (A Sabine le habría molestado aquello: en lo tocante al abuelo, ella creía tener más derecho a la pena que su madre.) Kate estaba simplemente callada, muy callada, y pálida, hasta el punto de que cuando Sabine la vio abrazada a un compasivo Thom cerca del cenador, lo primero que sintió no fue ira, tampoco rabia, sino alivio al ver que alguien podía ayudarla. A Sabine le resultaba aún inexplicablemente difícil el contacto físico con su madre, y procuraba zafarse de sus abrazos sin dar a entender que le disgustaban.

Pero la tristeza de su madre le caló hondo: Sabine había llorado durante dos días y luego se había sentido mejor por dentro. Su madre parecía desengañada, como si estuviera luchando con cosas que no podía comunicar a nadie.

—¿Cómo es que te apena tanto lo del abuelo? —le preguntó Sabine al fin, mientras las dos permanecían sentadas en el estudio, ocupadas en guardar las dos últimas cajas y tomando un té que se estaba enfriando. La habitación, reducida ahora a unos cuantos estantes y un empapelado descolorido por zonas, iba a convertirse en un dormitorio. Como era una de las pocas habitaciones secas de la casa, era preciso, según Christopher, buscarle un destino apropiado, quizá para alojar a huéspedes de pago. Al fin y al cabo, había que aprovechar el momento, ya que Annie y Patrick iban a cerrar su pensión. («No te preocupes —dijo la señora H al ver la reacción de Sabine—. Annie les meterá miedo para que se vayan.») De modo que Sabine y su madre se habían encargado de revisar las últimas cajas del estudio; después de escoger sus fotos favoritas, Sabine estaba clasificando las últimas cartas que quedaban, con la secreta esperanza de dar con alguna suculenta misiva de amor. Las fotografías, clasificadas ahora por orden cronológico, irían a parar a un álbum de piel, según había decidido su madre, como regalo para la abuela. Si no todas, al menos la mayoría de ellas.

—No quiero ser maleducada, mamá, pero no se puede decir que hablaras mucho de él cuando el abuelo vivía. —Miró a su madre, consciente de que sus palabras, una vez pronunciadas, no sonaban como las había oído en su cabeza.

Kate puso la tapa sobre la caja marrón y se frotó el polvo que tenía pegado a la nariz, reflexionando.

—Hubo cosas que.,. —empezó. Hizo una pausa—. Supongo... Bueno, ojalá papá y yo nos hubiéramos entendido un poquito mejor. Perdimos mucho tiempo... y ahora es demasiado tarde. Eso me pone de mal humor y triste a la vez.

Sabine se inclinó sobre la mesa, toqueteando una pluma antigua, sin saber qué decir.

Kate la miró.

—Supongo que me habría gustado tener la oportunidad de que fuéramos más amigos. Dejamos de entendernos cuando yo tenía pocos años más que tú ahora.

—¿Por qué?

—Oh, lo de siempre. Él no aprobaba la vida que yo llevaba. Y menos aún cuando naciste tú. Y no porque él no te quisiera —añadió rápidamente.

—Lo sé —dijo Sabine, encogiéndose de hombros. En el fondo quería creer que, al final de su vida, el abuelo la había querido más que a nadie.

Estuvieron un rato calladas. Sabine solo se tomó la molestia de leer los documentos que estaban escritos a mano. Había montones de postales, dirigidas a Kate y Christopher, con la angulosa y austera letra del abuelo, en las que nombraba los diversos barcos en los que había estado, comentando las condiciones climatológicas de los lugares visitados.

Al parecer, había estado ausente poco después de nacer Kate, pero Sabine no encontró ninguna de esa época dirigida a la abuela.

Kate seguía mirando por la ventana, sumida en sus pensamientos.

—Me estaba acordando de lo bueno que fue conmigo cuando yo era pequeña —dijo rompiendo el silencio, y Sabine levantó la cabeza—. Siempre me llevaba de paseo: a los muelles para ver su trabajo, al Peak en tranvía, a las pequeñas islas que rodeaban Hong Kong para que Christopher y yo pudiéramos hacer de exploradores. Era un padre bastante bueno, ¿sabes?

Sabine la miró, percatándose del tono ligeramente defensivo de su madre.

—No estaba nada mal, para ser un viejo. —Quiso ocultar el tono entrecortado de su voz. Le seguía costando mucho hablar de él.

—Supongo que me habría gustado que estuviera orgulloso de mí —dijo Kate con tristeza—. Es duro sentir que los que te quieren piensan que todo lo haces mal. —Miró rápidamente a su hija, con una sonrisa dibujada en los labios—. Sí, aunque no lo creas, a mi edad también pasa.

Sabine la observó un rato y luego alargó una mano.

—Yo no creo que lo hagas todo mal —dijo, precipitándose un poco, en un tono de confidencia—. Sé que a veces no soy muy amable contigo, pero creo que como madre lo haces bien. En general. Quiero decir, sé que me quieres y tal. Y eso es importante. —Había empezado a ruborizarse—. Y juraría que el abuelo estaba orgulloso de ti —prosiguió—. En serio. Lo que pasa es que no podía decirlo. A los abuelos nunca se les dieron bien los sentimientos, a diferencia de ti y de mí. Lo digo en serio. —Apretó el brazo de su madre—. Seguro que estaba orgulloso.

Abajo se oía la aguda voz de Julia mientras ayudaba a la señora H a organizar el salón para después del funeral; ruido de muebles cambiados de sitio, y luego una pausa, mientras Julia por lo visto se echaba a llorar otra vez.

Kate miró la mano de su hija, levantó la vista y sonrió un poco.

—Probablemente tienes razón —dijo.

El día que Edward Ballantyne fue enterrado, llovía tanto que las calles que rodeaban el cementerio se anegaron y la pequeña comitiva fúnebre tuvo que acercarse a la tumba con el agua por los tobillos, aunque, para alivio de todos, el sepulcro estaba en terreno ligeramente elevado. Llovía así desde hacía dos días, y el cielo se había vuelto del color de la ceniza mojada, la hierba se había transformado en lodo y los ramos de flores mortecinas habían quedado ocultos bajo su cubierta de celofán. Algunas personas mayores del pueblo, refugiadas en la nave de la pequeña iglesia, parloteaban sobre las inclemencias del tiempo, murmurando sobre presagios y símbolos, pero Joy, extrañamente, mantenía un rictus risueño, ajena a sus zapatos mojados, y dijo a quienes le preguntaban que le parecía un tiempo muy apropiado para la ocasión. Incluso le dijo a Sabine que si quería podía ir a ponerse las botas de goma, de modo que la nieta, llorosa en el primer funeral de su vida, puso cara de sorpresa y preguntó a su madre si Joy estaba bien. «Recuerda lo que me dijiste de los sentimientos», le susurró Kate, y Sabine, tras meditarlo un poco, pareció darse ligeramente por satisfecha.

El funeral estuvo muy concurrido, lo cual resultaba sorprendente, según dijo la señora H bajo su paraguas, teniendo en cuenta lo grosero que había sido el muerto con la mayoría de la gente. Pero Thom, que iba del brazo de Kate, observó en voz baja que los habitantes del pueblo no eran tan tontos. Además, se trataba de un asunto de respeto, le dijo a Kate, a quien también había sorprendido la cantidad de asistentes al oficio. Eran pocos los que no admiraban lo que él y su familia habían hecho por la caza en la región, y los que no apreciaban ese tema, habían acudido por Joy.

—Es una cuestión de sangre. Esta gente sabe valorar la educación de las personas —dijo en voz baja.

—Lo que pasa es que se huelen que habrá un buen velatorio —murmuró la señora H, quien a instancias de Joy había comprado dos jamones, un salmón y alcohol suficiente, según Christopher, para hundir una barca. La señora H había observado que detrás de ellos la gente se iba animando; un lejano pero perceptible murmullo de conversaciones, ante la perspectiva de un buen piscolabis en la casa grande.

Kate estaba acurrucada contra Thom, bajo el paraguas, incómoda en su traje negro nuevo, dando gracias de que la lluvia que le salpicaba la cara disimulara todo indicio de lágrimas. No había podido mantener la furia con que había despotricado contra su padre la noche de su muerte: su madre se había ocupado de eso. Joy había dicho con firmeza que él solo era un ser humano, lo mismo que Kate. Y había añadido, certeramente, que aquel no era el lugar apropiado para que Kate diera rienda suelta a su ira.

De modo que a Kate no le había quedado más opción que sumirse en la pena en la despedida de su padre, y experimentar un latente sentimiento de culpa porque, de haber insistido, tal vez habría podido tender un puente en la brecha que durante demasiado tiempo había existido entre las dos partes de su familia.

—Sabine lo hizo por ti —le dijo Thom—. Debes alegrarte.

—Pero era demasiado pronto para alegrarse de nada.

La voz del párroco, un murmullo monótono bajo el sonido persistente de la lluvia, habló de polvo y de cenizas. Julia, consolada por Christopher un poco más atrás, empezó a sollozar ruidosamente hasta que, mientras se deshacía en disculpas, la sacaron de allí. Eso no impidió que todo el mundo pudiera oír como ella declaraba su incapacidad para soportar los funerales mientras se alejaban camino de Kilcarrion.

Los demás lo tomaron como una señal de que iba llegando el momento de abandonar el camposanto, y se alejaron solos o por parejas, cubiertos por una gran variedad de paraguas oscuros o inapropiadamente chillones. Annie y Patrick se retrasaron un poco; ella, sujetando el fardo invisible de la pequeña Roisin, y Patrick, a su lado como un oso protector.

—Avíseme, si necesita alguna cosa —le dijo Annie a Joy mientras el sacerdote, con una última inclinación de cabeza a modo de despedida, caminaba todo lo deprisa que podía hacia el abrigo de la iglesia, arrastrando el hábito mojado—. Lo digo en serio, señora Ballantyne. Usted ha hecho mucho por mí.

—Eres muy amable, Annie —dijo Joy, rodeada por la cortina de lluvia que caía a chorros de su paraguas—. Descuida, te lo haré saber.

—Como si no la conociera —se oyó decir a Annie en tono cariñoso mientras echaban a andar—. Es más terca que una mula.

De modo que solo quedaron Thom, Kate, Sabine y Joy, aquella figura alta y severa embutida en un traje negro que debió de conocer su momento allá por los años cincuenta, de pie al lado de la sepultura.

Thom siguió a Annie y Patrick, tras decidir que su sitio estaba entre ellos y empujar a Kate para que fuera con su madre. Pero Kate, al ver la espalda negra de Joy, se puso a llorar, y Sabine le hizo gestos a Thom para indicarle que se la llevara con él. Si la abuela estaba mal, lo último que necesitaba era tener que aguantar a Kate llorando.

Joy, ajena al barro que empezaba a cubrir los bordes de sus zapatos, se quedó junto a la tierra recién removida y llena de ofrendas florales, sin mirar nada en concreto. Había creído que lloraría, había tenido miedo de pasar vergüenza delante de toda aquella gente que la miraría. Suponía que los había decepcionado al no derramar lágrimas. Pero la verdad era que se sentía mejor, como si hubiera pasado un nubarrón.

«Lo siento, querido —le dijo en silencio tan pronto como reconoció sus sentimientos—. No me refiero a ti, ya lo sabes.» En cierto modo era más fácil hablar con Edward ahora que no estaba, como si el hecho de no verle sufrir, incapacitado, la dejara en libertad para amarle otra vez sin condicionamientos. Ella sabía que estaba más animada; que Julia y la señora H, y los demás pisaban con cautela a su alrededor, creyendo tal vez que el estado de Joy era la calma que precede a la tormenta; que, a más tardar, aquella misma noche daría rienda suelta a su congoja. Y ella le dijo a él sin necesidad de hablar que tal vez lo haría, por darles gusto. Quería dar a Edward una buena despedida, por supuesto, pero no quería estar demasiado tiempo jugando a la anfitriona, entreteniendo a desconocidos. Seguían sin gustarle las fiestas, incluso ahora.

Edward lo habría entendido.

Joy parpadeó, dándose cuenta de que había inclinado el paraguas hacia delante y ahora le estaba goteando sobre la espalda. Miró al cielo preguntándose si aquel trecho de gris más claro acabaría tiñendo al resto, y al darse la vuelta vio que Sabine estaba a su lado. La muchacha la miraba con los ojos hinchados de tanto llorar, y una expresión preocupada, y al momento se le colgó del brazo en un gesto que quería ser de consuelo.

—¿Te encuentras bien? —dijo Sabine.

—Sí. —Joy miró hacia donde se hallaba enterrado el ataúd. No parecía tener nada que ver con Edward.

—¿Estás triste?

Joy sonrió. Tardó un minuto en responder:

—No, Sabine, o no demasiado. En cualquier caso, no por él. —Respiró hondo—. Creo que tu abuelo ya no quería vivir más. Era un hombre bastante activo, y no creo que le gustara estar sentado sin hacer nada. Yo no habría deseado que viviera más de lo que ha vivido.

—¿No le echarás de menos?

Joy pensó un momento.

—Naturalmente. Pero tu abuelo y yo pasamos momentos muy bonitos, y esos no me los quitará nadie.

Sabine pareció darse por satisfecha.

—Y supongo que ya no tendrás que preocuparte más por él —dijo.

—Ni yo ni ninguno de nosotros.

El cielo, efectivamente, empezaba a despejarse. La lluvia no era ya tan intensa, como si dudara de su inquebrantable derecho a diluviar, pensando en dirigirse a otra parte. Abuela y nieta empezaron a descender la colina.

—Tengo algo para ti —dijo Sabine de pronto, buscando en su bolsillo—. Estaba en la última caja del estudio. Me pareció que hoy era un buen día para dártelo. Bueno, yo no sé nada de religión, pero la señora H dice que estas lecturas pueden servir de consuelo en... bueno, en momentos como este.

Le pasó a su abuela un pedazo de papel escrito a mano, descolorido por los años. Tuvo que acercarse a Joy y ponerse bajo el paraguas para que no se le mojara, pero no pudo evitar que dos o tres palabras quedaran salpicadas, de forma que la tinta antigua se desparramó en minúsculos tentáculos azules.

... que con la ayuda de su gracia divina
puedas gobernar y preservar
a los pueblos a ti encomendados
en la riqueza, la paz y la devoción;
y que tras un largo y glorioso mandato
de tu reino temporal
pleno de justicia y sabiduría,
puedas al fin participar de un reino eterno,
por la gracia de Jesucristo, Nuestro Señor. Amén.

—La letra es tuya, por eso pensé que quizá significaba algo para ti. ¿No te importa? Tiene algo que ver con la religión, ¿verdad? Bueno, ya sé que no te pasas el día pensando en Dios ni nada de eso, pero me pareció que sería adecuado para el abuelo.

Joy se quedó mirando el pedazo de papel, que las gotas de agua estaban oscureciendo y ablandando a la vez, y notó que se le hacía un nudo en la garganta.

—Es tu letra —dijo Sabine, a la defensiva.

—Sí. Y en cierto modo tiene que ver con la religión —dijo Joy, con la voz quebrada—. Pero no, no me importa. De hecho... es muy... muy apropiado. Te lo agradezco mucho.

Sabine sonrió, y la congoja se esfumó de su rostro como las nubes en el cielo.

—Estupendo. Ya te he dicho que yo de esas cosas no entiendo nada —dijo, y luego, cogidas del brazo, tambaleándose un poco en el terreno desigual, la anciana y su nieta regresaron a la casa por el camino embarrado.

AGRADECIMIENTOS

Este libro no existiría de no ser por la cristalina memoria de mi abuela, Bett McKee, cuyo extraordinario romance con mi difunto abuelo, Eric, y sus minuciosos detalles he saqueado descaradamente a fin de dar vida a mis personajes de ficción. Quisiera dar gracias a Stephen Rabson, del departamento de archivos de P&O, por su valiosa ayuda a la hora de describir la vida a bordo durante la década de los cincuenta, y a Pieter Van der Merwe y Nicholas J. Evans, del National Maritime Museum de Londres, por sus datos acerca de la historia naval. Gracias asimismo a Brian Sanders por sus recuerdos del canal de Suez.

Mi más sincera gratitud a Jo Frank, de A. P. Watt, por hacer que este libro se publique, y por todo su aliento, sus consejos y los tremendos almuerzos que jalonaron el largo proceso de edición.

Gracias igualmente a Carolyn Mays y al equipo de Hodder por su pericia de alquimistas, y a Vicky Cubitt por su entusiasmo ilimitado. Me gustaría ser como vosotros.

Mi inmenso agradecimiento a Anya Waddington y Penelope Dunn por sus consejos y contactos, y por no haber mostrado la más mínima objeción cuando les dije que había escrito otra cosa y que me gustaría conocer su opinión. Gracias también a David Lister y Mike McCarthy, del *Independent*, y a Ken Wiwa por su generosidad a lo largo de nuestras aventuras literarias. Buena suerte con las próximas, chicos.

Gracias a mis padres, Jim Moyes y Lizzie Sanders, por legarme si no la capacidad genética de contar historias, sí al menos cierta contumaz determinación. Pero sobre todo quiero mostrar mi agradecimiento a mi marido, Charles, por cuidar de los niños sin protestar, por sus consideradas críticas y por la fe que puso en mi trabajo. A él, y a todos aquellos a quienes he dado la lata con otra más de mis historias, gracias.